经典照亮前程

剃刀锋利,越之不易;智者有云,得渡人稀。

——《迦陀奥义书》

刀 锋
TheRazor'sEdge

[英] 威廉·萨姆塞特·毛姆 著

秭佩 译

华东师范大学出版社

图书在版编目（CIP）数据

刀锋／（英）毛姆著；秭佩译．—上海：
华东师范大学出版社，2015.11
（独角兽文库）

ISBN 978-7-5675-4294-5

Ⅰ.①刀… Ⅱ.①毛… ②秭… Ⅲ.①长篇小说－英国－
现代 Ⅳ.①I561.45

中国版本图书馆CIP数据核字（2015）第270428号

刀锋

著　者　（英）威廉·萨姆塞特·毛姆
译　者　秭　佩
特约编辑　宣慧敏
项目编辑　姚之均
责任编辑　许　静
内文设计　叶金龙
装帧设计　白咏明

出版发行　华东师范大学出版社
社　　址　上海市中山北路3663号　邮编　200062
网　　址　www.ecnupress.com.cn
电　　话　021-60821666　行政传真　021-62572105
客服电话　021-62865537
门　　市　（邮购）电话　021-62869887
地　　址　上海市中山北路3663号华东师范大学校内先锋路口
网　　店　http://hdsdcbs.tmall.com

印 刷 者　安徽新华印刷股份有限公司
开　　本　850×1168　32开
印　　张　13.75
字　　数　277千字
版　　次　2016年1月第1版
印　　次　2023年2月第11次
书　　号　978-7-5675-4294-5-01/I.1454
定　　价　49.00元（精装）

出版人　王　焰

（如发现本版图书有印订质量问题，请寄回本社客服中心调换或电话021-62865537联系）

威廉·萨姆塞特·毛姆
（1874–1965）

英国小说家、戏剧家。十岁之前都住在法国巴黎，因父母先后去世，他被送回英国由叔叔抚养。

毛姆先后就读于坎特伯雷皇家公学和德国海德堡大学。孤寂凄清的童年生活和因身材矮小、严重口吃遭受歧视的学生时代，在毛姆的心灵上投下了痛苦的阴影，养成他孤僻、敏感、内向的性格，也对他的世界观和文学创作产生了深刻的影响。

1892年进入伦敦圣托马斯医学院学医。学医使他学会用解剖刀一样冷峻、犀利的目光来剖视人生和社会。他的第一部小说《兰贝斯的莉莎》（1897），正是根据他从医实习期间的所见所闻写成的，从此弃医从文。

接下来的几年，毛姆写了若干部小说，但是没有一部能够"使泰晤士河起火"，遂转向戏剧创作，获得成功，成了红极一时的剧作家。代表剧作《弗雷德里克夫人》（1907），连续上演达一年之久。

在事业如日中天时，他决定暂时中断戏剧创作，用两年时间潜心写作酝酿已久的小说《人性的枷锁》（1915）。1919年发表的《月亮与六便士》更加巩固了他作为小说家的地位。

为了收集素材，毛姆的足迹遍及世界各地，因此不少作品有浓郁的异国情调。1920年毛姆到了中国，写了游记《在中国的屏风上》（1922），并以中国为背景写了一部长篇小说《面纱》（1925）。

两次世界大战的间隙期，是毛姆创作精力最旺盛的时期。代表作有刻画当时文坛上可笑可鄙现象的小说《寻欢作乐》（1930）和充满异国情调的短篇集《叶之震颤》（1921）等。

第二次大战期间，毛姆到了美国。1944年发表长篇小说《刀锋》。此后，他回到早年定居的法国里维埃拉，直至1965年溘然长逝。

目 录

1 | 刀锋上的行者/郭勇健

1 | 刀锋

406 | 附录/毛姆年表

目 次

代序

刀锋上的行者

郭勇健

（厦门大学中文系教授、博士）

一

文学大师，在我的心目中仅有十余名。以这十余名大师的标准衡量，毛姆肯定够不上一位文学大师。毛姆的《人性的枷锁》，我读过两遍，觉得相当感人，但与托尔斯泰《安娜·卡列宁娜》相比，不免大为逊色，稍显幼稚；刘文荣编译的《毛姆读书随笔》，我也读过两遍，觉得观点鲜明，行文生动，不乏趣味，但与《蒙田随笔》相比，毛姆的随笔又有些流于肤浅平庸了。依稀记得小说家马原曾在《阅读大师》中提到，毛姆在欧洲通常是被归为"通俗作家"之列的。假如只是读了《人性的枷锁》和《毛姆读书随笔》这两本书，虽然我也会暗中嘀咕几声，但嘀咕之后也就勉强认可了。我常把英国的毛姆与美国的杰克·伦敦视为同一档次的小说家，他们的小说文笔流畅优美，故事引人入胜，富有感染力，可以作为上乘的西方文学入门读物。胡乱比附一下，我以为他们俩也就比《福尔摩斯探案全集》的作者高明一些。

但是，毛姆写出了《月亮与六便士》与《刀锋》这两部小说，塑造了思特里克兰德和莱雷这两个人物，这却使他在我心目中的地位一下子变得崇高起来，远远地拉开了他与柯南·道尔之间的距离，好比鲁迅以他的阿Q和孔乙己在他和金庸之间掘出一道鸿沟。以我个人的阅读经验，在托尔斯泰的那些伟大小说之中，似乎除了那位濒死的伊万，还没有哪个人物具有思特里克兰德和莱雷那种给我重重一拳的力量。

一位画家朋友曾对我说："假如突然发生大火灾，什么贵重物品都来不及带出，只能立即夺门而逃，那么我能顺手抓出毛姆的《月亮与六便士》，也就够了！"《月亮与六便士》并不是我的圣经，但在目前我读过的几百本书中，它确实有着特殊的意义。一个夏天的深夜，我在学生宿舍的台灯下，翻开了白天刚买回的小说《月亮与六便士》，才看了几页，便觉很有看头，立即精神抖擞，手不释卷，一边读一边听着心脏在静夜中不时地剧烈跳动。放下书本，已是黎明时分。听到窗外传来鸟儿晨起的鸣叫，才发现"轰雷掣电"已逐渐平息，心脏虽不再乱蹦了，心里却袭来一阵空虚，好似酒足饭饱之后的困乏，长途跋涉之后的疲惫。许多年过去了，那一夜阅读《月亮与六便士》的震撼和充实，恰似一支强大的侍卫队，始终驻扎在我的生命之中，帮我抵挡那些使我脱离生活轨道的诱惑。

读《刀锋》，没有产生与读《月亮与六便士》相当的心灵震撼。但我认为这是由于毛姆写作《刀锋》时的思想趋于成熟，对世态的洞察更加深刻，叙事愈发炉火纯青的缘故。而莱雷这个人物，较之思特里克兰德，也显得更加圆融和丰满了。姑且用福斯特《小说面面观》中的概念做比较，思特里克兰德相当于"扁平人物"，而莱雷相当于"圆形人物"。

但是在某种程度上，莱雷又与思特里克兰德相似：也是一个离家出走、无家可归的人，一个精神的漂泊者和流浪汉。离家出走之举、无家可归之感，恰是源于寻找一个精神家园的强烈渴望和无尽欲求；在精神的世界里，漂泊即是回归，流浪即是朝圣。因此，莱雷和思特里克兰德一样，也是一个追求本真生活和寻求上帝的人。

简单地说，真正的生活，有意义的生活，和寻求上帝的生活，大致就是一回事。因为惟有那种活在上帝之中，或者那种上帝与我们同在的生活，才是真正有意义的生活，"上帝"只是"意义"的别名。《月亮与六便士》里的那位画家思特里克兰德，看来只是纯粹地想画画，只是要过自己想过的画家生活，而且他无情无义，抛妻弃子，勾引有夫之妇，赌博，斗殴……在世人看来，简直是无法无天，道德败坏；在严肃的伦理学家看来，此人浑身洋溢着邪恶的气息，非但毫无"上帝"的观念，而且简直就是一个恶魔。思特里克兰德本人也没有表示任何"寻找上帝"的意图。然而，思特里克兰德的决断如蒙感召，行走如聆呼唤，对艺术的虔诚一如基督徒对上帝的祈祷，他的所作所为类似于朝圣者的所作所为，他离家出走后的全部流浪生活和最终的归隐都在践履着"肉身成道"的历程。

思特里克兰德是本色的画家，莱雷大致可以说是哲学家，但他们身上都散发着一种浓厚的圣徒气息，他们的生活都曾经被上帝之光所照耀。

二

与真正的生活相对的，是没有上帝的生活，是物质至上的享乐的生活。在20世纪初的欧美，这种生活源于尼采所谓"上帝死了"、海德格尔所谓"存在即遗忘"所带来的普遍的虚无主义情绪。这是《刀锋》中绝大多数人的生活。毛姆那敏锐的嗅觉，捕捉到了当时西方世界弥漫的这种气息，把这种生活刻画得细致入微、惟妙惟肖、入木三分。莱雷出现在这样的环境里，尤其是在美国芝加哥这个物质主义的城市里，仿佛一个在遨游太空之际由于飞行器出了故障而被迫降落地球的外星人。

不过，正是由于花费了大量的笔墨来描写那些俗不可耐的人物的生活,这本小说整体上才不如《月亮与六便士》那般好看。同样是写出类拔萃、卓越不凡的"奇人异士",有所不同的是,思特里克兰德是书中独一无二的主角,几乎所有的文字都众星拱月般地围绕着这个"绝对中心"。况且,《月亮与六便士》写的是一名画家。画家的生活,本来就与常人迥异,而画家思特里克兰德的生活,更是绝非常人所能轻易效仿的。他的故事从一开始便出人意料,后来的发展更是匪夷所思,令人疑为奇迹。这就使他的经历颇富浪漫主义气息,而在这种浪漫主义气息笼罩之下的思特里克兰德也显得超凡脱俗、高耸入云,好似半人半神。读《月亮与六便士》,就是在读激动人心的传奇。读《刀锋》则不然,阅读的过程没有伴随着高度的情绪紧张,只有一种想要了解的理智期待。

《刀锋》的线条似乎不如《月亮与六便士》清晰,笔墨似乎也被分散开来了。除了主人公莱雷,毛姆还写了许多庸俗不堪的人。比如,写那位虚荣无比、热衷于社交的埃略特,所下的功夫不比写莱雷少。毛姆在评论福楼拜的《包法利夫人》时就说:"要写一部关于庸人的小说,很可能写出来之后会使人觉得枯燥乏味。"毛姆被誉为"最会讲故事的英国作家",尽管不免有些过誉,但总的来说,这种"枯燥乏味"在毛姆小说中基本上是没有的。在《刀锋》中,毛姆本人以一名作家的身份作为主要人物出现,周旋于各个角色之间,以听人讲故事的形式形成小说的叙事结构,这种叙事方式本身就是对"枯燥乏味"的消解;他的为《月亮与六便士》所无的机智幽默如灯花般不断爆出,趣味盎然,而且展现得恰到好处、不动声色,犹如树皮自然裂开的纹理;每隔一段时间就写一写发生在莱雷游历过程中的稀奇古怪的种种艳遇,大大满足了读者的猎奇心理和浪漫需求;而精心刻画的俗不可耐的埃略特,更是写得活灵活现,其感染力丝毫不下于《红楼梦》中的刘姥姥。

随便举个例子吧。埃略特最高的人生目标,便是挤进上流社会的社交圈。到了晚年,这个根深蒂固的愿望变本加厉,愈演愈烈,简直到了心理学上称之为"强迫症"的变态地步,好似一粒苹果成熟了,熟透了,最后自然而然地在树上腐烂了。埃略特老头最大的遗憾,是没有得到某一亲王夫人的化装舞会的邀请,"这么大岁数的人,坟墓已经在前边张着大口等他,他却因为接不到一次舞会的邀请像孩子一样号啕大哭"。作为小说人物的毛姆觉得他好生可怜,便为他偷来了一份请帖,这让埃略特顿时笑逐颜开。可是老埃略特根本无法参加这个化装舞会,因为他早已病入膏肓,临终前,"他仍然手持那张偷来的请帖,我觉得这对他是个妨碍,想从他手里取出来,但他五指收拢,紧抓不放"。这个细节,与《儒林外史》中严监生为了两根灯芯而死不瞑目,实有异曲同工之妙。

但无论如何,俗人庸众的生活终究不如奇人异士的生活有吸引力。庸人，我们只需睁开眼睛在生活中观察；奇人，我们则要动用想象。由于写了一批日常生活中的无聊俗人，《刀锋》鼓舞想象的力量自然有所降低，可读性比《月亮与六便士》略显逊色。

然而，写俗人乃是为了衬托不俗之人，写埃略特恰是为了写莱雷。埃略特之类的人物只是莱雷的背景。正是由于周围都是泥土，才凸显了这块陨石的特殊质地。是的，毛姆在这里使用了一种尽管古老、笨拙，却仍然相当有效的艺术创作原则：烘云托月。在一个个俗人的反衬中，莱雷的行为和追求显得鹤立鸡群，从而脱颖而出，令我们眼前一亮——而一部小说的主人公能够令人产生如此感受，等于成功了大半。

三

莱雷是埃略特的外甥女伊莎贝尔的未婚夫。他是一个孤儿，在父执奈尔逊医生的监护下成长，与伊莎贝尔青梅竹马。大约十六七岁，莱雷便成了一名空军，参加了一次战役，退役后回到美国，20岁与伊莎贝尔订婚。莱雷的故事，从这里开始。

人的生命，并非从出生的那一刻开始，而是在自由地作出某个重大决定、选择了自己的人生道路之际开始的。那是一个人的第二次诞生，也是人的精神生命的生日。如果说，传记习惯于从人的肉体生命的生日开始，那么小说则倾向于从人的精神生命的生日开始。《月亮与六便士》如此，《刀锋》亦然。

　　莱雷复员后，一反以往"热爱生活"的常态，既不上大学，也不找工作，靠了一笔不算太高的年金（三千元），游手好闲，无所事事，自称为"闲荡"。也就是说，莱雷已经不太习惯，乃至根本不愿意像以往那样过着"正常人"的生活。奈尔逊博士说："战争对莱雷有所影响。他去的时候是怎么个人，回来的时候便已不是那么个人了。这并不只是说他长了岁数。发生了什么事，使他的个性改变了。"伊莎贝尔说："他像是一个梦游者突然在一个陌生的地方惊醒，辨不出他所在的地方。"莱雷为什么会这样？到底发生了什么事情，使他"连性格都变了"，并使他"突然醒过来"？是死亡。莱雷在战场上亲眼目睹了死亡。死亡使莱雷睁开了眼睛，苏醒过来，发现自己以往习以为常的生活毫不实在，如同梦幻泡影，一时不知所措，只好整日价"闲荡"。

　　原来，莱雷在部队里结识了一位来自爱尔兰的好友柏奇。1918年初，他们打算一起出去休假，并制定好了详细的旅游计划。就在临行前一天，莱雷和柏奇受命飞到敌方上空侦察，遭遇了几架德国飞机前后夹攻，莱雷陷入困境，他的飞机"被打得遍体鳞伤"。这时，柏奇的飞机"像一道闪电似地"冲了过来，拼命开火，驱走德机，救出莱雷，而他自己却不幸被炮火夺去了年仅22岁的生命。

我的一个朋友说:"死亡是生命中的一次真正重大的机会。"只是这个重大的机会并不是所有的人都能够把握。许多人都曾亲眼目睹他人的死亡,或是前辈的死亡,或是亲友的死亡,或是路人的死亡。我们可能参加过许多次葬礼,可是我们的心灵却往往并不为之所动。生活一如既往地延续下去,一切按部就班,秩序井然,毫无影响,仿佛那不过是我们经过草地时偶然被蚊虫叮了一口。只有那些敏感、有悟性、有慧根的人,那些极富同情心的人,那些拥有万物一体之情怀的人,那些具有形而上学倾向的人,才能在他人的死亡中看出自己的死亡,看出人类必有一死的终极命运,看出生命整个儿失去了根基,俨然赖以为生的绿洲一夜之间突然变成了沙漠或沼泽。莱雷便是这种人。莱雷感叹:"人们死了以后,那僵死的模样多可怕!"莱雷说:"你就很难不问自己生活到底是为了什么,生活有没有任何意义。"莱雷不能不追问,在死亡的阴影之下,人生到底有没有意义?人生究竟是为了什么?世界上为何有痛苦、忧患和恶的存在?用莱雷的话说:"过去我从来没有认真想到过上帝。这时我开始去想上帝。"

寻找上帝,是由于上帝在生活中失去了踪迹;对意义的探求,始于对无意义的察觉。而死亡,这个吞噬一切的恶魔,它是导致人生毫无意义的根本原因。

当一个人意识到自己终归要走向死亡时,他不能不兴起"他的全部作为和全部生活都毫无意义"的念头。莱雷和柏奇的休假计划，在死亡面前是何等的不堪一击。一生致力于开拓疆土的亚历山大大帝和成吉思汗，他们在死后所占据的地盘，不过数尺而已；"一世之雄，而今安在哉？"一个人即便是学富五车、才高八斗、著作等身、门徒无数，当死亡来临，也可能比一个四肢发达头脑简单的农夫还要无能为力。正是由于死亡问题的逼迫而至，人类才发明了艺术、哲学与宗教。死亡是一切艺术、哲学和宗教的初始出发点，而一切艺术、哲学和宗教的归宿点则是对于不死的渴望。然而，艺术只能以感性的方式在想象的领域召唤生命，鼓舞生命。哲学的理性思考使人意识到死亡的最终不可战胜性，对于死亡只能徒叹奈何，充其量以苏格拉底的方式做到"提前进入死亡"、"预先学习死亡"，习惯死亡，接受死亡。宗教则不然。所有伟大的宗教都试图一劳永逸地征服死亡，彻底解决死亡问题。所以基督教的耶稣声称"我就是生命"，信仰上帝即可获得灵魂的永生。佛教的根本问题也是死亡问题，据说当初释迦牟尼就是为人生中的"生、老、病、死"四件大事所触动而出家的，而"生老病死"，无非就是死亡问题的更为具体的显现罢了。佛陀的教导以发现和分析死亡问题始，以解决死亡问题终。

死亡是一次精神觉醒的机会，经历死的人才能领悟生，一如生病使人意识到健康。莱雷把握住这个机缘，开始思考生命和生活的意义，他的道路大体介于哲学与宗教之间。莱雷再也不能够像以往那样毫无觉知地面对生活了。在以"闲荡"为名的日子里，莱雷已经进行了长时间的独自思考。当伊莎贝尔以成婚为由建议他到朋友格雷父亲的公司上班时，莱雷终于做出了生命中最为重大的决定——去寻找自己要走的路，过自己想过的生活。这意味着，他从此踏上了一条漂泊无定的朝圣之路，他将成为一位刀锋之上的行者。

四

《刀锋》的扉页题词写道："剃刀锋利，越之不易；智者有云，得渡人稀。"毛姆的"刀锋"之喻，可能来自印度《迦陀奥义书》第三章："醒来，快起来，接近伟大的导师，才察觉道途的艰辛，其中的岔路，宛如剃刀边缘。"（胡茵梦译）莱雷已醒来并要上路。这条个人的得救之道或解脱之道，艰辛险恶，丝毫不亚于人类历史上所发生的一切重大战役。我发现，毛姆在《刀锋》中至少比较详细地描写了莱雷所经历的精神领域的"三大战役"。这"三大战役"，莱雷的对手都是伊莎贝尔，斗争一次比一次来得惊险，其结果一是离家出走，二是解除婚约，三是放弃家庭。

第一次"战役"，就是莱雷拒绝了伊莎贝尔提出的就业要求。《月亮与六便士》中的思特里克兰德突如其来、无声无息地离家出走，引起家人和读者的无限猜测；《刀锋》中的莱雷离家出走,即告别未婚妻远赴巴黎,就其在亲朋间引起的反应而言,却是惊天动地的。

伊莎贝尔源于"美国的十足实际的人生观","本能地感到钱的重要性",她认为莱雷应当马上就业、打拼、赚钱,而且"他的一生显然应当放在这上面"。而莱雷回答说:"金钱恰巧引不起我的兴趣","觉得我这一生还可以多做点事,不能够光买股票。"于是伊莎贝尔向他搬弄道听途说的大道理,强调"一个人总得工作",这是一个"做人"的问题,并且"如今欧洲完蛋了,美国正在开始一个伟大的时代,方兴未艾,前途无量,预计到1930年,将成为世界上最富有和最强大的国家,每个公民都有责任和义务为这样一个国家的未来发展贡献力量"。莱雷却对伊莎贝尔所说一切都无动于衷。最后莱雷告诉她自己亲眼目睹的死亡,以及由死亡引起的对人生意义的感触、困惑和思索,他说:"除非我对一些事情有了一定的看法,否则我将永远得不到平静。"

用毛姆的说法,莱雷"在追求一个隐遁于无知的云雾中的理想——就像一个天文学家仅仅由于数学计算告诉他有一颗星球存在他便寻找这个星球"。并且他已经被自己脑中"半明半昧的观念"完全控制住了,变成了这一观念的提线木偶。他不能不出发,不能不行走,不能不寻求,好似一位恋人不能不思念,一个人不得不呼吸一样。莱雷的追求显然太不实际,毫无用处,可是毛姆说得好:"世界上还有什么比学会生活得最好更实用的吗?"天生的实用主义者、物质主义者和享乐主义者伊莎贝尔,根本不能理解发生在莱雷精神世界的事件,也根本无法想象莱雷所追求的真正的生活,她只觉得莱雷所想的都是不着边际的事情,她宁可将之理解为这是由于莱雷在战场上受了惊吓,得了一种医学上的所谓"慢性惊恐症"。既然莱雷的精神状态未曾恢复平衡,不愿就业,那么伊莎贝尔当然"不想嫁给一个游手好闲的人",可是莱雷对她实有无穷的吸引力,使她一时又舍不得解除他们之间的订婚关系。为了逃避对自己不利的社会舆论,伊莎贝尔建议莱雷"出门去走一趟"。而莱雷恰好也决定前往巴黎理清自己的思想。一对未婚夫妇,就这样分开了。

未婚妻都不能理解莱雷,更何况其他人!伊莎贝尔的舅舅埃略特说:"莱雷永远不会有多大出息,他一无金钱可讲,二无地位可言。"确实,从世俗的、功利的和实用的角度看,莱雷算是最没出息的一个人。记得在《我们仨》中,杨绛也说过钱锺书是一个"没出息"的人。钱锺书的《管锥篇》和《谈艺录》能管什么用?放到现在,怕是连教授职称都评不上。

不过后来莱雷在漫游途中认识了一位古怪的矿工科斯蒂,他能够理解莱雷的追求。科斯蒂也曾有过与莱雷类似的困惑,他也曾在这条路上探寻过并且似乎有所收获,他熟悉神秘主义的著作,常常在醉后和莱雷谈论"事物的终极"、"皈依上帝的神圣性",让莱雷听得心醉神迷。但是他一旦清醒过来,立即把那些东西视为"无聊的事儿",固执地拒绝回答莱雷的提问。莱雷逐渐意识到,"他的欺骗行为、他的刻薄与残忍则是他的心理对一种根深蒂固的神圣的本能的反抗,是对于他对令他恐怖又使他念念于怀的上帝的向往的反抗"。为了现实生活,科斯蒂活生生地压抑了自己对上帝的本能渴求,就像妓女为了生活放弃了爱情和贞操。偶尔,酒精会使得被科斯蒂驱逐到潜意识领域中的上帝问题浮现出来,好似妓女寂寞时也会感叹"易得无价宝,难得有情郎"。但在科斯蒂看来,生活不需要灵魂,上帝还不如德文有用。追求上帝只能带来不安,让人活得沉重不堪,而练习德文至少可以帮他顺利地找着临时工作,赚到工钱,养活自己。这个本该成为莱雷之同道的人,为了生活,故意驱逐了上帝,自我阉割了精神。

伊莎贝尔在第二次"战役"中规劝莱雷的主要理由,也是"生活"、"养家糊口"。

那时,莱雷在巴黎已经呆了两年,伊莎贝尔应埃略特舅舅的邀请,随同母亲来到巴黎,两人在异国他乡再次相遇。莱雷这两年呆在巴黎的主要事情就是博览群书,一天要看八到十个小时的书,读完了法国文学的所有重要作品,熟练掌握了拉丁文,正在学习希腊文。莱雷兴高采烈地告诉伊莎贝尔读《奥德修斯》原文的感觉,初次阅读斯宾诺莎哲学的兴奋,其效果无异于对牛弹琴，夏虫语冰。伊莎贝尔并不反对莱雷求知，但她说："不准备用求来的知识干任何事情，要这种知识干什么？"在她心目中，知识的唯一正当的用处就是应当拿来换取金钱、社会地位和物质享受。莱雷已经澄清并能够表述多年来困扰自己的问题："我想在我的心里彻底得出结论——究竟有没有上帝。我要弄明白为什么会有罪恶。我要弄明白究竟是我有一个不死的灵魂呢，还是我一死，我的一切就完蛋。"这些问题令伊莎贝尔"倒噎了一口气"、"觉得很不舒服"。她问莱雷几时回芝加哥。可是，浪子回头，谈何容易？此时的莱雷已经品尝了精神世界的佳酿，又如何愿意退转到世俗世界中去？他说："这对我来说等于自杀。这等于出卖我的灵魂。"

莱雷也要生活，但他想过的是纯粹的精神生活。根据他的初步体验，这种生活充实、丰富、没有止境、极端幸福，是世上唯一值得一过的生活。他希望伊莎贝尔能够与他分享这种生活。他建议伊莎贝尔立即与他成婚，度完蜜月后两人同游向往已久的希腊。莱雷追求的是精神享受，伊莎贝尔要的是物质享受；莱雷渴望生命的成就，伊莎贝尔羡慕世俗的成功；莱雷实在，伊莎贝尔虚荣。莱雷的求婚好似一声声温柔的呼唤，其动人之处如同一曲优美的旋律，却给一双不懂音乐的耳朵原封不动地反弹了回来。在伊莎贝尔看来，现在这样与莱雷结婚，靠莱雷那可怜的三千美元年金度日，意味着一辈子过牛马不如的生活，什么指望都没有,这等于说要苦挨苦挣一辈子。于是伊莎贝尔退回了他们的订婚戒指。

许多年过去了。伊莎贝尔的生活发生了很大的变化,可谓大起大落。她嫁给了百万富翁之子格雷,并很快生儿育女。格雷子承父业,事业蒸蒸日上,伊莎贝尔得遂宿愿,纸醉金迷。然而随后不久,爆发了1929年西方经济大危机,格雷的公司不得不宣布破产。格雷受此重大打击,一蹶不振,身染恶疾,无法上班。如今伊莎贝尔所过的生活,与当时莱雷根据三千美元年金所设想的生活毫无两样。

这时,伊莎贝尔和莱雷有一次相遇。莱雷已经从印度学成归来,奇迹般地治好了困扰格雷的头疼病。有一次,他们在外出游玩中无意遭遇了他们少年时代在芝加哥的共同朋友索菲。索菲婚后不幸丧夫,从此自觉了无生趣,自暴自弃,从当年的那个腼腆纯洁、爱好诗歌的少女沦为一个整日吸毒酗酒的娼妓。莱雷动了恻隐之心,甘愿自我牺牲,娶索菲为妻,帮她戒毒戒酒,好似耶稣自愿为人类被钉上十字架。然而,出于一种"我得不到,别人也休想得到"的古怪占有欲,伊莎贝尔决定不顾一切地阻拦莱雷和索菲的婚事。

那真是一场惊心动魄的战役,其激烈程度相当于三国时期的"赤壁之战",其结局同样地意味深长,影响深远。伊莎贝尔在这次战役中代表"孙权军团",莱雷和索菲代表"曹操军团",

"赤壁"则被代之为伊莎贝尔家的客厅。那天，伊莎贝尔设下毒计，布下阵势，邀莱雷的未婚妻索菲前来，却又临时抽身而去，只留下一瓶美酒在几案上，不时朝索菲袭去阵阵香味。可怜那索菲自从订婚跟了莱雷，又是淡妆，又是吃素，又是戒毒，又是禁酒，嘴里早已淡出鸟来，怎敌得住她眼前阵阵酒香！没几口就喝干了那瓶美酒。结果，索菲在婚礼前三天失踪了。

伊莎贝尔这次成了莱雷理想生活中的最大的劲敌。然而，或许也正是伊莎贝尔无意中歪打正着，事实上竟帮了莱雷一把。德国传记作家路德维希在《人之子》中写道，耶稣"觉得自己是上帝拣选出来的人，所以他不赞成结婚，结婚是夫妇互相欢悦，以此取代了对上帝的侍奉"。莱雷不是耶稣，然而他似乎也具有耶稣的特点，他似乎天生不宜结婚，不能成立世俗的家庭，因为他已把全部生命投入到寻求上帝的事业当中去了。婚姻和家庭，看来只能成为莱雷独自前行的障碍。然而莱雷并不是一个不近女色的禁欲主义者，就像耶稣并不拒绝女人对他的崇拜、敬爱和侍奉一样。一个名为苏珊的女画家，莱雷曾经在她贫病交加的关键时刻伸出援助之手，并与她同居了数月。苏珊告诉毛姆："我曾经差一点爱上他。你恋他还不如恋水中的倒影、一丝阳光或天空的一片浮云。我差一点陷了进去。甚至现在回想起来，我还为那时冒的风险不寒而栗。"

精神生活的法则是减法，是放弃。舍弃得越是彻底，越是干净,行走在刀锋之上便越是轻盈自如。现在,莱雷逐一拒绝了来自世俗生活的全部诱惑,舍弃了金钱、地位、名誉、爱情、婚姻、家庭,包括自我的傲慢等一切可以舍弃的东西。他已通过了一系列严峻的考验,他的生命在这个过程中发生了质的转变,成为一名合格的刀锋上的行者,不,此时的莱雷,也许已经是刀锋上的一名舞者。

五

莱雷最终实现了他的目标,发现了生命的真谛,找到了上帝吗?

莱雷在德国波恩的一个图书馆里邂逅恩舍姆神父,并向他倾诉了自己的经历。恩舍姆神父问莱雷:"你已经读了四年书,你已经到了什么地步?"莱雷说什么地步也没有达到。恩舍姆告诉他,"你与信仰之间的距离还不到卷烟纸的厚度那么大",并介绍他到自己的修道院住了三个月。离开修道院时,恩舍姆神父对莱雷说:"你是一个不信上帝但宗教根基很深的人。上帝会把你挑选出来的。你会回来的。究竟是来这里还是去别的什么地方,只有上帝知道。"

恩舍姆神父的简洁的话里,有着丰富的意义:

他可能是说,莱雷的道路不纯粹是宗教的得救之道,而是介于哲学与宗教之间,尤其需要指出的是,并非某种特定派别的宗教。莱雷确实广泛阅读了许多哲学著作，柏拉图、笛卡尔、斯宾诺莎、威廉·詹姆斯等等，都是他的阅读对象；中世纪神秘主义者的大量著作，印度古老的《奥义书》，也是莱雷涉猎的对象。

他可能是说，莱雷相信的不是众人相信的、现成给定的上帝，比方说，肯定不是埃略特临终忏悔的上帝，而是自己寻觅、个人亲证的上帝，所以莱雷说："我想要相信，但是我相信不了一个比一般上流人士好不了多少的上帝。"当恩舍姆神父问他是否相信上帝时，莱雷说这不关他的事。在《刀锋》中，在20世纪初期西方文化陷入虚无主义情绪的背景下，这也可能意味着莱雷所寻觅的上帝，并不属于西方文化传统、基督教文化传统的上帝，而是东方文化传统的上帝，特别是印度瑜珈者的上帝。

他也可能是说，莱雷只能是寻找，却未必寻得。的确，如果上帝不是一个外在的对象，那么，寻找上帝也就是发现自我。使生活获得意义或创造生活意义的唯一途径，也就是自我认识与自我完善。游历印度归来的莱雷已经悟到："人类能为自己树立的最伟大的理想是自我完善。"而如果生命或生活真理就是莱雷所说的"自我完善"，那么，"自我完善"是一个无止境的过程，它是一个只能向往却不能占有、只能追求却无法实现的目标，就像人想成为上帝而实际上上帝却永远与我们保持着无限的距离一样。

"自我完善"，在我们看来，也不过是老生常谈，无甚高论。早在古希腊，苏格拉底就向人们提出"认识你自己"的类似要求，这难道就是生活的终极真理么？难道莱雷耗时多年的长途跋涉、虔心朝圣，仅获得这一微不足道的东西？然而，自我认识或自我完善，固然是老生常谈，却不是微不足道的。对我们而言，自我认识或自我完善只不过是一个空洞的见解，不过是从书本中搜集而来的记忆中的信息，好比一件披挂在身上的装饰。我们只拥有干巴巴的结论，却不知道这一结论从何而来，如何而来，我们没有经历达到这一结论的过程，因此它对于我们并没有什么深刻的意旨。我们用苏格拉底的格言炫耀自己的博学，苏格拉底却在我们的炫耀中弃我们而去。我们的脑中不知充斥着多少如此这般"拔苗助长"的知识。然而对莱雷而言，这一貌似平淡无奇的真理却是用他全部青春岁月换取的，一旦在游历中形成了这一领悟，这一领悟便携带着莱雷的全部漫游历程，宛如希腊神庙呈现着地中海的海风和阳光。因而，莱雷的领悟好比从他的生命中自然生长出来的东西，完全融入了他的血肉之中。它不是单纯的知识，更不是外在的可传授的信息或资讯，单独抽出这一结果，它的生命将会突然枯萎，像是一个梨子丧失了水分而干瘪。黑格尔说过，8岁顽童和80岁的老翁常常说出同样的话，但同一句话的内涵却完全不同。不错，"真佛只说家常"，可是，难道我们竟会天真地以为"家常"就是佛言了么？

无疑，"自我完善"是一个超越于东西方之外的最高理想，因为唯有普世的东西才是真正终极的东西。只是毛姆认为，这个最高理想或普世价值，在20世纪初的西方现代社会，尤其是美国的现代商业社会，已经失落了、无从寻觅了，所以莱雷说："我也像罗拉一样，我所来到的这个世界太老了，并且我也来得太晚了。我应该生在中世纪，那时信仰宗教是件自然而然的事。"正因为上帝的身姿似乎在西方现代世界隐匿了，正因为莱雷在美国故乡听不到上帝的声音，毛姆才让莱雷走了一段迂回而漫长的道路，去察看上帝的脚印，追踪上帝的消息。先是离开美国到了法国，接着去了德国，最后到达印度。他在印度哲人那里领悟到的真理，其实归根到底，也就是西方文化传统中内含的真理。莱雷在人生中的每一个重大时刻，都希望能够去希腊旅游，这象征着他的精神之源头在希腊，而非印度。印度或东方只是一种偶然的他力和助力。西方文化中出现的问题，终究必须由西方文化来解决。地球是圆的，任何一种越洋航海，只要沿着正确的方向，最终总是返回原点，回归自身。

莱雷的多年游历，以及从不间断的阅读，使他窥见了上帝向他投射的一线光芒，嗅到一丝真理的气息。在这个意义上，可以说莱雷实现了他的目标。游历印度归来之后，莱雷说："我的学徒生活已经结束。今后这笔收入只会成为我的包袱。我将要甩掉它。"

扔掉包袱，是为了轻装上阵，开始另一种行走。现在，莱雷就像一个满心要建筑精神家园的人，费尽千辛万苦，终于找到了房屋的设计图，剩下的事情就是盖房子了。

大隐隐于市。莱雷决定定居纽约，因为纽约拥有最大的图书馆；做一个汽车修理工，或者当一名出租车司机，因为当过飞行员的莱雷喜欢开汽车，而且开汽车仍旧可以满足他的游历需求，跑遍美国。与此同时，抽空写一本书。莱雷写作，不是为写作而写作，不是为了当一名职业作家，而是为了描述他解决精神困惑的历程，记录他在流浪途中的所见所闻，报告他在朝圣路上的心得——或许这才是本来意义上的写作，谁知道呢。莱雷说："这本书并没有什么特殊意义。我之所以要写这本书，只是为了把这一切资料都处理掉，我之所以要予以出版，是因为我认为一件东西只有在印成铅字之后你才看得出它到底怎么样。"

六

有学者无意中发现，莱雷这个人物的原型是20世纪英国牛津大学的语言哲学天才维特根斯坦，还举了一些史料以为佐证。其中最重要的证据有二：维特根斯坦也熟悉威廉·詹姆斯的《心理学原理》；维特根斯坦在战后一度隐居，当小学教师和修道院园丁。

这个看似趣味盎然的考证，只让我感到十分扫兴。在我看来,"莱雷"的原型到底是不是维特根斯坦,与我的阅读经验毫无瓜葛;把"莱雷"这一文学形象落实为现实中的某个哲学教授,我以为是对《刀锋》的一种贬低。"莱雷"只是一个纯粹虚构的理想人物,毛姆通过虚构这个人物,揭示了人性中固有的一个精神维度。这一精神维度,在20世纪初两次世界大战之间的欧美世界中被清晰地意识到,在莱雷身上得以显豁,但在人类历史上的一切时代、一切地点,它始终存在,亘古不灭。

正如尼采所言,"人是形而上学的动物,人在本质上就是一种不能不寻找上帝、不能不追求意义的存在"。莱雷,是勇于追求人生意义的人的文学象征。莱雷的存在时间不属于某个特定的时代,而属于人类生活的全部历史时期;莱雷的存在空间不属于西方、不属于美国,而属于人类居住的所有地方。

第一章

一

我以往写小说,在动笔之时,从来没有过这么多的疑虑。我之所以把这本书叫做小说,只是因为我给它起不来别的名称。我没有很多离奇的情节以飨读者,书的结局既不是饮恨而死,也不是如愿成亲。俗话说"一死百了",因此死能使一个故事全面收场,而成亲也能使故事恰当结束。高雅讲究的人们瞧不起俗话所说的"大团圆",其实是他们考虑不周。一般的人本能地认为,一旦男女主人公们如愿成了眷属,该交代的也就都交代了,这种看法倒也头脑清醒。当一男一女经过各种波折终于结合到一起的时候,他们也就完成了他们的生物学使命,读者也就不再关心他们,而把兴趣转到下一代身上。但是我可没有给读者把结局交代清楚。这本书所写的完全是我对一个人的回忆,而我与这个人萍水相逢时虽有交往,但一分手就是多年不见,在此期间他都经历了什么,我并不知道。我想,我能够编出一些情节,天衣无缝地填补起这些空白,使我的小说读起来连贯一些,不过我无意这样做。我自己知道多少,就写多少。

许多年以前,我写过一本小说,书名是《月亮和六便士》。我那本书写的是画家保罗·高更①的故事。关于这位法国艺术家的生平，我所掌握的材料非常不足，我创造这个人物所根据的就是这点微不足道的材料的启示。我就是利用小说家的特权，靠编造一些情节来描绘这个人物的。可在写作本书的过程中，我压根儿没想这样做。书中没有一点东西是编造的。现在本书中的人物都改了姓名，那也只是为了如果他们还活着的话，不使他们觉得难堪，我还动了一番脑筋，用别的办法来确保谁也看不出书中写的就是他们。我要写的这个人并没有名气。可能他永远也不会出名。也许当他一辈子结束的时候，他来到世上一遭给世人留下的痕迹并不比投入河水的一块石头在河面上留下的痕迹多。因此，如果我这本书还有人读，也只会是因为书本身可能有点意思。不过也可能，他为自己选定的生活方式，他性格的特别坚定以及特别温文，会对他本国的人产生越来越大的影响，以致人们会觉察到，本世纪曾经生活过一个非凡的人。大概这要到他死了很久之后，那时候，我在这本书里写的到底是谁，也就大白于世了，想知道些他早年情况的人们，就有可能在这本书里找到一些他们所需要的东西。我认为我这本书，会在我前边说过的有限范围内，向我朋友的那些传记作者们提供一些有用的资料。

我不想蒙混读者说我记下来的对话可以看作是逐字逐句毫不走样的记录。我从来不去记录别人在这个场合说些什么或在那个场合说些什么，但是只要他们的话与我有关，我的记忆力是很可靠的。

---

①保罗·高更（Paul Gauguin，1848-1903），法国画家。——译注

所以，虽然这些对话是我写出来的，但我相信，它们能忠实地代表对话者的原话。我刚刚说过书中没有一点东西是编造的，现在我想把这句话改一改。我采取了希罗多德①以来的历史学家们的办法，擅自把我本人没有听到过也不可能听到过的谈话，编出来叫书中的人物去说。我之所以要这样做，和那些历史学家一样，都是为了使场面生动、逼真。不然的话，如果只是转述一下，没有人物对话，那读起来效果就很差。我写书就是希望能有人读，我想尽我所能把书写得让人们爱读，这样做无可指摘。明眼的读者自己就能很容易看出我在什么地方用了这种手法，他们完全可以不予理睬。

我着手写这部书时心里不很踏实的另一个原因，是我主要描写的人物都是美国人。人是非常难了解的，我认为，我们除了本国人外，不可能对其他任何人有真正的了解。因为或男或女并不只是他们本身而已；还是他们出身的地区，学步的农舍或城市公寓，儿时的游戏，偶尔听来的辈辈相传的老故事，吃的饭，上的学，心爱的运动，诵读的诗篇，以及他们信仰的神。是所有这一切使他们成为他们今天这个样子，而这一切你只凭道听途说是不可能了解的，只有亲身经历过，你才能了解。只有变成他们本身，你才能了解。你无法了解来自不同国度的人，如果说了解，也只是观察得来的印象。因此，要在纸上把他们刻画得真如其人，就不是件容易的事

---

①希罗多德（Herodotus，约公元前484—约公元前425），古希腊历史学家，在西方史学中有"历史之父"之称。——编者注

儿。甚至于连亨利·詹姆斯①这样一个明敏心细的观察家,尽管在英国住了四十年之久,也不曾成功地创造出一个百分之百的英国人。至于我自己,除了几篇短篇小说外,我从来没描写过本国人以外的任何人,我在短篇小说里之所以大着胆子去描写外国人,是因为在短篇小说里你对人物的描述可以粗约一些。你给读者把主要特征描述一下,细微的地方由他们自己去补充。也许有人会问,既然我能把保罗·高更改成英国人,为什么我就不能对本书中的人物采取同样的办法?我的回答很简单:我不能。一改,他们就不再是他们那样的人了。我不敢贸然说他们这些美国人就像美国人眼里的美国人一样,他们是一个英国人眼中的美国人。我没有去模仿他们说话的特点。英国作家模仿美国人说英语造成的混乱和美国作家表现英国人说英语造成的混乱,完全旗鼓相当。最容易出错的是俚语。亨利·詹姆斯在他的英国故事里常常使用俚语,但总是用得不很像英国人,因此,他不仅得不到他所追求的口语化效果,还常使英国读者不舒服地为之一颤。

二

1919年,我在去远东的路上,曾到过芝加哥,并且由于一些与本书内容无关的原因,我在那里住了两三个星期。那时我刚刚出版过一部成功的小说,由于时事新闻的报导,我刚到达就有人来访问

---

①亨利·詹姆斯(Henny James, 1843—1916),美国小说家。——编者注

我。第二天早上我的电话铃响了,我接了电话。

"我是埃略特·坦普尔顿。"

"埃略特?我还以为你在巴黎呢。"

"不,我来看我的妹妹。我们请你今天来和我们一起吃午饭。"

"我很高兴去。"

他给我约定了时间并把地址告诉了我。

我认识埃略特已有十五年了。他这时已年近六十,高高的个儿,风度翩翩,五官秀美,又厚又卷的黑发稍有一点花白,更显出他容貌出众。他衣着一向讲究。零星服饰他买自夏尔维商店,但衣服、鞋、帽,他要到伦敦去买。他在巴黎塞纳河南岸时髦的圣纪尧姆街上有一套公寓。不喜欢他的人说他是个商人,可这话如果让他听见,他会非常痛恨的。他有鉴赏力,而且见多识广。他不在乎地承认,在以往的年月里——他初到巴黎定居的时候——他为那些要买画的有钱的收藏家们出过主意;并且,当他通过社会交往听到某个没落的贵族——英国的或法国的——打算卖掉一张第一流的好画的时候,他就很高兴地去找美国博物馆的理事们,因为他无意中听说,他们正在寻访某某画家或某某画家的名画。法国有许多古老的家庭,英国也有一些,境遇逼迫他们卖掉一只有布尔签名的柜子,或一张齐本达尔亲手做的书桌,却不愿声张出去。能够认识这样一个博学多闻、举止文雅、可以不露风声地把事情给他们办好的人,他们当然高兴。人们自然会猜测埃略特从中捞到了好处,但是有教养的人谁也不愿说出口。刻薄的人一口咬定他那公寓里的每样东西都是要卖的,还说,每当他用名贵陈酒和丰盛佳肴招待有钱的美国人之后,他那些贵重的画就会有一两张突然失踪,或者一只精工镶嵌的衣柜不见了,而代之出现一只上了漆的。当人们问他为什么某件东西会不见的时候,他就解释说,那东西他有点看不上,因此换了件质量好得多的。他一解释,人们便也觉得颇有道理。他还说,一睁眼总是看见那些东西,会腻的。

"Nous autres américains①,我们美国人,"他说,"喜欢变花样,这既是我们的弱点,又是我们的长处。"

巴黎有些美国太太自称知道他的底细,说他的家里很穷,他能过现在这种生活,完全是因为他非常精明能干。我不知道他有多少钱,但他那位有公爵爵位的房东肯定每月要叫他为他这套公寓付一大笔钱,而且他那公寓里也满是值钱的东西。墙上挂的都是法国大师华托②、弗拉戈纳尔③、克洛德·洛兰④等的画;镶木地板上铺着美丽的萨伏纳里和奥比松地毯;客厅里摆了一套路易十五时代的十字纹雕花家具,就其花纹的精美来看,这些东西完全可能像他所说,原是当年蓬巴杜夫人⑤的闺中之物。反正他有的是钱,他用不着

---

① 法语,我们这些美国人。——译注
② 让-安托万·华托(Jean-Antoine Watteau,1684-1721),法国画家,创造了抒情性的画风,具有现实主义倾向。——编者注
③ 让·奥诺雷·弗拉戈纳尔(Jean Honore Fragonard,1732-1806),法国画家。——编者注
④ 克洛德·洛兰(Claude Loorrain,1600-1682),法国画家,擅长历史风景画。——编者注
⑤ 蓬巴杜夫人,让娜-安托瓦内特·普瓦松(Jeanne-Antoinette Poisson, Marquise de Pompadour,1721-1764),法王路易十五的宠妾。——编者注

去赚钱就能过他认为体面人应过的生活。至于过去他是靠什么办法达到这一步，如果你不希望他和你翻脸，你就放明白点儿，不要提这个问题。由于在物质上他再不用操心，他就一心一意投入生活中他所热爱的事情，那就是社交。他帮法国的或英国的贵族办事，这就使他巩固了他拿着给重要人物的介绍信初来欧洲时所取得的社会地位。他初来时还年轻。他出身于弗吉尼亚州的名门，从母亲一系来说，他的一位祖先还在《独立宣言》上签过字。他的家世使他拿着介绍信去见那些有头衔的美国太太时很受看重。他人缘好，又聪明，舞跳得好，枪打得准，并且网球也打得不错。什么宴会都有他的份。鲜花和价钱昂贵的盒装巧克力，他任意买来送人，虽然他很少请客，但请起来独具一格，很受称赞。那些阔太太们被领到苏荷区的风流倜傥的饭馆或者拉丁区的小酒店吃饭，都觉得很好玩。他无时不愿意给人帮忙，只要你有求于他，不论事情多么麻烦，他都高高兴兴去做。对上了年纪的女人，他曲意奉承，取悦她们，所以不久他就成了许多豪门大院里特别吃香的客人。他为人极其和气，假如有人失约使你措手不及，你临时拉他来凑数，他也欣然前来，从不介意；即使你把他安排在一个非常令人反感的老太太旁边，他也一定会施展本事讨她的欢心。

他在巴黎定居，每年伦敦社交季节后期他赶到那里，初秋拜访一圈乡间别墅。两三年的工夫，不论是在伦敦还是在巴黎，一个年轻美国人能够攀得上的朋友，他都攀上了。那些最初把他引进社交界的太太们，发现他结交了那么多人，都感到吃惊。令她们的心情很复杂。一方面看到自己栽培的年轻人取得这么大的成功，感到高兴，另一方面看到他和有些人混得那么熟，而她们自己却只能和这些人攀得个淡淡的表面应酬，她们有点窝火。虽然他一如从前，对她们热情，给她们帮忙，但她们心里不舒畅，觉得他利用了她们，把她们当成了在社交界进身的垫脚石。她们认为他是个势利鬼。他当然是个势利鬼。他是个势利透顶的势利鬼。他是个厚脸皮的势利鬼。为了让人家请他参加一个他想参加的宴会，或者为了和某个名气很大、脾气厉害的老寡妇拉扯点儿关系，什么侮辱他都受得了，碰多大的钉子他都不在乎，再粗暴的对待他都咽得下。他是不达目的决不罢休的。一旦他看准了一个目标，他就毫不动摇地追去，就像一个植物学家那样，为了寻找一种特别稀罕的兰花，对洪水、地震、热病、深怀敌意的土人，统统不怕。1914年的世界大战给他提供了使他大功告成的机会。战争爆发后，他参加了一个野战卫生队，先是在佛兰德斯，以后又在阿尔贡服务，一年以后他胸戴红带勋章回到了巴黎，在巴黎红十字会弄到了一个位置。这时候他已经很富裕，凡是显贵人物赞助的慈善事业，他都慷慨捐助。任何广泛宣扬的慈善活动，他都以自己的真知灼见及组织才能积极地襄助一番。他参加了巴黎两家人们最难加入的俱乐部。法国最高贵的女士们都把他叫做"好埃略特"。他的雄心终于得逞了。

三

我最初认识埃略特的时候，只是一个普普通通的年轻作家，他瞧不起我。凡是他见过的人，他都记得，每当我们在这里或那里路遇的时候,他和我热情地握手,但一点儿也不表示有进一步和我深交的意思。如果我在看歌剧时看见了他,比方说他正陪着一个显贵人士,他就会装作看不见我。但后来我突然发表了一个轰动一时的剧本,我便很快意识到埃略特对我热情多了。有一天我接到他的一份请帖,约我到克拉里治饭店吃午饭。他每次到伦敦就住在这个饭店里。宴会上请的人不多,并且不怎么像样,我心想他是在试我深浅呢。不过从那以后,由于我写作上的成功给我带来许多新朋友,我开始更常见到他了。在那之后不久,我在巴黎过了几个星期的秋天,在一个我们两人都认识的人的家里碰见了他。他问我住在什么地方,过了一两天,我又一次接到他请吃午饭的请帖。这一次是在他的公寓,我到后一看,感到吃惊——宴会很不寻常。我悄悄地笑了。我知道,根据他丰富的社交常识,他了解到我作为一个作家,在英国社会里没有什么了不起,但在法国,只要是作家,就受人尊重,因此我是了不起的。在此后的一年中,我们的关系变得相当密切,但还没有发展成友谊。我怀疑能否跟埃略特·坦普尔顿做朋友。他感兴趣的不是人,而是他们的地位。我偶尔到巴黎或者他偶尔到伦敦的时候,每逢他宴会上人凑不齐,或者他需要招待到欧洲旅行的美国人时,他仍然会邀我赴宴。在他招待的美国旅游者中,我猜想,有些是老主顾,有些虽是生人但带有给他的介绍信。他觉得他得对他们尽点儿意思,但又不愿意让他们认识他那些显赫的朋友们。打发他们的最好办法当然是请他们吃顿饭,领他们看场戏。但是,连这一点也常常不是很容易就能办到的,因为他三个星期之内的每个晚上都安排了约会,而且他也隐隐地觉察到,光是吃顿饭看场戏这些人未必就心满意足。因为我是个作家,没有多大分量,因此,他肯把在这个问题上的难处告诉我。

"美国人乱写介绍信,毫不体谅人。并不是说我不愿意见推荐给我的这些人,但是我的确想不通,为什么我得勉强我的朋友们认识他们。"

为了弥补招待上的不周,他送给他们一大篮一大篮的玫瑰、一大盒一大盒的巧克力,有时候还不止于此。就在他给我摆了这些难处之后,他要我参加他正在安排的宴会,那态度颇有些天真。

"他们非常想和你认识。"他在信上恭维我说,"某某夫人是个很有修养的人,你写的每一本书她都从头到尾读过。"

于是某某夫人就对我说,她很欣赏我写的《珀林先生和特莱尔先生》这部书,并祝贺我写的剧本《软体动物》获得成功。这两部书中的第一部是休·沃尔波尔[1]写的,第二部是休伯特·亨利·戴维斯[2]写的。

四

如果我给读者的印象是,埃略特是个卑鄙的人物,那我就冤枉了他。

---

[1] 休·沃尔波尔(Hugh Walpole, 1884-1941),英国小说家。——编者注
[2] 休伯特·亨利·戴维斯(Hubert Henry Davis, 1869-1917),英国作家。——编者注

举个例说吧，他的为人是法国人所说的 serviable，就我所知，英文里还没有一个词和这个法文词完全相当。辞典里说，英语的 serviceable 作"对人有用的，关心人的和心肠好的"解时，是个古用法。但埃略特正是这样一个人。他为人大方。虽然在他进入社会的早期，他给认识的人大量送花、送糖、送礼无疑都有不可告人的目的，但是当已经不再需要送的时候，他还在送呢。他从赠礼这一行为中得到愉快。他很好客。他的厨师长可以和巴黎的任何厨师长相比，你可以断定在他家吃饭时你的面前会摆出那个季节最时鲜的美味佳品。你一喝他的酒，就知道他是个懂酒的行家。不错，他请客考虑的就是社会地位，而不是考虑是否意气相投，但他也注意到至少请一两个善于应酬的人，因此他设的宴会几乎总是令人非常开心。人们背后嘲笑他，说他是个醒醒的势利鬼，但是无不高高兴兴地接受他的邀请。他的法语讲得既流利又正确，语音语调也无可指摘。他下了很大工夫学英国人说英语，你耳朵十分灵敏才能时而听出一点美国调子。只要不是谈论公爵和公爵夫人们，他就非常健谈；即使谈的就是他们，由于他现在地位已经巩固，他也不很顾忌，说起话来妙趣横生，尤其是除你以外，再没有别人在场的时候。他的那张嘴恶毒到有趣的程度，这些大人物的丑闻桩桩他都知道，我就是从他那里听说谁是某某公爵夫人最小的孩子的父亲，谁是某某侯爵的情妇。我想，甚至连马塞尔·普鲁斯特[①]知道的贵族们的宫闱秘史也不会比埃略特·坦普尔顿知道的多。

[①]马塞尔·普鲁斯特（Marcel Proust，1871-1922），法国小说家。——编者注

我在巴黎住的时候,我们常在一起吃饭,有时在他的公寓,有时去饭店。我喜欢逛古玩商店,偶尔买件古玩,更多的只是看一看。埃略特总是兴致勃勃地陪我去。他懂艺术品,并且真爱艺术品。我觉得,他熟悉巴黎每一家这类商店,并且和老板们彼此很熟。他特别喜欢和别人争价钱,我们出发时他总对我说:

"你看上了什么东西可不要自己买,只需你给我暗示一下,其余的事我就包了。"

当他以要价的一半把我想买的东西买到手的时候,他感到特别高兴。站在一边看他和人家讨价还价,简直是一种享受。他时而争辩,时而好言相哄,时而发火,时而要人家问问良心,嘲笑人家,指出那件东西的毛病,还威胁说不再进这家商店的门,唉声叹气,耸肩膀,告诫人家,怒容满面地转身要走,当他终于争赢了,他又会伤心似的摇摇头,好像他只好认输似的。

接着他就会压着嗓子轻轻地对我说:"买下吧。价钱再高一倍,也算便宜。"

埃略特是一个热心的天主教徒。他到巴黎没住多久就认识了一位法国教士,这位教士因善于劝说不信教的人和信异教的人皈依天主教而有名。他是宴会上的常客,是个有名的机智过人的人。他只为有钱人和贵族行宗教仪式。这个人虽然出身卑微,但能够随意出入那些最等级森严的府第,这样的人埃略特必然急于结交。有一位有钱的美国太太是刚接受这位教士的劝说而皈依天主教的,埃略特私下对这位太太说,虽然他的家庭一直都是信奉圣公会的,但是他早就对天主教感兴趣。一天晚上她要埃略特吃正餐的时候和那位教士相会，在场的只有他们三人，教士高谈阔论，才华横溢。埃略特的女主人把谈话引到天主教教义上。这位教士虽然是个神父，但还是世上的人，因此，他对另外一个世上人说话，谈到天主教教义的时候，虽然免不了要显出一番虔诚，但也并不迂腐。埃略特发现，关于他的详细情况，这位法国教士无所不知，这使他很是得意。

"德房道姆公爵夫人前天还谈到你。她告诉我说她认为你很有才华。"

埃略特脸红了，心里很高兴。他被人领着去见过这位殿下，但是他从未想到她没有立即把他忘掉。这位教士谈到天主教时，话说得又聪明，又和气。他思想开明，对事情的看法能跟上潮流，并且还豁达大度。听他一番叙述，埃略特觉得教会像个高级俱乐部，受过良好教养的人都应该参加。埃略特的改教，再加上他对天主教慈善事业的慷慨捐助，又为他打开了几扇过去对他紧闭的大门。

他放弃自己祖辈的信仰可能有不纯的动机，但他改教之后，对天主教的笃诚是勿庸置疑的。他每个星期天都去上流人常去的教堂做弥撒，他按时忏悔，并且每隔一个时期都要去罗马一趟。后来他终于因虔诚而被任命为教廷执事，又由于他的勤勉尽职，他获得了圣墓勋章。事实上，他作为一个天主教徒所取得的个人前程绝不比他作为一个世俗的人所取得的差。

我常常问我自己，这样有才华、心肠好、有教养的人为什么会让势利迷住心窍呢？他绝不是个暴发户。他的父亲在南方某所大学里当过校长，他的祖父是个有点儿名气的牧师。埃略特一点不笨，他看得出那些接受他邀请的人之所以接受他的邀请，只不过是为了吃饭不花钱;他也看得出其中有些人很蠢,有些人没有人品。就因为他们的头衔听起来响亮,他看不到他们的缺点。我只能这样猜想,和这些古老世家出身的上流人厮混,给他们的夫人们忠实地跑腿能使他获得一种永不衰竭的喜悦;我想,在这背后隐藏的是一种激情似的浪漫主义,使他在那瘦小干枯的法国公爵身上看到了跟随圣路易斯远征圣地的那位十字军战士,或者在那像猎捕狐狸一样胡乱喊叫的英国伯爵身上看到了他那位跟随亨利八世奔赴金缕地战场的祖先。和这些人在一起,他觉得自己生活在广阔而英武的过去。我认为当他翻阅《哥达年鉴》①的时候,那上边一个接着一个的名字使他联想起古往的战争、历史性的攻城略地、著名的决斗、外交上的谋略,以及国王们的风流佳话。总之,这就是埃略特·坦普尔顿。

五

我正洗脸整衣准备动身应埃略特之邀去吃午饭,这时楼下柜台来电话说他已在楼下等我。我有点儿吃惊,一收拾好便马上下楼。

"我觉得我来接你比较保险一些。"我们一边握手,他一边说,"我不知道你对芝加哥的路熟不熟。"

他有一种我发现为某些曾长期侨居外国的美国人所有的想法,

---

① 《哥达年鉴》(Almanach de Gotha):被誉为欧洲贵族的"圣经",于1763年第一次在德国的哥达印刷,上面详细记载着欧洲和南美洲贵族、皇室及王室的相关谱系及其他内容。——编者注

认为美国是一个难以熟悉甚至危险的地方，让一个欧洲人自己去找路会出问题。

"时候还早。我们可以步行走一段路。"他建议说。

空气冷得有些刺骨，但万里无云，活动活动腿脚倒也惬意。

"我想，在你见到我妹妹之前，我最好把她的情况给你介绍介绍。"我们一边走着，他一边说，"她到巴黎我住的地方去过一两次，不过我想你那时不在。告诉你，今天吃饭的人不多。只有我妹妹、她的女儿伊莎贝尔和格雷戈利·布拉巴森。"

"那个装潢家吗？"

"就是他。我妹妹的房子很糟糕，伊莎贝尔和我要她把房子重新修饰一下。我碰巧听说格雷戈利在芝加哥，我让她今天把他叫来吃午饭。当然他还算不上一个完全上得台面的高雅人士，但他的艺术修养很高。他为玛利·奥里凡特装修过兰内堡，为圣欧兹斯装修过圣克莱门特·塔尔勃特。那位公爵夫人很喜欢他。你可以亲眼看一看路易莎的房子。这么多年她怎么能在里边住下来的，我永远不能理解。我甚至于永远不能理解，她怎么能在芝加哥住下来。"

原来，布莱德雷夫人是个寡妇，她有三个孩子，两个儿子，一个女儿；两个儿子比女儿都大得多。两人都已经结婚，一个在菲律宾，在政府部门工作，另一个像他父亲过去一样，是干外交的，在布宜诺斯艾利斯。布莱德雷夫人的亡夫在世界各地都干过，在罗马当过几年一等秘书，后来到南美洲西岸一个共和国里当公使。

"他去世之后我曾想让路易莎把芝加哥的房子卖掉，"埃略特继续说下去，"但是她依依不舍。这房子在布莱德雷家的手里已经有年月了。布莱德雷这个家族是伊利诺伊州最古老的家族之一。他们1839年从弗吉尼亚来,他们占的土地大约离今天的芝加哥有六十英里。那地方现在仍然归他们所有。"埃略特犹豫了一会儿,看了我一眼,想知道我如何反应,"在这里定居的那位布莱德雷是个农民,我猜你会这样叫他的。我不清楚你是否知道,大约在上个世纪的中叶,中西部开始开发的时候,许多弗吉尼亚人,好家庭的小儿子们,出于对未知的幻想,抛弃了他们在本州过的蜜一般甜的生活。我妹夫的父亲切斯特看到在芝加哥有前途,就在这里进了一家律师事务所。他最后挣了不少钱,他去世以后,他的儿子仍可生活得很好。"

埃略特说话的态度,而不是他的话本身,使人感到,也许他是在说:重要的不是已故的切斯特·布莱德雷离开祖上留给他的庄严的大厦和无际的田地而进入一个事务所,重要的是他积累了一大笔钱,这至少可以部分地补偿他丢掉的家产。后来有一次,布莱德雷夫人拿出了一些埃略特称之为"他们乡下庄园"的照片给我看,埃略特在一旁委实不太高兴。我看到那上边只不过是一所不怎么大的木房子,虽有一个小小的花园,但不到一箭之遥就是粮仓、牛栅、猪圈,房子周围是一片荒芜的原野。我不禁想到:切斯特·布莱德雷先生舍弃这些东西到城里奔前程是心中有数的。

过了一会儿,我们叫了一辆出租汽车。我们在一座用褐色石头建造的房子前下了车。这座房子窄而高,你得爬上一段陡阶才到得了前门。这座房子处于一排房子中间,它所在的街道直通滨湖路,房子的外表,即使在晴朗的秋天也是灰暗灰暗的,你会奇怪:

这样的房子怎么还有人与它难舍难分呢？开门的是个又高又壮、白头发的黑人管家，他把我们领进了客厅。我们走进去之后，布莱德雷夫人从座椅上站了起来，埃略特把我介绍给她。她年轻的时候一定长得漂亮，鼻子、嘴虽然略嫌大一些，但长得端正，两只眼睛很好看。但是她那几乎是过分不加修饰的发黄的面庞已经松弛，可以看出，她与中年发胖的趋势作斗争已经失败了。我猜她并不甘心失败，因为她坐的时候，笔直地坐在直背椅子上。带硬围腰的人，由于钢条过硬，坐直背椅子要比坐弹簧椅子舒服些。她穿着一件蓝色长袍，镶边很宽，长袍的高领用鲸骨排得直直的。她那一头好看的白发密密实实地烫成了波浪，梳理得七结八盘。她请的另外一个客人还没有来，我们一边等着，一边东拉西扯地聊天。

"埃略特对我说，你是走南线来的。"布莱德雷夫人说，"你在罗马停留了没有？"

"停了，我在那里停留了一个星期。"

"那么，亲爱的玛格丽特皇后还好吗？"

她的问题使我惊奇，我说我不知道。

"啊！你没有去看她吗？这么好的人。我们在罗马的时候，她对我们可好啦。那时候布莱德雷先生当一等秘书。你为什么不去看她呢？你可不像埃略特，你不能到意大利王宫去，真遗憾。"

"一点儿也不遗憾，"我笑道，"事实上我不认识她。"

"你不认识她？"布莱德雷夫人说，好像她不相信自己的耳朵，"为什么不认识她？"

"对你说实话，作家一般不和国王、皇后们吃吃喝喝地来往。"

"不过她这个人好得很，"布莱德雷夫人劝告我，好像不认识那位皇家女人我就太自高自大似的，"我断定你会喜欢她的。"

就在此时门开了，管家领进了格雷戈利·布拉巴森。

格雷戈利·布拉巴森，尽管他的名字很响亮，却不是一个风流潇洒的人物。他个子又矮又胖，头秃得像个鸡蛋，仅在耳朵周围和脖子后边还有一圈卷曲的黑发，赤红的脸上连胡须都没有，看上去就像快要满头出汗，两只灰眼睛挺机灵，长着一张贪色的嘴巴和一个又宽又厚的下巴。他是个英国人，我有时在伦敦的不三不四的宴会上能遇到他。他非常快活，非常诚恳，动不动就哈哈大笑，但是你无须有多大的识人的本事，就能看出他那热热闹闹的友好劲儿只不过是掩盖他这个精明的生意人的外衣。好几年来，他一直是伦敦最吃得开的装潢师。他声音低沉雄壮，两只肥胖的小手非常善于表情达意。只需他手势一比，只需他热情洋溢地谈吐一阵，他就会在拿不定主意的主顾心里激起一阵涟漪，使主顾无法抵制他的命令，好像接受他的命令是对自己的恩惠似的。

那位管家用托盘端着鸡尾酒又进来了。

"我们不等伊莎贝尔了。"布莱德雷夫人一边端起一杯酒一边说。

"她到哪儿去了？"埃略特问。

"她和莱雷打高尔夫球去了。她说她可能回来得晚。"

埃略特转向我。

"莱雷的全名是劳伦斯·达勒尔。据推测，伊莎贝尔和他订了婚。"

"我过去可不知道你喝鸡尾酒，埃略特。"我说。

"我不喝,"他一边喝着他举起的那一杯,一边冷冷地说,"在这个禁酒的野蛮国家里你有什么办法?"他又叹道:"巴黎有些家庭也开始喝鸡尾酒了。鬼交通弄坏了好风俗。"

"胡说,埃略特。"布莱德雷夫人说。

她这句话倒是好声好气说的,但口气决断,使我感到她是个有主见的人。她给他的眼色是快活之中富有刁滑,从她的眼风我判断出,她并不迷信埃略特。我在猜想她将怎样发落格雷戈利·布拉巴森。我看到他进屋的时候用职业的眼光把这间房子扫视了一遍,并且不自觉地扬了扬他那浓密的双眉。这间房子的确使人吃惊。糊墙的纸,做窗帘用的花布和罩弹簧家具用的套子都是一个花样;墙上挂着嵌在大金框子内的油画,这些画显然都是布莱德雷这一家在罗马的时候买的。拉斐尔①派的圣母像,基多·勒尼②派的圣母像,祖卡罗③画派的风景画,潘尼尼④派的废墟。房内的摆设有他们在北京居住时的纪念品:雕花过繁的乌木桌子和景泰蓝大花瓶;有他们在智利和秘鲁买的纪念品:硬石刻就的肥胖人体和一些陶制花瓶;有一张齐本达尔做的书桌和一个镶嵌细工做的橱柜。灯罩是用绸子做的,不知哪个欠稳重的画家在上边画了一些穿着华托式服装的牧童和牧羊女。这房子布置得实在难看,然而,我不知道是什么原因,

---

① 拉斐尔·桑吉奥(Raphael Sanzio, 1483-1520),意大利文艺复兴盛期画家、建筑师。——编者注
② 基多·勒尼(Guido Reni, 1575-1642),意大利画家。——编者注
③ 费德利戈·祖卡罗(Federico Zuccari, 1543-1609),意大利画家。——编者注
④ 潘尼尼(Giovanni Paolo Panini, 1691-1765),意大利城市风景画家。——编者注

它又讨人喜欢。它有一种日常家居的气氛，使你感到这种难以置信的杂乱无章中自有它的意义。这一切东西虽然互不和谐，但却同属一体，因为它们都和布莱德雷夫人的生活密不可分。

我们刚刚喝过鸡尾酒，门忽地被推开，进来了一个姑娘，后边跟着一个男孩。

"我们回来晚了吗？"她问道，"我把莱雷又带回来了，有没有东西给他吃？"

"我想会有的，"布莱德雷夫人笑着说，"按电铃，叫尤金再搬个椅子来。"

"是他给我们开门的，我已经对他说了。"

"这是我的女儿伊莎贝尔，"布莱德雷夫人转向我说，"这是劳伦斯·达勒尔。"

伊莎贝尔匆匆忙忙地握了一下我的手，便急不可待地转向格雷戈利·布拉巴森。

"你就是布拉巴森先生吧？我一直盼着能认识你。我很喜欢你给克莱门泰茵·道默家做的活儿。这间房子不可怕吗？几年来我一直要妈妈整理整理，现在你到芝加哥来了，这是我们的好机会。请你说实话，你对这房子是怎么个看法？"

我明白这是布拉巴森最感为难的事情。他飞快地瞥了布莱德雷夫人一眼，但从她那毫无表情的脸上什么也看不出。他断定说话算数的人是伊莎贝尔，于是便哈哈大笑起来。

"我相信这房子很舒服，的确很舒服，"他说，"不过如果你要我直说，那么，我认为的确很可怕。"

伊莎贝尔是高个子姑娘，鸭蛋脸，直鼻梁，生着漂亮的眼睛和丰满的嘴巴，看起来这样的嘴巴是他们这个家族的特征。她长得好看，不过稍胖一些，我认为这可能是由于她还小。我估计随着她年龄的增长，她会苗条起来的。她的两只手强健而好看，不过也稍胖了一些。她那短裙下露出的两条腿也是肥肥的。她的皮肤很好，面色红润，无疑是运动及乘敞篷车回家增进了她面色的红润。她光辉夺目，愉快活泼。你从她身上能感到放射着光辉的健康、喜欢嬉戏的快活、生活的乐趣以及幸福的心情，使你为之振奋。她是那样的天真自然，尽管埃略特非常风雅，与她对比之下，便显得有点俗气。在她那鲜艳的脸色对比之下，布莱德雷夫人显得面色苍白，皱纹满面，看起来又老又没精神。

我们下楼去吃饭。格雷戈利·布拉巴森看见餐厅的布置，眨了眨眼睛。四壁是用仿呢的暗红色纸糊的，挂着一些画得十分糟糕的男女画像，一个个绷着脸，怒容满面，都是已故的布莱德雷先生的最近几辈先人。他自己的像也在那里挂着，留着大而浓的胡子，僵直地穿着方领大衣，戴着浆过的白领。布莱德雷夫人的像是一位19世纪90年代的法国画家画的，挂在壁炉台的上方，她身穿一套浅蓝色的缎子夜服，戴着珍珠项链，头发上戴着星形钻石。她一只手戴着宝石戒指，手指抚摩着针织披肩，披肩画得非常精细，一针一针清晰可数，另一只手心不在焉地拿着一把鸵鸟扇。室内的家具都是黑橡木做的，又笨又重。

"你觉得这些家具怎么样？"我们就座的时候伊莎贝尔问格雷戈利·布拉巴森。

"我敢断定买的时候花了很多钱。"他回答。

"是用了很多钱,"布莱德雷夫人说,"这是布莱德雷先生的父亲送给我们的结婚礼物。它们跟着我们周游了世界——里斯本、北京、基多、罗马。亲爱的玛格丽特皇后非常欣赏它们。"

"如果是你的,你怎样处理它们?"伊莎贝尔问布拉巴森。但是没等他回答,埃略特替他回答了。

"一把火烧掉。"他说。

这三个人开始讨论怎么布置这间房子。埃略特主张完全仿照路易十五时代的风格,而伊莎贝尔想要一张大餐桌和一些意大利风格的椅子。布拉巴森认为齐本达尔做的家具更符合布莱德雷夫人的个人特点。

"我总觉着这件事很重要,"他说,"个人特点。"他转向埃略特,说道:"你肯定认识奥里凡特公爵夫人吧?"

"你说的是玛丽?她是我来往最多的朋友之一。"

"她要我装修她的餐厅,我第一眼看见她,就提出仿照乔治二世时代的风格。"

"你真有眼力。上次我在那里吃饭时留意了那间房子。装饰得再合适不过了。"

谈话就这样在进行着。布莱德雷夫人在一旁听着,但是你看不出她在想些什么。我话说得不多,伊莎贝尔的那个小伙子莱雷——我忘掉了他姓什么——则一句话都没说。他坐在桌子的另一边,夹在布拉巴森和埃略特之间,我不时地看他一眼。他看起来还很小。他和埃略特差不多高,差不多有六英尺,瘦瘦的,四肢松长。他样子令人喜爱，不算漂亮，也不算丑，有点羞羞答答，没有什么不寻常的地方。我感兴趣的是，就我记忆所及，从他走进房子起，他连三句话都没有说，但他好像丝毫没有局促不安，而且他虽然口也不张，却以好奇的神情坐在那里，使人感到他也在参加谈话。我留意了他的两只手。手长长的，但与他的个子相配，不算大，手的样子很美，同时结实有力。我想，画家会喜欢画这样的手。他身材单薄，但样子并不纤弱，相反，我应该说他长得结实而有力。他的脸在沉静时显得严肃，脸色晒得有点发褐，但依然相当白皙，容貌虽然十分端正，但并不出众。他的颧骨较高，两鬓凹陷。他的头发是深棕色的，稍微有一点波浪状。眼眶较深，因此两只眼睛看起来比实际还要大。睫毛又粗又长。他的眼睛较为特别，不是伊莎贝尔和她母亲、舅舅有的那种深棕色眼睛，而是深得虹膜与瞳孔成了一个颜色，这就显出一种独特的紧张眼神。他有一种吸引人的自然的风雅，我看得出来为什么伊莎贝尔为他所迷。她不时地要看他一阵子，我从她的神态中看到她不仅爱他，而且疼他。当他们两人目光相遇时，他眼神中的温柔非常好看。年轻人相爱的情景是世界上最动人的，我当时虽然已到中年，但还是羡慕他们，但同时，我又想不出是什么原因，我为他们感到惋惜。我是在糊涂发傻，因为，就我所知，并没有什么东西阻碍他们幸福；他们的家境似乎都很富裕，没有任何原因能阻挠他们结婚并且以后永远幸福地生活下去。

伊莎贝尔、埃略特和格雷戈利·布拉巴森继续谈论着房子的重新装修问题，至少想让布莱德雷夫人开口承认应该动一动，但她只是一味地和颜悦色地笑。

"你们不要想法逼我,得给我时间让我仔细考虑。"她转向那位男孩子,"你对这件事情是怎样看的,莱雷?"

他眼里含笑,环视了在座的所有人。

"我觉得改不改关系都不大。"他说。

"你这个蠢猪,莱雷,"伊莎贝尔嚷道,"我还专门对你说过叫你支持我们。"

"如果路易莎阿姨高兴现在这个样子,那么改的目的是什么?"

他的问题完全击中要害,问得非常聪明,我听了笑了起来。这时他看了我一眼,也笑了。

"别因为你刚才说了一句蠢话就笑得那么得意。"伊莎贝尔说。

但是他反而笑得更厉害了,这时我看到他的牙又小、又白、又整齐。他投给伊莎贝尔的眼神中有一种什么东西,使她双颊绯红,并且忘掉了呼吸。如果我判断得不错,她是在疯狂地爱着他,我不知道是根据什么,感到在她对他的爱情中有些母爱的成分。这发生在这么年轻的姑娘身上是有点出人意料的。她嘴上带着微笑,把注意力又转向格雷戈利·布拉巴森。

"不要理他。他又蠢又没有一点文化。他除了飞行,对什么都一无所知。"

"飞行?"我问。

"他在大战期间当飞机驾驶员。"

"我还以为他年纪太小,不会去打仗的。"

"是的,太年轻。他很坏。他从学校逃跑,到了加拿大,他扯了不知道多少个谎,哄得人家相信他有了十八岁,混进了空军部队。停战的时候,他正在法国打仗。"

"伊莎贝尔,你把你母亲的客人们都烦死了。"莱雷说。

"我从小就认识他,他回来的时候,身穿军装,上衣上面别着漂亮的勋章,模样儿怪可爱的。于是可以说我就坐在他家的门阶上,直到他答应娶我我才罢休。这场竞争可厉害啦。"

"的确,伊莎贝尔。"她的母亲说。

莱雷向我俯过身来。

"她说的话希望你一句也不要相信。伊莎贝尔的确不是个坏姑娘,但是她爱撒谎。"

午餐结束了,埃略特和我很快就离开了。在这之前我曾经对他说过我要去博物馆看画,他说要带我去。我去画廊参观并不喜欢任何人陪我,但我也不好对他说我情愿一个人去,因此答应由他陪我。我们在路上谈到了伊莎贝尔和莱雷。

"看着两个小东西如此相爱,很有意思。"我说。

"他们还太小,不能结婚。"

"为什么?年轻、恋爱和结婚是这样有趣。"

"别讲笑话,她十九岁,他才二十岁。他还没有职业。他只有一笔小收入,路易莎对我说他一年收入三千美元,而路易莎绝不是有钱人。她的收入只够自己花。"

"那,他可以找个职业。"

"问题就在这里,他不去找。他好像满足于什么事都不干。"

"我想他在战争期间很辛苦,可能他想休息休息。"

"他已经休息一年了,这时间可不算短。"

"我当时觉得他是个好孩子。"

"噢,我也不认为他坏。他出身好,其他方面也好。他的父亲是巴尔的摩人,在耶鲁大学担任拉丁系语言助理教授,或其他类似的职务。他母亲是费拉德尔菲亚人,出身于老教友派世系。"

"你讲到他们时动词都用的过去时,他们已经不在了吗?"

"是的,他母亲是坐月子时死的,他父亲大约在十二年以前就去世了。他是由他父亲大学时的一位老朋友抚养大的,他父亲的这位朋友在马文当医生。这就是路易沙和伊莎贝尔所知道的他的情况。"

"马文在什么地方?"

"布莱德雷庄园就在那里。路易莎在那里过夏天。她同情这孩子。奈尔逊博士是个单身汉,根本就不知道怎样抚养小孩。路易莎坚持认为他应该被送到圣保罗教堂,她总是把他领出来过他的圣诞节假。"埃略特学法国人那样耸了耸肩膀,"我想,她应该预见到这不可避免的后果。"

我们这时已到了博物馆,我们的注意力转到了画上。埃略特的博学多闻及他的艺术修养又一次给我留下深刻的印象。他像带领着一群游客一样领着我在各个展室里转,任何艺术教授都不可能比他讲得更丰富。我已经下决心一个人再来一趟,称心随意地参观,所以这一次我就由着他领。过了一阵之后,他看了看表。

"我们走吧!我参观画廊从来不超过一个小时。一个人的欣赏力只能维持一个小时。我们另找个日子把它参观完。"

我们分手的时候我对他说了很多感谢的话。也许我多知道了一点儿东西,但我确实也窝了一肚子火。

当我向布莱德雷夫人告别的时候,她对我说第二天伊莎贝尔要请她的几个年轻的朋友来吃饭,饭后还要跳舞,如果我愿意来,在他们走后埃略特可以和我谈一谈。

"你来对他有好处,"她补充说,"他在国外住了那么久,在这里有点不习惯。他好像找不到一个人能和他说到一起。"

我接受了邀请,在我们于博物馆台阶上分手之前,埃略特告诉我说我同意去让他很高兴。

"我在这个大城市里好像孤魂一样,"他说,"我答应路易莎在她这里住六个星期,从1912年以来我们没有见过面,但是我在扳着指头算还有多久能回巴黎。巴黎是世界上文明人唯一可住的地方。老弟,你知道在这里他们是怎样看我的?他们把我看作怪物。真是一些野蛮人。"

我笑着走了。

六

第二天晚上,埃略特打电话说来接我,我谢绝了。我非常顺利地来到了布莱德雷夫人的家里。因为有人去看我,耽误了我的时间,所以我来得迟了一点。我上楼梯的时候听见起居室里那么热闹,心想人一定多得很,进去一看,出乎意料,连我在内才十二个人。布莱德雷夫人身穿绿缎子衣服,配着小粒珍珠项链,非常雍容高贵,埃略特穿着他那身剪裁得当的黑色礼服,风雅的样子谁也模仿不来。他和我握手的时候,我感到各种各样的阿拉伯香水的香气一下子冲鼻而入。我被介绍给一个高个子、红脸、有点发胖的人，他穿着晚礼服的样子显得不大自然。他就是奈尔逊博士，但在当时这对我是毫无意义的。其余的人都是伊莎贝尔的朋友，但是他们的名字我听过就忘。女孩子们年轻、秀气，男人们年轻、健壮。除了一个男孩子以外，谁也没有给我留下印象，我之所以能够记得那个男孩子，只是因为他身材那么高，块头那么大。他肯定有六英尺三或六英尺四那么高，肩膀又宽又大。伊莎贝尔打扮得很漂亮。她穿着白绸子衣服，一条裹身的长裙遮着她的胖腿，她那外衣的式样表明她的胸脯已发育丰满，她那露在外边的臂膀有些肥胖，但她的脖子却是可爱的。她很兴奋，两只漂亮的眼睛闪闪发光。毫无疑问，她是个漂亮的、惹人爱的青年女子，但是可以明显地看出，如不注意，她会因变得肥胖而影响她的美丽。

在吃饭的时候，我的位置是在布莱德雷夫人和一个腼腆的、头发淡褐色的姑娘之间，这姑娘甚至比其余的人都要年轻。我们就座的时候，为了打破拘束，布莱德雷夫人向我解释说，这姑娘的祖父祖母住在马文，她和伊莎贝尔过去同过学。她的名字叫索菲，这是在谈话中我唯一听到被提及的名字。桌面上人们在不断地相互打趣，每个人都扯破了嗓门讲话，笑声一片。他们好像彼此非常熟悉。我趁和女主人谈话停顿之机，想和我邻座的这个姑娘谈谈话，但是不很成功。她比其余的人要娴静得多。她不漂亮，但她那副脸蛋很有趣，小小的翘鼻子，大嘴巴，蓝中带绿的眼睛，她的头发是沙黄色的，发式简单。她很瘦，胸脯几乎和男孩子的一样扁平。宴会上的打趣逗乐也使她发笑，但她笑得有些勉强，使你觉得，实际上她并不觉得那么好笑。我猜她是在力求使自己规规矩矩。我弄不清楚她到底是有些呆笨，还是仅仅过分胆怯，我用各种话题诱她讲话，但只能统统作罢。实在无话可说，我就请她告诉我在座的都是谁。

"好，你知道奈尔逊博士，"她说，指了指坐在布莱德雷夫人另一边和我对面的那个中年人，"他是莱雷的监护人。他是我们在马文的医生。他非常能干，他为飞机发明谁也用不上的小器具，他不干活儿的时候就喝酒。"

说到这一点的时候，她那淡色的眼睛闪着光芒，这使我感到，她不像我原以为的那样头脑简单。她继续一个一个地给我介绍这些年轻人的名字，他们的父母是谁，介绍到男的，则加上他们上过什么大学，现在是什么职业。她介绍得并不仔细，只是说"她很可爱"或者"他高尔夫球打得很好"，诸如此类。

"那眉毛又粗又浓的大个子是谁？"

"那一个么？啊，那是格雷·马丘林。他的父亲在马文的河边上有一座很大很大的楼房，是我们那儿的百万富翁。我们为他感到自豪。他给我们——马丘林、霍布斯、雷因纳、史密斯上课。他是芝加哥最有钱的人之一，格雷是他的独生儿子。"

她讲这一串名字的时候，使用一种有趣的语调，有挖苦的意思。我以询问究竟的目光看了她一眼。她感觉到了，脸红了。

"把马丘林先生的情况再给我讲一些吧。"

"没有什么可讲的了。他有钱。他非常受人尊敬。他在马文给我们盖了一座新教堂。他给芝加哥大学捐了一百万美元。"

"他的儿子是个漂亮的小伙子。"

"他很好。你远远不会想到他的祖父是个爱尔兰穷人,他的祖母是个瑞典人,在一家饭馆里当女招待。"

格雷·马丘林并不漂亮,但是引人注目。他样子粗犷,鼻子短平,嘴巴肉感,生着红红的爱尔兰人的皮肤;一头厚厚的黑发油光发亮,在浓厚的眉毛下边是一双清澈的非常蓝的眼睛。他虽然块头这么大,但身材比例非常合适,如果脱光衣服,他必定是个身形漂亮的男人。显然他力气很大。他的男性气概给人以深刻的印象。莱雷坐在他的旁边,虽然只矮两三英寸,但相比之下,显得又瘦又小。

"很多人爱慕他,"我的怯生的邻座说,"我知道有几个姑娘为了得到他,只要不是杀人什么都肯干。但是轮不上她们。"

"为什么轮不上她们?"

"你一点儿都不知道,是吗?"

"我怎么会知道呢?"

"他非常爱伊莎贝尔,爱得晕头转向,而伊莎贝尔却爱着莱雷。"

"他为什么不去争一争,把莱雷挤掉呢?"

"莱雷是他最好的朋友。"

"我想这就使事情不好办了。"

"如果你像格雷一样讲道德的话。"

我不很清楚这句话她是认真说的呢,还是带有一点讽刺挖苦。在她的言谈举止中没有任何失礼的地方,既不冒失,也不过分随便,但我得到的印象是她既不缺幽默,也不缺心眼。我不清楚在她和我谈话的时候她真正想的是什么,而且永远也不会弄清楚。可以看得出她对自己没有把握,我想她是一个独生女儿,关在家里只和比自己大得多的人一起生活，她身上有一种腼腆，有一种温顺，令人喜爱。不过，如果我对她常常是一个人生活的猜测是对的话，那么我猜她一定在悄悄地观察她周围的年长的人们，并形成了对他们的固定看法。我们这些已经成熟了的人们很少想到非常小的小孩子们是以多么无情、多么锐利的目光观察我们。我又一次往她那蓝里带绿的眼睛里看去。

"你多大了？"我问。

"十七岁。"

"你读的书多吗？"我冒失地问。

她还没有来得及回答，布莱德雷夫人一心要尽主人之谊，对我说了几句话，使我不得不陪她说起话来。我还没摆脱与她的交谈，宴餐就结束了。年轻人一下子都往他们爱去的地方去了。剩下我们四人上楼去起居室。

我被邀请参加这次宴会，使我感到奇怪，因为，在东拉西扯地谈了一会儿之后，他们开始谈一个我认为他们本应该私下谈的问题。我判断不出，我是站起来走好呢，还是作为一个客观的旁听者对他们有些用处。讨论的问题是莱雷不想去工作这个怪现象。这个问题该讨论了，因为来吃饭的那个男孩子的父亲马丘林先生提出要他到他的事务所里工作。这是个大好机会。莱雷又能干，又勤奋，经过一段相当的时间，肯定会赚很多钱。小格雷·马丘林急着要莱雷接受这个工作。

大家是怎么说的，我记不全了，但要点却清晰可忆。莱雷一从法国回来，他的监护人奈尔逊博士就建议他上大学，但他拒绝了。当然他会有一段时间什么都不想干，他受了很多罪，并且受过两次伤，不过不重。奈尔逊博士认为他可能还惊魂未定，叫他好好休息休息，彻底恢复也好。但是时间一周一周过去了，又一月一月过去了，从他脱掉军装时算起，已经一年多了。他原来在空军干得不错，回来之后在芝加哥有了点儿名气，结果好几个企业界的人士都提出要他到他们那里去工作。他对他们表示感谢，却拒绝了他们。他什么理由都没说，只是说他还没有想好要做什么。他和伊莎贝尔订了婚。这并不出乎布莱德雷夫人的预料，因为他们好多年在一起难舍难分，而且她也知道伊莎贝尔爱着他。她很喜欢他，并且认为他会使伊莎贝尔幸福。

尽管他俩年岁都很小，布莱德雷夫人却十分愿意他们马上就结婚，不过她可没打算在莱雷参加工作之前就让他们结婚。他自己有一小笔钱，但是即使他的钱比现在多十倍，她还是这个主意。根据我的理解，她和埃略特想从奈尔逊那儿弄明白的就是莱雷想干什么。他们要他运用自己的影响使莱雷接受马丘林先生提供给他的工作。

"你知道我在莱雷心目中从来都没有多大的威信，"他说，"甚至在他小的时候，他也是想怎么样就怎么样。"

"我知道。你让他跑野了。他能变得像现在这样好，已经是个奇迹。"

奈尔逊博士一直在痛饮，听了这番话不高兴地看了她一眼。他那张红脸变得更红了。

"我很忙。我有自己的事务要照料。我收养他是因为他再没有别的地方可去，而且他父亲是我的朋友。但他可不是那么容易管教的。"

"我不明白你怎么能说出这样的话，"她尖刻地说，"他的性情柔和得很。"

"他从来不和你顶嘴，但是他想干什么，还是完全照样干，当把你都气疯了的时候，他只不过说一声他很对不起，而听任你暴怒。对这样的孩子你有什么办法呢？他要是我亲生的，我会打他。但他在世界上一个亲人都没有，他父亲认为我会对他好而把他留给了我。我不能打这样一个孩子。"

"这离题太远，"埃略特有点生气地说，"现在的情况是这样，他东游西逛的时间够长了，现在有机会可以得到一个很好的职位，以后不费吹灰之力就可以挣一大笔钱，他要是想和伊莎贝尔结婚，就必须接受这个工作。"

"他必须明白，在当今的世界上，"布莱德雷夫人插进来说，"一个男人必须做事情。他现在身体已经十分壮，十分好。我们都知道，在世界大战之后，有一些人从战场回来以后，什么都没有干过。他们是自己家庭的包袱，对社会也无益。"

这时我插了一句话。

"人家给他提供的各种各样工作机会他都拒绝，他的理由是什么呢？"

"没有理由。只是说不称心。"

"难道他什么事都不想做吗？"

"显然是不想做。"

奈尔逊博士又端起一杯威士忌。他长饮一口，然后看了看他的两位朋友。

"我可以谈谈我的印象吗？我不是判断人性的行家，不过，我想，不论怎样，我开业已经三十多年，我觉得我对人性还是略懂得一些。战争对莱雷有所影响。他去的时候是怎么个人，回来的时候便已不是那么个人了。这并不只是说他长了岁数。肯定发生了什么事，使他的个性改变了。"

"什么事情？"我问。

"我不会知道的。他极不愿意谈他的战争经历。"奈尔逊博士转向布莱德雷夫人，"他给你讲过吗，路易莎？"

她摇了摇头。

"没有，他刚回来的时候，我们曾要他给我们讲一些他的作战故事，但他只是以他自己那种独特的笑容笑了笑，说没什么可讲的。他甚至对伊莎贝尔都没讲过。她一而再、再而三地要他讲，但是从他嘴里什么都没有套出来。"

谈话就以这样无助于解决问题的方式进行着，突然奈尔逊博士看了看自己的表，说他必须走了。我准备和他一块离开，但是埃略特硬要我留下来。他走后，布莱德雷夫人道歉说拿他们的私事烦我，并且说怕我已经厌烦了。

"不过你知道这是压在我心头上的一件大事。"她最后说。

"毛姆先生非常持重。什么事情你都可以告诉他。我觉得鲍勃·奈尔逊和莱雷之间并不非常亲密，不过有些事情路易莎和我认为最好还是不对他讲。"

"埃略特！"

"你已经对他说了那么多，都给他说了也好。我不知道你在吃饭的时候注意到格雷·马丘林没有？"

"他那么大个子，谁也不会不注意他的。"

"他在追求伊莎贝尔。莱雷没回国的时候，他一直非常殷勤。她喜欢他，如果战争更久地拖下去，她很可能已经嫁给他了。他向她求过婚。她没有答应，也没有拒绝。路易莎猜，她是想等莱雷，下不了决心。"

"他怎么没去打仗呢？"我问。

"他踢足球时损伤了心脏。虽伤得并不严重，但军队不肯收他。反正，莱雷回来了，他也就没有机会了。伊莎贝尔完全把他抛弃了。"

我猜不透他们希望我对这件事说些什么，因此我什么也没有说。埃略特继续往下说。他那堂堂的外表，他那牛津音的英语，使他完全像英国外交部的一名高级官员。

"当然莱雷这个孩子非常好，他逃跑去参加空军的确是好样的。不过我判断人的品格相当有把握……"他对我狡黠地微微一笑，对他曾靠买卖艺术品起家一事向我第一次作了暗示，"不然的话，现在我手里就不会有一大笔金边股票。我的看法是莱雷永远不会有多大出息。他一无金钱可讲，二无地位可言。格雷·马丘林的情况则大不相同。他这个姓是爱尔兰的古老望族。这一族出过一个主教、一个戏剧家，还有一些名将和名学者。"

"这一切你是从哪儿知道的？"我问。

"这样的事情大家会知道的，"他漫不经心地回答，"事情是这样的，有一天我在俱乐部翻看国际名人大辞典，偶然翻到了这个姓。"

我想，我没有必要对他说，吃饭的时候我的邻座对我说过格雷的祖父是个穷爱尔兰人，他的祖母是个端盘子的瑞典人。埃略特继续往下讲。

"我们认识亨利·马丘林已经很多年了。他是个非常好的人。格雷即将进入芝加哥最好的交易所，他必然大有可为。他想娶伊莎贝尔，我们不能不承认，为她着想，这是桩非常好的婚事。我个人完全赞成，我知道路易莎也完全赞成。"

"你这么多年不在美国，埃略特，"布莱德雷夫人带笑不笑地说，"你忘掉了，在这个国家里，姑娘可不是妈妈、舅舅要她们嫁谁就嫁谁的。"

"这种现象不值得夸耀，路易莎，"埃略特态度严峻地说，"根据我三十年的经验，我可以告诉你，根据地位、财产、门第等安排的婚事，不论在哪方面，都比靠爱情结婚强。要是在法国——不管怎么说，法国是世界上唯一的文明国家——要是在那里，伊莎贝尔根本用不着考虑，马上就会嫁给格雷；以后，过上一两年，如果她需要，她就叫莱雷做她的情人，格雷则找一个人才出众的女演员，把她安置到一所豪华的公寓里，于是大家都十分快活。"

布莱德雷夫人并不傻。她狡黠而快活地看着她哥哥说：

"问题是，埃略特，纽约的剧团来演戏每次只住有限的时间，格雷只能把他那豪华公寓的房客留住一段长短不定的时间。这对各方面来说肯定都不能彻底解决问题。"

埃略特笑了。

"格雷可以在纽约股票交易所买一个席位。反正，如果你们一定要住在美国，我看不出为什么就不能住在纽约。"

他说完后不久，我就走了。但在走之前，不知道为了什么缘故，埃略特问我愿不愿意和他一起吃午饭，以便会会马丘林父子。

"亨利是美国企业家中的最好典型，"他说，"我觉得你应该和他认识认识。他照管我们的投资已经好多年了。"

我没有多大兴趣去认识他，但也没有理由拒绝，于是我说认识他我将很高兴。

七

我住在芝加哥期间，吃住都在一个俱乐部，那里有一个很好的图书馆。第二天早晨我去看一两种不是订阅客户就常常很难买到的大学杂志。天还早，除我之外，只有一个人在那里。他坐在一张大皮椅子上全神贯注地看书。我看到是莱雷，感到惊奇。我决没有想到会在这个地方碰到他。我从他身边走过的时候，他抬头看了看，认出来是我，做出要站起来的姿势。

"别动，"我说，然后几乎想都没想地问道，"你在看什么？"

"书。"他笑着说。那笑容非常讨人喜欢，因此尽管话有点呛人，但也不会使你生气。

他把书合了起来，以他那特有的不易看穿的双眼看着我，把书举起来叫我看书名。

"昨天夜里玩得痛快吗？"

"痛快极了。五点钟才回到家里。"

"这么早就来到这里，你太刻苦了。"

"我常到这里来。平常这个时候就我一个人在这里。"

"我打搅你了。"

"你没有打搅我。"他说，同时又笑了，这时我感到他的笑非常温柔，不是一种光辉闪耀的笑，而是一种以内在的光来照亮面孔的笑。他在突出来的书架形成的角落里坐着，紧挨着一把椅子。他把手往椅子的扶手上一放，说："坐一会儿吧。"

"好。"

"这就是我正在看的书。"

我看了一眼，看见是威廉·詹姆斯[①]的《心理学原理》。当然这是一部典范著作，并且在这门科学的历史上占有重要地位，还特别易读。但是，一个飞行员，一个非常年轻、头天晚上跳舞一直跳到早晨五点钟的年轻人，我没想到他手里拿的竟会是这类书。

"你为什么读这种书？"我问。

"我非常无知。"

"你也非常年轻。"我笑着说。

他很久很久不说话，我开始觉得这种沉默使人发窘，我想站起来去找我要看的杂志。但是我有一种感觉，仿佛他有话要说。他眼睛出神，面孔严肃而专注，像是在沉思默想。我等待着。我出于好奇，想知道他要说什么。他开始说话的时候，好像在继续刚才的谈话，而对于那长时间的沉默并无察觉。

[①] 威廉·詹姆斯（Willam James，1842-1910），美国哲学家、心理学家。——编者注

"我从法国回来之后，他们都要我去上大学。我不能上。经过我所经历的那一切之后，我不能再回学校。反正我在预备学校里什么都没学。我觉得我不能去当大学新生。他们不会喜欢我。我不想当我不感兴趣的角色。我认为讲师也不会教给我我想知道的那类事情。"

"当然，我知道这事我不应该管，"我说，"但是我并不认为你是对的。我想我明白了你的意思，我可以理解，打了一两年仗之后去当大学一二年级那种受表扬的学生娃娃，是有点讨厌。我不相信他们会不喜欢你。我对美国的大学不是很了解，但是我不相信美国的大学生与英国的大学生有太大的不同，也许爱吵爱闹一些，也许更爱玩起哄的游戏，但总的来说，他们都是非常规矩、非常通情达理的孩子。我认为，如果你不喜欢过他们的生活，只要你稍微圆滑一点，他们会十分乐意让你过你自己的生活。我的兄弟们都上过剑桥大学，而我从未上过大学。我有过机会，但我拒绝了。我想走出学校，走进社会。我一直后悔当时没去上大学。我想，如果上了大学，会少犯很多错误。在有经验的老师指导下，你会学习得更快。如果没有人给你领路，你会浪费很多时间去钻死胡同。"

"也许你是对的。我倒不怕犯错误。也许在某一条死胡同中我可以找到符合我目标的东西。"

"你的目标是什么呢？"

他犹豫了一阵。

"问题就在这里。我还不十分清楚。"

我没有接他的话，因为对他的话似乎无话可答。从早年起，就一直有一个清楚的、明确的目标在我的前面，现在听了他的话我感到有点不能忍受；不过我责备了自己。我有一种感觉——只能把这种感觉叫做直觉，那就是在这个孩子的心灵中，一些不成熟的念头，或者是各种模模糊糊感到的激情，在混乱地冲突着，究竟是哪一种，我也说不清。这种冲突使他不能安静下来，催促他向他也不知道的方向走去。他莫名地激起了我的同情。在这之前，我一直没有听到他多说话，现在我才觉察到他声音的悦耳。这声音非常感人，像是疗伤止痛的香膏。当我想到这一点以及他那讨人喜爱的微笑、丰富的表情和他那乌黑的眼珠的时候，我完全能够理解伊莎贝尔对他的爱情。他身上的确有一种非常可爱的东西。他转过头来看着我，态度沉静自如，但眼神既是在审视，同时又像是觉得有趣。

"昨天晚上我们都去跳舞的时候，你们谈论我了，我猜得对吧？"

"有一段时间是谈论你。"

"我想，硬要鲍勃叔叔来吃饭就是为了这个缘故。他非常不爱出门。"

"听说有一个很好的工作要你去做。"

"一个极好的工作。"

"你打算接受吧？"

"我想，我不接受。"

"为什么不接受。"

"我不想接受。"

我在介入一件与我无关的事情，但是我心想，正因为我是一个陌生的外国人，莱雷才不避讳对我讲这件事情。

"呃，你知道，人们在什么都不行的时候，就去当作家。"我轻轻地笑着说。

"我没有才能。"

"那么你想干什么呢?"

他对我展示迷人的粲然一笑。

"闲荡。"他说。

我不禁大笑。

"我想芝加哥不是世界上闲荡的最好地方。"我说,"好吧,我不耽误你读书了。我要去看《耶鲁季刊》。"

我站了起来。我离开图书馆的时候,莱雷仍在聚精会神地读威廉·詹姆斯的书。我在俱乐部里吃了午饭。由于图书馆里很安静,我又回到那里,抽雪茄,休息一两个小时,看看信,写写信。我没料想到莱雷仍在埋头读他的书。看他那样子,好像从我离开他起直到现在他一动也没动。当下午四点钟我离开图书馆的时候,他仍在那里。他这种突出的集中思想的能力使我吃惊。我来来去去他都没注意到。下午我有各种各样的事要做,直到该换衣服赴宴会时我才回布莱克斯通。在路上我产生了一种好奇。我又一次拐到俱乐部,走进图书馆。这时那里有许多人在看报纸、杂志。莱雷还在那把椅子上坐着。奇怪!

八

第二天,埃略特邀我到帕默饭店去吃午饭,与老马丘林和他的儿子相会。只有我们四人。亨利·马丘林是个大个子,差不多和他儿子的个子一样大，脸红而多肉，下巴很大，他也长着一个短削的、显示性格好斗的鼻子，但他的眼睛比儿子的小，也没有儿子的蓝，并且非常非常精明。虽然他的年龄比五十岁大不了多少，但看上去足有六十，他的头发掉得很快，并且已经雪白。乍一看他引不起别人的好感。看起来好像多年来他生活得太好了。我得到的印象是，他是个残忍的、聪明能干的人，在商业上永远冷酷无情。一开始他的话不多，我心想他在估量我。我明显看出，他把埃略特看成一个可笑的人物。格雷态度和气，很讲礼貌，几乎一句话都没说，要不是埃略特善于社交，一直在滔滔不绝地讲话，宴会气氛会变得很僵的。我猜得出，他在过去积累了与中西部商人打交道的大量经验，那些人必须被哄骗着才肯为一位老主顾出大价钱。不久，马丘林先生感到不拘谨了，他发表了一两个高见，使人看出他实际上比他看起来还要聪明，并且他还的确有一种沉着的幽默感。有一阵子谈起了公债和股票。我发现他在这个问题上知识非常渊博，如果不是我早已察觉到尽管他废话很多但谁也骗不了他，我会感到惊奇的。

"今天上午我收到格雷的朋友莱雷·达勒尔寄来的一封信。"

"你没有告诉我，爸爸。"格雷说。

马丘林先生转向我。

"你认识莱雷，对吧？"我点了点头。"格雷劝我把他招到我的公司里。他们是好朋友。格雷把他看作他的一切。"

"他说了些什么，爸爸？"

"他感谢我。他说，这对一个年轻人来说是个很好的机会，他非常慎重地考虑了这件事情，最后的结论是：他会使我失望，他认为最好是拒绝。"

"他真傻。"埃略特说。

"就是。"马丘林先生说。

"我非常遗憾,爸爸。"格雷说,"如果我们能在一起工作该多好啊!"

"你可以把马牵到河边,却不能强迫它喝水。"

马丘林先生说上面那句话的时候,眼看着儿子,两只精明的眼睛变温和了。我看出这个心肠又冷又硬的生意人还有他的另外一面:他溺爱他这个大块头儿子。他又一次转向我。

"你可知道,这孩子星期天在我们的高尔夫球场两次都以低于标准的杆数打完了全程。他一场赢了我七杆,另一场赢了我六杆。我恨不得劈头给他一杆。你想想,他打高尔夫球还是我教给他的!"

他得意洋洋,喜形于色。我开始喜欢他了。

"都是我运气好,爸爸。"

"完全不是运气。你一棒子把球从坑洼里打出来,打到离洞六英寸的地方,这难道是运气?如果离洞一英寸,这一棒就打了三十五码之远。我想叫他明年参加业余高尔夫球比赛。"

"我没有时间参加。"

"我是你的掌柜,对吧?"

"难道我不知道?我上班迟到一分钟你就骂个不停。"马丘林噗哧笑了。

"他想把我说成个暴君。"他对我说,"不要相信他。我就是自己的事业,我的合伙人都不怎么样,而我为我的事业感到非常自豪。我叫我的这个孩子从最低层开始干,我期望他像我雇用的其他年轻人一样一步一步升上去,以便他将来接替我的时候能够胜任。干我这么大的事业,责任重大啊!我经管我的某些委托人的投资已经三十年了,他们信任我。给你说真的,我情愿自己赔钱,也不愿让他们吃亏。"

格雷笑了。

"有一天一个老姑娘走了进来,要把一千美元投到一项行不通的计划里去,说是她的牧师建议的。他拒绝照办,当她坚持要投的时候,他把她骂得哭着走了出去。接着他又打电话把那个牧师痛骂了一顿。"

"人们说了许许多多我们经纪人的坏话,但经纪人有各种各样。我不想让人家赔钱,我想让他们赚钱。他们那种干法,他们中的大多数人的那种干法,使你觉得他们生活的目标之一就是把他们的每一分钱都丢掉。"

"呃,你觉得他这个人怎么样?"当我们在马丘林父子和我们分手回去上班之后动身离开的时候,埃略特问我。

"我素来喜欢认识新型的人。我觉得他们父子之间的感情相当动人。我知道这种现象在英国可不多见。"

"他宠这个孩子。他是个奇怪的、性格矛盾的人。他讲的那些关于他的委托人的话都是真的。他经管着几百个老太太、退休职工和牧师们的存款。我觉得他们给他带来的麻烦比好处大,但是他因受到他们的信任而自豪。但是当他遇到大宗买卖的时候,当他和强大的同行竞争的时候，没有一个人比他更心狠、更无情。那时他便一点情面也不讲。他要割对方身上的那一磅肉，并且非得排除一切障碍割下来不可。你要碰到他厉害的那一面，他不仅毁掉你，而且在毁掉你后还要哈哈大笑。"①

埃略特一回到家，就告诉布莱德雷夫人莱雷已经拒绝了亨利·马丘林先生的聘请。伊莎贝尔正和她的女朋友们一起吃午饭，进来的时候他们两人还在谈这件事情。他们对她说了。在三人紧接着的谈话中，我根据埃略特的叙述可以猜出，他以他那雄辩的口才把他的观点大谈了一番。虽然他十年来没有做过一点儿工作，而且他过去所做的为他挣来巨大家业的工作又都是不费力不费劲的，但他却坚决主张，为了人类的前进，必须勤奋。莱雷完全是一个普普通通的小伙子，又没有社会地位，他毫无理由违背他这个国家的好风气。一个眼光像埃略特一样敏锐的人会看得很清楚，美国就要进入一个空前的繁荣时期。莱雷现在有机会走进大门，只要他好好干，到不了四十岁他完全可以成为百万、千万富翁。如果他到那时就退休不干，过高雅人士的生活，比方说，在巴黎杜布瓦大街住上一套公寓，再在都兰弄到一座庄园，他埃略特没二话可说。但路易莎·布莱德雷的话更直截了当，更使人无法辩驳。

"要是他爱你，他就应该高高兴兴地为你而工作。"

我不知道伊莎贝尔对这一切作何回答，但她是个聪明人，心里明白理在她的长辈那一边。所有她认识的小伙子们都在为了找到

---

① 这里把马丘林比作莎士比亚戏剧《威尼斯商人》中的放高利贷者夏洛克。——译注

某个职业而学习,或者已经在某个办公室里上班。莱雷不可能指望靠他在空军里立下的那点功过一辈子。战争已经过去,人人都讨厌它,并且恨不得一下子把它忘掉。

讨论的结果是:伊莎贝尔同意和莱雷做最后一次彻底的谈判。布莱德雷夫人建议伊莎贝尔要莱雷开车送她去马文一趟。她要给起居室订做新窗帘,但尺寸找不到了,因此她要伊莎贝尔再去量下尺寸。

"鲍勃·奈尔逊会招待你们吃午饭。"她说。

"我有个更好的主意,"埃略特说,"给他们装上一篮午餐,让他们在门外的平台上吃,饭后他们可以谈判。"

"这样好。"伊莎贝尔说。

"舒舒服服地野餐是最惬意不过的事情,"埃略特有点自我卖弄地说,"杜泽老公爵夫人曾对我说,在这种环境下,最不听话的男人也会变得言听计从。你叫他们午饭吃什么?"

"卤鸡蛋和鸡肉三明治。"

"胡来!野餐不能没有鹅肝饼。你必须让他们首先吃咖哩虾、鸡胸冻,配一个莴苣凉菜,由我调味,在吃过鹅肝饼后,照顾一下你们美国的习惯,吃苹果饼。"

"我就给他们卤鸡蛋和一份鸡肉三明治,埃略特。"布莱德雷夫人斩钉截铁地说。

"那好,记住我的话,事情不会成功的,到时候你只有埋怨你自己。"

"莱雷的食量很小,埃略特舅舅,"伊莎贝尔说,"我想,他吃什么都不会在意。"

"我希望你不要以为这是他的优点，可怜的孩子。"她舅舅回了她一句。

但是布莱德雷夫人说他们应该有什么就吃什么。后来埃略特告诉我那次旅行的结果时，他完全像法国人那样耸了耸肩膀。

"我对他们说那样会把事情弄糟的。我请求路易莎把我战前送给她的蒙特拉谢酒放一瓶进去，但是她不听我的。他们带了一暖水瓶热咖啡，别的什么都没带。你还能指望什么呢？"

事情是这样的。路易莎·布莱德雷和埃略特两人在客厅里坐着，听到了汽车在门口停下的声音。伊莎贝尔走进房子。天刚黑，窗帘已经拉上。埃略特懒洋洋地坐在火炉旁的安乐椅上看小说，布莱德雷夫人在把一块壁毯改成挡火布。伊莎贝尔没有进客厅，而是上楼回到自己的房间。埃略特从眼镜上边看着他的妹妹。

"我估计她是去把帽子摘掉。一分钟内会下来的。"她说。

但是伊莎贝尔没有来。几分钟过去了。

"也许她累了。她可能睡了。"

"你不是原以为莱雷会一块回来吗？"

"别再火上加油了，埃略特。"

"好吧，这是你自己的事，与我无关。"

他又看起书来。布莱德雷夫人继续做她的活。但过了半个钟头，她突然站了起来。

"我想我最好还是上去看看她。要是她在休息，我就不惊动她。"

她走出了客厅，但很快又从楼上下来了。

"她在哭呢。莱雷要去巴黎。他要出国两年。她答应等他。"

"他为什么要去巴黎？"

"问我没有用，埃略特。我不知道。她什么都不肯告诉我。她说她理解他，不准备妨碍他。我对她说：'如果他打算离开你两年之久，他就不可能很爱你。''我情不自禁，'她说，'问题是我非常爱他。''甚至发生了今天的事情之后你还很爱他吗？'我问。'今天我更爱他了。'她说，'他也的确爱我，妈妈。我知道得很清楚。'"

埃略特思索了一阵。

"两年过后又怎么办呢？"

"我对你说过我不知道，埃略特。"

"你不认为这令人非常不满意吗？"

"是令人非常不满意。"

"只有一点可说，那就是他们两人都很年轻。他们等两年都没有多大关系，并且在两年当中可能会发生很多事情。"

他们两人一致认为最好不去惊动伊莎贝尔。他们那天晚上到外边去吃了正餐。

"我不想叫她心烦，"布莱德雷夫人说，"人们会怀疑她的两只眼睛是否都肿了。"

但是第二天，他们三人吃过午饭之后，布莱德雷夫人又提出了这个问题。不过她从伊莎贝尔那里并没有得到多少情况。

"妈妈，除了昨天晚上给你说的以外，的确再没有什么了。"她说。

"那他要到巴黎去干什么？"

伊莎贝尔笑了，因为她知道她的回答会使她母亲感到多么荒唐。

"闲荡。"

"闲荡？老天爷！你这话是什么意思？"

"他就是这样对我说的。"

"我的确不能再容忍你了。你要是有一点点志气，就该即刻废除你们的婚约。他是在拿你耍着玩呢。"

伊莎贝尔看了看她左手上的戒指。

"我有什么办法？我爱他。"

这时埃略特也加入这场谈话。他以他那有名的灵活策略来看待这个问题。他说："老弟，我不是以舅舅的身份，而是以一个精通世故的人的身份在开导一个没有经验的女孩子。"但是他并不比她的母亲干得更漂亮。我得到的印象是，她告诉他不要管她的事情，虽然说得很有礼貌，但也把话说得明明白白。这一切都是埃略特当天在布莱克斯通我那间小小的起居室里告诉我的。

"当然路易莎说得很对，"他又说，"这事情令人非常不满意。但只要让年轻人仅在相互爱慕的基础上安排婚事，我们总会碰到这类问题。我已经告诉路易莎不要发愁；我想结果会变得比她预料的好。莱雷不插在中间，而小格雷·马丘林又近在身边——你瞧，要是我多少还对我们美国人有所了解的话，事情的结果就非常明显。当你十八岁的时候，你的感情非常强烈，但不持久。"

"你可真是精通世故，埃略特。"我笑着说。

"我可没白读拉罗斯福哥①的书。你知道芝加哥是个什么样的地方,他们时时见面。有一个男的一心一意爱自己,一个女孩子总会觉得自己面上有光彩,当她知道她那些女朋友人人都恨不得嫁给他的时候——呃,我问你,把别人一个一个都排挤掉,这不正合人的本性吗?我的意思是,这好比是去赴一个你非常讨厌的宴会,宴会上的点心只有柠檬水和饼干,但是就因为你最有地位的朋友们拼命想去却得不到邀请,因而你就去了。"

"莱雷什么时候走?"

"我不知道。我想还没有决定吧。"埃略特从口袋里掏出一个淡黄色的烟盒,抽出一支埃及香烟。法蒂玛牌、切斯特菲尔德牌、骆驼牌和幸运牌,他是不抽的。他笑中有意地看着我。"当然,我不便对路易莎说,但我可以告诉你:我对这个小伙子暗地里怀有同情。我知道,在战争期间他看了巴黎一眼,如果他为这个世界上唯一配得上文明人居住的城市所迷,我可以谅解他。他还年轻,我断定他想在安下心来过结婚生活之前过一段无拘无束的浪漫生活。非常自然,也非常合理。我准备关照他。我将把他介绍给该认识的人物;他的风度好,我稍加指点,他就能很出众,我可以保证使他看到美国人很少能有机会看到的法国生活的一面。请你相信我,老弟,一般的美国人进圣日尔曼大街要比进天上的王国难得多。他才二十岁,富有魅力。我想,大概我可以安排他和一个年岁大一点的女

---

① 弗朗索瓦·德·拉罗斯福哥公爵(François de La Rochefoucauld, 1613—1680),法国政治家、作家、格言家。——编者注

人来往。这会使他得到栽培。我一直认为给上了点岁数的女人当情郎是对年轻人最好的教育，当然，如果她是我心目中的那种人，是个上流社会的女子，你知道，这就会使他在巴黎很快崭露头角。"

"这些话你对布莱德雷夫人说过吗？"我笑着问。

埃略特"噗哧"笑了。

"老弟，如果说我还有什么值得自我骄傲的话，那就是我办事灵活。我没有告诉她。我那可怜的妹妹，她理解不了。这是我永远无法理解路易莎的一点，虽然她半辈子生活在外交界，生活在世界上一半国家的首都，她仍然是个不可救药的美国女人。"

九

那天晚上我到滨湖路一幢石头大楼去赴宴，那座房子看上去好像建筑师原想把它盖成一座中世纪碉堡，中途变了主意，决定把它改成瑞士式的别墅。这是一个盛大的宴会，客厅宽敞而富丽，布置有塑像、棕榈、枝形吊灯、名画家的名画，以及丰满松软的弹簧家具。我走进大厅，看到至少还有几个我认识的人，感到高兴。亨利·马丘林把我介绍给他那瘦弱的、浓妆艳抹的妻子。我向布莱德雷夫人和伊莎贝尔问了好。伊莎贝尔穿一身红绸子衣服，和她那黑发和深栗色眼睛相配，非常好看。她显得情绪很高，谁也不会想到她最近遇到过伤心事。她兴高采烈地和围着她的两三个小伙子谈话，他们当中就有格雷。吃饭的时候，我们不同桌，因此我看不见她；但后来，当我们男人们慢慢吞吞地喝完咖啡和烈酒、抽完雪茄，重又回到客厅的时候，我得到了一个和她说话的机会。我和她交往太少，不便讲埃略特告诉我的事情，但是我有话可说，并且我想她也爱听。

"前天我在俱乐部看到你的那位小伙子了。"我态度随便地说。

"噢，真的吗？"

她说话时和我一样态度随便，但我看得出她马上警惕起来。她的眼睛显出了警觉，我从中看出了一些疑虑。

"他当时在图书馆读书。他那股专心致志的精神给我留下了深刻的印象。我刚过十点进去时他正在读书，我吃罢午饭再去时他还在读，当我晚上在赴宴的路上拐进去看时他还在读。我想，差不多十来个钟头他一动都没动。"

"他读的是什么？"

"威廉·詹姆斯的《心理学原理》。"

她垂着头，我无法知道我的话对她有何影响，但我心想，她既迷惑不解，又放了心。这时主人找我去打桥牌，散场的时候伊莎贝尔和她的母亲都已经走了。

十

一两天后我去向布莱德雷夫人和埃略特告别。我看到他们坐在那里品茶。我进去不久伊莎贝尔也进去了。我们谈了谈我即将开始的旅行，我感谢他们在我居留芝加哥期间对我的深情厚意。坐了适当的一段时间，我便站起身准备走。

"我陪你走到药铺那儿,"伊莎贝尔说,"我刚想起来,我要去那里买一样东西。"

布莱德雷夫人对我说的最后一句话是:"下次你见到玛格丽特皇后时请代我问候她,好吗?"

我不想再次声明我并不认识那个令人敬畏的女人,于是油滑地回答说我一定代她问候。

我们走上大街之后,伊莎贝尔含笑斜睨了我一眼。

"你能喝冰激凌汽水吗?"她问我。

"可以试一试。"我有分寸地回答。

在我们到达药铺之前,伊莎贝尔一句话也没说,我呢,无话可讲,也就没有说话。我们走了进去,坐在桌边的椅子上,椅背和椅腿都是钢丝编的,坐上去非常舒服。我要了两份冰激凌汽水。有几个人在柜台那里买东西,有两三对男女坐在别的桌子旁,但他们忙着谈他们自己的事,因此从各方面看来,就等于只有我们两人在那里。伊莎贝尔显得心满意足地用麦秆吸着汽水,我点起烟来等着。我心里觉得她有点局促不安。

"我想和你谈一谈。"她突如其来地说。

"我已经猜到了。"我笑着说。

她若有所思地看了我一阵子。

"你前天晚上在萨特兹韦特饭店为什么讲关于莱雷的那些话?"

"我觉得你会感兴趣。我心想,也许你并不完全了解他关于闲荡的想法是什么。"

"埃略特舅舅实在多舌。当他说他要到布莱克斯通去和你聊天的时候,我就知道他要把每件事都对你讲一讲。"

"你可知道,我们已经认识好多年了。他谈论别人的事情能从中得到许多快乐。"

"正是。"她笑了。但是这笑一闪即逝。她眼睛盯着我,眼神很严肃。"你觉得莱雷怎么样?"

"我只见过他三次。他似乎是个很好的孩子。"

"就这么多吗?"

她话里有一种伤心的语调。

"不,不完全是这样。我说起来不容易,你知道,我对他了解得很少。当然,他是惹人爱的。他身上有一种非常吸引人的东西,他谦虚、友好而且文雅。他这么年轻却这么能够自我约束。他和我在这里所遇到的所有美国青年都不大一样。"

我说着,伊莎贝尔聚精会神地望着我。我说的这些印象在我心里并未明确。我说完之后,她轻轻地叹了口气,如释重负,接着对我迷人地、近乎顽皮地一笑。

"埃略特舅舅说,他一直对你的观察力感到惊奇。他说很少有什么事情能逃过你的眼睛,不过你作为作家的巨大财富就是你的见识。"

"我能想到一种更宝贵的品质。"我一本正经地回答,"例如天才。"

"你知道,我没有人可与之谈论这些。妈妈只能以她的眼光来看事情。她希望我的将来有保证。"

"那很自然,对吧?"

"而舅舅只从社会角度看问题。我自己的朋友,我的意思是我这一辈的那些朋友们,认为莱雷是个废物。这太叫人伤心了。"

"当然。"

"并不是说他们对他不好。谁都会不由自主地对莱雷好。但是他们把他当作笑料。他们揶揄他、挖苦他,使他们更加生气的是他好像不在乎。他只是笑。你知道现在事情是怎样的吗?"

"我只知道埃略特告诉我的那些。"

"我可以把我们去马文时发生的事情确切地告诉你吗?"

"当然可以。"

我写的伊莎贝尔的这番叙述,一部分是根据我所能记忆的她当时说的话,一部分是借助于我的想象。不过伊莎贝尔和莱雷之间的谈话很长,我毫不怀疑他们实际说的要比我在下面叙述的多得多。我想,在那种情况下,他们会和其他人一样,不仅说很多不相干的话,而且把同样的话说了一遍又一遍。

伊莎贝尔醒来之后,看到天气晴朗,便打电话给莱雷,对他说,她母亲要她去马文为她办点事,要他用车把她送去。除了她妈妈叫尤金装进篮子里的那瓶咖啡外,为防不足,她又装进去一暖水瓶马丁尼酒。莱雷的敞篷汽车是新近得到的,他很为他这辆车自豪。他喜欢开快车,他开车的速度使两个人都很兴奋。他们到达之后,伊莎贝尔量待换的窗帘的尺寸,莱雷记尺寸数字。然后他们把午餐摆在门外平台上。四面都挡得不能进风,而沐浴印第安夏天的阳光令人舒畅。这所房子就在灰尘扑扑的大路边,毫无新英格兰老木头房子的雅致,你想夸它也最多只能说有家居气氛,住起来舒服。但是从平台上你可以看到一片悦目的风景：一座红色的大谷仓，上边是黑色的房顶，一片古老的树木，树木那边是一片一望无际的棕色田野。风景虽然单调，但是下半年的阳光及浓淡不一的色彩，使当天这里的风景显得亲切可爱。面前的空旷无际，使你兴奋。这地方若在冬天，必然是寒冷、阴沉、荒凉；若在三伏天，必然是炎热炙人，闷热不堪，但这一天却奇怪地使人兴奋，那广阔的视野在召唤着你的灵魂去追求未知的情趣。

他们年轻体壮，午饭吃得很香。他俩在一起，感到愉快，伊莎贝尔倒咖啡，莱雷点上了烟斗。

"亲爱的，你现在就直说吧。"他说，眼里现出愉快的微笑。

伊莎贝尔吃了一惊。

"直说什么？"她问，脸上尽可能装出无知的表情。

他"噗哧"笑了。

"你要把我当成十足的傻瓜吗，亲爱的？要是你母亲对起居室窗户的尺寸不是知道得一清二楚，我就把我的帽子吃掉。你要我开车把你送到这里，不是为这件事。"

她恢复了镇静，对他嫣然一笑。

"也可能是我觉得我们俩在一起度过一天会很有意思。"

"也可能，但我认为不是这样。我的判断是，埃略特舅舅已经把我推辞亨利·马丘林聘请的消息告诉了你们。"

他说得轻松快活，她觉得乘势以同样的语气谈下去倒也方便。

"格雷必然十分失望。他觉得有你和他一块工作是极大的快事。迟早你总得工作，时间拖得越长，就越不想工作。"

他抽着烟斗,看着她,温柔地微笑着。她弄不清楚他是当真还是开玩笑。

"你可知道,我有一个想法,我这一生不想卖卖债券了事,我想做更多的事情。"

"那很好。进律师事务所或者学医。"

"不,那些我也不想干。"

"那么你想干什么?"

"闲荡。"他平静地回答。

"啊,莱雷,别再开玩笑。这是正正经经的事情。"

她的声音发颤,眼里充满了泪水。

"不要哭,亲爱的。我不是要伤你的心。"

他走过去坐在她身旁,搂住她。他声音里有一种温柔,使她心碎,她止不住自己的眼泪。但他替她擦干了眼睛,促使她露出微微一笑。

"你说不想伤我的心,说得倒很好。可你就在伤我的心。你知道,我爱你。"

"我也爱你,伊莎贝尔。"

她深深地叹了口气。接着她挣开他的臂膀,抽开了身子。"让我们都明智一些。一个男人总得工作,莱雷。这是个自我尊重的问题。这是个年轻的国家,一个男人有义务参加国家的活动。前天亨利·马丘林还在说,我们在进入一个新时代,与这个时代相比,过去所取得的成就便显得微不足道。他说,他看不出我们的发展有什么止境,他相信到1930年我们就会成为世界上最富有、最伟大的国家。你不认为这使人兴奋之至吗?"

"兴奋之至。"

"年轻人从来没有碰到过这么好的机会。我原以为,你会自豪地参加摆在我们面前的工作。这是多么美妙而令人神往的事情啊。"

他轻快地笑了。

"我可以说你是对的。阿莫们和斯威夫特们将要制造更多更好的罐头肉,麦考密克们将要生产更多更好的收割机,亨利·福特将要出厂更多更好的小汽车。人人都会变得愈来愈富。"

"那么,为什么你不要富呢?"

"正如你所问的,那么为什么我不要富呢?金钱恰巧引不起我的兴趣。"

伊莎贝尔咯咯地笑了。

"亲爱的,别说傻话了。人没有钱就不能生活。"

"我有一点钱。这就使我可能干我想干的事情。"

"闲荡?"

"是的。"他笑着回答。

"莱雷,你真叫我为难。"她叹了口气。

"我也难过。要是我禁得住自己,我就不去闲荡。"

"你禁得住自己。"

他摇了摇头。他沉默了一阵子,陷入沉思。最后他说话了,他说的话使她大吃一惊。

"人们死了以后,那僵死的模样多可怕!"

"你确切的意思是什么?"她心怀忧虑地问。

"就是那个意思。"他含有悔意地向她一笑,"当你一个人在空中飞行的时候,你有很多时间思考问题。你会产生奇奇怪怪的想法。"

"什么样的想法?"

"模模糊糊的、前后矛盾的、混乱的想法。"他笑着说。

伊莎贝尔对此思索了一阵。

"如果找个工作,这些想法会自行理出头绪,你也就会神志清醒。你不这样认为吗?"

"我想到了这一点。我有过一个念头,我可以去当木匠,或者修汽车。"

"啊,莱雷,人家会认为你是个疯子。"

"那有什么关系?"

"对我来说,有关系。"

两人又一次沉默不语。这次是她打破了沉默。她叹息地说:

"你和去法国以前相比,变化太大了。"

"这不奇怪。我遭遇了许多事情,你知道的。"

"举个例?"

"噢,随便举个例子说吧。我在空军里最好的朋友为了救我而牺牲了。我觉得我很难忘掉。"

"讲给我听,莱雷。"

他望着她,眼里含着深深的痛苦。

"我还是不讲的好。反正,这不过是一个微不足道的事件。"

伊莎贝尔天生多情,眼里又充满了泪水。

"你难过吗,亲爱的?"

"不，"他笑着回答，"唯一使我难过的事情是我在使你难过。"他拉住了她的手。当他那有力而坚实的手碰到她的手时，她感到一种非常友好的滋味，一种非常亲密相爱的滋味，她不得不咬住嘴唇以防失声痛哭。"我想，在我没有对事情彻底得出结论以前，我是永远不能平静的。"他严肃地说。他迟疑了一阵。"很难用语言表达出来。刚想张口，又感到不知怎样说好。你对你自己说：'我算老几，为什么要为这、为那或为另一个别的什么自寻苦恼？也许只是因为我是个盲目自大的人。别人怎么样就怎么样，什么事情要发生就由它发生，不是更好一些吗？'接着你又想到一个伙伴，一个小时前他还活蹦乱跳，又说又笑，而他现在却躺在那里死了，这又是多么残酷，多么没有意思。你就很难不问自己生活到底是为了什么，生活有没有任何意义，生活是否只不过是盲目的命运悲剧性的胡闹。"

莱雷用他那异常悦耳的声音说着，时而稍停，好像他在勉强自己来讲他宁肯不讲的事情，但讲的时候，又是那样地深沉与真挚，这一切使你不能不为之感动；过了一会儿，伊莎贝尔情不自禁地说："你到外边走走，是否会对你有所帮助？"

她心神不宁地提出了这个问题。他过了很长时间才回答。

"我想是这样。你想对舆论不予理会，但不容易。如果舆论是敌对的，它就会在你心中引起敌对情绪，也就扰乱了你的心境。"

"那么你为什么不走呢？"

"为了你。"

"让我们彼此坦诚相待，亲爱的。现在，在你的生活中就没有我的地位。"

"这是不是说你不再想和我保持婚约了？"

她嘴唇颤抖着勉强地一笑。

"不，傻瓜，这是说我准备等你。"

"可能是一年，也可能是两年。"

"那没有关系。也可能要不了那么久。你想去哪儿？"

他聚精会神地看着她，像是要看到她内心的深处。她轻松地笑着以隐藏她那深沉的痛苦。

"呃，我想先去巴黎。那里我没有一个熟人。没有一个人干扰我。我过去请假去过巴黎几次。我不知道为什么，总觉得心里有任何乱糟糟的事情，一到那里就会变得清晰、明白。那是个很有趣的地方，你感到在那里你能把你的一切思想都彻底加以整理。我想我在那里也许能够看到我前面应走的道路。"

"要是看不到，怎么办？"

他"噗哧"笑了。

"那时候我就回过头来照我们美国人的常识办事，知其不可而不为，返回芝加哥，找到什么工作就干什么工作。"

那情景对伊莎贝尔的影响很深，她给我讲的时候，难免动情，她讲完之后，眼睛望着我，样子怪可怜的。

"你认为我做得对吗？"

"我认为你做了你唯一能做的事情。此外，我认为你在这件事情上心肠非常好，非常慷慨，非常能体谅人。"

"我爱他，我想使他快乐。你知道，从某方面来说，他出走我并不遗憾。我想让他脱离这种敌对的气氛，这不仅是为了他，也是为了我。人家说他永远一事无成，我不能责备人家，他们说的时候我恨他们，但是我的内心深处一直有一个可怕的想法：也许他们说得对。不过不要说我能体谅人。我还没有开始理解他所追求的东西。"

"也许你是以情感而非以理智理解他的。"我笑着说，"你为什么不马上嫁给他，和他一块去巴黎？"

她眼里浮现出一抹笑影。

"那是我最愿意不过的事情。但是我不能那样做。你知道，尽管我不愿意承认，但我的确认为我不在跟前他会好得多。如果奈尔逊的意见是正确的，就是说他仍然余惊未消，新的环境、新的事情会治好他，当他恢复平衡以后，他将回到芝加哥，像其他人一样干起事业来。我不愿意嫁给一个游手好闲的人。"

伊莎贝尔是照着一定的规则被培养成人的，她接受了灌输给她的原则。她并不想钱，因为她从来不知道想要什么而得不到的滋味，但是她本能地意识到钱的重要性。钱意味着权力、影响和在社会上的地位。男人应该挣钱，这是很自然、很明显的事情。这是他在日常生活中应做的工作。

"你不了解莱雷，我并不感到奇怪，"我说，"因为我断定他也不了解他自己。他不爱讲他的目标，可能是因为他自己也看不清楚他的目标。听我说，我不怎么了解他，我仅仅猜测事情是否如此：他在寻求一样东西，但这东西为何物他并不知道，甚至他还不能肯定这东西是否存在。也许，在战争期间他遭遇的事情，不管是什么事情，使他一直不得安宁，这种不安使他无法生活下去。你不觉得他是在追求一个隐遁于无知的云雾中的理想——就像一个天文学家，仅仅由于数学计算告诉他有一颗星球存在，他便寻找这个星球吗？"

"我感到有什么东西在折磨他。"

"折磨他的灵魂？可能是他有点害怕他自己。可能是他对于他那心灵的眼睛所隐约看到的景象的真实性没有了信心。"

"他有时使我产生这样奇怪的印象，他使我觉得他像是一个梦游者突然在一个陌生的地方惊醒，辨不出他所在的地方。在战前他非常正常。他的优点之一，便是他对生活有巨大的热情。他心眼很活，十分快乐，和他在一起非常美妙；他那么温情脉脉又那么可笑。到底发生了什么事情，竟把他变成这个样子？"

"我猜不出。有时候一件非常小的事情会对你产生大得完全不成比例的影响。记得万灵节——法国人叫死者节——我在一个乡村教堂里做弥撒。这个教堂在德国人刚进法国时曾受袭击。教堂里挤满了军人和穿着黑衣服的妇女。墓地里有一排一排的小木头十字架，那悲伤的、肃穆的仪式进行着，妇女们在哭泣，男人们也在哭，我当时产生了一种心情，觉得那些躺在十字架下边的人们境况也许要比我们活着的人好得多。我把我的心情告诉了一位朋友，他问我那是什么意思。我解释不出，我看出他认为我是一个十足的傻瓜。我还记得，有一次打过仗之后，我见到一堆法国军人的尸体，一个压一个堆着。他们好像一个破了产的木偶戏班子里的木偶，因为再没有用处而被乱七八糟地堆在一个积满灰尘的角落里。我那时候想到的正是莱雷对你说的：那些死去的人看起来是那么可怕！"

我不想让读者以为我在故弄玄虚，不肯讲在战争期间发生了什么对莱雷影响如此之深的事情，这个秘密我原拟在方便的时候说破。我想他没有对任何人说过。不过，多年以后他倒是对一个我们两人都认识的妇女苏珊·鲁维埃讲了那位为了救他而付出生命的年轻飞行员的情况。她转告了我，因此我只能作为第二手材料来叙述。我是从她讲的法语翻译过来的。据了解，莱雷和他那个中队的另一个男孩子建立了深厚的友谊。苏珊只知道这个孩子的绰号，因为莱雷讲到他的时候用的是他的绰号。

"他是个红头发的小家伙，是个爱尔兰人。我们常叫他柏奇，"莱雷说，"他比我所认识的任何人都精力充沛。啊，他简直有无限的精力。他的脸长得有趣，他也笑得有趣，只要看他一眼你就会笑。他是个冒失鬼，常做一些不要命的事情；他常常惹上级发火。他完全不懂得什么叫害怕，当他九死一生地脱离危险之后，他笑得满脸开花似的，好像开了个世界上最有趣的玩笑。但他是个天生的飞行员，只要一升到空中，他就沉着而又机警。他教会了我很多东西。他比我大一点点，把我当作孩子一样保护，实际上有点滑稽，因为我比他高了足足六英寸，如果我们打起架来，我一拳会把他打得半死不活。有一次在巴黎，他喝醉了酒，我怕他闹事，就打了他。

"我进了飞行中队之后，觉得有点不能适应，我担心自己不行，他完全用开玩笑的方式鼓起了我的自信心。他觉得战争很有趣，他并不恨德国兵，他喜欢打仗，和德国兵打仗让他高兴得要命。把德国人的飞机打下一架来，他觉得是开心的游戏。他脸皮厚，又放肆，又没有责任心，但是他身上有一种纯真，使你不能不喜欢他。他随便花你的钱，他的钱也统统由你花。如果你感到寂寞，想家，或者害怕，他看得出来，他那副不好看的小脸就会笑得满脸褶皱，他会说出一些非常巧妙的话使你的情绪恢复正常。"

莱雷吧吧地抽烟斗，苏珊等着他继续往下说。

"我们常常编个谎以便能够同时休假，我们两人一到巴黎，他就撒起欢来。我们过得非常高兴。三月初，即1918年的三月初，我们到一个地方休假，我们事先做了准备。我们准备什么都要玩一玩。就在我们要走的前一天，我们受命飞过敌人防线侦察敌情。突然我们碰上了几架德国飞机，我们还没有明白是怎么回事，就已经被围在中间缠斗起来。一架敌机从我后边追来，但是我先开了火，我想看一眼它是否已被打落，这时我从眼角里看到又有一架飞机咬着我的尾巴，我向下俯冲想摆脱它，但它像闪电一样向我冲来。我想：我完了。这时我看到柏奇像一道电光一样向它冲去，并把它"揍"了下来。他们招架不住逃跑了，我们也向回飞。我的飞机受了重创，我勉强驾驶它返航。柏奇先回到机场。我从飞机里爬出来时，他们刚把他抬出他那架飞机。他躺在地上，大家在等救护车。他一看见我便笑了。

"'我把咬住你不放的那个家伙干掉了。'

"'你怎么啦，柏奇？'我问。

"'噢，没关系。他打伤了我的臂膀。'

"他的脸色变得像死人一样苍白。突然他的脸上现出奇怪的样子。他刚刚明白他就要死了,他过去心里从来没想到过会死。大家还没来得及制止他,他已经坐了起来,哈哈大笑。

"'瞧,我给报销啦!'他说。

"他倒了下去,死了。他才二十二岁。他原来准备打完仗后回爱尔兰和一个姑娘结婚。"

在我和伊莎贝尔谈话的第二天,我离开芝加哥去旧金山,然后从旧金山乘船去远东。

第二章

一

直到第二年六月末埃略特来伦敦我才见到他。我问他莱雷到底是否去了巴黎，得知他已经去了。埃略特提起莱雷时的那股子火气，使我感到有点好玩。

"我曾经私下里对那孩子怀有同情。他想在巴黎过一两年消遣生活，这我不能怪他，我当时还打算替他开条路。我告诉过他，一到巴黎就马上让我知道，但只是在路易莎写信告诉我他已在巴黎的时候，我才知道他已经来了。路易莎告诉我他的地址是由美国运输公司转，我按地址写了封信，叫他来赴宴，认识几位我觉得他应该认识的人；我想，我先叫他和那些入了法国籍的美国人士埃米丽·德蒙塔杜、格拉西·德·夏托-加亚尔等认识认识，以便试试他。你猜他是怎么答复的？他说'很抱歉，不能来，我到法国来没有带晚礼服。'"

埃略特面对面地盯着我的脸，原以为他这番话会把我惊呆。当他看到我听了以后平静如故，便眉毛一扬，似乎不屑于理会我。

"他回我的信用的是一张很不像样的纸，纸头上印着拉丁区一个小饭店的名字。我又写信要他告诉我他住在哪里。我觉得为了伊莎贝尔的缘故，我必须对他有所关照，我想也许他是怕见生人——我的意思是，我不相信任何一个神志清醒的年轻人到巴黎来能不带晚上穿的服装，而且，不管怎么说，还总有像样的裁缝在。于是我要他来吃午饭，并且说人不多。不知道你会不会相信，我要他告诉我住处，他不仅不予理会，仍然叫美国运输公司转，并且还说他从来不吃午餐。就我这方面看来，他算完了。"

"不知他独自一人在干什么？"

"我不知道，对你讲实话吧，我根本不关心。我担心他是个彻头彻尾要不得的年轻人，我认为如果伊莎贝尔嫁给他，那会是个大错误。不管怎么说，如果他过的是正正经经的生活，我早该在里茨饭店或富凯饭店或别的什么地方碰到过他了。"

这些时髦去处我自己有时也去，但我也去别的地方。那年秋初我去马赛，打算从那里乘一艘邮船去新加坡。在去马赛的路上，我在巴黎住了几天。一天晚上我和几个朋友在蒙帕纳斯宴饮，饭后去圆顶大厦喝啤酒。我漫无目的地东张西望，突然看见了莱雷，他在那坐满人的平台上，一个人坐在一张大理石桌面的小桌边。他无所事事地看着人们来来往往地散步，经过一天的闷热之后，享受夜间的凉爽。我离开我的朋友们，向他走去。他看见我后满脸高兴，对我迷人地一笑。他要我坐下，我说不行，我是和朋友们一块来的。

"我只是想向你问好。"我说。

"你在这里住吗？"他问道。

"只稍住几天。"

"你明天和我一起吃午饭好吗？"

"我原来以为你从来不吃午餐的。"

他"噗哧"笑了。

"这么说你见过埃略特了。在一般情况下我不吃午餐,我抽不出那么多时间,我只喝一杯牛奶,吃一块奶油糕点,但我愿意和你一起进午餐。"

"好吧。"

我们订好第二天在圆顶大厦会面,喝一杯开胃饮料,然后上街找个地方吃饭。我回到朋友们那里。我们坐在那里聊天。我再去找莱雷的时候,他已经走了。

二

第二天上午我过得很愉快。我去了卢森堡广场,看我喜欢的画,看了一个小时。然后我在那些花园里散步,回忆我年轻时的情况。一切都没有变。这些学生好像还是当年的那些学生,双双对对地走在碎石路上,热切地讨论着使他们感到激动的作家;孩子们好像还是当年的那些孩子们,在保姆关心的眼光下滚着同样的铁环;老人们坐在太阳地里看晨报,他们好像还是当年的那些老人;身穿孝服的中年妇女们坐在路边的长凳上互相念叨着食物涨价和仆人行为不良,她们好像还是当年的那些中年妇女。后来我去音乐厅看画廊里的新书,我看到少年孩子们像我三十年前一样在穿着褶饰外衣的陪同人不耐烦的眼光下贪读着他们买不起的书。然后我消消停停地走过那些肮脏但令我感到亲切的街道,最后走到蒙帕纳斯大街,于是到了圆顶大厦。莱雷在等着我。我们喝了点酒，然后一直走去，找到一个可以在室外吃午餐的饭店。

他也许比我记忆中的他过去的样子稍微苍白了一些，这使得他那黑黝黝的眼珠在深深的眼眶中变得更加引人注目；但他还像先前一样有着像他这样年轻的人少有的冷静自持，他的笑还像先前一样纯真。当他要午饭的时候，我发现他的法语讲得很流利，发音也很好。我向他祝贺。

"你知道，我以前就懂一点法语。"他解释道，"路易莎阿姨过去给伊莎贝尔请了个法国保姆，当他们住在马文的时候，她常常叫我们和她讲法语。"

我问他是否喜欢巴黎。

"非常喜欢。"

"你住在蒙帕纳斯大街吗？"

"是的。"他说，说之前迟疑了一阵。我认为他不愿意把他的确切住处讲出来。

"你只给了埃略特'美国运输公司'这个地址，让他感到找你不大方便。"

莱雷笑了，但没有说话。

"你一个人一直在干什么？"

"闲荡。"

"还读书？"

"是的，读书。"

"你收到过伊莎贝尔的信吗？"

"有时收到。我们两人都不大喜欢写信。她在芝加哥过得很好。她们明年要来法国,住在埃略特那里。"

"这对你来说是非常可喜的。"

"我想伊莎贝尔还没有来过巴黎。我领她到处看一看会很有趣的。"

他非常想知道我在中国旅行的情况,我给他讲的时候,他听得非常专心,但当我求他讲一讲他自己的情况时,我可没达到目的。他讲得那么少,我不得不认为他请我和他一起吃饭,只不过是因为他高兴和我作伴而已。我虽然高兴,但也像碰了钉子。我们一喝完咖啡,他就叫侍者拿账单来,刚付了钱便起身。

"啊,我得走了。"他说。

我们分手了。我还是和以前一样不知道他在干什么。我再没有见到他。

三

春天,布莱德雷夫人和伊莎贝尔提前到达巴黎,住在埃略特那里。当时我不在巴黎。我不知道在她们居留巴黎的那几个星期里发生了什么事,不得不再一次用我的想象力来弥补空白。她们在瑟堡上岸,埃略特一向对人体贴入微,赶到那里去接她们。她们通过了海关检查。火车开动了。埃略特颇有些得意地告诉她们,他已经雇了一个非常有名望的贵夫人的使女来伺候她们。布莱德雷夫人说完全没有必要,她们根本不需要使女,他一听便非常严厉地训斥她。

"路易莎,你不要一到就给我找麻烦。如果谁没有使女就会丢人现眼,我雇安托瓦内特不光是为了你和伊莎贝尔,也是为了我自己。你穿戴不体面,会给我丢脸。"

他轻蔑地看了一眼她们穿的衣服。

"当然你们要买几件长外衣。经过再三考虑,我认为,你们最好去夏内尔服装店。"

"我过去总是去沃尔斯服装店。"布莱德雷夫人说。

她说也是白说,因为他听都不听。

"我亲自和夏内尔谈过,我已经替你约好明天三点见面。那里有帽子,显然都是勒布帽店做的。"

"我不想多花钱,埃略特。"

"我知道。我提议所有的钱都由我付。我已经打定主意要你为我增光。噢,路易莎,我替你安排了几个宴会,我已经告诉了我的法国朋友们,说迈伦生前当过大使,这样说影响较好。如果他晚一点去世,他会当上大使的。我想宴会上不会谈起这个问题,不过,我觉得还是事先提醒你为好。"

"你真荒唐,埃略特。"

"不,我不荒唐。我懂人情世故。我知道一个大使的遗孀比一个部长的寡妇还要受人尊敬。"

当火车驶进北站的时候,一直在窗前站着的伊莎贝尔喊道:

"莱雷在那里!"

火车刚一停她就跳了出来,向他跑去。他张开双臂一把抱住了她。

"他是怎么知道你们到来的?"埃略特刻薄地问。

"伊莎贝尔从船上给他发了个电报。"

布莱德雷夫人热情地吻他，埃略特冷冷地伸出手给他握。已是夜里十点钟了。

"埃略特舅舅，莱雷明天可以来吃午饭吗？"伊莎贝尔叫道，她和这位年轻人臂膀挽着臂膀，神情热切，眼神奕奕。

"我是十分欢迎，可是莱雷对我表示过，他不吃午饭。"

"他明天吃呀。你不吃吗，莱雷？"

"我吃。"他笑着说。

"那么我盼你一点钟到。"

他又一次伸出手，想把莱雷打发走，但莱雷毫无敬意地对他露齿一笑。

"我帮助拿行李，给你们叫一辆出租汽车。"

"我的汽车在等着，我带来的人会照顾行李。"埃略特故显神气地说。

"那好。那么我们唯一要做的事情就是走。要是有我的座位，我把你们送到家门口。"

"有座位，送我们吧，莱雷。"伊莎贝尔说。

他们俩一起走下站台，布莱德雷夫人和埃略特跟在后边。埃略特板着面孔，不以为然。

"真做作。"他自言自语地用法语说，在有些情况下他觉得用法语能更有力地表达他的情绪。

第二天早晨十一点钟，他梳洗打扮好之后——他一向起床很晚——通过他的佣人约瑟夫和他妹妹的使女安托瓦内特给他妹妹送了张字条，叫她去书房，他要和她谈谈。她到书房后，他小心地把门关好，取出一支烟，安到一只奇长的玛瑙烟嘴上，点上烟，坐了下来。

"伊莎贝尔和莱雷还保持着婚约关系吗？"

"据我所知，还保持着。"

"关于这个小伙子，恐怕我准备对你谈的情况都不大好。"于是他向她叙述他原准备怎样把他引入社交界，怎样培养他使他能登大雅之堂的计划。"我甚至为他选中了一所最合适的房子，这所房子现在在小侯爵德勒特尔手中，他已被任命为驻马德里大使，所以想把它转租出去。"

但是莱雷拒绝了他的邀请，并且明白表示他不需要他的帮助。

"如果你不去利用巴黎能够给你的好处，那我就不能理解你来巴黎的目的。我不知道他一个人在干什么。大概他一个人也不认识。你知道他住在哪里吗？"

"我们所知道的唯一地址是美国运输公司。"

"活像一个到处跑的生意人或一个正在度假的小学教师。要是有人说他和蒙马特某个画室里的一个年轻的坏女人住在一起，我听到绝不会感到意外。"

"啊，埃略特！"

"他住在某个地方，不肯告诉人，又不肯和自己同阶级的人来往，如果不是我说的那个原因，那么还能作何解释？"

"莱雷不像是这样的人。昨天夜里你没有看出他对伊莎贝尔还是那样热爱吗？他不可能装得这么像。"

埃略特耸了耸肩膀，意思是说：男人们的欺骗可是无止境的。

"格雷·马丘林怎么样？他仍然围着伊莎贝尔转吗？"

"如果伊莎贝尔答应，他明天就会娶她。"

接着布莱德雷夫人告诉他为什么她们来欧洲早于原计划。她觉得自己身体不好，医生对她说她得了糖尿病。病不算严重，只要注意饮食，适当吃些胰岛素，满可以再活很多年。但是知道自己得了不治之症之后，她就急着想看到伊莎贝尔的终身大事定下来。她们仔细计议了这件事情。伊莎贝尔头脑清醒。她已经同意如果莱雷不肯如约在来巴黎两年之后回芝加哥去找个工作，便只有一条路可走，那就是和他一刀两断。但叫她们一直等到指定的时间，那时再来把他带回国去，就像在抓逃犯，布莱德雷夫人觉得有失她的身份。她觉得，那样做，伊莎贝尔会脸上无光。但是，伊莎贝尔从没来过欧洲，现在到欧洲过个夏天，这就成了非常自然的事情。她们在巴黎住过之后，可以到一个对布莱德雷夫人的健康有好处的矿泉场去，然后再去奥地利的蒂罗尔住一阵，从那里再消消停停地遍游意大利。布莱德雷夫人想叫莱雷陪她们一块儿旅游，以便他和伊莎贝尔两人可以看一看经过长期分别之后彼此的感情是否有了变化。经过一定时间的了解，就可以弄明白莱雷游荡两年以后，现在是否准备承担生活的责任。

"亨利·马丘林因为莱雷拒绝自己给他提供的职位而非常生他的气，但是格雷已劝得他父亲消气了，莱雷回到芝加哥就可以立刻进他的企业。"

"格雷是个非常好的小伙子。"

"就是呀。"布莱德雷夫人感慨地说，"我知道他会使伊莎贝尔幸福的。"

接着埃略特告诉她自己给她们安排了什么样的宴会。第二天他要举行一个盛大的午宴，周末举行一个盛大的晚宴。他要领她们去夏托加亚尔参加一个招待会，他还替她们弄到了罗特希尔德家将要举办的舞会的入场票。

"你也请莱雷，对吧？"

"他对我说他没有晚礼服。"埃略特吸了一下鼻子。

"呃，还是照样请他吧。毕竟这孩子还不错，对他冷淡也无济于事。那只能使伊莎贝尔固执己见。"

"如果他想来，我当然要请他。"

莱雷准时赴午宴来了。埃略特接待客人殷勤周到，对莱雷尤为亲热。这倒也不难做到，因为莱雷轻松快活，情绪很好，即使脾气再坏的人也会喜欢他的。而且话题又是关于芝加哥以及和他们都友好的芝加哥人士的，在这种情况下，埃略特也只好面带笑容，假装对那些他认为无足轻重的人们的事情还很关心。他只是勉强听听而已，说实在的，他们讲这一对年轻人怎么订婚，那一对年轻人怎么结婚，另一对年轻人为什么离婚，他听起来都觉得不值一谈。谁听过这类人的事情？他过去听的是漂亮的德克兰香特小侯爵夫人要服毒自杀，因为德克隆贝公爵要娶一个美国南部百万富翁的女儿，而把她甩掉了。要谈就应该谈这类事情。他看了一眼莱雷，不得不承认莱雷身上有一种非同寻常的吸引人的东西；他那深邃的眼窝、黑而奇妙的眼睛、高高的颧骨和白皙的皮肤，以及他那灵巧的口形，使埃略特想起波提切利①画的一幅肖像画；他觉得要是让莱雷穿上那个时期的服装，一定是无限风流潇洒。他想起了他要利用一位法国名门闺秀来打发掉莱雷的主意，他一想到星期六玛丽·路易丝·德弗洛里蒙就要来赴晚宴，便露出狡猾的笑容。她这个人门第无可指摘，而作风却是坏得有名。她年已四十，但看上去只有三十来岁。她长得美丽窈窕，像奈希尔给她的一位女祖宗画的肖像。这张画就是由于埃略特的缘故，现在正挂在一家巨大的美国美术收藏馆里。她情欲无限。埃略特决定叫莱雷挨着她坐。他知道，当他们坐在一起后，她会马上示意于他。他还邀请了英国大使馆的一位年轻馆员，他估计伊莎贝尔会喜欢他。伊莎贝尔很漂亮，他又是个英国人，家境富有，因此，她没有财产也没多大关系。午宴的美酒佳肴使埃略特心荡神飘，他因想到事情可能的发展而暗自高兴。如果事情变得如他所料，亲爱的路易莎也就无须发愁了。她总是不大赞成他，可怜哪，她见的世面太少了！但是他心疼她。能够利用自己的处世经验把各件事情都给她做个安排，这是他的心愿。

　　为了不浪费时间，埃略特安排饭后立即带他的妹妹和外甥女去看衣服，因此他们刚从桌边站起身，他便告诉莱雷他必须告退，同时他又以十二分的亲热劲请他来参加他已安排好的两次盛大宴会。其实他大可不必如此亲热，因为这两次邀请，莱雷都接受得非常痛快。

---

①桑德罗·波提切利（Sandro Botticelli，1445—1510），意大利文艺复兴时期的画家，曾为但丁的《神曲》插图。——编者注

不过埃略特的计划落空了。埃略特原来担心莱雷还会穿他吃午饭时所穿的那一套蓝衣服,当他看到他穿了一件挺像样的晚礼服来赴晚宴时才放了心。晚宴过后,他把玛丽·路易丝·德弗洛里蒙叫到一个角落,问她觉得他的这位年轻的美国朋友怎么样。

"他的眼睛很漂亮,牙也很好。"

"再没有别的了吗?我让他坐在你的旁边是因为我觉得他正合你的心意。"

她迷惑不解地看着他。

"他对我说他已和你那漂亮的外甥女订婚了。"

"亲爱的,实际上一个男人属于别的女人从来都不能阻止你把他从那个女人手中夺走,只要你想夺走他。"

"你是叫我干这个吗?啊,我可怜的埃略特,我可不去为你干这种肮脏勾当。"

埃略特嘿嘿笑了。

"我猜,那意思是说,你已经施展了你的本事,但鱼儿不肯上钩。"

"我之所以喜欢你是因为你的道德和妓院老板差不多。为什么你不想让他娶你的外甥女?他受的教育很好,又十分令人喜爱。不过他实在太单纯了。我想,他一点儿也没有猜出我的用意。"

"亲爱的朋友,你当时应该表示得更明白些。"

"我凭经验看得出自己是在白费时间。事实上,他眼里只有你的小伊莎贝尔。这话只能在我们两人之间说,她在年龄上占我二十年的优势,而且她还温柔可爱。"

"你喜欢她的服装吗?那是我亲自为她选的。"

"漂亮而且合身。不过,她可没有名门淑女的风度。这也理所当然。"

埃略特觉得这话是影射他自己,他不想那么便宜地放过她。他和颜悦色地笑着说:

"亲爱的朋友,一个人必须在年龄上像你这样成熟到了熟透的程度,才能有你这种高贵的风度。"

德弗洛里蒙夫人不是给了他一剑,而是迎头给了他一棒。她的反唇相讥使得埃略特的弗吉尼亚血液沸腾起来。

"不过,我相信在你们那美丽的强盗国家,这样微妙而又不可模仿的东西,他们是不会放过的吧。"

虽然德弗洛里蒙夫人在横挑鼻子竖挑眼,但埃略特其余的朋友们对伊莎贝尔和莱雷都很喜欢。他们喜欢姑娘那鲜嫩的美丽,她那蓬勃的健康与朝气;他们喜欢小伙子那如画的面庞,他那温文尔雅的风度和他那沉着含蓄的幽默。两个人说的法语都又好又流利。布莱德雷夫人过去在外交界度过多年,法语也讲得正确,不过带一点儿粗犷的美国调。埃略特慷慨大方地招待大家。伊莎贝尔为自己的新衣服和新帽子而高兴,因埃略特所提供的这一切欢乐而兴致勃勃,因和莱雷在一起而愉快,她觉得她从来不曾玩得这么痛快。

四

埃略特一向主张,除非是素不相识的陌生人,并且非陪不可,否则他是不陪人吃早饭的,因此,布莱德雷夫人和伊莎贝尔不得不在各自的卧室吃早饭。布莱德雷夫人虽然有点不情愿,但伊莎贝尔却还很高兴。伊莎贝尔早晨醒来,有时候叫埃略特为她们雇的那位名门大户的使女安托瓦内特把她的牛奶咖啡送到她妈妈的卧室,她要一边喝一边和妈妈聊天。有一天早晨,当她们已在巴黎住了将近一个月的时候,伊莎贝尔照例把头天晚上的事情叙述了一遍,头天晚上的大部分时间她是和莱雷以及他们的一些朋友,在各个夜间俱乐部度过的。伊莎贝尔叙述过后,布莱德雷夫人把她自从到法国那天起就一直盘算着想问的问题说出口来了。

"他什么时候回芝加哥?"

"我不知道。他没有讲过。"

"你问过他没有?"

"没有。"

"你是不是怕问他?"

"不,当然不怕问。"

布莱德雷夫人躺在一张带轮子的睡椅上,穿着一件埃略特硬送给她的时髦晨装,在磨光指甲。

"你们俩单独在一起的时候,一直在谈些什么?"

"我们并不是一直在说话,只是待在一起就感到快活。你知道莱雷的话一向不多。当我们谈话的时候,大部分话是我说的。"

"他一个人一直在干什么?"

"我真的不知道。我想他不是在干什么了不起的事。我想他是在游玩、休息。"

"他住在哪里?"

"我也不知道。"

"他好像有话不肯说,对吧?"

伊莎贝尔点上了香烟,从鼻子里喷出一团烟雾,冷静地看着她的母亲。

"你这话的确切意思是什么,妈妈?"

"你舅舅埃略特猜想,他有一套公寓,他和一个女人住在那里。"

伊莎贝尔哈哈大笑起来。

"你不会相信的,对吧?"

"是的,说实话,我不相信。"布莱德雷夫人若有所思地看着指甲。

"你没和他谈过芝加哥吗?"

"谈过,谈过很多。"

"他没有表示想回去吗?"

"我不记得他有什么表示。"

"到十月份,他就离开芝加哥两年了。"

"我知道。"

"好吧,亲爱的,这是你的事情,你觉得怎样做是对的就怎样做吧。不过,光靠往后拖,并不能使事情好办一些。"她瞥了女儿一眼,但伊莎贝尔回避了她的目光。布莱德雷夫人对她慈爱地一笑。

"如果你不想耽误吃午饭,你最好现在就去洗澡。"

"我要和莱雷一块吃午饭。我们打算去拉丁区的某个地方。"

"祝你们快乐。"

一个多钟头以后,莱雷来接她。他们叫了一辆出租汽车,坐到圣米歇尔桥，然后在热闹的大街上漫步，直到找到一个他们看中的咖啡馆。他们坐在平台上，要了两份杜邦内酒，然后他们又乘上一辆出租汽车，来到一家饭店。伊莎贝尔胃口很好，莱雷为她点了美味佳肴，她吃得很香。这地方很拥挤。她喜欢看紧挨着他们坐的人们，喜欢看人们吃饭时所表现出来的兴奋与快活，不过她最喜欢的是单独和莱雷坐在一张小桌边。她爱看当她快活地侃侃而谈时他眼中显露出的欢愉的神情。和他这样亲切自然地待在一起，使她感到神魂荡漾。但是在她那心灵深处有一种模模糊糊的不安，因为她觉得，虽然他好像也大有亲切自然之感，但这种感情主要不是存在于他同她之间，而是存在于他同周围的环境之间。她母亲讲的话已经对她有所干扰，虽然她好像天真无邪地在滔滔不绝地讲话，但她却在观察着他的每一个表情。他和在芝加哥的时候不完全相像，但她又说不出不同在什么地方。他的样子还完全是她记忆中的那样，同样年轻，同样坦白，但他的表情有了变化。并不是说他比从前严肃了，他在安静的时候显出的那副面孔从来就是严肃的。她感到过去所不曾有的是他脸上表现出的一种平静，似乎他和他的自我之间的什么问题已经解决，因而他感到前所未有地轻松。

　　他们吃过午饭之后，他建议到卢森堡广场走一走。

　　"不，我不想看画。"

　　"好，那么我们到花园里坐一坐。"

　　"不，我也不想去。我想去看看你住的地方。"

　　"没什么可看的。我住在一家旅馆的一个又矮又小的房间里。"

　　"埃略特舅舅说你有一套公寓，和一个模特儿过着不明不白的生活。"

"那么你自己去看看吧,"他笑着说,"一迈腿就到。我们可以走去。"

他领着她走过几条曲曲折折的街道,尽管两边高楼之间有一线蓝天,但这些街道却依然灰暗。他们走了一阵,来到一个门面做了装修的小小的旅馆。

"我们到了。"

伊莎贝尔跟着他走进一间狭窄的过厅,过厅的一边有一张办公桌,后面坐着一个身穿长袖衬衫、黑黄两色条花背心和肮脏围裙的看报的人。莱雷向他要钥匙,那个人从他身后的架子上取下来交给他。他打量了伊莎贝尔一眼,接着心领神会地一笑。很明显,他认为她到莱雷房间里来绝不是干好事的。

他们爬了两段楼梯,楼梯上铺的红色地毯磨得露出了线。莱雷打开房门,伊莎贝尔走了进去。那是一个小小的房间,有两扇窗子。从房间的窗口望出去,对面是一座灰色的公寓大楼,楼的第一层是一个文具商店。房间里有一个单人床,床边是一张床头桌,还有一个笨重的嵌有一面穿衣镜的大立柜,一把装有弹簧的直背扶手椅子,两个窗子之间有一张桌子,上边是一架打字机、一些报纸和一些书籍。壁炉架上堆着许多平装书籍。

"你坐在这椅子上。这椅子坐着不很舒服,但它是我在这里的最佳座位。"

他拉过了另外一把椅子,坐了下去。

"你就住在这里吗?"伊莎贝尔问。

他看到她脸上的那副表情,"噗哧"笑了。

"就住在这里。自从我到巴黎,我就一直住在这里。"

"可是为什么呢?"

"图个方便。这里离国家图书馆和索邦①近。"他指了指她已注意到的一扇门,"这里有一个洗澡间。我可以在这里吃早饭,平常我就在我们吃午饭的那个饭店吃正餐。"

"那里肮脏得可怕。"

"啊,不,那里很好。那正是我想去的饭店。"

"不过,这里住的都是些什么人呢?"

"噢,我不知道。上边阁楼住了几个学生,两三个在政府机关里工作的单身老汉,一个退休的戏院女演员;唯一的另外一间带洗澡间的房子住着一个被包养的情妇,她的男朋友每隔一个星期在星期四那天来看她一次。我想还有一些过往的客人。这是个很安静、很正经的地方。"

伊莎贝尔有点不好意思了。她知道,莱雷看出了她不好意思并为此而开心,她因而有点生气。

"桌上那本又大又厚的书是什么?"她问道。

"哪一本?噢,那是我的希腊文辞典。"

"你的什么?"她叫道。

"那没有什么。它不会吃掉你。"

"你在学希腊文吗?"

---

①即巴黎大学。——编者注

"是的。"

"为什么要学?"

"我觉得我应该学。"

他含笑望着她,她也对他笑着。

"你能不能对我说说你来巴黎这么久,一直在干什么?"

"我一直在读书,用的时间很多。每天八到十个小时。我到索邦去听课。我想,法国文学中一切主要的著作我都读了。我读拉丁语的著作,至少是读拉丁语的散文,几乎和我读法语的著作一样快。希腊语当然更难一些。但我有一位非常好的老师。在你来巴黎之前,我每星期要去他那里待上三个晚上。"

"学这有什么用处?"

"求知。"他笑着说。

"我觉得没多大实际用处。"

"也许没有,另一方面,也许有。但非常有意思。你想象不到读原文的《奥德赛》①是多么的扣人心弦。你读的时候会觉得,仿佛你只要踮起脚来,把手一伸,就可以摸到天上的群星。"

他好像是由于兴奋不已而离开椅子站了起来,在这间小屋里来回踱步。

"前一两个月我在读斯宾诺莎②的著作。我知道我看懂的不算很多,但读的时候我感到欢喜若狂。那像是从你乘坐的飞机走下来

---

① 古希腊史诗,相传为荷马所作。——编者注
② 巴鲁赫·斯宾诺莎(Baruch de Spinoza, 1632-1677),荷兰唯物主义哲学家。——编者注

后，看到的是一个群山环抱的大高原。一片宁静，空气清净得如同美酒，使你的心灵陶醉，你觉得你享有巨大的财富。"

"你什么时候回芝加哥？"

"芝加哥？我不知道。我没有想过这个问题。"

"你说过，如果两年以后你仍得不到你所需要的东西，你就知其不可而不为。"

"现在我不能回去。我已经踏上了门槛。我看到了广阔无际的精神国土伸展在我面前，向我招手，我渴望到这些精神国度里去漫游。"

"你心想能在里边找到什么？"

"找到我的问题的答案。"他瞥了她一眼，那眼光近似顽皮，要不是她对他如此了解，她还会以为他在说着玩呢。"我想在我的心里彻底得出结论——究竟有没有上帝。我要弄明白为什么会有罪恶。我要弄明白究竟是我有一个不死的灵魂呢，还是我一死，我的一切就完蛋。"

伊莎贝尔倒抽了一口气。莱雷讲的这些事情，她听起来很不舒服。多亏他讲得轻松，声调像普普通通的谈话一样，她才能战胜自己的惶惑不安。

"不过莱雷，"她笑着说，"几千年来人们一直在问这些问题。如果这些问题能得到答复，肯定现在就已得到答案了。"

莱雷嘿嘿笑了。

"你这样笑，好像我说了什么蠢话似的。别笑了！"她声色俱厉地说。

"相反，我觉得你说的话挺精明。但是另一方面，你也可以说，既然几千年来人们一直在问这些问题，这就证明他们不由自主地要问，并且还得继续问下去。此外，说谁也没找到答案，这不符合事实。答案比问题多。许多人找到了自己完全满意的答案，例如老吕斯布洛克①。"

"他是谁？"

"噢，一个我上大学时还不知道的人。"莱雷冷冷地回答。

伊莎贝尔不明白他的语意何在，但她没有深究。

"这一切我听起来觉得非常幼稚。这些都是大学二年级学生一时为之狂热的东西，他们一离开大学就都忘掉了。他们必须谋生。"

"我不怪他们。你知道，我的处境幸福，我的收入足以维持我的生活。如果我没有收入，那我也得和其他所有人一样去挣钱。"

"不过，钱对你就没有任何意义吗？"

"意义很多。"他咧着嘴笑。

"你估计这一切要花掉你多少时间？"

"我不知道。五年，十年。"

"在那以后呢？你准备用这一切智慧干什么？"

"要是我能得到智慧，我想我也就聪明起来了，那时便知道用我的智慧干什么了。"

伊莎贝尔情绪激昂地拍了一下巴掌，向莱雷倾着身子说：

"莱雷，你大错特错了！你是个美国人。这里不是你常住的地方。你常住的地方在美国。"

---

①让·范·吕斯布洛克（Jan van Ruusbroec, 1293-1381），佛兰德斯神秘家。——编者注

"当我把问题解决之后,我会回去的。"

"但你已经偏离正道太远了。当我们正在经历世界上从没有过的最奇妙的冒险时,你怎么能在这死水窝子里坐得下去?欧洲已经完了。我们现在是世界上最伟大、最强大的民族。我们在飞跃前进。我们应有尽有。参与开发我们的国家是你的责任。你已经忘记了,你不知道今天美国的生活是多么令人振奋。你以为你不去参与开发我们的国家,难道不是因为你没有勇气去承担摆在每个美国人面前的工作吗?噢,我知道在某种意义上来说你也在工作,但这不正是逃避责任的一种方式吗?这比那种劳心费神的玩耍能好多少?如果人人都像你一样逃避责任,美国会成什么样子?"

"亲爱的,你这么认真!"他笑着说,"我的回答是,并不是人人都和我想得一样。值得庆幸的是,也许大多数人为了他们自己的缘故准备走常轨,你忘掉了我想学习的热情和别人——例如格雷——想赚钱的热情一样高。难道就因为我想花上几年时间进行自我教育,我便真的成了背叛祖国的卖国贼吗?也许当我学成之后,我会拿出一些人们喜欢的东西。当然这是一种可能,但是,即使我失败了,我也不见得比一个做生意而没有发财的人更坏。"

"我怎么办呢?我对你就无足轻重了吗?"

"你对我非常非常重要。我要你嫁给我。"

"什么时候?十年以后吗?"

"不。现在。尽快。"

"靠什么?妈妈买不起任何东西送给我。而且,即使她买得起,她也不肯给。她会认为不应该帮助你去过什么都不干的生活。"

"我不想要你母亲的任何东西，"莱雷说，"我每年有三千美元的收入，在巴黎过日子这已绰绰有余。我们可以住一套公寓，雇一个女佣人。亲爱的，我们该多么快活！"

"但是，莱雷，人们不能就靠一年三千美元来维持生活。"

"当然能。很多人维持生活的钱比这少得多。"

"但是我不想就靠三千美元来生活。我没有必要这样做。"

"我一直是靠三千美元的一半来生活的。"

"可你过的是什么样的生活！"

她看着这昏暗的矮小房间，感到一阵厌恶。

"我一直靠收入的一半生活，这就意味着我已经有了一些积蓄。我们可以到卡普里去度蜜月，然后，到秋天的时候，我们去希腊。我渴望到希腊去。你还记得我们过去常说要一块周游世界吗？"

"我当然想到各地去旅行，但不是这个样子去旅行。我不想坐在二等船舱里，住在连洗澡间都没有的三等旅馆里，而吃饭则上廉价饭店——我不想这么寒酸地去旅行。"

"去年十月我就是这样游遍了意大利。我感到非常有趣。一年有三千美元收入，我们可以游遍世界。"

"但我还想要孩子，莱雷。"

"那没关系。我们带着他们一块儿旅游。"

"你真傻，"她笑着说，"你知不知道养一个孩子要花多少钱？维奥列特·汤姆林森去年生了一个孩子，她尽量少花钱，结果还花了一千二百五十美元。你知道雇个保姆要用多少钱吗？"随着她想到的问题越来越多，她也就越来越恼火。"你这样不切实际！

你不知道你是在叫我干什么。我年轻，我要生活得有意思。凡是人家干的事情，我都要干。我要参加宴会，我要参加舞会，我要打高尔夫球，我要骑马，我要穿上等衣服。你就没有想到过，穿戴不如周围的姑娘，这对一个女孩子来说是多么难堪吗？你知道不知道，莱雷，去买你朋友们穿腻了的旧衣服，还有，当有人可怜你，买了件新衣服送你的时候，你频频致谢，这是什么滋味吗？我甚至花不起钱上一家像样的理发店把头发理得合适些。我不愿意坐着电车和公共汽车到处跑，我要有自己的小汽车。你整天坐在图书馆里读书，你想叫我一个人干什么？满街转着看商店的橱窗，还是坐在卢森堡广场里看着孩子们别出事？我们连一个朋友也不会有。"

"噢，伊莎贝尔。"他想打断她。

"就算有，也不是我习惯交往的那种朋友。哦，对啦，埃略特舅舅的朋友们看在他的面子上会时而邀请我们，而我们就因为我没有赴宴穿的衣服而不能去，就因为回请他们不起而不能去。我不需要结交许多下流龌龊的人，我无话对他们说，他们也无话对我说。我要生活，莱雷。"她突然察觉到，他那眼神虽然像平常看她时一样温柔，但稍微带点儿笑意。"你以为我说的都是蠢话，对吧？你以为我讲的都是婆婆妈妈的、俗不可耐的事情。"

"不，我没有那样想。我觉得你说的这一切都是很自然的事情。"

这时他背对壁炉站着，她站了起来向他走去，面对面地停在他跟前。

"莱雷，要是你在银行里一分钱也没有，但是靠工作一年能收入三千美元，我会毫不犹豫地和你结婚。我给你做饭、铺床，我穿什么衣服都不在乎，我可以什么都不要，但我却感到非常有意思，因为我知道这只是个时间问题，你会干出名堂来的。但现在这种情况意味着我一辈子都得过这种狼狈不堪的生活，一点儿盼头都没有。这意味着我得当一辈子苦老妈子，到死为止。而这是为了什么呢？为了使你能把年年月月的光阴都用来为那些你自己都说无法解答的问题寻找答案。这太于理不通了。一个男人家，应该工作。他来到世上就应该工作。这样，他才能为社会做出贡献。"

"一句话，他的责任就是住到芝加哥，跟着亨利·马丘林做生意。你认为靠劝说我的朋友们去买亨利·马丘林赖以致富的证券，我就会对社会做出大大的贡献吗？"

"不能没有经纪人，这是一种完全正当的、十分体面的谋生方式。"

"你把靠中等收入在巴黎过的生活描绘得阴暗凄惨。你知道，实际上并不是那样。你不用到夏内尔服装店去做衣服，也可以穿得很好。有趣的人们并不都住在凯旋门和富士大街附近。事实上，很少有趣的人住在那里，因为有趣的人们一般都没有很多钱。我在这里认识不少人，画家、作家、学生，法国人、英国人、美国人，无所不有，我想你会发现他们比埃略特的那些没精打采的侯爵夫人和高鼻子公爵夫人可爱得多。你心思敏快而且有活跃的幽默感。尽管喝的只是普普通通的葡萄酒，也没有仆役长和男仆们在桌边伺候，但你听他们在餐桌上交流思想，会听得非常开心。"

"不要说蠢话，莱雷。我当然会的。你知道我不是势利眼。我喜欢认识风趣的人。"

"不错,你喜欢穿着夏内尔做的服装去认识。你以为他们不会看出你把这看成对贫民区的有教养的访问么?你和他们在一起感到不安,他们也同样会感到不自在。其结果是,你什么也得不到,日后遇到埃米丽·德丝塔杜和格雷西·德·夏托–加亚尔的时候,还会对她们说你在拉丁区寻了开心,认识了一群怪里怪气的、放荡不羁的人。"

伊莎贝尔微微耸了耸双肩。

"我想你说得对。他们和我没有共同的教养。他们这种人和我没有任何共同点。"

"那么我们该待在什么地方?"

"我们从哪儿开始生活,就待在哪里。自从我记事起,我就住在芝加哥。我所有的朋友都在那里。我所关心的事物都在那里。我在那里才心安自在。我属于那个地方,你也属于那个地方。妈妈有病,并且永远治不好。即使我想离开她我也离不开。"

"这是不是说,如果我不打算回芝加哥,你就不想和我结婚了?"

伊莎贝尔犹豫了。她爱莱雷。她想嫁给他。她费尽心机想得到他。她知道他也盼望着得到她。她不相信,一旦摊了牌,他会硬到底。她害怕,但是她必须冒冒风险。

"是的,莱雷,正是这个意思。"

他在壁炉架上划了一根火柴———根臭味扑鼻的老式的法国硫磺火柴——点着了他的烟斗。接着,他从她身边走了过去,站在窗前。他望着窗外。他良久不语,似乎要无尽地沉默下去。她还站在和他面对面时原来她站的地方,眼睛往壁炉架上方的镜子里看着,但她看不见自己。她的心在狂蹦乱跳,她由于担惊害怕而感到恶心。他终于转过身来。

"我希望我能使你看到我给你提供的生活比你知道的任何事情都富丽多彩。我希望我能使你看到精神生活是多么激励人心,内容是多么丰富。这种生活是辽阔无际的。它是多么幸福的生活!只有一样事情可以和它相比——你一个人坐飞机腾空升起,升啊升啊,你周围只有无垠的太空。这无边无际的太空使你陶醉。你身心兴奋,这种兴奋之感让你不愿意拿来和世界上的所有权力和荣华交换。前几天我在读笛卡尔①的著作,那么飘逸,那么优美,那么明畅,啊!"

"但是莱雷,"她绝望地打断他,"你不明白你是在要我做一件我不能适应、不感兴趣也不想感兴趣的事情吗?我说过多少次了,我不得不重复说一遍,我只不过是一个普普通通、平平常常的女孩子,我今年二十岁,再过十年我就老了,我要趁我年轻的时候好好玩一玩。噢,莱雷,我的确爱你爱得要命。你所说的那一切都是无关紧要的事情,不会给你带来多大好处。我求你为你自己着想,不要再坚持了。做一个堂堂男子汉,莱雷,干男子汉应该干的事情。在这宝贵的岁月里,别人大展宏图,你却在虚度光阴。莱雷,如果你爱我,你就不会为了一场梦而把我抛弃。你已经游荡过了,和我们一块儿回美国吧。"

---

① 勒内·笛卡尔(Rene Descartes,1596-1650),法国哲学家、物理学家、数学家、生理学家,解析几何的创始人。——编者注

"我不能回去，亲爱的。回去对我来说就等于死亡，就等于出卖我的灵魂。"

"啊，莱雷，你为什么这样讲？歇斯底里、假装斯文的女人们才讲这样的话。这种话有什么意思？一点儿意思都没有。没有！没有！"

"它正是我的所思所想。"他忽闪着两眼回答。

"你怎么笑得起来？你不明白这是非常严重的事情吗？我们已经来到十字路口，我们现在谈的事情将影响我们俩的整个一生。"

"这一点我知道。请相信我，我是十分认真的。"

她叹道："如果你不听从理智，那就没有什么可谈的了。"

"但我并不认为这就是理智。我认为你一直在说着最可怕的蠢话。"

"我？"要不是她心情这么沉重，她会笑出来的，"我可怜的莱雷，你昏头昏脑到了极点。"

她慢慢地从手上脱掉了订婚戒指。她把戒指放在手掌上，看着它。这只戒指是一圈细细的白金，上边镶着一颗四方的红宝石。她一向喜欢它。

"如果你爱我，就不会使我这样痛苦。"

"我确实爱你。不幸的是，有时候你要做你认为对的事情就不能不使别的人感到不高兴。"

她伸出托着红宝石的手，发颤的嘴唇勉强地一笑。

"给你，莱雷。"

"我要它没有用。你不愿意保存起来纪念我们的友谊吗？你可以戴在你的小手指上。我们的友谊没必要一刀两断，对吧？"

"我永远关心你，莱雷。"

"那么你就戴上吧。我想让你戴上。"

她迟疑了一会儿，接着把戒指戴到右手的小指上。

"太松了。"

"你可以修改修改。我们到里茨饭店的酒吧间去喝一杯吧。"

"好。"

就这样轻而易举地吹了，她有点儿吃惊。她没有哭。一切似乎都没有变化，只不过她不嫁莱雷罢了。她几乎不相信一切都已成为过去，并且无可挽回。他们没有哭闹一场，她有点儿后悔。他们从头到尾一直是冷冷静静地在谈判，好像在讨论买一所房子一样。她感到失望，但同时又因为他们表现得这样文明而略感满意。她极想知道莱雷现在的心情怎样。但是，要了解莱雷的心情一向是不容易的。他那光滑的面孔，他那黑黝黝的眼睛，是一副面具，她深知即使是她——与他相知多年的姑娘，也不能把它看穿。她进门后曾把帽子取下，放到了床上。现在，她站在镜子前边，又把帽子戴上。

"出于兴趣我想问一问，"她边整理头发边说，"你原来就想解除婚约吗？"

"不想。"

"我想这对你可能是一种解脱。"他没有回答。她愉快地转过身来说："现在我已经准备好了。"

莱雷锁上了门。当他把钥匙交给桌子后边的那个人时，那个人以知情不究的眼色调皮地看了他们两人一眼。伊莎贝尔完全可以猜到他以为他们两人刚才在干什么。

"我想这个老家伙不会为我的童贞下多大赌注。"她说。

他们乘出租汽车来到里茨饭店喝酒。他们谈论各种各样的事情,表面上看不出任何不自然,就像两个天天见面的老朋友一样。虽然莱雷天生话少,但伊莎贝尔是个爱讲话的姑娘,话匣子一打开就滔滔不绝,而且她又存心不让两人之间出现难以打破的僵局。她不打算让莱雷认为她对他有任何怨恨,她的自尊心要求她表现得轻松快活,不让莱雷猜出她伤心、痛苦。过了不久,她提出要他开车送她回家。她下车之后愉快地对他说:

"不要忘记明天和我们一起吃午饭。"

"你放心,我不会忘的。"

她让他吻过她的面颊,穿过大门走进屋子。

五

伊莎贝尔走进客厅,看见有几个顺路来访的人坐在那里喝茶。有两个是住在巴黎的美国妇女,身穿讲究的长服,颈戴珍珠项链,手腕上戴着宝石镯子,手指上戴着价钱昂贵的戒指。虽然一个头发染成了深红褐色,另一个人头发染成金黄色,但她们两人却相像到可惊的程度。她们的睫毛都同样浓浓地染过,嘴唇抹得同样鲜红,两颊涂着同样的胭脂,身材同样苗条——这苗条的身材是靠极度地节制饮食换来的,还有同样清俊瘦削的面貌,同样饥饿不安的眼神;你不由得猜想道:她们的生活就是为维持日渐消失的魅力而进行的一场殊死的斗争。她们那金属似的嗓门一刻不停地大声讲着废话，好像是担心如果她们稍一沉默，机器就会停顿，她们仅存的那副骨架子就会倒在地上摔个粉碎。在座的还有一位美国大使馆的秘书，他通达世故，温文尔雅，见插不进话，就默默地坐在那里。还有一位小个子黑皮肤的罗马尼亚王子，他点头哈腰，浑身媚骨，两只小小的黑眼睛流星似地闪动，一张黑脸刮得又净又光。他忽地站起给这个递茶，给那个递糕，忽地又站起给另一个人点烟，他厚着脸皮对在座的人们尽说些最肉麻、最露骨的恭维话。他对那些招待过他的人一味奉承，说决不忘他们的深情厚意，对那些他希望能招待他的人，说日后必定报答。

布莱德雷夫人坐在茶桌边，履行着女主人的职责，礼貌殷勤一如往常，只是精神有些淡漠。她依着埃略特的意思，今天打扮得雍容华贵，不过她自己认为，就今天招待的这些客人来说，实在没有必要这么做。她在心目中怎样看待她哥哥的这些客人，我只能凭空想象。我对她的情况知道得微乎其微，何况她是个喜怒不形于色的人。她不是笨蛋，住在各国首都的那些年代里，她遇到过许许多多形形色色的人，我想，她以生育她的那个小小的弗吉尼亚城市的标准对他们做出过精明的归纳与分析。我想，他们古怪风趣的步态，使她颇为开心。至于他们的派头，他们的风雅，我认为她不会怎么放在心上，正如阅读一本她一开头就知道结局是皆大欢喜的小说那样——别的小说她不会读——她对书中人物的痛苦不怎么放在心上。埃略特的虔诚的天主教信仰影响不了她对长老会所具有的坚定但并非不方便的信仰，同样，巴黎、罗马、北京也影响不了她的美国方式。

伊莎贝尔，年轻、健美、朝气蓬勃，给这虚有其表的华丽气氛带进了一股新鲜空气。她像一位年轻的大地女神一样飘然而进。那位罗马尼亚王子忽地站了起来，把一把椅子拉向前，手势频频地请她就座。那两位美国太太嘴上在尖声尖气讲着亲热话，眼睛却把她上下打量，把她穿戴的样样东西尽看在眼里，她那明媚的春天之美使她们相形失色，她们也许在内心里感到一阵惊慌与痛苦。那位美国的外交官看到她使她们显得这么虚伪、这么枯槁，在暗暗地发笑。但是伊莎贝尔却觉得她们很神气，她喜欢她们富丽的服装、贵重的珍珠，极其羡慕她们的高雅姿态。她怀疑自己是否有一天也能够学到这种无比的高雅。当然，她认为那小罗马尼亚人十分可笑，不过他倒温柔可爱，他那蜜一样的语言虽然并非出自真意，但听起来毕竟还是很舒服的。由于她进来而被打断了的谈话又恢复了，他们讲得兴高采烈，各人深信自己的话十分重要，因而你几乎会认为他们是在讲什么正经话。他们谈论他们参加过的宴会和要去参加的宴会。他们叨叨不休地议论最近的丑闻。他们把自己的朋友们骂得体无完肤。他们你一言我一语地围绕一些赫赫有名的人物说长道短，仿佛人人他们都很了解，一切秘密他们都很知情。他们几乎是一口气扯到了最新的戏剧、最新的女裁缝、最新的肖像画家，以及最新的总理的最新情妇。你会认为世上没有他们不知道的事情。伊莎贝尔贪婪地听着。她觉得这一切都是非常非常合乎文明的。这才是生活。这使她感到身处在文明事物之中因而心情兴奋。这一切都是真实的，背景也应有尽有。宽敞的房间，地板上铺的萨伏纳里地毯，富丽的镶板墙上挂着的美妙的图镶画，她们身下坐的镂花椅子，镶嵌细工做成的不可估价的家具，如衣柜及招待宾朋时用的酒席桌子等等，样样东西都可以被置于博物馆而当之无愧。为这间房子一定花费了一笔财产，但是，这完全值得。今天她感到这间房子分外地美，分外地堂皇富丽，因为旅馆里那个寒伧的矮小房间仿佛还历历在目——那间莱雷认为还不错的小房间，房间里的铁床，以及她坐过的那把叫人难受的椅子。那房间是空荡荡的、阴郁的、可怕的。她现在想起来还不寒而栗。

宴会散了。只剩下伊莎贝尔和母亲、舅舅三人。

"迷人的女人，"埃略特把那两个可怜的浓妆艳抹的风流女人送到门口之后回来时说，"她们初到巴黎定居我就认识她们。我绝没有想到她们会出落得这么好。我们的妇女适应环境的能力真令人吃惊。要是你不知道，你猜不出她们是美国人，而且还是美国中西部人。"

布莱德雷夫人扬起眉毛，看了他一眼，一句话没说。他很机灵，知道自己说话不慎。

"可怜的路易莎，谁也没有说你。"他半训斥、半亲切地接着说，"不过，天知道，你本来有很多机会。"

布莱德雷夫人撅起了嘴唇。

"我想我使你失望到了伤心的程度，但是，对你实说，我非常满意我现在这个样子。"

"天性不同，爱好不一。"埃略特用法语嘟囔着说。

"我想我应该告诉你们我已经和莱雷解除婚约了。"伊莎贝尔说。

"嗨！"埃略特叫道，"这给我明天午餐的座位安排造成了麻烦。事到临头你才告诉我，这么短的时间里我怎么请得到一个男客？"

"噢,他还是会照样来吃午餐的。"

"你们解除婚约之后他还来?这可实在新鲜。"

伊莎贝尔咯咯地笑了。她眼睛盯着埃略特,因为她知道她母亲的眼睛在望着她,而她不想和母亲的目光相遇。

"我们没有吵架。今天下午我们仔细谈过,最后认为我们闹了一场误会。他不想回芝加哥,他想在巴黎住下去。他谈到要去希腊。"

"去希腊干什么?雅典没有社交。说实话,我本人对希腊艺术从未重视过。希腊有些东西有一种颇能吸引人的、带有颓废色彩的魅力,但是菲迪亚斯①的东西,不行,不行。"

"看着我,伊莎贝尔。"布莱德雷夫人说。

伊莎贝尔转过脸,面向母亲,嘴唇上挂着一丝勉强的微笑。布莱德雷夫人以审视的眼光盯了她一会儿,但只是"嗯"了一声。她看出来姑娘没有哭过;姑娘的样子平静,泰然自若。

"我觉得你摆脱了这桩婚事也好,伊莎贝尔。"埃略特说,"过去我是尽量把这件事往好处做,但我从来没有认为这桩婚事好。实际上他本来就不配你,他在巴黎这么干表明他将来也不会有什么出息。凭你的人才,你的门第,你可以指望一桩更好的婚事。我觉得你做得非常明智。"

布莱德雷夫人瞥了伊莎贝尔一眼,眼神中颇有一些不安。

"你不是因为我的缘故这样做的吧,伊莎贝尔?"

伊莎贝尔摇了摇头,明白无误地说:

---

①菲迪亚斯(Phidias,公元前480–公元前430),希腊雕刻家。——编者注

"不,亲爱的,我这样做完全是为了我自己。"

六

这时我已从东方回来,并在伦敦住了一段时间,就在我刚讲过的那些事情发生以后半个月左右,一天早晨我接到了埃略特的电话。我听出他的声音,并不感到奇怪,因为我知道,他习惯于在社交季节即将结束的时候来活跃一番。他告诉我布莱德雷夫人和伊莎贝尔跟他一块儿来了,如果我愿意晚上六点钟到他那里去喝一杯,他们会非常高兴见到我。他们当然是住在克拉里治旅馆。那时我的住处离那里不远,因此我步行走去,顺着公园巷,穿过梅弗厄的各条安静而庄严的街道,来到了这家旅馆。埃略特住在他过去常住的那套房间。房间是用雪茄烟盒那样的棕色木头镶嵌的,布置得肃穆又华丽。我被领进去的时候,只有他一个人在。布莱德雷夫人和伊莎贝尔上街买东西去了,他估计她们很快就会回来。他把伊莎贝尔和莱雷解除婚约的事情告诉了我。

埃略特对于人们在什么环境下应该怎样做,有他自己的浪漫而又严守风俗的看法,这两个年轻人的行为使他心烦。就在婚约解除的第二天,莱雷去吃了午饭,并且他言谈举止一如往常,好像身份毫无变化。他和往常一样风趣、亲切、平静而愉快。他还是像忠实的伴侣那样友爱备至地对待伊莎贝尔。他似乎既不心烦意乱,也不悲伤。伊莎贝尔看起来情绪也没受任何影响。她还是满面春风,兴高采烈地又说又笑,那股高兴劲使你无从看出她刚刚迈出了决定性的并且给她一生带来创伤的一步。埃略特彻底给搞糊涂了。根据他听到的他们谈话的一些片断,他推测他们无意改变他们原定的任何约会。他一找到机会,便马上和他妹妹议论此事。

"这样可不妥当,"他说,"他们不能还像未婚夫妻那样一起到处乱跑。莱雷的确应该更懂规矩些。况且,这会妨碍伊莎贝尔再找对象。英国大使馆那个男孩子小福瑟林翰显然看上了她;他有钱,门第又非常好,要是他知道伊莎贝尔现在没有对象,我料定他会向她求婚的。我觉得你应该和她谈一谈。"

"亲爱的,伊莎贝尔已经二十岁了。她有一种本领,既可以叫你不管她的事,又不惹你生气。我总是拿她没办法。"

"那就是说你把她彻底宠坏了,路易莎。况且,这的确是你的事。"

"在这点上,你和她肯定会看法不一样。"

"你要把我急坏了,路易莎。"

"可怜的埃略特,如果你有一个已经长大成人的女儿,你一比就会知道,一头活蹦乱跳的牛犊子还容易管理些。至于要了解她心里想些什么——我说,你最好还是装作一个头脑简单、不闻不问的老傻瓜,几乎可以肯定她会把你当作老傻瓜。"

"不过,你和她谈过这件事情吗?"

"我曾经要和她谈。她一听我提问便笑了,对我说的确没有什么好讲的。"

"她伤心了吗?"

"我没法知道。我所知道的是,她吃得好,睡得香。"

"那么,请记住我的话:要是你让他们这样下去,说不定最近的哪一天他们就会跑出去,两人不声不响地结婚。"

布莱德雷夫人止不住笑了。

"我们现在住的这个国家是两性胡来极其方便,正式结婚却困难重重,你想到这一点必然就放心了。"

"说得一点儿也不错。婚姻是件严肃的事情,它关系到家庭的牢靠和国家的稳定。但是只有当由于结婚而带来的其他关系,不仅为对方所容忍,而且为对方所赞同的时候,这桩婚事才靠得住。娼妓这一行,我可怜的路易莎——"

"行了,行了,埃略特。"布莱德雷夫人打断了他,"你那些关于非婚同居的社会价值和道德价值的高见,我不感兴趣。"

就是在这个时候他提出了一个打断伊莎贝尔和莱雷之间交往的主意,因为这种来来往往不合他的规矩,惹他反感。巴黎的社交季节就要结束,所有的高雅名流都在安排去海滨或去多维,然后再去都兰、昂儒或布列塔尼他们祖先留下的别墅度过尚未过完的夏天。在正常情况下,埃略特是在六月来到伦敦,但是他的家族感情很深,他对他妹妹和伊莎贝尔的爱很真挚,即使当巴黎的名流走完之后,如果她们还想留在巴黎,他也准备做出自我牺牲,继续留在巴黎。然而,现在他发现形势对他非常有利,他也可以做别人最爱做的同时也对他有利的事情。他向布莱德雷夫人建议,他们三人立即去伦敦,他说那里的社交季节仍处于频繁交往的阶段,新的事件、新的朋友会帮助伊莎贝尔忘掉她和莱雷之间不幸的、藕断丝连的关系。据报纸登载的消息,能治布莱德雷夫人病患的大专家这时正在英国首都，去找他看病就得马上去，这在道理上也说得通。也许伊莎贝尔不想离开巴黎，但她也不好坚持。布莱德雷夫人同意了这个计划。她猜不透伊莎贝尔的心事。她无法断定她究竟是真的无忧无虑呢，还是由于伤了自尊，因而一时赌气，或者情绪低落，故意装出不在乎的样子来掩盖自己被伤害的感情。她只在一点上和埃略特意见一致：去结识一些不认识的人，参观一些没有到过的地方，会对伊莎贝尔有好处。

埃略特一直忙着打电话，当伊莎贝尔和莱雷在凡尔赛玩了一天，一个人回到家里的时候，埃略特已把事情办好。他告诉她，他为她的母亲约好三天后请一位名医给她看病，他已经在克拉里治旅馆订了一套房间，他们后天就要动身。当他有点儿得意地把这个消息告诉伊莎贝尔的时候，布莱德雷夫人在观察她的女儿。但是从她的表情里看不出任何变化。

"噢，亲爱的，你要去找那位医生看病，我真高兴。"她叫道，说话之急像平常一样使她有点喘不过气来，"当然你不能错过这个机会。去伦敦，太好了！我们打算在那里住多久？"

"没必要再回巴黎，"埃略特说，"再过一个星期这里连一个人影都不会有了。我想叫你们同我住在克拉里治旅馆，一直住到社交季节结束。七月份总要举行一些盛大舞会，温布尔登公开赛自然是要举行的。然后去古德伍德和考斯。我相信埃灵翰家会高兴地请我们乘他们的游艇去考斯，班托克家总是在古德伍德举行盛大宴会。"

伊莎贝尔显得很高兴，布莱德雷夫人总算放了心。看样子她丝毫没有考虑莱雷。

埃略特刚把这一切对我说完，母女二人进来了。我已经有十八个多月没有见到她们。布莱德雷夫人比以前瘦了一些，脸也更加苍白了；她倦容满面，身体很不好。但是伊莎贝尔却如花盛开。她面色红润，褐色的头发光泽如缎，栗色的眼睛闪耀着光辉，皮肤洁白——这一切，使你感到她青春美妙，感到她仅仅活着就会十分快活，因而你也高兴得差不多想笑。她使我产生一种荒唐的想法，觉得她像个金黄色的甜美的梨，已经熟透了，只等人来吃掉它。她散射着温暖，你觉得只要把手伸出去就会感到这温暖给你带来的舒适。她看起来比我上次见到她时高了一些，我不知道是因为鞋跟比过去的高呢，还是因为聪明的服装师把她的外衣剪裁得合体，遮盖了她那年轻人特有的丰腴。她因为从小在户外运动，举止非常潇洒。一句话，她是一个非常性感的年轻女子。如果我是她的母亲，我就会认为她早该结婚了。

我非常高兴能有机会稍稍回报我在芝加哥时布莱德雷夫人对我的殷情厚意，我请他们三人晚上看一场戏。我还安排请他们吃一顿午餐。

"老弟，你真行，我们一到，你就马上先下手抢。"埃略特说，"我已经通知我的朋友们我们来了，我敢说，一两天内，这个季节的整个剩余时间，我们的活动会排得满满的。"

从他的话里我听得出，他的意思是说，再过一两天就轮不到像我这样的人请了，于是我笑了。埃略特瞥了我一眼，我看出那眼神里有一种傲慢。

"不过，如果你晚上六点钟左右来，在一般情况下总会看到我们的,我们什么时候见到你都高兴。"他的话说得非常和蔼,但显然是想把我这个作家摆在我的寒酸位置上。

不过,有时候小人物也会反抗一下的。

"你应该和圣奥尔芙家接接头,"我说,"我听说他们想处理掉他们的《索尔兹伯里大教堂的护卫官》这幅名画。"

"眼下我不买画。"

"这我知道,不过我觉得你可以帮他们处理掉。"

埃略特的眼里出现了一种铁青的冷光。

"老弟,英国人是一个伟大的民族,但是他们从来不会画画,并且永远也学不会画画。我对英国的画派不感兴趣。"

七

此后接连四个星期我很少见到埃略特和他的亲戚。他给她们做的安排使她们洋洋得意。他带她们到苏塞克斯一座壮丽堂皇的大厦里过了一个周末,又带她们到威尔特郡一座更加壮丽的大厦里度了另一个周末。他领她们作为温泽王室一位小郡主的客人到歌剧院,坐在皇家包厢里看歌剧。他带着她们和大人物们一起赴午宴和晚宴。伊莎贝尔参加了几次舞会。他在克拉里治饭店招待了一系列客人,这些客人的名字使第二天的报纸大放光彩。他在塞罗饭店和大使馆举行晚宴招待客人。他所做的事情确实样样得体。伊莎贝尔见到的世面还远远不够,因此,他为她提供的富丽堂皇、风雅讲究的场面使她有些头晕目眩。埃略特可以自我标榜地说,他之所以如此不嫌麻烦，完全是为了一个毫无私心的动机：让伊莎贝尔不再去想她那不幸的恋爱。但我认为并非仅此而已，他有机会向他妹妹夸耀他和达官贵人、名流雅士之间混得多么熟悉，也给他带来极大的满足。他招待起客人来左右逢源，令人赞叹，他也喜欢表演他这方面的才能。

我参加过他举行的一两次宴会，并且常在晚上六点钟去克拉里治饭店看望他们。我发现一些近卫旅的青年军官和外交部的一些年轻官员在围着伊莎贝尔转，青年军官个个身材魁梧，衣着光鲜，年轻的文官们虽然服装稍逊，但也个个风度翩翩。就是在这样的场合下，有一次她把我拉到一边。

"我想问你一件事，"她说，"你还记得那天晚上我们去药房喝冰激凌汽水吗？"

"完全记得。"

"那时你很愿意帮助我。你愿意再帮我一次吗？"

"我尽力而为。"

"我想和你谈件事情。我们可不可以在哪天一起吃午饭？"

"几乎哪天都可以，由你定。"

"找个僻静的地方。"

"我们驱车去汉普顿宫，在那里吃午饭，怎么样？那里的公园现在正逢最美的季节，你还可以看一看伊丽莎白女王的床。"

她觉得这个主意好，我们便商定了日子。但是当那一天到来的时候，天变了，一直是晴朗的、风和日丽的天气，变成灰蒙蒙一片，还下起了毛毛细雨。我打电话问她在城里吃午饭是否更好。

"公园里坐不成,室内的画又太暗,什么也看不清楚。"

"我在公园里没有少坐,老画家的画我也已看够了。我们还是去吧。"

"好。"

我去接她,一块驱车而往。我知道有个小旅馆,那里的饭菜还能凑合,我们径直将车开到那里。一路上伊莎贝尔像平常一样兴高采烈地给我叙述她参加了一些什么样的宴会,认识了一些什么样的人。她很欣赏那些宴会,但她对新近认识的各色人物的评论使我感到她精明、有眼力,能看出他们的荒唐可笑。天气不好,没有其他顾客光临,饭厅里只有我们两人。这家旅馆擅长做英国的家常饭,我们要了一份肥美的羊腿肉配青豆和新鲜土豆,还有一大盘苹果饼,后随一道得文郡奶油。这些东西再加上一大杯淡色啤酒,凑成了一顿非常可口的午餐。我们吃完之后,我建议坐到那间空无一人的咖啡室去,那里有扶手椅,坐着舒服些。室内清冷,但是柴已架好,我划了根火柴把它点着。火焰使这个昏暗的房间明暖宜人了一些。

"好了,"我说,"现在把你想讲的事情说出来吧。"

"和上次一样,"她"噗哧"笑了,"关于莱雷。"

"我早已猜到。"

"你知道我们把婚约解除了。"

"埃略特对我说过。"

"妈妈如释重负,她是满心高兴。"

她犹豫了一阵,然后开始叙述我已经尽量忠实地告诉过读者的她和莱雷之间的谈话。读者也许要问：她为什么要对一个她不怎么了解的人推心置腹谈这么多个人的事情？我想，我们见面还不到十次，除了在药铺那一次外，从来不曾单独在一起。但我不感到意外。理由之一是，正像作家们常说的那样，人们的确愿意把不肯告人的事情告诉作家。也许是因为他们读过他的一两本书后，感到和他的关系别有一层亲密，或者是因为他们把自己戏剧化了，实际上把自己看成了小说里的人物，在他们的想象中，作家创造的人物对作家无所保留，因此他们也乐意将自己的情况全部告诉作家。除了这种解释以外，我再也想不出别的原因。此外，我想，伊莎贝尔觉得我喜欢她和莱雷，他们的年轻引起我的关心，我同情他们的不幸。她不可能指望埃略特会以友好的态度听她讲她和莱雷的事情。他给莱雷提供的进入社交界的最好机会被他轻蔑地拒绝，他再也不想管他的事情。她母亲也不能帮助她。布莱德雷夫人有她的高等原则，有她的常识。她的常识告诉她：如果你想在这个世界上站稳脚跟，你就必须随大流，不要去做人人都说不稳当的事情。她的高等原则使她认为一个男人的义务就是到一家企业里去工作，靠自己的精力和主动精神挣钱养活老婆孩子，使他们过上与他们的地位相称的生活；供孩子上学，使他们长大之后能靠自己的本领谋生；一旦自己死了还要给自己的老婆留下遗产，保证她丰衣足食。

伊莎贝尔的记忆力很好，那么长的曲曲折折的谈话，她都记得非常清楚。我一声不吭地一直听她说完。只有一次，是她自己把话中断，向我提了个问题。

"吕斯达尔①是谁?"

"吕斯达尔?是荷兰的一位风景画家。你问他干什么?"

她对我说莱雷提到过他。他说至少吕斯达尔找到过一个针对他提出的那个问题的答案,她对我重复了一遍她问吕斯达尔是谁时他给她的不客气的回答。

"你认为他是什么意思?"

我灵机一动。

"你肯定他说的不是吕斯布洛克吗?"

"也许是。他是谁?"

"是14世纪的一个佛兰德斯神秘主义者。"

"噢。"她失望地说。

这对她没有什么意义。但对我却有意义,这是我所知道的表明莱雷思想变化的第一个迹象。她继续往下讲她的故事。我虽然仍在聚精会神地听,但部分思想却在分析他这句话的可能的含义。我并不过分重视这句话,他提到这位使他心迷神醉的教师的名字可能只是为了提出一个论据,也可能有一层意思,但伊莎贝尔没有察觉出来。她问他吕斯布洛克是谁时,他回答说吕斯布洛克只不过是一个他上大学时还不知道的人,他显然是想支吾过去,不让她追问。

"你对这一切是怎样看的?"她讲完之后问。

我考虑了一下,答道:

---

①雅各布·范·吕斯达尔(Jacob van Ruisdael,1628-1682),荷兰画家,世界最大的风景画家之一。——编者注

"你还记得他说过他只是去闲荡吗？如果他说的是实话，他所谓的闲荡似乎是要干一些非常繁重的工作。"

"我相信这一点。但是，如果他从事任何一种生产性的工作也这么勤奋，他会挣不少钱，你说这就不对吗？"

"有的人天生就和别人不一样。有些罪犯，他们像海狸一样辛苦，但他们是辛辛苦苦地筹划阴谋，其结果是坐牢，他们一旦出狱就又一而再、再而三地开始搞阴谋，又一而再、再而三地坐牢。如果他们以同样的勤奋、同样的才干、同样的临机应变以及同样的忍耐精神来从事正当的活动，他们会换来很好的生活，并取得重要的职位。但是他们生来就是他们那样的人。他们喜欢作案。"

"可怜的莱雷，"她咯咯地笑着说，"你该不会说他学希腊语是准备抢银行吧？"

我也笑了。

"我不是这个意思。我想对你说的是，有些人迷了心窍，一心想干某种怪事，他们控制不住自己，他们非干不可。为了满足这种欲望，他们甘愿牺牲一切。"

"连爱他们的人也牺牲掉？"

"呃，是的。"

"这不明摆着是自私吗？"

"我不知道。"我笑着说。

"莱雷学那些死去了的语言有什么用处？"

"有些人求知就是为了求知，不为别的。这种求知的愿望，倒也没有什么不光彩。"

"不准备用求来的知识干任何事情,要这种知识干什么?"

"也许他准备使用。也许知识本身就使他感到满足。也许这只是为了进一步做什么事情而迈出的第一步。"

"他想求知,为什么他打仗回来以后不去上大学?奈尔逊博士和妈妈本想让他上大学的。"

"这件事我在芝加哥的时候和他谈过。学位对他没有用处。我觉得他似乎已经明确了他需要的是什么,他认为在大学里他得不到那些知识。你知道,人们求学好比狼找食,有的喜欢成群结队,有的喜欢独奔一个方向,莱雷就是一个不肯随群的人。"

"我记得有一次我问他是否想写作。他笑了,他说他没有东西可写。"

"这是我听到过的所有不肯动笔的借口中最无法令人相信的一个。"我笑着说。

伊莎贝尔做了个不耐烦的手势。她甚至没有心思开最普通的玩笑。

"我弄不清楚的是,他为什么会变成这样。在上战场以前,他和其他人完全一样。你也许看不出,他网球打得非常好,高尔夫球打得也很不错。我们其他人干的事情他都干。他完全是一个正常的男孩,没有理由设想他长大了会不正常。你毕竟是个小说作家,你应该会解释这件事情。"

"人的天性无限复杂,我有多大本事,竟然解释得了?"

"这就是我今天找你谈话的目的。"她补充说。我刚才说的那句话她根本听不进去。

"你伤心吗？"

"不，不一定伤心。莱雷不在我身边，我的心情就正常，但当我和他在一起时，我就觉得自己非常软弱。现在，这只是一种疼痛，就像你几个月没有骑马，现在一下子骑了很长时间所感到的那种僵痛；它不是痛苦，完全不是无法忍受的，但你却意识得到它。它会过去的。一想到莱雷把自己的一生这样糟蹋，我就生气。"

"也许他不会糟蹋。他开始踏上的旅途是一条漫长而艰辛的道路，但也可能在旅途的终点他会找到他所寻求的东西。"

"他所寻求的是什么？"

"你没觉察到吗？我觉得在对你说的话中他已清楚地指明了——上帝。"

"上帝！"她叫道。不过这惊叫表示的是不以为然。我们用的是同一个名词，两人所表示的意思却非常不同，因此产生了可笑的效果，我们都情不自禁地笑了。但是伊莎贝尔很快又严肃起来，我从她的整个态度中感到一种类似恐惧的东西。"你究竟为什么这样想？"

"我只是猜测。不过，是你叫我告诉你我作为一个小说家对这件事情的想法。不幸的是，你不知道他在战争中遇到过什么事情，使他受到了这么大的影响。我想，他是毫无准备地突然受了精神上的打击。我向你提供一个看法：不论他遇到了什么事情，反正那件事使他头脑里充满了人生短暂的思想，他急欲确证人世间的罪恶与不幸会得到补偿。"

我看出伊莎贝尔对我使谈话发生的转折感到不高兴。这使她感到心怯、尴尬。

"这不是可怕的病态吗?既来之,则安之。我们既然生在这世界上,当然应该尽情地生活。"

"也许你说得对。"

"我不自命非凡,我只是一个平平常常、普普通通的女孩子。我需要乐趣。"

"看起来你们俩的气质完全相反。你能够在结婚之前发现这一点,这很好。"

"我想结婚、生孩子并且生活——"

"生活在慈悲的上帝给你安排的那种生活状态中。"我打断她的话,笑着说。

"就算是这样吧,这也没有什么坏处,对吧?那是一种令人愉快的状态,我对它非常满意。"

"你们像两个朋友,要一起休假,一个想到格陵兰去爬雪山,而另一个却想去印度的珊瑚滩边钓鱼。很明显,事情弄不成。"

"不管怎样,我在格陵兰的雪山上还可以弄到一件海豹皮上衣,但我想,印度珊瑚滩边是否有鱼,大可怀疑。"

"走着瞧吧。"

"你这句话是什么意思?"她眉头微皱地问道,"好像你一直有什么话不肯直说。当然我知道在这出戏里我扮演的不是主角。演主角的是莱雷。他是个理想主义者,是个美梦幻想家,即使这种梦实现不了,梦的本身也使他兴奋异常。我生来就只能演无情的、爱财的、讲究实际的角色。按常理办事就不能过于动感情,是吧?但是你忘记了一点:必须付出代价的是我。莱雷驾着一片彩云在前边飞，我只能拖着步子跟在后边，精打细算地维持日子过下去。我要生活啊！"

"我一点也没忘记。许多年以前，我还年轻的时候，认识一个人，他是个医生，并且是个挺不错的医生，但是他不开业。他整年整年地躲在大英博物馆的图书馆里看书，每过很长一段时间，他便写出一部谁也不要看的大部头伪科学、伪哲学书，他还得自己出钱来出版。在他去世之前，他共写了四五部，这些书一点价值都没有。他有个儿子想参军，但是他没有钱把儿子送到桑赫斯特①，因此他儿子只能应募当兵，最后在战场上被打死了。他还有个女儿。她长得很漂亮，我都有点迷上了她。她去演戏，但是她没有演戏的天分，她跟着一个小戏班子疲于奔命地跑遍各地，演些小角色，工资非常低。他的妻子多年操劳，把身体弄垮了，姑娘只好回到家里伺候母亲，把母亲干不动的繁重家务活接过来。他把几个人的一辈子都糟蹋了，毁掉了，并且毫无意义。要是你决定独闯一条路，你就可能有风险。干的人很多，成功的人很少。"

"母亲和埃略特舅舅赞成我的做法。你是否也赞成？"

"亲爱的，这对你会有多大分量？对你来说我差不多是一个陌生人。"

"我把你看作一个没有偏见的旁观者，"她笑容可掬地说，"有你赞成，我会高兴。你认为我做得对，是吧？"

"我认为你做的对你来说是对的。"我说。我颇自信地认为，

---

① 英国陆军军官学校所在地。——译注

答话与问话之间的细微差别,她不会注意到。

"那么为什么我的良心不好受?"

"你于心不忍吗?"

她点了点头,嘴唇上仍挂着微笑,不过这时笑得有点顽皮。

"我知道这不过是一般常识。我知道凡是通情达理的人都会认为我只能这样做。我也懂得,从实事求是的观点来看,从人之常情来看,从一般的为人之道来看,从是非的观点来看,我都应该这样做。然而在我的内心深处,我感到一丝不安,觉得要是我更好一些,杂念更少一点儿,更无私一些,更高尚一些,我就应该和莱雷结婚,过他那种生活。如果我爱他爱到足够的程度,我会认为天大的牺牲都在所不惜。"

"你也可以从另一个角度看这件事。如果他爱你爱到足够的程度,你要他做什么,他不会迟迟疑疑地不去做。"

"我也这样劝过自己,但是不顶事。我猜想,女人天性中自我牺牲的精神比男人的多吧。"她"噗哧"笑了,"路德到异国拾麦穗以及诸如此类的事情①。"

"你为什么不冒险尝试一下?"

在这之前,我们一直轻快地交谈着,我们好像在随便谈论我们两人都认识、而他们的事情与我们都不相关的人,甚至当她对我叙

---

①典出《圣经·旧约·路德记》。默阿布国女子路德背井离乡跟随婆婆到婆婆的故土伯利恒,正赶上收割大麦季节,她下地拾麦穗养活婆婆,并为婆媳生活牺牲了自己的贞操。——译注

述她和莱雷之间的谈话的时候,她也是说得轻松愉快,并且加些幽默以添风趣,好像她不想要我过分严肃地看待她说的话。但是现在她的脸色转为苍白了。

"我害怕。"

我们沉默了一阵。一股冷意沿我的脊背而下,我遇到深刻的、真挚的人类激情时,便有这种奇怪的感觉。我觉得可怕,并有点惊恐。

"你很爱他吗?"我终于问。

"我不知道。我为他急躁,我对他发火,我又一直想念着他。"

我们又沉默下来。我不知道说什么好。我们这间咖啡室很小,蒙在窗子上的大幅的针织窗帘把光线都挡在外边。糊着大理石纹纸的墙上贴有一些陈旧的体育画片。这一切再加上室内的红木家具、破旧的皮椅子以及发霉的气息,使这间房子与狄更斯小说里的咖啡室简直像得出奇。我捅了捅火,又加了些煤。伊莎贝尔突然开口了。

"你知道,我原以为一旦摊牌,他会屈服。因为我知道他性格软弱。"

"软弱?"我叫道,"你凭什么这样想?一个对亲戚朋友的反对意见硬顶了一年,坚决走自己道路的人,软弱?!"

"他一向是我叫他和我一起干什么,他就干什么。我能让他绕着我的小拇指转。我们在一起不管做什么事,都不是他领头。他只是跟着大家走。"

这时我在抽烟。我观看着我吐出的烟圈。烟圈逐渐变大,然后逐渐消失在空中。

"我在解除婚约之后还和莱雷在一起到处跑,好像什么事都没发生过一样，妈妈和埃略特舅舅认为我这样做很不得体，但我觉得没什么了不起。我一直到最后还认为他会投降。我不相信，当他那迟钝的脑袋认识到我怎么说就会怎么做的时候，他还不软下来。"她迟疑了一下，对我调皮地、假装狠心地一笑。"我告诉你一件事，你听了不会过分反感吧？"

"我想完全不会。"

"我们做出来伦敦的决定以后，我打电话给莱雷，问他是否愿意和我一起度过我在巴黎的最后一个夜晚。我把这件事告诉了母亲和埃略特舅舅，埃略特舅舅说这样做极不妥当，母亲说她认为这样做没有必要。如果妈妈说什么事情没有必要，那就是她完全不赞成。埃略特舅舅问我我们的具体打算是什么，我说我们打算找个地方吃正餐，然后到夜总会去转一转。他告诉妈妈她应该禁止我去。妈妈说：'要是我禁止你去，你在意不在意？''不，亲爱的，'我说，'我毫不在意。'于是她说：'我想你不会有意见。既然这样，我禁止你去似乎就没多大必要了。'"

"你母亲看起来是一位很有见识的妇女。"

"我相信她看事情一般都看得准。当莱雷叫我的时候，我到她房间里去告别。我打扮了一下；你知道在巴黎你就得打扮，不然对比之下你就像赤身裸体一样。她一看见我的穿戴，便从头到脚地看我，那眼神使我猜出——她很精明，知道我想干什么。这使我有点儿不安。不过她什么都没说。她只是亲亲我，说希望我玩得高兴。"

"你想干什么？"

她用怀疑的眼光看着我，好像决定不下她应该坦率到什么程度。

"我觉得我不难看,而且这是我最后一次机会。莱雷在马克西姆饭店订了一张桌子。我们要了好吃的东西,我特别喜欢吃的东西都要了,我们还喝香槟酒。我们不停地说话,至少我在不停地说话,我说得莱雷直笑。我总能把他逗乐,这是我喜欢他的一点。我们跳舞。我们在那里玩够了,便去了马德里堡。我们碰到了几个熟人,和他们汇到一起,我们又喝香槟酒。然后我们一起去阿凯舍。莱雷跳舞跳得非常好,我们俩配合得很好。燠热、音乐加上酒——我逐渐有点飘飘然之感。我无所顾忌了。我跳舞时把脸贴着莱雷的脸,我知道他需要我。上帝知道,我需要他。我有一个主意。现在想起来,这个主意早就在心底里潜伏着。我想,我要把他带回家去,一旦我把他弄到家里,啊,几乎不可避免地会发生不可避免的事情。"

"我敢说你不可能安排得更巧妙了。"

"我的房间离埃略特舅舅的房间和妈妈的房间都相当远,因此我知道不会有危险。当我们回到美国后,我想,我就写信告诉他我要生孩子了。他不得不回来和我结婚,只要我把他叫回家里了,我就不信把他留住能有多大困难,尤其是妈妈还在病中。'我真傻,过去为什么就没想到这个办法!'我对自己说,'这就自自然然把一切问题都解决了。'音乐停的时候,我就停在他的怀抱里。这时我说天晚了,我们明天中午还要赶火车,因此我们应该走了。我们坐进了一辆出租汽车。我偎着他,他搂着我,吻我。他吻我,他吻我——啊,多美妙啊!似乎只有一眨眼的工夫汽车便停在门口了。莱雷付了车钱。

"'我走回去。'他说。

"汽车突突地开走了。我搂住了他的脖子。

"'跟我上去再喝最后一杯怎么样?'我说。

"'好,如果你喜欢的话。'他说。

"他摁了电铃,门开了。我们往里走的时候他开了电灯。

"我往他的眼睛里看。这一双眼睛是那么充满信任,那么诚实,那么——那么纯洁;很明显他一点也没有想到我在设圈套叫他上当;我觉得我不能对他干这样肮脏的勾当。这像是从小孩子手里骗糖吃。你知道我干了什么?我说:'噢,你最好别上去吧。妈妈今晚身体不适,如果她已经睡着,我就不想惊醒她。再见。'我把脸凑上去让他亲了一下,把他推出了门。这件事就是这样结束的。"

"你难受吗?"

"我既不高兴,也不难受。我只是自己做不了自己的主。并不是我做了我所做的事情。控制着我并且代我行事的只是一股冲动。"她笑着说,"我想你会说那是我的良心发现。"

"我想你会那样做的。"

"那么我的良心必须承担起后果来。我相信它将来会更谨慎一些。"

我们的谈话大致就是这样结束的。伊莎贝尔能毫无保留地对我倾诉心里话,这对她可能是一种安慰,而我也就只给了她这样一种安慰。我感到自己不够尽心,至少该讲些小事情安慰安慰她。

"你知道,一个人在恋爱,"我说,"而事情完全不顺心意,他会非常伤心,他觉得他会永远伤心下去。但是如果你知道大海会起什么作用,你会觉得非常奇怪。"

"你讲的是什么意思?"她笑着问。

"你听我说,爱情不会航海,在海上航行时它会失去活力。当大西洋把你和莱雷隔在它的两边时,你会惊奇地发现你在起航之前感到难以忍受的痛苦是那样微不足道。"

"你这是经验之谈吗?"

"根据过去的风风雨雨的经验。当我的爱情失意时,我就马上登上轮船,漂洋过海。"

雨看不出有停的迹象,因此我们决定驱车回伦敦,即使伊莎贝尔没看汉普顿宫的高大建筑,甚至没看伊丽莎白女王的床也不要紧。此后我见过她两三次,但次次有别人在场。后来,我想离开伦敦一个时期,于是我动身去了蒂罗尔。

第三章

一

此后十年我既没有见过伊莎贝尔，也没有见过莱雷。我倒是仍能见到埃略特，并且由于某种原因，比从前更常见到他，这种原因我以后再告诉读者。我不时地从他那里听说一些关于伊莎贝尔的情况。但是，关于莱雷，他却什么也不能告诉我。

"就我所知他仍然住在巴黎，但是我不可能碰到他。我们两人活动的范围不同，"他补充说，话里颇有一点自满，"非常令人痛心，他已经完全潦倒。他的出身很好。如果原先由我照管，我相信我已经把他培养得像个样子了。总之，伊莎贝尔没有嫁给他，算是幸运。"

我交往的范围不像埃略特那么严格，在巴黎我认识不少他会认为不该结交的人。我每次居留巴黎为期不长，但次数却不少。在那里停留期间，我在这些人中问问这个、问问那个，打听是否有人碰到过莱雷，或者是否知道他的消息，有一些人和他随便地相识过，但谁也没有和他深交，因此我找不到一个人能给我提供有关他的消息。我到他常去吃饭的饭店去找，人们告诉我他有很长时间不去那里了，他们认为他肯定离开了巴黎。我不止一次地前往住在附近的人常去的蒙帕纳斯大街上的每一个小饭馆，一次也没有见到他。

在伊莎贝尔离开巴黎之后，他原打算去希腊，但是他改变了主意。许多年以后我才从他本人那里得知他当时到底干了些什么，但我觉得现在就叙述，更便于尽可能地按照时间顺序来安排发生的事情。夏季他在巴黎一直住了下去，并且不停地读书直到深秋。

"那时我想，我需要合起书来休息休息，"他说，"我已经一连两年每天读书八到十个小时。于是我到一个煤矿干活去了。"

"你去干什么？"我叫道。

他见我吃惊，笑了。

"我认为干几个月体力活会对我有好处。我心想，这会使我有机会整理一下自己的思想，使自己心绪平静。"

我没有表示意见。我不明白，他采取意料不到的这一步究竟是由于这个原因呢，还是与伊莎贝尔拒绝和他结婚有关。事实是，我根本不了解他爱她到什么程度。人们在恋爱的时候大都想出各种各样的理由使自己相信，然后想干什么就干什么，这肯定是个高招儿。我认为，为什么会有那么多灾难性的婚姻，原因就在于此。他们就像托一个明知是骗子但碰巧又是他们交往亲密的朋友的人为自己办事一样。他们之所以把自己的事情交到他的手里，是因为，他们不肯相信骗子首先是骗子，其次才是朋友。他们以为，不论他对别人多么不忠实，对他们是不会不忠实的。莱雷能硬起心肠拒绝为了伊莎贝尔去牺牲他认为他应该过的生活，但是，失去她后，感到的痛苦也许比他预料的难以忍受。也许像我们大多数人一样，他是既要马儿跑得好，又要马儿少吃草。

"哦，请讲下去。"我说。

"我将我的书和衣服用两个箱子装了起来，存到美国运输公司，然后，在旅行包里装了一套换洗的衣服和一些内衣就出发了。我的希腊语老师有一个妹妹嫁给了朗斯附近一个煤矿的经理，他给我写了一封介绍信让我带给他。你听说过朗斯吗？"

"没听说过。"

"朗斯在法国北部，离比利时边界不远。我在那里只住了一夜，是住在火车站的旅馆里，第二天我乘慢车到了煤矿所在地。你到过矿区村庄吗？"

"到过英国的矿村。"

"唉，我想差不多都一样。有煤矿，有经理的楼房，有一排排整洁的两层小楼，这些小楼都一模一样。矿村非常单调，一看就使你心情沉重。有一座半新不新的难看的教堂，有几家酒吧间。我到的时候正下着小雨，天气又阴又冷。我来到经理办公室，把我的介绍信递了进去。经理是一个两颊泛红的矮胖子，看上去是个吃饭吃得香的人。他们劳力不足，许多矿工都在战争中牺牲了，有很多波兰人在那里干活，我想，至少也有两三百人。他问了我一两个问题，他不大高兴我是个美国人，好像认为我不可靠，但是，他的妻兄却在信里称赞了我。不管怎样，他高高兴兴地把我留下了。他想在井上给我安排个工作，但我告诉他，我要到井下干活。他说，如果我过去没有干过，我会发现在井下干活很艰苦。但是我对他说，我是准备吃苦的，于是，他说我可以给一个矿工当助手。这实际上是孩子们干的工作，但是孩子们人数不多，分配不过来。他这个人很不错；他问我是否找了住宿的地方，我告诉他还没找。于是他在一张纸上写了个地址，对我说，我到了那个地方，那家的女主人会给我一个床位。这位妇女是一名死难矿工的寡妇，她的两个孩子都在煤矿干活。

"我提起提包，按地址走去。我找到了那座房子，开门的是一位又瘦又高的妇女，她头上已有白发，两只眼睛又黑又大。她五官端正，年轻的时候一定好看。如果不是缺两颗门牙，她并不显得衰老憔悴。她对我说单人住的房间是没有的，但她租给一个波兰人的那个房间里有两张床铺，我可以睡在那张空床上。楼上有两个房间，她的两个孩子住一间，她住一间。她领我看的那个房间在一楼，我想，原来是当起居室用的。我原希望自己单独住一间房，不过我想还是不挑剔为好，蒙蒙细雨已经变成了绵绵不断的小雨，我的衣服已被淋湿了。我不想再多跑路，以免被雨淋透。因此，我说那个床铺符合我的需要，住了进去。他们把厨房当起居室，里边有一对摇摇晃晃的扶手椅。院子里有一间贮煤的小屋，这间小屋同时又是浴室。两个孩子和那位波兰人已经把他们的午餐带到工地，不过，她说中午我可以和她一起吃饭。之后，我坐在厨房抽烟，她一边做着活，一边给我讲她自己和她家庭的情况。那三位下班之后回来了。波兰人先回来，然后是那两个孩子。波兰人穿过厨房的时候，女房东对他说我也要住进他的房间，他对我点了点头，没有说话，从炉架上提起一个大壶，到贮煤室里冲洗去了。那两个孩子都是身材颀长，尽管脸上有煤污，仍然看得出长相很好，看来他们愿意和我友好相处。他们因为我是个美国人而把我看作怪物。两人中一个已经十九岁，几个月后就要去服兵役，另外一个十八岁。

"波兰人回来了，然后两个孩子去冲洗。这个波兰人的名字属于那些难念的波兰名字之列，但他们都叫他科斯蒂。他是个大个子，比我高两三英寸，块头也很壮实。他面色苍白，胖脸上长着一个宽而扁的鼻子和一张大嘴巴。他的眼睛是蓝色的，由于眉毛上和睫毛上的煤屑未能洗掉，看起来像个假人。黑色的睫毛配上他那双蓝眼让人看了有些害怕。他是一个丑陋的粗野汉子。两个孩子换过衣服之后出门去了。波兰人继续坐在厨房里，抽烟斗、看报。我口袋里装有一本书，我把它掏出来，也看了起来。我留意到他看了我一两眼，很快他放下了报纸。

"'你在看什么？'他问道。

"我将书递给他请他自己看。那是一本《克里夫斯公主》，是我看到它小，可以装进衣袋，在火车站买的。他好奇地看了看书，然后又看了看我，把书还给了我。我看到他讥讽地笑了笑。

"'这本书你感兴趣吗？'

"'我觉得这本书非常有意思——甚至吸引人。'

"'我在华沙上中学的时候读过这本书，我感到枯燥极了。'他法语讲得很好，几乎不带一点波兰口音，'现在我只看报纸和侦探小说，别的东西一概不看。'

"迪克莱克夫人——这是我们那位老太太的名字——一边看着为晚饭炖的汤，一边坐在桌边织补袜子。她告诉科斯蒂说，我是煤矿经理派给她的，还对他重复了其他一些我觉得可以告诉她于是告诉了她的话。他倾听着，抽着烟斗，两只蓝闪闪的眼睛看着我。这两只眼睛又厉害又刁诈。他问了几个有关我个人的问题。当我告诉他我以往从来没有在煤矿干过活儿之后,他的双唇上又浮现出讥讽的一笑。

"'你不知道你会吃什么苦头。但凡有别的活可干,谁也不愿到煤矿来工作。不过,这是你自己的事情,无疑,你有你的原因。你在巴黎时住在什么地方?'

"我告诉了他。

"'我曾经每年都去巴黎,不过我住在格朗兹大街,你去过拉律饭店吗?那是我最喜欢的饭店。'

"这使我有点吃惊,你知道,那家饭店的菜可不便宜。"

"太不便宜了。"

"我猜想他看出我感到惊奇,因为他又一次对我讥讽地一笑,不过,他显然认为没有进一步解释的必要。我们一直漫无边际地谈着,后来两个孩子回来了。我们吃晚饭,吃过饭,科斯蒂问我愿不愿和他一块去小酒馆喝杯啤酒。那不过是一个稍大一点儿的房间,一头有一个卖酒的柜台,还有大理石桌面的桌子,桌子周围摆着木椅子。有一架自动钢琴,有人已经从缴币缝塞进去了一个硬币,现在这架钢琴正在奏着一支很不悦耳的舞曲。除了我们占的这张桌子外,只有三张桌子边有人。科斯蒂问我会不会打毕洛特①,我倒是跟我几个要好的同学学过,所以我说我会打,于是他建议谁输谁出啤酒钱。我表示同意。他发牌。我输了一杯啤酒,又输了一杯。然

---

① 一种牌戏。——译注

后他又提出赌钱。他总拿到好牌，我的运气总不好。我们每次下的赌注很小，但我已经输了好几法郎。赢了啤酒又赢了钱，他兴致大发，高谈阔论起来。根据他的言谈和他的举止，我很快猜出，他是个受过教育的人。当他又讲到巴黎时，他问我是否认识某某、某某，还有一些美国女人，而所有这些人，是当路易莎阿姨和伊莎贝尔在埃略特家住的时候，我在埃略特家认识的。看样子，他比我还要熟悉他们。我奇怪他怎么会落到现在这步田地。夜已深了，而我们第二天还得在黎明时起床。

"'我们在走之前再喝一杯啤酒吧。'科斯蒂说。

"他一口口喝着啤酒，狡猾的小眼睛偷看着我，这时我想起他像个什么——他像头凶暴的猪。

"'你为什么要来这破煤矿里干活？'

"'为了体验生活。'

"'你是疯了，小伙子。'他说了句法语。

"'那么你为什么在这里干活？'

"他耸了耸他那又厚又笨的肩膀。

"'我小的时候上过贵族军官学校，上次战争中我父亲在沙皇部队里当将军，我是个骑兵军官。我不能容忍毕苏斯基[①]。我们计划好要干掉他，但是有人把我们出卖了。我们的人被他抓到的都枪毙了。我万幸地逃过了国境。除了到外国军队当兵或者到煤矿当工人

[①]约瑟夫·毕苏斯基（Jozef Pilsudski，1867-1935），波兰法西斯独裁者。——编者注

外，我再无去处。在这两样苦差事中，我选择了吃苦轻一些的。'

"我已经对科斯蒂说过我将在煤矿里干什么差事，他没表示过异议，但现在，他把他的手肘搁在大理石桌面上说道：'把我的手往后扳。'

"这种比赛气力的老办法我会，我把我的手掌放在他的手掌上。他笑了：'几个星期后你的手就不会这样嫩了。'我用我的全身力气扳，但是对他那巨大的气力不起一点儿作用，他渐渐把我的手扳向后面，压到桌上。

"'你的劲相当大，'他照顾我的情绪，说，'能坚持这么长时间的人不多。我对你说，我的助手不行，他是个又弱又小的法国人，力气还没有虱子大。明天你跟我一块儿去，我要让工头把你换给我。'

"'我很高兴和你在一起，'我说，'但你认为他会同意吗？'

"'送点儿礼会的，你能不能拿出五十法郎来？'

"他伸出了手，我从钱包里取出一张钞票。我们回去睡觉了。我这一天缺乏休息，所以睡得像个死人。"

"你不觉得活儿重得可怕吗？"我问莱雷。

"一开始重得要命，"他笑道，"科斯蒂买通了工头，我被派作他的助手。那段时间科斯蒂挖煤的那段地方只有旅馆浴室那般大小，到那个地段去必须经过一条很低矮的隧道，只能爬过去。那里热得要命，我们只穿一条裤子干活。科斯蒂白皙的肥大的躯体，不知道为什么让人看了非常反感，他看起来像只没有壳的大蜗牛。风钻的喧闹声在这块狭小的地方震耳欲聋。我的任务是收拢他挖下的煤块，用筐子装起来，拖到洞口。运煤的小列车每隔一定时间在驶往升降机途中经过这里的时候，煤就在洞口被装进车皮里。那是我平生见过的唯一的煤矿，因此我不知道那里的采煤法是否符合常规。我觉得那样的采法不怎么完善，使人累得要命。干到一半的时间，我们撂下工具休息，吃带去的午饭，然后抽烟。当一天的活干完之后，我毫无眷恋不舍之意。嗨！多需要洗个澡。我想，我这双脚一辈子也洗不干净了，它们和墨汁一样黑。我的两只手当然也起了血泡，痛得要命，不过它们后来就好了。我习惯了干那种活儿。"

"你坚持干了多久？"

"那项工作他们只让我干了几个星期。运煤到升降机去的那些车皮是用一辆拖拉机牵引的，驾驶员不怎么懂机械修理，发动机总出毛病。有一次，他发动不起来，并且好像又不知所措。呃，我是个相当不错的技工，因此，我去看了看，用了半个小时的时间把发动机修好了。工头把这件事告诉经理。经理把我叫了去，问我会不会修汽车。结果是他派我做技工的工作，这工作当然枯燥，但是容易，而且，他们的发动机再不出问题了，他们很喜欢我。

"科斯蒂在我离开他的时候很不好受。我适应了他，他和我在一起也已经习惯了。我对他有了清楚的了解，整天和他在一起做工，晚饭后和他一块去小酒店，又和他共住一个房间。他这个人很有趣。他这种人，你若是我你也会对他产生感情的。他不和那些波兰人混在一起，我们不去波兰人去的饭馆。他忘不掉自己是个贵族，并且当过骑兵军官，他把他们当作垃圾来对待。这自然引起他们的憎恨，但他们无可奈何，他力大如牛，要是真打了起来，不论是动刀还是不动刀，让他们五六个人一起上，他都敌得过。那些波兰人，我也认识其中的几个，他们对我说，他的确在一个很神气的团队里当过骑兵军官，但是他说他是由于政治原因离开波兰，这是撒谎。他是因为在打牌时捣鬼被当场抓住而被赶出华沙军官俱乐部并被撤职的。他们告诫我不要和他赌钱。他们说，他之所以躲避他们就是因为他们知道他的老底，都不肯和他玩牌。

"我一直输钱给他，我说过输得不多，一夜只输几法郎，而且当他赢的时候，他总坚持付酒钱，因此，估计起来实际上也没有赢多少。我原以为我只是一时运气不好，或者是打牌的技术不如他。但在听到这些情况后，我开始留心了。我肯定他完全是在欺骗，然而你得知道，我怎么也看不出来他是怎么捣鬼的。嗨，他真精明！我知道他总不能每次都拿最好的牌。我像只山猫一样注意着他。他像狐狸一样刁猾，我猜他已经看出有人把他的老底告诉了我。一天夜里，我们赌了一会儿之后，他面带他那有几分冷酷的讥讽的笑——这是他唯一的一种笑容——说：

"'我给你表演几个把戏吧！'

"他拿起整副牌，要我说出一张牌的名称。他将牌洗过之后，要我从中抽一张，我抽了一张，抽出的正是我说的那张牌。他又表演了两三个骗术，然后他问我会不会打扑克牌。我说我会打。他给我发了一手牌，我一看，我起了四个A，一个K。

"'你起了这一手牌，愿意赌一大笔钱，是吧？'他问道。

"'所有的钱全押上！'我回答道。

"'那你就是傻瓜了!'他放下了他给他自己发的那手牌,是同花顺。这是用什么诀窍弄的,我到现在还不知道。他见我吃惊便笑了。'如果我为人不老实,到不了今天你连身上的衣服都会输光的。'

"'你可没有那样狠心地赢过我。'我笑着说。

"'赢那么一点点。还不够到拉律饭店吃顿饭。'

"我们每天夜里高高兴兴地玩牌。我看出他在打牌中作弊主要还不是为了骗钱,而是为了逗趣,拿我耍着玩使他感到一种异常的满足。他知道我在留心他耍什么手法,却看不出他是怎么耍的,他因此而非常开心。

"不过,这只是他的一方面,使我对他大感兴趣的是他的另外一面。这两方面我总觉得相互格格不入。尽管他宣扬说,除了报纸和侦探小说外,他什么书都没有读过,但他是个有教养的人。他很健谈,说起话来刻薄无情,冷嘲热讽,但是听他讲话会使你兴高采烈。他是个虔诚的天主教徒,他的床位上方还悬挂着一个十字架,每个礼拜天他照例不误地去做弥撒。星期六晚上他总是大醉方休。我们去的那个小酒店星期六晚上总是拥挤不堪,满屋都是浓烈的烟气。去的有安静的中年矿工和他们的家小,有成群的吵吵闹闹的年轻人,还有些人满头大汗地围着桌子又喊又叫地打毕洛特,而他们的妻子坐在他们旁边稍后的地方看他们打牌。人群和闹声在科斯蒂身上产生了奇妙的效果,他变得一本正经,开始侃侃而谈,谈论各种料想不到的问题,谈论神秘主义。那时我除了在巴黎读过的梅特林克①的一篇论吕斯布洛克的文章外,对神秘主义尚一无所知。但是科斯蒂谈到的有普罗提诺②,有雅典最高法院法官丹尼斯,有鞋匠雅各布·勃默③,还有迈斯特·爱克哈特④。倾听这位被自己的社会抛弃的流浪汉,这位说话尖刻带刺的穷困潦倒的人讲述事物的终极,讲述皈依上帝的神圣性,使人感到奇妙。这都是我闻所未闻的,因此我既听得糊里糊涂,又听得非常兴奋。我好像一个清醒地躺在一间暗室里的人,突然看见一束光线从窗帘射了进来,他知道他只须将窗帘拉开,一片晨曦中的田园景色就会展现在他的面前。但是每当我在他平时清醒的时候叫他继续谈这个问题,他就对我大发雷霆,两只眼睛恶狠狠的。

"'我不知道自己说了些什么,怎么会知道自己谈论的是什么呢?'他提高嗓门说。

"我知道他说的不是实话。他完全清楚他讲了些什么。他知识广博。当然他是喝醉了,但他的眼神,他那副难看的脸上显出的欣喜的表情不完全是醉酒导致的。于醉意之外还有别的东西。他第一

---

①莫里斯·梅特林克(Maurice Maeterlinck,1862-1949),比利时剧作家、诗人,用法文写作。1911年获诺贝尔文学奖。——编者注
②普罗提诺(Plotinus,约204-约270),古罗马时期希腊的唯心主义哲学家,新柏拉图主义最重要的代表。——编者注
③雅各布·勃默(Jakob Boehme,1575-1624),德国哲学家,基督教神秘主义者和路德宗新教神学家。——编者注
④迈斯特·约翰尼斯·爱克哈特(Meister Johannes Eckhart,约1260-1327),中世纪德意志神学家和神秘主义哲学家。——编者注

次那样谈话时说的有些话我至今没忘,因为这些话使我吓了一跳,他说:世界不是创造出来的,因为空虚只能产生空虚,世界只是永恒的自然界的一种表现;呃,这倒不算什么,但他接着说,恶和善一样都是天意的直接表现。在那肮脏的闹闹嚷嚷的饭店里,在那自动钢琴演奏的舞曲声中,这些话听起来使人感到新奇。"

二

为了使读者休息片刻,我现在开始新的一节,不过这只是为了各位方便,谈话并没有中断。我可以借此机会告诉读者,莱雷讲话从容不迫,用词往往慎重选择,尽管我不能自诩记得一字不差,但我是在尽力不仅再现他说话的内容,并且再现他说话的特色。他的声音音调丰富,有一种悦耳的音乐特色;他讲话的时候,不做任何手势,吧吧地抽着烟斗,不时停下来点燃烟斗,两只黝黑的眼睛注视着你,眼中有一种令人愉快并且常常流露出奇思异想的眼神。

"接着春天来了,在那单调而郁闷的乡下,春天来得较晚,天气依然寒冷多雨,不过,有时遇到晴朗而暖和的天气,你又非常不情愿离开地面上的世界去和身穿肮脏的工装的矿工们一起挤在摇摇晃晃的升降机里入地几百英尺,钻进大地的肚子里。春天的确是来了,但是在这片严酷而肮脏的景色中春天好像是羞羞答答地到来,仿佛不敢断定自己的到来能否受到欢迎。她好像一朵花,一朵百合或者一朵水仙,开在贫民窟的一家窗台上的盆子里,你会诧异她在这里干什么。一个星期天的上午,我们还在床上躺着——每逢星期

天上午我们总是睡懒觉的——我正在看书,科斯蒂突然地对我说:'我就要离开这里,你愿意和我一块儿走吗?'

"我知道夏季有不少波兰人回波兰收割庄稼,但是现在还不到时候,况且,科斯蒂不能够回波兰。

"'你要去哪儿?'我问道。

"'徒步旅行。经比利时到法国,沿莱茵河往下走。我们会找到一个农场让我们在那里干一个夏季。'

"我一听就下了决心。

"'好主意。'我说。

"第二天我们告诉工头:我们不在矿上干活了。我用我的手提包换了别人的一个背包。我把用不着的或者背不了的衣服都送给了迪克莱克太太的二儿子,他和我的身材差不多。科斯蒂留下了一个旅行袋,把需要的东西装进背包,第二天一喝过老太太给我们准备的咖啡,我们就出发了。

"我们不急于赶路,因为我们知道至少在草该收割之前不会有农场收留我们。因此,我们消消停停地一路走去,经那慕尔和列日穿过法国和比利时,经亚琛进入德国。我们一天走不上十英里或十二英里。我们见到一个村庄可爱就住下。我们总能遇到有床位的旅店,总能遇到有吃有喝的酒馆。总的来说一路天气很好。在矿井下干了那么多日子,现在走在开阔的天地之间,分外心旷神怡。我觉得在此之前,我从未了解在叶子未出但枝头已轻蒙绿雾时的草原是多么美丽,树木又是多么可爱。科斯蒂开始教我德语,我觉得他的德语讲得和法语一样好。我们沿途走去,路上遇到的每事每物——如牛、马、人等等,用德语怎么叫,他都教给我,后来还要我跟他学简单的德语句子。这使得时间过得很快。当我们进入德国时,我至少已经会用德语说我想要的东西了。

"去科隆并不顺路,但科斯蒂坚持要去那儿,他说,他要去是为了那一万一千名处女。我们一到那里,他就瞎闯起来。一连三天我没有见到他,他回到我们在一所类似工人宿舍的房子里租住的房间时,满脸恶气。他和人打架了,眼窝被打青,嘴唇也破了个口子。我可以告诉你,他那副样子实在不怎么好看。他一觉睡了二十四小时,然后我们开始顺着莱茵河的山谷向达姆施塔特走去,据他说那里的乡下好,我们最有可能找到工作。

"我从来不曾有过这么大的喜悦。天气一直晴朗,我们漫步穿过城镇和村庄。遇到宜人的风景,我们就停下来观赏。我们遇到什么地方合适就在什么地方住宿,有一两次我们就睡在厩楼里的草堆上。我们就在路边的旅店里就餐,当我们进入产葡萄酒的乡下时,我们就不再喝啤酒,改喝葡萄酒。我们在酒店里喝酒时和那里的人们交朋友。科斯蒂有一种粗犷的欢乐劲,赢得了他们的信任,他和他们打斯卡特——这是一种德国牌戏——骗他们时那股高兴劲非常爽朗,讲的粗俗笑话他们又很欣赏,他们把铜币输给了他都不在乎。我同他们讲话,练习德语。我在科隆时买了一本英德会话语法手册,我的德语进步很快。夜里,当他喝了两升白葡萄酒之后,科斯蒂就以奇怪的不正常的态度讲从孤独飞向孤独,讲灵魂的黑夜,讲受造者与基督成为一体时那种最终的喜悦。但是,第二天清早,当绿草仍然带露,我们在含笑似的乡下继续往前走的时候,我想让他给我多讲一些，他便大发雷霆，差一点儿把我打一顿。

"'别再啰嗦，你这个笨蛋，'他说，'你要听那些废话干什么？喂，让我们继续学德语。'

"你不能去和一个拳头像汽锤一样并且会毫不思索地抡挥它的人争论。我曾经见过他盛怒时的状况。我深知他会把我打得半死不活，扔到沟里，我认为他有可能当我不在屋的时候把我的口袋掏光。我摸不透他这个人。当他酒醉口松讲到不宜说出的圣名时，他像脱掉矿井下穿的煤污的工作服一样丢掉了他平常讲的那些粗鲁的下流语言，他讲得很好，甚至很有说服力。我认为他是在讲由衷之言，我不知道我是怎样产生了这样的想法：他之所以去干那繁重的严酷的煤矿活儿是为了克制肉体的欲望。我觉得他憎恨他那巨大而粗笨的身体，想折磨它，而他的欺骗行为、他的刻薄与残忍则是他的心理——啊，我不知道你会怎么说——对一种根深蒂固的神圣的本能的反抗，是对于他对令他恐怖又使他念念于怀的上帝的向往的反抗。

"我们游逛了很久。春天早已过去，树木已浓荫覆盖。葡萄园里的葡萄开始丰满成形，我们尽可能地沿着乡下的土路走，路上的尘土愈来愈厚。我们已来到达姆斯塔特附近，科斯蒂说我们该开始找活干了。我们的钱一天比一天短缺。我口袋里有一叠旅行支票，不过，我打定主意，只要有可能，我决不动用它们。每当我们看到一家有可能雇用人的农舍，我们就停下来，问他们要不要雇两个人。我敢说我们的样子不十分惹人喜欢。我们风尘仆仆，浑身是汗，肮脏不堪。科斯蒂的样子像个可怕的恶棍，我想我的样子也好不了多少。我们一次又一次地被人拒之门外。我来到一个地方，那家农民说他愿意要科斯蒂，但不愿意要我，科斯蒂说我们俩是搭伴的伙计，不愿意分开。我叫他先把他的工作解决，但是他不肯。我感到惊奇。尽管我对科斯蒂没有什么用处，因而猜不出他为什么会喜欢我，但我知道他是喜欢我的，不过我可从来没有想到，他会喜欢我到因为我而拒绝接受工作的程度。在我们继续前进的路上，我颇感内疚，这是因为我并不真的喜欢他，事实上，我觉得他有些讨厌。不过，当我说了几句表明他的所作所为使我非常高兴的话时，他对我大发雷霆。

"不过，我们的运气终于来了。我们刚穿过一块洼地里的一个村庄，就来到了一家看起来还不错的孤零零的农舍。我们敲门，开门的是个女人。我们像往常一样毛遂自荐。我们说我们不要工资，只要管吃管住就行，这一次使我们感到意外，她没有"砰"地一声把我们关在门外，而是叫我们等一会儿。她向房子里的什么人呼唤，一个男人立即走了出来。他盯住我们看了好一阵子，问我们是从哪里来的，他要看我们的证件。他看到我是美国人，又盯了我一眼。他好像因为我是美国人而不很喜欢，不过他总算还是要我们进去喝杯葡萄酒。他把我们领进厨房，坐了下来。那个女人拿来了一把酒壶和几只玻璃杯。他对我们说他雇的那个人被牛顶伤了，在医院里住着，在收割完毕之前什么也干不了。战争中许许多多男人给打死了，其余的都进了莱茵河流域犹如雨后春笋般建立起来的工厂，因此想雇个劳力真比登天还难。我们原知道这种情况，也寄希望于这种情况。长话短说，他告诉我们他愿意收留我们。房子里地方有的是,不过我想他不愿意我们住在里边;不管怎样,他对我们说草料仓里有两个床位,我们就被安排在那里住。

"活不算重。要喂牛、喂猪,机器都有毛病,还得调理,但我仍有闲暇。我爱那些芬芳的草地,傍晚常去漫游并在那里遐思冥想。这种生活很不错。

"这一家的人员是老贝克尔、他的妻子、他的当了寡妇的儿媳及其孩子们。贝克尔身躯庞大,头发花白,年近五十;他参加过世界大战,由于腿上的一处伤到现在还瘸着。伤给他带来很大的痛苦,他借喝酒来忘掉疼痛。他在睡觉之前通常喝得酩酊大醉。科斯蒂与他颇为投机,晚饭后他们常一起到旅店打斯卡特[①]、酗酒。贝克尔夫人原是他家雇的一个女工。他们把她从孤儿院弄来,贝克尔的前妻死后不久贝克尔就娶了她。她比他小好多岁,就某方面来说还算漂亮,很丰满,绯红的双颊,金色的头发,看起来渴望风流。科斯蒂很快就断定在这里可以捞些甜头。我对他说不要做蠢事。我们的工作不错,我们不想失去它。他只是嘲笑我,他说,贝克尔满足不了她的要求,她自己在求人呢。我知道说也无用,他不会守规矩的,不过,我对他说要小心。贝克尔也许看不出他在打什么主意,但是还有他的儿媳妇呢,什么都躲不过她的眼睛。

"埃丽——这是他儿媳妇的名字——是一个又高又壮的年轻妇女,还远不到三十岁,黑眼珠,黑头发,黄色方脸,总像在生气。她仍然为在凡尔登战场上死去的丈夫戴孝。她非常虔诚,星期天早

[①]一种用三十二张牌的三人纸牌戏。——编者注

晨步行到村子里去做早弥撒，下午又去参加晚祷。她有三个孩子，最小的一个是在她丈夫死后生的，每当吃饭的时候，她除了骂孩子外，是一句话也不说的。她干一点儿农场上的活儿，但大部分时间是看她的孩子，晚上一个人坐在起坐间看小说，让门开着，以便哪个孩子哭时能够听见。两个女人你恨我、我恨你。埃丽因为贝克尔夫人是个弃儿并且当过佣人而瞧不起她，因她当上一家的女主人、处于支配地位而恨之入骨。

"埃丽原是一个有钱的农场主的姑娘，出嫁的时候，从娘家带来很多东西。她上的不是乡下的学校，而是附近的茨温根堡镇上的一所女子中学，因此受过很好的教育。可怜的贝克尔夫人来农场的时候才十四岁，最多是认得字、会写字。这是这两个女人之间不和的另一个原因。埃丽一有机会就显露自己的知识，贝克尔夫人常常脸气得通红，问道：'一个农民的老婆要那有什么用。'这时埃丽往往注视着自己手腕上用钢链系着的她丈夫的身份牌，阴沉的脸上显出恶狠狠的神情，说道：

"'我不是农民的老婆，只是农民的寡妇，是一位为国捐躯的英雄的寡妇！'

"可怜的老贝克尔为了保持她们之间的和平什么事都干不成。"

"他们把你看成了什么人？"我打断了莱雷。

"噢，他们以为我是从美军中逃出来的，不能回美国去，回去得坐牢。他们说，我之所以不愿意与贝克尔和科斯蒂一块儿去旅店饮酒，原因就在于此。他们认为我不想招人注意，免得村子里的警察盘问。埃丽看到我在学德语，她把她上学时用的旧课本拿了出来，说要教我。于是，晚饭后她和我来到起坐间，我读给她听，她纠正我的发音，并帮我理解我不明其义的单词。我猜，她教我的主要原因，不是为了帮助我，而是为了要显得比贝克尔夫人强一等。

"整个这段时期，科斯蒂一直施展手段想把贝克尔夫人弄到手，因此哪里也不肯去。她是个快快活活的女人，很乐意和他开玩笑，而他对女人也独有一套。我猜，她心里明白他究竟想干什么，并且我敢说她还因此而心里美滋滋的，但是他刚伸手去捏她，她就对他说把手放老实些，并且给了他一个耳光。我断定，这个耳光打得非常实在。"

莱雷迟疑了一会儿，有点儿不好意思地笑了。

"我从来不是那种自认为受女人迷恋的人，但是我发现——发现贝克尔夫人已对我倾心。这使我颇感不安。第一，她比我大得多，第二，老贝克尔一直待我们不错。她在桌上分菜的时候，我不由自主地注意到她分给我的要比分给别人的多，并且我觉得她寻找机会和我单独在一起。她常对我笑，那样的笑，我想，你会叫作调情。她问我有没有女朋友，并且说像我这样的小伙子在这样的地方没有女朋友必然会感到日子不好过。你懂得这类事情。我只有三件衬衫，并且都穿得相当破旧了。有一次，她说，我穿得这样破烂不体面，如果我拿给她，她就给我补补。这番话给埃丽听到了，在这之后，当她和我在一起的时候，她说，我有什么东西要补时，她给我补。我说，破一点儿没有关系。但是，过了一两天，我发现我的袜子、衬衫都给补过并放回了草料仓里我们放东西的长凳上；不过，是她们两人中间哪一位补的，我可不知道。当然，我没有以为贝克尔夫人会真的要怎么样；她是个天性善良的长者，我想，这也许只是她那方面对我的母爱般的感情。但是，后来有一天科斯蒂对我说：

"'我告诉你，她中意的不是我，是你。我没有成功。'

"'不要瞎说，'我对他说，'她那把年纪可以做我的母亲。'

"'那有什么关系？上，小伙子，我让路。她不算年轻，但是个体态风流的女人。'

"'喂，别瞎说！'

"'何必犹豫呢？我想，不是为我的缘故吧？我是个通情达理的人，我明白海里的好鱼多的是，此路不通，另有他路。我不怪她。你年轻。我也年轻过。Jeunesse ne dure qu'un moment[①].'

"我不肯相信的事情，科斯蒂却如此肯定，这并不使我十分高兴。我不大明白怎样应付这种局面。后来我想起了各种各样当时没引起我注意的事情。埃丽所讲的话，我过去不十分留意。但现在我懂了，我断定她也知道了正在发生的事情。当我偶尔单独和贝克尔夫人待在厨房的时候，她会突然进来。给我的印象是她在监视我们。我对此反感。我想她突然出现是为了当场抓住我们，我知道她恨贝克尔夫人，只要被她抓住一点点把柄，她就会大闹一番。我当然心里清楚她无从抓我们，不过她为人不善，我想她什么谎言都编得出来并往老贝克尔的耳朵里灌。我不知道怎么办，只是假装成傻瓜，看不出女主人在干什么。我在农场很快活，喜欢那里的工作，在庄稼没收完之前我不想走。"

---

① 法语：青春不常在。——译注

我禁不住笑了。我想象得到莱雷当时的模样：穿着带补丁的衬衣和短裤，从脸到脖子都被莱茵河炎热的阳光晒成了褐色，身体细长柔软，深深的眼眶里嵌着两颗黑眼珠子。我完全相信那金发白肤、胸脯饱满的女管家贝克尔太太看到他会春心飘荡。

"往下说，发生了什么事情？"我问道。

"夏天在一天天过去，我们在那里像牛一样干活。我们割草垛草。接着樱桃熟了，科斯蒂和我爬上梯子摘樱桃，那两个女人把樱桃装到大筐子里，老贝克尔把它们弄到茨温根堡去卖。接着我们又割裸麦。当然牲口还得由我们经常照料。天不亮我们就起床，天不黑不停工。我想贝克尔夫人见追求我无望便已不再动我的念头；我呢，在尽可能不惹她生气的前提下，和她保持一定的距离。我晚上非常瞌睡，读不了多少德语，因此晚饭后不久我就抽身去草料仓，倒在床上就睡。大部分晚上贝克尔和科斯蒂都到村子里的旅店去，到科斯蒂回来的时候我已深深入睡了。草料间很热，我睡的时候身上一丝不挂。

"一天夜里我被惊醒了。一开始我弄不清是怎么回事，我只是处于半醒状态。我感到一只热乎乎的手捂着我的嘴，我意识到有人和我在一个床上睡觉。我将那只手挪开，这时一张嘴巴贴到了我的嘴上，两只胳膊搂住我，同时我感到贝克尔夫人肥大的胸脯抵着我的身体。

"'别吭气[①]，'她低声说，'别吭气。'

[①]此处原文为德文。——译注

"她紧紧地抱着我,她用热乎乎的嘴巴用力亲我的脸,她的双手抚摸着我的全身,她的两条腿和我的腿缠在一起。"

莱雷停了下来。我笑得发傻似的。

"你怎么办?"

他对我埋怨似地一笑。他甚至有点儿脸红。

"我能怎么办呢?我听得见邻近的床上科斯蒂在熟睡中发出的粗重的呼吸。我一直隐约觉得约瑟夫①的处境有点滑稽。我才二十三岁。我可不能吵嚷一番一脚把她踢走。我不想损伤她的感情。我干了她希望我干的事情。

"之后她溜下了床,踮着脚走出了草料仓。我可以对你说,我化险为夷似地出了口长气。你可知道,我都吓坏了。'天哪,'我说,'这多危险啊!'我心想,贝克尔可能是醉醺醺地回来的,已睡得昏迷不醒,但是他们睡的是一张床啊,也许他已经醒过来了,一睁眼看到身边没有了妻子。此外还有埃丽。她一直说她睡不着觉。要是她没有睡着,她会听见贝克尔夫人下楼梯,走出了房门。接着,我突然想起一件事情。当贝克尔夫人和我睡觉的时候,我曾感到有一片金属碰到我的皮肤。我当时未予注意,你明白,在那种情况下,人们不会注意别的事情,我一直没有想到问问自己那是个什么东西。现在这东西闪现在我的脑子里。我坐在床边对此事的后

---

①见《圣经·旧约·创世纪》第三十九章。约瑟夫的主人波提福非常信任约瑟夫,把家中的一切都交他管理。约瑟夫很感激波提福对自己的信任。但波提福的妻子却一心要勾引他。——译注

果在想啊愁啊,突然一惊,跳了起来。那片金属是埃丽手腕上戴的她丈夫的身份牌,来和我睡觉的不是贝克尔夫人,是埃丽!"

我大笑起来。我笑得止不住。

"也许你觉得有趣,"莱雷说,"我可不觉得有趣。"

"那么,现在你回想起来,你不觉得有些可笑吗?"

他的双唇勉强地一笑。

"也许有些可笑。但这使我处境尴尬。我不知道事情会怎样发展。我不喜欢埃丽。我觉得她是个最惹人讨厌的女性。"

"那你怎么会把一个错当成另一个呢?"

"当时一片漆黑,她除了叫我不要吭声外,一句话也没说。她们两人都是又高又胖的女人。我觉得贝克尔夫人在打我的主意。我从来没想到埃丽会对我有一丝念头。她一直在怀念她的丈夫。我点上了一支烟,考虑这种处境,我越想越烦。我觉得,最好的办法是一走了之。

"我常常咒骂科斯蒂,因为他那么难被叫醒。我们在矿上工作时,为了叫醒他及时去上班,我常常得把他往死里摇。但是现在我却要感谢他睡得那么死。我点上了提灯,穿好衣服,把东西装入背包——我的东西不多,所以收拾起来连一分钟都用不了——然后把臂膀穿入背带。我只穿袜子走出草料仓,到了楼梯底下才把鞋子穿上。我吹熄了提灯。没有月亮,夜很黑,不过我知道如何走上大路,上路之后我向村子的方向走去。我走得很快,想趁人们没有起床走动之前穿过村子。到茨温根堡只有十二英里,我到那里的时候,市面上才刚开始有人活动。这一趟出走,我永远难忘。除了我踏在路上的脚步声和哪个农场的一只鸡时而发出的鸣叫声外，万籁俱寂。然后是不十分黑但还没天亮的朦胧天色，然后是黎明的初至，然后是太阳东升，小鸟开始歌唱，那繁茂的绿色乡野——草原、树林和田野上的小麦，在这一天之始的清冷的光照之中呈现出淡淡的金色。我在茨温根堡喝了一杯咖啡，吃了一块面包，然后去邮局给美国运输公司打电话，叫他们把我的衣服和书籍寄到波恩。"

"为什么要寄到波恩？"我打断了他的话。

"当我们在沿莱茵河跋涉的途中拐到那里逗留的时候，我爱上了它。我爱上了那些屋顶发出的光，爱那里的河流，爱它那窄窄的街道，爱它的别墅、花园、栗荫大道和大学里的洛可可式建筑。那时我心里闪现了一个念头：在那里住上一个时期倒不坏。不过，我想，当我到那里时外表最好体面些。我的样子像个流浪汉，我想，要是我到一个公寓去租房间，我不会受到很大信任，因此我乘火车到法兰克福给自己买了个手提包和几件衣服。我断断续续地在波恩住了一年。"

"你这两段经历——我指的是在煤矿的经历和在农场的经历——有收获吗？"

"有。"莱雷说，点头笑道。

但他没有告诉我他的收获是什么，那时我已十分了解他，深知他想告诉你什么就会告诉你，但是当他不想告诉你时，他往往从从容容地、幽默地把话岔开，你再问也没有用。我必须提醒读者，这一切都是在事情发生十年以后他才给我讲的。在那次再见到他之前，我想都没想过他在哪里，或者他在干什么。就我所知，他可能已不在人世。若不是埃略特和我友好，常写信告诉我伊莎贝尔的生活情况，因而使我想起莱雷，我肯定已忘掉人世间曾有过他。

三

伊莎贝尔在解除了与莱雷的婚约之后，早在当年的六月就嫁给了格雷·马丘林。当时正是巴黎社交高潮的季节，虽然埃略特极不愿意在这个时候离开巴黎，使自己错过许多了不起的宴会，但是他有很浓厚的家族感情，不允许自己不去尽自认的社会责任。伊莎贝尔的哥哥们工作岗位很远，不能离开，因此他应当不辞旅途劳顿地到芝加哥去主办外甥女的婚事。他记得法国的贵族连上断头台时都穿戴着华贵的服饰，因此他特地去了一趟伦敦，为自己买了一件新的晨礼服、一件双排扣的浅灰而略带粉红色的背心和一顶大礼帽。他回到巴黎之后邀我去他家里，把新的衣帽穿戴起来叫我看。他心神不安，因为他平常戴在领带上的灰色的珍珠，现在配到他为参加婚礼而买的浅灰色的领带上一点也不显眼。我建议他配上绿宝石和钻石合镶的扣针。

"要是我做客，那还可以，"他说，"但基于我这次所处的具体地位，我觉得似乎该戴个珍珠。"

他对这桩婚事非常高兴，这桩婚事完全符合他那一套要门当户对的想法。他每次谈到这桩婚事时，就重复一位孀居的公爵夫人对这件亲事所说的恭维话，说拉罗斯福哥家族的后人娶蒙莫朗西家的姑娘，这真是门当户对。他打算把纳梯尔画的法兰西王族一位王子的精致肖像带去作结婚礼物，这可以明白表示这门亲事称了他的心意，同时也可以把买结婚礼物的钱省下。

亨利·马丘林大概是为了让这对年轻人既住得与布莱德雷夫人靠近，又离自己在滨湖路的富丽堂皇的住宅不十分远，于是在阿斯特街给他们买了一座房子。买房子的时候，幸好格雷戈利·布拉巴森在芝加哥，房子的装修就要托给他了。埃略特回到欧洲时顾不得参加巴黎社交，直接到了伦敦，他身上带着房子装修后的照片。格雷戈利尽兴布置了一番。客厅和餐厅，他完全是按照乔治二世时代的样子布置的，非常气派。他对书房——这将是格雷工作与学习的地方——的布置是受慕尼黑阿马连堡宫的一个房间的启发，除了没有地方放书外，布置得完美无缺。至于格雷戈利为这对年轻美国人设计的卧室，更是舒适无比，若不是那两张完全相同的单人床，恐怕连和蓬巴杜夫人幽会的路易十五也会感到舒服；不过伊莎贝尔的浴室会使路易十五大开眼界：四面全是玻璃——四周墙壁、天花板及浴池全是玻璃，在那些墙上，银白色的鱼儿成群结队地漫游在金色的水生植物之间。

"这座房子当然不算大，"埃略特说，"不过亨利对我说房子的装修用了十万美元。对有些人来说这相当于一笔可观的财产。"

婚礼在主教派教会所能办到的范围内办得十分壮观。

"与巴黎圣母院的婚礼不能相比，"他沾沾自喜地说，"按照清教徒办事的规格来说，还不能说不算讲究。"

报纸大肆报导了一番，埃略特漫不经心地把剪下来的报纸扔给了我。他给我看了伊莎贝尔和格雷的照片。伊莎贝尔又高又壮，但穿着礼服还算漂亮，格雷块头很大，但身材很好，身着婚服有点儿不自然。有一张是这对年轻人和傧相们的合影,另外一张是他们和布莱德雷夫人及埃略特的合影,布莱德雷夫人身着豪华的衣服,埃略特手持新礼帽,姿势之雅,只有他才摆得出来。我问他布莱德雷夫人身体可好。

"她的体重减了很多,我觉得她的脸色也不好,不过她身体很好。整个这件事情当然使她受了劳累,不过现在事已办完,她可以休养恢复。"

一年后伊莎贝尔生了个女孩,起了个时兴的名字——乔安。两年后又生了个女孩,起了另外一个时兴的名字——普莉西拉。

亨利·马丘林的合伙人之一去世了,另外两个由于受不住压力也很快引退了,因此他本来就一直独断独行地控制着的企业现在完全为他个人所有了。他实现了他暗怀已久的雄心,起用格雷和他合伙经营。公司的生意空前兴旺起来。

"老兄,他们赚钱易如反掌。"埃略特告诉我,"瞧,格雷才二十五岁,一年就挣五万美元,这仅仅是开始。美国的资源取之不竭。这种繁荣并不突然,这是一个伟大国家自然的发展。"

他突然有了不曾有过的满腔爱国热忱。

"亨利·马丘林不会永远活着,你知道他有高血压,格雷不到四十岁就会拥有两千万美元。了不起呀,老弟,了不起!"

埃略特和他妹妹保持着相当有规律的通信,他每年不时地把她告诉他的事情转告我。格雷和伊莎贝尔过得很幸福,两个小孩也很可爱。埃略特一谈起他们过日子的气派就喜形于色,认为非常适合他们的身份;他们挥金如土地招待别人,并接受别人花天酒地的招待;他得意地对我说伊莎贝尔和格雷一连三个月不是请人就是被请,没有单独吃过一次饭。他们这种接连不断的热闹而快乐的生活,由于马丘林夫人的丧事才停了下来。马丘林夫人面色白皙,出身高贵。亨利·马丘林当初娶她是因为她门第高,社会关系多。当时他正想在这个城市里谋取个地位,而他的父亲起初来这个城市的时候还是个乡巴佬。现在出于对她的孝敬,这对年轻人一年来从没请过六个人以上吃饭。

"我一直说八个人最合适,"埃略特说,想转变话题的忧郁气氛,"八个人既易于相互亲热、普遍交谈,人数又不少,像个宴会。"

格雷对他的妻子非常慷慨。她生第一个孩子的时候,他送给她一只钻石戒指,上边的钻石四四方方;生第二个孩子的时候,他送她一件黑貂皮大衣。他很忙,不常离开芝加哥,如有假日,他们就到亨利·马丘林在马文的富丽堂皇的住宅里去度假。亨利宠爱他的儿子,什么都舍得给他。有一年圣诞节,他把南卡罗莱纳的一个种植场送给了儿子,使他在冬季可以打两个星期野鸭。

"我们的商业大王当然可以和那些经商致富的意大利文艺复兴时期艺术的伟大赞助人相比。例如,麦第奇家族[①],法兰西曾有两个国王娶了这个显赫家族的姑娘而不以为有失身份,我预料有一天欧洲的头戴王冠者会向我们的美元公主们求婚。雪莱[②]是怎么说的呢?

[①] 中世纪意大利佛罗伦萨的著名家族,以经营毛织业起家,后来成为欧洲最大的银行家之一。——编者注
[②] 珀西·布舍·雪莱(Percy Bysshe Shelley, 1792—1822),英国浪漫主义诗人。——编者注

'世界的伟大时代又重新开始，黄金似的岁月回到了大地。'"

亨利·马丘林多年以来一直照料着布莱德雷夫人和埃略特的投资，他们信任他机灵能干，他也没有辜负他们的信任。他从来不鼓励他们投机，而是把他们的钱用来买稳当可靠的证券，随着证券价值的大大提高，他们看到他们那笔比较起来不算太大的财产增加了很多，这使他们又惊又喜。埃略特对我说，他连一个指头都没动，可1926年他比1918年差不多富一倍。他已经六十五岁，头发已白，皱纹满面，眼下边两个肿眼泡。但是他不服老，他还像以前那样身材细长，腰杆笔直；他饮食起居一向有节有度，并且一直注意自己的仪表。只要他还能让伦敦最好的裁缝给他做衣服，让他自己专用的理发师为他理发刮脸，让按摩师每天早晨来使他那优美的躯体保持没有病痛不适，他就不肯接受无情岁月留下的痕迹。他早已忘记他曾经不顾体面从事过商业，他从不直接谈这个问题，他很聪明，不去说会被人揭穿的谎言。他倒是想给人留个印象，年轻时候他在外交界干过。我必须承认，如果我需要画一张大使肖像，我会毫不犹豫地选定埃略特做我的模特儿。

但是，事物在变化。那些曾经为埃略特开辟过前程的地位显赫的贵妇人们，还活着的也都很老了。那些英国的爵爷夫人们，由于她们的爵爷已死，不得不把爵爷府第交给她们的儿媳妇，自己退居到切尔特南的别墅或摄政公园内不那么宏伟的房子里去。斯塔福德宫变成一个博物馆，寇森宫成了一个组织的所在地，德文郡宫待沽出卖。埃略特在考斯常乘的游艇已经转到了别人手里。现在台上的风云人物对埃略特这个上了岁数的人没有用场可派。他们觉得他又讨厌、又可笑。他们仍然高高兴兴地来赴他在克拉里治饭店设的讲究的午宴,但是凭着他那股机灵劲,他自己识得破他们之所以来,主要不是来看他,而是借此机会彼此相会。以前他的写字台上一度摆满请帖,现在再也没有那么多人请他,可供他挑挑拣拣了。他常常因为没人请而一个人冷冷清清地在自己家里吃饭而感到羞辱,但他却很少让人知道。英国有身份的妇女一旦坏了名声而不能再进入社交界的时候,就对艺术染上兴趣,在自己周围纠集一些画家、作家和音乐家。可埃略特自傲,不肯降低自己的身份。

"当兵打仗和发战争财毁掉了英国社会的风气,"他对我说,"人们似乎和谁交朋友都不在乎。伦敦的裁缝、皮鞋匠和做帽子的匠人尚在,我相信他们在我去世之前不会垮掉,但是除了他们之外,伦敦的一切都完了。老弟,你可知道圣厄兹饭店雇用妇女端饭端菜吗?"

他这番话是在我们赴过午宴离开卡尔顿大厦露台之后在路上说的,在那次宴会上发生过一件不幸的事情。我们高贵的主人收集了一些名画,一个名叫保罗·巴顿的年轻美国人第一次到那里来,表示想看一看这些画。

"你们有一张提香[①]的画,对吧?"

"我们过去有一张,它现在在美国,一个犹太老头愿意出大价钱收买它,我们当时手头紧得要命,我父亲就把它卖了。"

我注意到埃略特火冒三丈,恶狠狠地看了那位快活的侯爵一

[①] 提香·维塞里奥(Tiziano Vecellio,1490-1576),意大利文艺复兴盛期威尼斯派画家。——编者注

眼。我猜，买走那张画的就是埃略特本人。他，一个出生在弗吉尼亚、祖上曾在独立宣言上签名的人，居然被人形容为一个犹太老头，他听了非常愤怒。他一辈子还没受过这么大的侮辱。使他恨上加恨的是，那个保罗·巴顿本来就是他刻骨仇恨的对象。保罗·巴顿是个战后不久来到伦敦的青年人，他二十三岁，金发碧眼，非常漂亮，非常讨人喜欢，舞姿优美，并且很有钱。他带了一封介绍信给埃略特。埃略特天生心肠好，把他介绍给自己所有的朋友。不仅如此，他还就如何待人接物对他做了一些宝贵的暗示。他对他详谈了自己过去的经验，使他了解到，向老太太们献些小殷勤，当要人们讲话时，不管讲得多么啰嗦乏味，都装作很喜欢听，有可能使一个初来乍到的外地人在社会上飞黄腾达。

但是保罗·巴顿进入的世界和埃略特三十年以前靠坚韧不拔才打入的世界可不一样。现在的世界人们一味寻乐。保罗·巴顿的勃勃兴致、惹人欢心的外表和令人爱慕的举止，在几个星期的时间里为他取得了埃略特经过几年的辛勤而顽强的努力才取得的成绩。不久他就不再需要埃略特的帮助，并且对此也不大掩饰。当他们见面的时候，他对埃略特亲亲热热，不过那是没有分寸的亲热，因而使这位长者非常生气。埃略特请他赴宴并不是因为喜欢他，而是因为请他有利于宴会的活跃进行。由于保罗·巴顿处处受人欢迎，因此埃略特有时还像从前一样请他来赴每周举行一次的午宴，但是这位事事如意的年轻人天天都有约会，有两次他事到临头甩下了埃略特。埃略特自己过去多次甩过别人，所以他明白保罗·巴顿之所以不来参加他的宴会是因为接到了更有诱惑力的邀请。

"我并不要求你相信，"埃略特火冒三丈地告诉我，"不过，这是千真万确的：现在当他看见我的时候，他把我——把我——看作受惠于他的人。提香！提香，"他放连珠炮似的说，"如果他见到提香的画，他连认都认不出。"

我从来没见过埃特略发这么大的火，我猜他之所以发火是因为他认为保罗·巴顿是不怀好意地打听那张画的事。他不知怎么得知埃略特买下了它，于是想用那位贵族老爷的回答编造一个可笑的故事来挖苦埃略特。

"他完全是一个卑鄙龌龊的势利小人，如果世界上有什么东西叫我深恶痛绝的话，那就是势利眼光。要不是我，就不会有人瞧得起他。请你相信我，他父亲是做办公室家具的，办公室家具！"他把置对方于难堪地位的鄙视集中到这五个字上，"我告诉人们，在美国简直就没有他这个人存在，他的家世寒酸到了极点，但他们好像并不在意。英国的社交界已经和绝了种的渡渡鸟一样死亡了。"

在埃略特的眼里，法国也好不了多少。他年轻时的那些显赫的贵妇人，如果还活着的话，也都一心一意地去打桥牌（这是他深恶痛绝的一种游戏）、敬上帝、抱孙子了。制造商们、阿根廷人、智利人，和丈夫分居或者和丈夫离了婚的美国女人们，住上了贵族们的庄严大楼，并且铺张地招待客人，但在他们的宴会上埃略特很不自在，他碰到一些政界要人讲法语发出俗不可耐的音调，一些记者吃饭的样子实在寒伧，他甚至还碰到过一些戏子。公子王孙娶商店老板的女儿居然不以为耻。不错，巴黎是快活的，但这是内容多么低劣的快活啊！那些疯狂地寻欢作乐的年轻人认为最快活的事情就是从一家空气污浊的夜间小俱乐部走进另一家空气污浊的小俱乐部，喝一百法郎一瓶的香槟酒，和市区那些不三不四的人紧抱在一起跳舞，跳到早晨五点钟。烟气、燥热和嘈杂的声音弄得埃略特头痛。这不再是三十年以前他当作精神故乡看待的那个巴黎。这不再是以往优秀的美国人去度过风烛晚年的那个巴黎。

四

不过，埃略特具有一种神奇的判断能力。他在里维埃拉附近看到一艘内河炮舰，就猜到这里又要成为达官名流休养的地方。他对这段海岸很熟悉。过去他到罗马为教廷办事，归途中在蒙特卡洛的巴黎旅社住上几天，或者在戛纳某个朋友的别墅里逗留几天。但那都是在冬季。近来他听到谣传，人们已开始把这地方当作夏季休养地而大谈特谈。那些大旅社依旧在营业；巴黎《信使报》的社会栏里登载着夏季住这些旅馆的旅客名单，埃略特谈到这些熟悉的名字赞不绝口。

"我不能适应这世道。"他说，"现在我已经到了享受自然之美的年纪。"

这句话似乎费解，其实不然。埃略特过去一直认为大自然有碍人们参加社会生活，对于那些眼前有摄政时代的立柜或者华托的画不去欣赏，却不厌其烦地去看一个湖或一座山的人，埃略特完全不能容忍。这时他已有很大一笔钱可用。亨利·马丘林一方面由于儿子的怂恿，一方面因为看到证券交易所的朋友们一夜之间就能发财而恼火，终于向潮流屈服，逐渐克服了自己一贯的保守，感到像这样轻而易举便能办到的便宜事自己也完全应该干一番。他写信对埃略特说，他一如既往地反对赌博，但这可不是赌博，这是在表明他的信念，他相信美国的资源取之不尽用之不竭。他的乐观看法是以常识为根据的。他看不到有什么东西能阻止美国的前进。他在信的末尾说，他为亲爱的路易莎用利润买了一些稳定可靠的证券，并且可以很高兴地告诉埃略特：她现在赚了两万美元。他最后写道，如果埃略特需要赚点钱，并且愿意让他根据他的判断见机行事的话，他深信他不会使埃略特失望的。埃略特好用些陈词滥调，他说这诱惑非他所能抵御；结果是，从那个时候起，当《信使报》和早饭一起给他送来的时候，他一反多年的习惯，不再去看社交新闻，而是首先去看股票市场的行情。亨利·马丘林代他搞的交易非常成功，埃略特什么都没干，坐享其成，得了一大笔钱——五万美元。

他决定拿赚来的这笔钱在里维埃拉岸上买一幢房子。他选中了昂蒂布作为他遁世的隐居地。这地方介于戛纳和蒙特卡洛之间，位置很好，从两个地方往这里来都很方便；但是，到底是天意，还是他那可靠的本能，使他选了一个很快就将是名流云集的地方，谁也说不上来。住在一个有花园的别墅里有点儿土气，不符合他那挑挑剔剔的情趣，因此他在旧市区买了两所面海的房子，打通成一座，装了暖气设备、浴室及美国推销到欧洲的那些卫生设施。那时正时兴酸洗①，因此，他在房子里布置上经过良好酸洗处理的古老的普

---

①利用酸性溶液去除钢铁表面上的氧化皮和锈蚀物的方法称为酸洗。——编者注

罗旺斯家具，也适当地照顾了现代化，在房子里布置了一些现代织品。他仍然不愿肯定某些盲目崇拜者所大肆吹捧的毕加索①、布拉克②等这样一些画家——"不像样呀，老弟，不像样"——但他过很久之后终于赞成了印象派，因而在他的房屋四壁挂上了一些非常好看的图画。我记得有一张莫奈③画的河上行舟，一张毕沙罗④画的塞纳河码头和桥，一张高更画的塔希提风景，一张雷诺阿⑤的迷人之作，画的是一个金发少女的侧面像。他的房子布置停当，看起来鲜净、明快、脱俗，并且很朴素，而这种朴素的效果你知道是要付出很大代价才能获得的。

接着埃略特一生中最辉煌灿烂的阶段开始了。他把他的优秀厨师长从巴黎带来，很快人们都说在里维埃拉就数他家的饭菜烹调最佳。他叫他的总管家和他的男仆身着肩饰金带的白色制服。他招待客人的宴会极其丰盛但又从不过分。地中海沿岸到处都有欧洲各国的王亲贵族，有些是因为喜欢那里的气候而留连不走，有些是被放逐来此，有些是因为出过丑闻或者婚姻不妥而不便住在国内。有来

---

①帕布罗·毕加索（Pablo Picasso，1881-1973），西班牙画家，法国现代画派主要代表。——编者注
②乔治·布拉克（Georges Brague，1882-1963），法国画家，立方主义画派代表之一。——编者注
③克洛德·莫奈（Caude Monet，1840-1926），法国画家，印象画派的创始人之一。——编者注
④卡米耶·毕沙罗（Camille Pissatto，1830-1903），法国印象派画家。——编者注
⑤皮埃尔·奥古斯特·雷诺阿（Piette-Auquste Renoir，1841-1919），法国画家，印象画派成员之一。——编者注

自俄国的罗曼诺夫皇族，有来自奥地利的哈普斯堡皇族，有来自西班牙、两西西里和帕尔马的波旁皇族，有温泽王族的王子和布拉干萨王族的亲王，有来自瑞典和希腊的王室亲贵。埃略特招待他们。还有来自奥地利、意大利、西班牙、俄罗斯和比利时的非皇家血统的王爷王后、公爵和公爵夫人、侯爵和侯爵夫人。埃略特招待他们。冬季，瑞典国王和丹麦国王曾在这儿的海滨小住，西班牙的阿方索王室时而也到此做短暂访问。埃略特招待他们。埃略特向这些高贵人物鞠躬致意时既是毕恭毕敬、庄重文雅，举止之间又保持着一个据说人人生来平等的国家里一个公民所有的自主性。对他的这种风度我一直是钦佩不已的。

我到处游历几年之后，在费拉角买了一所房子，因而常常见到埃略特。承蒙他看得起，我的地位已大大提高了，有时候他举办最豪华的宴会也请我参加。

"老弟，照顾我的面子，请来吧。"他常说，"我和你一样明白，有皇室王族的人在，宴会就开不好。但是其他人想认识认识他们，我想我们对这些可怜虫也得表示一点儿意思。不过，天晓得，他们根本不配。他们是世界上最忘恩负义的人，他们利用你，当你对他们不再有用的时候，他们就把你当作破烂撂到一边，他们受了你数不尽的好处，但是他们中间没有一个人会跨过马路来给你帮一点点忙，作为对你的报答。"

埃略特下了一番工夫和地方当局拉上了关系，地区行政长官和教区主教，在司教总代理的陪同下常常光顾他的宴会。这位主教在进入教会以前当过骑兵军官，在大战期间指挥过一个团。他脸色红润,身体肥胖,爱像在兵营里那样信口开河,他的那位面色苍白、一本正经的司教总代理无时无刻不提心吊胆,生怕他说出些有失身份的话。当他的上司讲他得意的故事时,他在一旁听着,用微笑表示劝阻。但是,这位主教对管理他的教区一职非常胜任,他在饭桌前的俏皮话逗人发笑,但他在教堂讲坛上滔滔不绝的讲道也异常感人。他因为埃略特对教会心诚、慷慨而夸奖他,因为他为人和气、款待以佳肴美酒而喜欢他;两个人成了好朋友。埃略特可以自我欣赏地说他在两个世界中都能左右逢源,如果允许我冒昧直言,我认为他在上帝与财神爷之间做了令人满意的有效安排。

埃略特对于自己房舍的布置非常重视,他极想请他的妹妹来看看他的新居;他过去总觉得她对他的赞许有一定的保留,他想让她看看他现在的生活方式和他与之畅饮阔叙的朋友。她过去对他不完全赞成,现在,这是对她最好不过的回答。她将不得不承认他成功了。他写信请她带着格雷和伊莎贝尔来,不是住在他那里,因为他那里地方不够,而是作为他的客人住在附近的角地旅社。布莱德雷夫人回信说,她旅行的年月已经过去了,她的健康欠佳,她认为自己最好待在家里不动;格雷无论如何都不能离开芝加哥,生意兴隆,他正在赚一大笔钱,他哪里都不能去。埃略特对妹妹的感情很深,收到她的信后非常不安。他写信问伊莎贝尔。她回了封电报说,虽然她母亲身体很不好,每星期得卧床一天,但并非危在旦夕,而且只要注意,还可以指望活很久,不过,格雷倒需要休息休息,有他父亲在那里照料一切,没有理由不让他休假,因此,她和格雷要来,不是当年的夏天,而是第二年夏天。

1929年10月23日，纽约的市场崩溃了。

五

那时我在伦敦，一开始我们在英国不了解形势严重到什么程度，也不了解其结果是多么悲惨。就我个人来说，虽然我因损失了一大笔钱而懊恼，但我损失的大部分是账面上的利润，当云开雾散之后，我在现金方面不会损失多少。我知道埃略特一直在搞着极其冒险的投机活动，担心他可能受到严重的冲击。但直到我们两人都回到里维埃拉过圣诞节，我才见到他。他对我说，亨利·马丘林已经去世，格雷破产了。

我对商业界的事情不怎么懂，我想，我在这里转述从埃略特那里听来的事情，读者可能会觉得眉目不清。就我已经弄清楚的事情而言，这个公司所遭到的这场大祸一部分是由于亨利·马丘林刚愎自用，一部分是由于格雷办事冒失。亨利·马丘林一开始不肯相信危机会很严重，而认为这是纽约的经纪人们在耍把戏，欺骗外省的同行。他一咬牙，把钱倾出来支持市场。他愤恨芝加哥的经纪人听任自己让纽约的恶棍们吓倒。他一直引以为荣的是，那些本钱不大的委托户、有固定收入的寡妇、退休的军官等，从来没有因为听从他的意见而丢失过一分钱。现在，他从自己腰包里掏出钱来补充他们的亏空，而不叫他们遭受损失。他说，他准备破产，他能够再建一份家业，但是若让那些信任他的小门小户丢光输净，他就再也抬不起头来。他自以为大方，其实只不过是贪图虚荣。他的巨大家产冰化霜消，一天夜里他犯了心脏病。他已经是六十多岁的人了，一直无度地工作，无度地玩耍，吃起来不要命，喝起来醉醺醺，痛苦了几个小时之后，他因心肌梗塞而死。

只剩下格雷一个人来应付局面。他没有他父亲的那整套知识，一直在一边做大批的投机生意，本来就已处于极大的困难之中。他做了种种尝试，想摆脱困境，但都失败了。各家银行都不肯借钱给他；交易所里比他年长的人们告诉他只有认输，此外无法可想。我不清楚事情的其余部分。他无力偿还债务，根据我的理解，被宣布破产了；他自己的房子已经抵押了出去，因而现在把它交给抵押权人倒也心甘；他父亲在滨湖路上的房产和在马文的房产被卖掉抵债了；伊莎贝尔卖掉了她的珠宝。他们仅剩下南卡罗莱纳的种植场，这个种植场归在伊莎贝尔的名下，并且找不到买主。格雷彻底完蛋了。

"你怎么样呢，埃略特？"我问道。

"噢，我不抱怨，"他轻松愉快地回答说，"上帝保佑弱者少受侵袭。"

我没有再进一步问他，他的钱财之事与我无关。但是，不管他损失多还是少，我想也和我们其余的人一样，他肯定遭受了损失。

这场经济衰退一开始对里维埃拉的打击并不严重。我听说有两三个人严重受损，许多别墅冬季仍关闭着，但有几处别墅宣布要出售。旅社里旅客稀少，蒙特卡洛娱乐场抱怨本季萧条。整整两年时间里空气一直沉闷。那时一个房地产经纪人对我说，从土伦到意大利边界那段海岸上大大小小有四万八千份家业要出售。娱乐场的股份暴跌。那些大旅社白白降低了价钱，因为这样也吸引不来顾客。唯一可以看到的外国人都是些过去就一直很穷因此现在无法再穷的人，他们不花钱，因为他们无钱可花。商店老板们个个垂头丧气。但是埃略特既没有像许多人那样裁减佣人，也没有像他们那样减少佣人的工资；他仍然用美酒佳肴招待王公贵族。他给自己买了一辆崭新的大型轿车，这辆车是从美国进口的，他为此付了一大笔关税。他为主教所组织的免费供应失业人员家属吃饭的慈善事业慷慨解囊。事实上就他过的这种生活来看，好像危机并不曾发生，半个世界并不曾被危机震动得摇摇晃晃。

我无意中发现了个中秘密，现在，除了一年一度两个星期买衣服外，埃略特不去英国了，但他仍在五月、六月及秋季的三个月份搬到他在巴黎的公寓里去住，因为在此期间他的朋友们都离开了里维埃拉；他喜欢里维埃拉的夏天，部分是因为可以洗海水浴，但是，主要的，我想是因为这里天气炎热，使他有机会醉心于衣着打扮，他那讲究体面的意识总是使他不由自主地去玩味体面的衣着给他带来的愉快。在这段时期，他出门的时候下穿颜色非常醒目的裤子——红的、蓝的、绿的或者黄的，上穿颜色与裤子形成鲜明对比的汗衫——藕荷色的、紫罗兰色的、紫褐色的或五颜六色的。他打扮是为了人家啧啧称赞，而当人们恭维他的打扮时，他就像一个女演员遇到别人当面夸她新角色演得非常出色时一样，做出优雅的姿态假客气一番。

春季，在回费拉角的路上，我偶然在巴黎住了一天，并请埃略特和我共进午餐。我们是在里茨饭店相会的，那里已不再挤满了来此游玩的美国大学生，而是像一个头天晚上戏剧上演失败的剧作家那样被人遗弃了。我们先喝鸡尾酒，然后叫来午饭。喝鸡尾酒是美国的习惯，埃略特过去是不肯喝的，现在终于接受了。吃过饭，他建议去逛古玩店，虽然我对他说我没钱买东西，但是我很高兴陪陪他。我们穿过旺多姆广场，他问我愿不愿意去一趟夏尔维商店，他定做了些东西，想看看是否已经做好。原来他定做了几件内衣、几件内裤，并且要在上面绣上他名字的头一个字母。内衣还没有送来，内裤已经送来，店员问埃略特要不要看看。

"我看看。"他说。当店员去取内裤时，埃略特又对我说："我是按照我自己提出的式样定做的。"

内裤取来了，我觉得，它看上去和我在马尔西商店常为我自己买的内裤完全一样，只不过是绸质的而已。但是，有件事引起了我的注意：在那两个缠连在一起的名首字母E.T.的上方，却绣了一顶伯爵冠。我没有吭声。

"很好，很好，"埃略特说，"呃，内衣做好之后，请一起给我送去。"

我们走出了服装店，埃略特一边走，一边转向我笑着说："你注意到那顶伯爵冠了吗？实话对你说，我叫你进夏尔维商店时，我都把它忘掉了。我想，因为过去没有碰到机会，所以我没有告诉你：教皇陛下恢复了我们世家的爵号，让我继承。"

"你们的什么？"我说，由于过分吃惊而忘掉了礼貌。

埃略特不以为然地扬起了眉毛。

"你过去不知道吗？从母系来说，我是洛里亚伯爵的后代。他是跟随菲力普二世到英国去的,和玛丽女王的一个宫女结了婚。"

"我们的老朋友'血腥的玛丽'吗?"

"我相信那是异教徒给她起的外号。"埃略特冷冷地说,"我想,我没有对你说过,1929年的9月我是在罗马度过的。我当时认为去罗马没有意思,这当然是因为罗马那时什么都没有。但幸运的是,我的责任感压倒了我寻求世俗快乐的愿望。我的梵蒂冈的朋友们对我说危机就要到来了,他们热忱地劝我卖掉我所有的美国证券。天主教会积有两千年的智慧,我毫不犹豫地听从了他们的意见。我发电报给亨利·马丘林,叫他把所有的东西都卖掉,光买金子,我发电报给路易莎,叫她也这样干。亨利回电问我是否疯了,并且说在没有接到我第二次同样的指示之前,他什么也不干。我立即以最坚决的语气给他发了封电报,叫他照办,并且要他回电告诉我事已办妥。可怜的路易莎不听我的劝告,因而吃了苦头。"

"因此当危机到来时,你是稳坐钓鱼台,反而有可能得好处?"

"老弟,美国英语中有个常用词,即packet。我想你没有机会使用,但它却能非常准确地描绘我的情况。我一无所失,事实上我倒可以说赚了a packet[①]。过了一个时期,我只用原价的一小部分就买回了我的证券。我之所以能有这一切,只能说是靠来自天国的直接指点,因此,我认为我完全应该做些事情来报答天国。"

"噢,那么你是怎样开始报答的呢?"

[①] a packet在美国英语中可当"一大笔钱"解。——译注

"听我说吧,你知道领袖①在庞廷沼地上开垦了大片大片的荒地。我听说,迁到那里居住的人们没有教堂,教皇陛下非常关心。于是,长话短说,我盖了一座小小的罗马式建筑的教堂,这完全是照着普罗旺斯我所知道的那座教堂的式样盖的,一点也没走样。那座教堂漂亮得像块宝石,不过这话是我自己说的。教堂奉献给了圣马丁,这是因为我幸好发现了一个旧的彩画玻璃窗,上边画着圣马丁正在把他的外衣裁成两半,把一半送给一个没穿衣服的乞丐。由于这个玻璃窗具有非常恰当的象征意义,我把它买了过来,安放在高高的圣坛上方。

我没有插进来问他一下:这位圣徒的可钦可敬的行为,和他自己把靠投机卖掉证券赚来的大笔钱财的一部分,像付佣金一样送给一个比自己有权势的人,在这两者之间,他看到了什么联系?不过对于像我这样一个平凡的人来说,象征的含义常常不易弄清。他继续说了下去。

"当我荣幸地把照片拿给教皇看时,他和蔼地对我说,他一眼就能看出我这个人有十分可靠的鉴赏能力,他还说,在这样一个腐化堕落的时代,能看到有人既对教会虔诚同时又有这样罕见的艺术天才,他感到非常高兴。一件值得纪念的事啊,老弟,一件值得纪念的事。不过,在这之后不久当我接到通知,说他已经封给我一个头衔的时候,我比谁都感到出乎意料。我觉得,作为一个美国人,不用这个头衔更为谦谨,当然要把在梵蒂冈时除外。我已经禁止我

---

① 指当时的意大利法西斯头子墨索里尼。——译注

的约瑟夫称呼我Monsieur le Comte①，我相信你会尊重我对你的信任而不会告诉别人。我不希望把这件事在外边宣扬。但是我不愿让陛下认为我不尊重他给我的荣誉，我在本人的内衣上绣上伯爵冠完全是出于对他的尊敬。我可以告诉你，我身为美国人，外穿素雅的细条纹衣服，内藏伯爵的头衔，颇有点儿感到自豪。"

我们分手了，埃略特告诉我，他将在六月末到里维埃拉。六月末他没有来。他刚刚安排好叫他的佣人们先从巴黎来到这里，打算自己悠闲自在地乘自己的轿车而来，以便他到达时，一切都已布置停当。就在这时他接到了伊莎贝尔拍给他的一封电报，说她母亲的病情突然变得严重了。埃略特除了喜欢他的妹妹外，我前边已经说过，他还有一种很强的家族意识。他登上了驶离瑟堡的轮船，经纽约去芝加哥。他写信告诉我：布莱德雷夫人病得很厉害，瘦得使他吃惊。她也许还能再活几个星期，甚至再活几个月，但是，不管怎样，他觉得他必须留在她身边，直到她生命的最后一刻。他说，他发现那里的酷热比他预料的要好受一些，但那里没有情趣相投的人可以交往，他之所以还能忍受，只是因为在这种时候他根本无心于私人交往。他说，他看到他的同胞对经济萧条反应那么强烈而感到失望，他原希望他们会以更平静的态度对待自己的不幸。我懂得，用坚韧不拔的精神去忍受降临在别人身上的灾难，那是最容易不过的事。我想埃略特现在比他一生中任何时候都富有，他大概没有资格苛求于人吧。他在信的末尾叫我向他的几位朋友致意，并嘱咐

---

①法语：伯爵阁下。——译注

我千万不要忘记向我碰到的每一个人解释他的房子为什么夏天还关闭着。

过了一个月多一点儿的时间,我又收到了他一封信,说布莱德雷夫人已经去世。他的信写得真挚、激动。如果我不是早就知道埃略特尽管势利,尽管矫揉造作到可笑的地步,但他却是一个心肠慈善、感情丰富、诚实正直的人,我决不会认为他能写出这样严肃庄重、感情真实、朴实简明的信来。他在信中告诉我:布莱德雷夫人的事情显得有点儿乱。她的大儿子是做外交工作的,在东京。由于大使不在,他担任代办,当然离不开他的岗位。她的二儿子坦普尔顿,我最初认识布莱德雷这家人时,他在菲律宾,后来经过一段适当的时间被召回华盛顿,在国务院的一个负责岗位上工作。当他母亲的病情已显得无望时,他和他的妻子一块儿来到了芝加哥,但是丧事刚一办完,就不得不返回首都。在这种情况下,埃略特感到在事情未办妥之前,他必须留在美国。布莱德雷夫人已经把她的财产平分给三个孩子。不过,大家发现她在1929年的经济危机中损失很大。幸运的是他们找到了一个愿买马文那个农场的人。埃略特在他的信中称这农场为"亲爱的路易莎庄园"。

"一个家族要离开祖上传下来的家宅而去,永远是使人心碎的事情。"他写道,"不过,近年来我看到我的很多英国朋友都被迫离开家园,因此,我觉得我的两个外甥和伊莎贝尔必须和他们一样勇敢地飞,逆来顺受地接受不可避免的现实。他们必须有这样的高尚精神。"

他们在处理布莱德雷夫人在芝加哥的房子问题上也很幸运。

早就有人计划拆掉包括布莱德雷夫人的房产在内的那排房子，在那个地方盖一座公寓大楼，但是，她顽固地决定要死在她的那所房子里，因此该项计划一直没能实行。她刚一咽气，那项计划的发起人便来出价买房，这边便立即同意了。即使如此，伊莎贝尔所得到的财产还是不足以维持生活。

危机过后，格雷想找个工作，即使给那些平安度过危机的经纪人当个办公室的文书他也干，但是找不到。他求他的老朋友给他点儿事做，无论怎样不体面都行，工资再低他也干，但还是白求了一场。他为了避免那场最后还是把他压垮了的灾难而做的种种疯狂的努力，承受的忧心忡忡的重担，丢人现眼的羞辱，这一切导致了他精神的崩溃。他开始头痛了，痛得他二十四个小时什么也干不成，每次头痛过后腿都瘸得不像样子。伊莎贝尔觉得，他们最好带着孩子到南卡罗莱纳的种植场去，在那里一直住到格雷的健康恢复。这个种植场当年办得好的时候，每年光收获的大米就能卖十万美元。但是很久以来这儿只不过是一片荒芜的沼泽和橡皮树林，只对那些要打野鸭的猎人有些用处，找不到一个人愿意买它。自从危机以来，他们就断断续续地住在那里，现在他们提出回到那里去，住到情况好转、格雷能够找到工作为止。

"老弟，我不能，"埃略特写道，"我不能让他们像猪一样生活。伊莎贝尔连个女佣人都没有，孩子们没有保姆，只有两个有色种族的女人照看他们。因此，我已经提出把我在巴黎的那套房间让给他们住，并且建议他们在那里一直住到这个怪诞的国家里事情发生变化。我将给他们派些佣人。其实我的厨师的那位女帮手就是一个很好的厨师，因此我将把她留给他们，我可以很容易地再找个人来代替她。我将加以安排，钱由我出，使伊莎贝尔能把她那小小的收入花到她自己的衣服和全家小小的娱乐活动上。当然这就意味着我将要在绝大部分时间内住在里维埃拉，因此，老弟，我想见到你的机会也将比过去多得多。伦敦和巴黎现在成了那个样子，我的确在里维埃拉觉得更自在。这是唯一尚存的一个地方，在那里我可以遇到和我有共同语言的人。我想很可能我会不时地到巴黎去几天，但是当我去的时候，我也丝毫不想在里茨饭店和那些龌龊的人混在一起。我高兴地告诉你，经过长时间的劝说，我终于说服了格雷和伊莎贝尔接受我的想法，经过必要的安排之后，我就会很快把他们带到欧洲来。家具和画（质量很差，老弟，并且其真实性非常值得怀疑）下下个礼拜要卖掉，我怕他们在那所房子里一直住到最后一刻钟突然离开会感到痛苦，所以在此期间我已经把他们领来和我一起住在德雷克。我们到巴黎以后，我安置好他们，就来里维埃拉。不要忘记替我问候你的王室邻居。"

谁能否认埃略特这位极端势利的人同时又是心肠最好、体贴入微、慷慨大方的人呢？

第四章

一

埃略特把马丘林夫妇安置在塞纳河南岸那所宽敞的公寓里之后，于年底回到了里维埃拉。他在里维埃拉的房子当初规划时考虑的只是他个人怎样住得方便，因此没有能够容下四口之家的房间，所以即使他想叫他们跟他住在这里，也无法安置。我觉得他不会因此而感到遗憾。他很清楚，他只身一人要比带着外甥女和外甥女婿更受人欢迎。此外，他常常要举行小小的宴会招待显赫的宾朋，如果家里已经有两个常客存在，他就很难再安排这种宴会。

"他们在巴黎住下来，习惯了文明生活，比住到这里好得多。此外，那两个小女孩也该上学了，我在离我的公寓不远的地方找到了一所学校，别人告诉我说，这所学校一般人家的子弟还进不去呢！"

因此，我直到第二年春天才见到伊莎贝尔。当时有些工作需要我在巴黎住上几个星期，我到巴黎后，就在旺多姆广场外边的一家旅馆里租了两间房。我常到这家旅馆来住，不仅是因为它所处的地点方便，同时也因为它有气派。这是座方形大楼，中间是一个院子，这座大楼已经很有些年代了，当旅馆用就已将近有二百年。旅馆里的洗澡间设备过于简朴，水管装置很不理想，卧室里摆着漆成白色的铁床，上边铺着旧式的白色床单，再加上装有玻璃的大衣柜，看起来给人以穷酸的感觉。但它的会客室却是用精雅的古老家具布置起来的。大小沙发都是拿破仑三世那个讲究豪华的时期的东西，虽然谈不上舒服，但是却华丽异常，惹人喜爱。当我坐在这种房间里时，我觉得自己生活在法国小说家描写的过去时代。当我望着那玻璃罩内的帝国时钟时，我在想，那位满头卷发、身穿荷叶边服装的美丽妇人在等待拉斯蒂格纳克来访时，可能就是看着这种时钟上的分针移动。拉斯蒂格纳克是巴尔扎克笔下的角色，富有冒险精神，在小说中，他从默默无名一路向上爬到荣华富贵的阶层。另一位巴尔扎克笔下的角色、内科医生皮安训①可能就是应邀来到这样的房间，给一位来巴黎找律师打官司不幸生了病的外地贵族寡妇看病。这位小说中的医生给巴尔扎克印象之深，活像一个真实人物，因此他在奄奄一息时念叨着："只有皮安训能治好我的病。"一位头发中分、穿着带衬架裙子的害相思病的女人，可能就是坐在这样的写字台边给她那负心的情郎写绵绵情书；一位身穿绿色方领长外衣、颈围硬领的脾气暴躁的老绅士，可能也是坐在这样的写字台后边，怒气冲冲地写信给他那挥霍无度的儿子。

我在到达的第二天就打电话给伊莎贝尔，问她如果我五点钟到她那里去，她肯不肯招待我喝茶。我已经十年没见她了。一个面容严肃的总管家把我引进客厅。她正在看一本法语小说。她站了起

---

①拉斯蒂纳克、皮安训均为巴尔扎克小说《高老头》中的人物。——编者注

来，抓住我的两只手欢迎我，笑得热情而又动人。我和她见面也不过十次左右，只有两次没有别人在场，但是她立即使我感到我们已经不是泛泛之交，而是老朋友了。过去的十年缩小了这位当时的年轻姑娘和我这个当时的中年人的差距，我现在不再感觉到两人之间年龄过分悬殊。她已经世故练达，说起话来温柔动听，好像把我当作同代人。我们还不到五分钟便无话不谈，宛若经常见面的友伴一样。她现在已经做到了从容、自持与自信。

但是，引起我注意的主要是她的外表。我记得她当初是一个有发胖趋向的美貌、健壮的姑娘，但现在她变得十分苗条，我不知道这究竟是由于她自己知道有可能发胖，因而采取了激烈措施来减轻体重，还是由于一桩不同寻常但值得高兴的事情——生小孩。反正，时下妇女们都很希望自己有副苗条的身材。她身穿黑衣，她这身衣服不算简朴，也不算华丽，我一眼就看出是巴黎哪一家一流服装店做的。她对穿华贵衣服已不十分重视，身着新衣似已习以为常，因而显得大方自然。十年以前，尽管有埃略特出主意，她的外衣都有些过艳，她穿起来好像也不很自在。若是现在，玛丽·路易丝·德弗洛里蒙就不会说伊莎贝尔有欠高雅了。连她那染红了的指甲尖都高雅起来了。她的容貌也变得清秀，我觉得她的鼻子又直又秀美，在妇女们脸上也不是多见的。她的额上和栗色眼睛的下方都还没有一道皱纹，虽然她的皮肤已不似青春时期那样白嫩光润，但皮肤纹理还像过去一样细腻；这在目前显然要归功于洗脸药水、擦脸霜膏和按摩的功效，这些东西使皮肤娇细得柔软、透明，具有奇特的吸引力。她那消瘦的脸蛋上搽了薄薄的一层红粉，双唇适当地涂了口红。她那泽光色亮的棕色头发按照时兴的样子剪成了短发，烫成了波浪式。她没有戴戒指，我记得埃略特对我说过她的珍珠宝石之类都卖掉了。她那双手虽不算小，但样子好看。那个时候妇女白天穿短外衣，我看见她那穿着香槟颜色袜子的两条腿腿形很好，又长又细。许多好看的妇女两条腿都不好看，影响了她们的美丽。伊莎贝尔当姑娘的时候，两条腿是她最不幸的特点，现在却不同寻常地好看。她做姑娘时，她那闪耀光辉的健康、兴致勃勃的情绪，光艳夺目的肤色赋予她吸引力，事实上她就是从那样一个好看的姑娘变成了一位美丽的妇人。她的美丽在某种程度上是靠人为、靠节欲得来的，但这似乎并没多大关系，其结果大大令人满意。也可能她手势的娴雅、举止的大方是存心造作的，但看起来却都完全像是自然而然的动作，没有造作的痕迹。我心想，巴黎这四个月在她多年来进行的艺术创造上添加了最后几笔，使它尽善尽美了。埃略特，即使在他最想挑剔人的时候，也对她提不出什么意见，我这个更易于满足的人，觉得她令人心醉神迷。

格雷到莫特丰泰因打高尔夫球去了。不过，她对我说，他马上就会回来。

"而且，你应当见见我的两个小女孩。她们到杜勒里斯公园去了，很快就该回来。她们很乖。"

我们从这件事情谈到那件事情。她来巴黎很高兴，他们住在埃略特的公寓里非常舒服。埃略特在离开他们之前，在自己的朋友当中把那些他估计他们会喜欢的人介绍给了他们，因此，他们已经有了一些情投意合的熟人相互来往。埃略特要他们夫妇像他往常一样，经常高朋满座，并以盛宴招待客人。

"你知道，一想起来我都要笑死。从我们的排场看，完全像豪富人家，而实际上我们已完全破产。"

"有那么严重吗？"

她"噗哧"笑了，这时我记起了她十年前的笑貌，她笑得那么爽朗，那么兴致勃勃，使我十分喜爱。

"格雷连一分钱都没有，而我的收入几乎和当年莱雷的收入完全一样。那时他要娶我，我不肯嫁给他，就是因为我认为我们不能靠那点儿钱生活。现在呢，我们夫妇不仅靠这点儿钱生活，并且还养了两个孩子。这件事颇有些好笑，你说是吧？"

"我很高兴你能轻松地看待这件事。"

"你是否听到了莱雷的什么消息？"

"我？一点儿消息都没听到过。自从以前你们在巴黎那个时候起，我都没见过他。在他过去认识的人中间，有一些我也有点儿熟，我曾经向他们打听过莱雷的情况，不过这也是多年以前的事情了。谁也不知道他的任何情况。他简直是消失得无影无踪了。"

"我们认识莱雷存钱的那家芝加哥银行的经理，他对我们说，时而从一些怪地方给他寄来一张提款支票——从中国、缅甸、印度。他好像已游历了不少地方。"

我话到唇边就不假思索地问了出来。反正，你要想知道什么事情，最好的办法就是提问。

"你现在是否觉得当初嫁给了他更好？"

她媚人地一笑。

"我和格雷在一起很快活。他是个少有的好丈夫。你知道,在破产之前,我们一直过着非常好的生活。他喜欢的人我也喜欢,我喜欢干什么他也喜欢干什么。他非常温柔体贴。我受宠受爱,心里总是甜滋滋的;他现在仍然和新婚时候一样深深地爱着我。他认为我是世界上最美妙的女郎。你想象不出他对我是多么敦厚、多么体贴。他为我大方到可笑的程度;你知道,他觉得,再好再贵的东西都应该给我买。你可知道,我们结婚这么多年,他从来没有对我说过一句薄情薄意的话。啊,我一直是非常幸运的。"

我心里在怀疑,她是否认为她回答了我的问题。我转变了话题。

"给我讲一讲你的两个小姑娘吧。"

我正说的时候门铃响了。

"她们回来了。你可以亲眼看看她们了。"

过了一会儿她们进来了,后面跟着她们的保姆。先给我介绍的是大女儿,名叫乔安,然后是小女儿,名叫普莉西拉。她们和我握手时都规规矩矩地给我行了个弯曲度不大的屈膝礼。她们一个八岁,一个六岁,按年龄而论,都长得较高,伊莎贝尔当然是个高个子,格雷呢,据我记忆,个子更是高大;不过,就模样而论,她们也只是和所有的孩子们一样,因为年龄幼小,所以倒还好看。她们样子虚弱,头发是黑的,像父亲,眼睛是栗色的,像母亲。尽管有生人在场,她们并不怯生,她们抢着告诉母亲她们在公园里都干了些什么。她们眼巴巴地望着伊莎贝尔的厨子为我们做的茶点,不过这些点心我和伊莎贝尔还没有动过。母亲只许她们一人吃一样,她们又有点不知挑哪样好。她们对母亲表露出来的感情,非常令人开心，她们三人聚在一起，构成一幅令人羡慕的图画。她们吃完自己挑的小糕之后，伊莎贝尔叫她们出去，她们没发一句怨言就走了。我得到的印象是她们受到的训练是叫她们做什么就做什么。孩子们走后，我不免照例把孩子们夸了一番，伊莎贝尔以明显愉快的心情和较为随便的态度接受了我的恭维。我问她格雷喜欢不喜欢巴黎。

"相当喜欢。埃略特舅舅给我们留下了一辆小汽车，因此他几乎每天都可以去打高尔夫球，而且他参加了游客俱乐部，去那里打桥牌。埃略特舅舅叫我们住在这所公寓里，供我们生活，这是难得的好事。格雷的神经完全垮了，他现在还头痛，痛起来很可怕，即使他能找到个工作，他实际上也不能去干，这自然使他苦恼。他想工作，他觉得他应该工作，结果是没人要他，这使他感到羞辱。你知道，他感到干工作是一个男人家的本分，要是他不能工作，那还不如死了好。一想到自己是个没人要的滞销货，他就受不了。我劝他相信，换换环境、休息休息会使他恢复正常，这样才把他弄了来。不过我知道，只有让他重新回去工作，他才会真正高兴。"

"我想，这两年半你的日子很不好过。"

"呃，你知道，当危机初到的时候，我简直不相信会有危机。我不能想象我们会破产。别人会破产，这我可以理解，但是我们会破产——呃，这简直不可能。我一直在想着最后会发生什么事情使我们得救。后来，当最后的打击来到之后，我觉得再没有活头了，我觉得我不能面对将来，因为将来是一片漆黑，太黑了。整整有半个月，我痛苦到无以复加的程度。天哪，一切东西都要给人，以后的生活再没有享受可谈，我喜欢的东西一样都不会再有。看到这一切，想到这一切，我感到实在可怕——而在半个月后我说：嗨，去他妈的，我再不去想它了。我向你保证，我再没去想过。我对什么都不惋惜。过去一切都在时，我经历过许多开心的事情，现在不存在了，不在了就不在了吧。"

"很明显，一个钱不花，白住在一个时髦的街区里的一所豪华的公寓里，有能干的总管家和高级厨师伺候着，瘦骨头外面还穿着夏内尔做的衣裳，在这种情况下，破产会容易忍受一些，你说对吧？"

"不是夏内尔，是朗万做的！"她咯咯笑了，"我看你十年来没有多大变化。你这个对人不往好处想的刻薄鬼！我想，说来你也不相信，我要不是为格雷和孩子们着想，我真不知道埃略特舅舅叫我来我会不会答应。我一年有二千八百美元收入，我们靠这点儿钱住在种植场上完全过得去。我们种稻子、种裸麦、种玉米，还养猪。我毕竟是在伊利诺伊州的一个农场里出生并在那里长大的。"

"这么说说也无妨。"我笑了，我知道她实际上是生在纽约的一家收费很贵的诊所里。

讲到这里，格雷进来了。不错，十二年前我只见过他两三次，但是我看到过他和他的新娘的照片（这张照片埃略特嵌在一个堂堂皇皇的镜框里，和有本人签名的瑞典国王的照片、西班牙女王的照片及季兹公爵①的照片并排摆在他的钢琴上），因此我对他记得很清楚。我吃了一惊。他双鬓的头发已经脱落，头顶上还秃了一块，

---

①法国贵族。——编者注

脸臃肿而且发红，下巴已经重了。他多年来吃得好喝得多，使他大大地增加了体重，只是由于个子过高，才显不出过分肥胖。但我最注意的是他的眼神。我记得非常清楚，在他前程似锦、无忧无虑的当年，他那爱尔兰人特有的蓝色眼睛充满着对人信任并推心置腹的诚恳；现在呢，我似乎在他的眼睛里看到了一种疑虑重重的惊恐，假设我并不知道已经发生的事情，我想我也能猜出一定发生过什么事，摧毁了他对自己以及对事物的有条不紊的进程的信心。我在他身上看到一种心虚胆怯的神情，好像他因做错了什么事情而难为情，尽管是无意做错的。一眼可以看出他的神经受到了严重打击。他热情、愉快地向我表示欢迎，好像见到一位老朋友那样高兴，但我似乎感到他这种热热闹闹的热情劲头可能只是一种应酬习惯，未必完全与内心感情相符。

酒送进来了，他给我们每人调了一杯鸡尾酒。他刚才打了两场高尔夫球，打得很满意。他讲到了他往一个洞里打的时候克服了多少困难，细枝末节讲得颇有点啰嗦，伊莎贝尔以兴致勃勃的神气倾听着。几分钟后，我和他们约了个日期请他们吃饭、看戏，然后我走了。

二

我每星期有三四个下午于工作结束后到伊莎贝尔那里去坐坐，这已经成了习惯。那个时候，一般只剩她一人在家，她也喜欢有个人聊聊天。埃略特给她介绍的那些人比她年岁大得多，我发现和她年龄相仿的朋友她几乎没有。我的朋友们大都在正餐之前一直忙着，我还觉得和伊莎贝尔聊天比去我那俱乐部和法国人打桥牌更有趣些，那里的法国人不欢迎一个生人插进来，会给我脸色看。她言谈之间把我当作和她同样年纪的人来看待，因此我们谈起来无拘无束。我们又说又笑，互相打趣，一会儿谈我们自己，一会儿谈我们共同认识的人，一会儿谈书，一会儿论画，因此，过得很有趣味。我性格上有一个缺点，对人们的丑陋我怎么也不能习以为常：不论我的某个朋友脾气多么可爱，尽管我们相交多年，但我仍然看不惯他那难看的牙齿或长歪了的鼻子，另一方面，如果某个朋友长得漂亮，我就百看不厌，即使相交已有二十年之久，他那好看的眉毛或者线条柔和的脸蛋，我看见后照样感到愉快。我每次见到伊莎贝尔就是这样的，她那端端正正的鸭蛋脸，她那奶油似的细腻皮肤，她那明亮而又热情的栗色眼睛，每次都使我感到一阵欢乐。

不久后，发生了一件料想不到的事情。

三

在每个大城市里都有一些自抱一团、互不来往的团体，像是大世界中的一些小世界，它们的成员在团体内部互为友伴，这些团体好像居住在互相被无船可渡的海峡隔离开来的海岛上。就我所见到的而言，这种现象在巴黎比在任何其他城市都更为显著。在巴黎，高级社会很少容许外人进去，政客们生活在他们自己那个腐败的圈子里，资产阶级，无论大的和小的，都彼此来往，作家和作家汇聚

（从安德烈·纪德[1]的日记中可以看到，只要他发出召唤，和他交往的人几乎人人会听从），画家和画家、音乐家和音乐家共欢。伦敦也有这种情况，但不似巴黎这样明显；在伦敦，"物以类聚、人以群分"的现象要少得多，那里有十几家这样的餐馆，你在那儿的同一张餐桌上会同时遇到一位公爵夫人、一位女演员、一位画家、一位议员、一位律师、一位裁缝和一位作家。

由于生活中遇到这种那种事情，我有时在这里住几天，有时在那里短暂地住一住，差不多巴黎的每一个小世界我都住过，甚至包括圣日尔曼街这个对外关闭的小世界在内，但我最喜欢的是活跃在蒙帕纳斯大街的那个小世界，我喜欢它超过我喜欢在富什街聚会的那个文质彬彬的小圈子，超过那帮爱光顾拉律饭店和巴黎餐厅的世界主义者，也超过蒙马特尔那帮吵吵嚷嚷寻欢作乐的人。我年轻时曾在利翁德贝尔福附近的一套小小的公寓里住过一年，这套公寓在六层楼上，从那里可以一眼望尽公墓。蒙帕纳斯当时的特点是像外省城镇那样清静，我觉得它现在仍然像过去那样清静。当我穿过那又脏又窄的奥德萨路的时候，我心里会涌上一阵往事不堪回首之感，记起那家我们常去会餐的寒伧的饭店。我们当中有画家、插图画家、雕刻家，除阿诺德·本涅特[2]外，只有我一人是作家，我们在那里讨论绘画和文学，有时激动，有时发火，有时闹出一些笑话，

---

[1]安德烈·纪德（Andre Gide，1869-1951），法国作家。——编者注
[2]阿诺德·本涅特（Aronld Bennet，1867-1931），英国作家，作品带自然主义色彩。——编者注

坐到很晚方散。现在我仍然喜欢沿着那条大街漫步，观看那些和我当年一样年轻的人们，推想他们的喜怒哀乐。当我实在无事可干的时候，我就坐上出租汽车，到古老的圆顶大厦餐厅里去坐一坐。这里已与当年不同，不再是风流倜傥人士清一色的天下，附近的小商小贩常来吃饭，塞纳河对岸从没有来过的人们也到这里来，想看一看一个已经不复存在的小世界。学生们仍然到这里来，当然还有画家，不过他们当中多数是外国人；当你坐下之后，你在你周围听到的俄语、西班牙语、德语以及英语和法语一样多。不过我心里觉得他们谈论的事情和我们四十年以前谈论的差不多是一样的，只不过他们讲的不是马奈①，而是毕加索，不是纪尧姆·阿波里耐②，而是安德烈·布雷东③。我的心向他们飞去了。

我在巴黎住了半个月左右的时间，一天傍晚我坐在圆顶大厦餐厅，由于平台拥挤，我不得不在前排占了张桌子。天气晴朗而暖和，梧桐树新叶初展，空气使你感到巴黎所特有的悠闲、舒畅和爽朗。我心情非常恬淡，但并非懒散无力，相反还有些兴奋。突然，一个人经过我身边，停了下来，对我笑着，露出一排非常白的牙齿，招呼我："喂，你好！"我冷漠地看了看他。他又高又瘦，没戴帽子，一头乱蓬蓬的深棕色头发，看起来很久没有理发了，浓密

---

① 爱德华·马奈（Edouard Manet，1832-1883），法国画家。——编者注
② 纪尧姆·阿波里耐（Guillaume Apollinaire，1880-1918），法国现代主义诗人。——编者注
③ 安德烈·布雷东（André Breton，1896-1966），法国超现实派诗人、文学理论家。——编者注

的棕色胡子遮住了他的上唇和他的下巴。他的额头和他的脖子晒得很黑。他身穿一件破衬衣，领带都没有，上衣也已磨得露线，下身穿了一条破旧的灰色宽腿裤子，一看就知道是个专门要饭的乞丐。我完全肯定从来没有见过他。我认为他是一个在巴黎彻底吃光花净了的废物蛋，我估计他会编出一段倒霉不幸的身世骗我几个法郎去买顿饭、租张床。他站在我的面前，两手插在口袋里，露出雪白的牙齿，深色的眼睛里流露着得意的愉快神色。

"你不记得我了吗？"他说。

"我这一辈子都没见过你。"

我已准备给他二十法郎，但我不准备叫他冒充和我相互认识。

"莱雷。"他说。

"我的天哪，快坐下！"他"噗哧"笑了，走向前来，坐到我桌旁的那个空位置上。"来一杯。"我招呼侍者，"你长了这满脸胡子，怎么叫我认得出？"

侍者来了，他要了一杯桔子水。这时我观察他，记起了他眼睛的特点，眼珠与瞳孔一样黑，因此既专注，又含蓄。

"你到巴黎有多久了？"我问。

"一个月。"

"打算住下去吗？"

"住一段时间。"

我问这些问题的时候，心里想着很多事情。我看到他裤腿上的翻边已经穿破，上衣的两肘都破了洞。他显得像东方的码头上的苦力一样穷。在那个时期，人们还都没有忘掉两年前的经济萧条，我在猜想，是否1929年的经济危机也弄得他一无所有了。我不希望是这样。我不会拐弯抹角，便直接问了他。

"你完全潦倒了吗？"

"不，我很好。你怎么会这样想？"

"瞧，你看起来好像好久没吃过一顿饱饭了，你身上穿的那些东西应该扔到垃圾桶里去。"

"有这么糟糕吗？我从来没注意。事实上我一直想给自己买点穿用的东西，但似乎又总不能认真去办。"

我认为他是不好意思或者出于自尊，但我可忍耐不住。

"别傻了，莱雷。我不是百万富翁，但我并不穷。你要是没钱用，我借给你几千法郎也不会使我伤筋动骨。"

他一听便大笑起来。

"非常感谢你。不过，我并不缺钱。我的钱还花不完。"

"尽管发生了那次经济危机？"

"噢。经济危机对我没有影响。我的钱都买了政府公债。我不知道这些债券是否已经贬值，我从来没有打听过。但我确实知道，山姆大叔①像过去一样接到支票便如数付款。实际上，前几年我用钱很少，一定积了不少钱。"

"那么，你最近从哪里来？"

"印度。"

"噢，我听说你去过那里。伊莎贝尔对我说的。好像她认识你

---

①美国、美国政府或美国人的绰号，这里指美国政府。——编者注

在芝加哥存钱的那家银行的经理。"

"伊莎贝尔?你最后一次见到她是什么时候?"

"昨天。"

"她不在巴黎吧?"

"她就在巴黎。她住在埃略特·坦普尔顿的公寓里。"

"太好了。我想去看她。"

我们在说这些话的时候,虽然我密切地观察着他的眼睛,但我只能看出一种极自然的惊奇和愉快,而没有更复杂的感情。

"格雷也在那里。他们结婚你知道吗?"

"知道,鲍勃叔叔——奈尔逊博士,我的监护人——写信告诉我的。他几年前去世了。"

我想,这是他和芝加哥以及芝加哥的朋友们之间的一点联系,由于这点联系的中断,他大概对那里发生的事情一无所知。我把伊莎贝尔生了两个女孩、亨利·马丘林和路易莎·布莱德雷去世、格雷彻底破产以及埃略特慷慨解囊的事都一一告诉了他。

"埃略特也在这里吗?"

"不在这里。"

四十年来埃略特第一次没在巴黎过春天。虽然他看起来还不到七十,但现在他已经七十岁了。因此,像这般年纪的人们常有的情况一样,他有时候也会感到疲惫和身体不适。他逐渐地把其他运动都放弃了,只剩下散散步。他担心他的身体,他的医生每星期来两次,在他两个屁股蛋上轮流打一种时下人们迷信的药针。每次吃饭的时候,不论在家吃还是在外边吃,他总要从口袋里掏出一个小小的金盒子，从里边取出一片药，像履行宗教礼节一样，默默地咽下肚去。他的医生曾建议他到意大利北部一个矿泉疗养地蒙特卡提尼去治疗。后来他提出到威尼斯去找一个式样适合于他那罗马式教堂的洗礼盆。他对不去巴黎已不像过去那样深感遗憾，因为他觉得那里的社交一年比一年使他不满。他不喜欢老年人，他一见去赴宴的人都和他年纪相仿，心里就不高兴，而年轻人呢，他又觉得没有意思。装饰他建的那座教堂现在成了生活中他最关心的事情，这件事情使他得以充分发挥他热衷于买艺术品的那股从不衰退的热情，并且由于知道是为上帝的荣耀而买，他买的时候更感到心情舒畅。他在罗马买到了一座早期的蜜色石制祭坛，又在佛罗伦萨经过六个月的讨价还价买了出自西恩那派画家之手的一幅三联画，铺在祭坛上。

以后，莱雷又问我格雷喜欢不喜欢巴黎。

"我想他可能不很适应。"

我给他描述格雷变化之大多么使我吃惊。他听我讲的时候，眼睛一动也不动，若有所思地盯着我的脸，我不知道为什么，感到他不是在用耳朵听，而是用内部一种更灵敏的听觉器官在听。这奇特的眼神使人不太舒服。

"不过你自己会见到的。"我说。

"是的，我想见他们。我想我会从电话簿中找到他们的地址。"

"是的，为了不把他们吓坏，不把孩子们吓哭，我想你最好还是理理发，刮刮胡子。"

他笑了。

"我想到了这一点。我没有必要以这般模样去招人议论。"

"与此同时你也买套新衣服。"

"我想,我穿得过于破旧了。当我离开印度的时候,我只剩下身上穿的这套衣服。"

他望着我身上的衣服,问我是谁做的,我告诉了他,不过又补充说,此人在伦敦,因此对他没有多大意义。我们不再谈这个问题,他又开始讲格雷和伊莎贝尔。

"我常见到他们,"我说,"他们在一起过得很快活。我还从来没有单独和格雷谈过,反正,我敢说,他不会对我讲伊莎贝尔的,不过我知道他对她怀着一片痴情。当他无所事事静坐休息的时候,他的脸色有点阴沉,他的两眼露出苦恼,但是当他望着伊莎贝尔的时候,两眼就变得温柔、亲切,这情景颇使人感动。我心想,在整个困难时期,她像一块巨石一样在他旁边支持着他,他永远不会忘掉受了她多么大的恩情。你会发现伊莎贝尔与从前不一样了。"我没有告诉他伊莎贝尔比以前漂亮了。我不能断定他能否看出她的变化之大,由一个高高大大的好看的姑娘变成了一位非常文雅、苗条、秀美的少妇。有这样的人,他对女性的美欣赏不了。

"她对格雷很好。她煞费苦心地在恢复格雷的自信心。"

天晚了,我问莱雷愿不愿和我沿着大街走回去,共进晚餐。

"不,我不去了,谢谢,"他答道,"我必须走了。"

他站起身来,友好地点了点头,走了出去,上了人行道。

四

第二天我见到了格雷和伊莎贝尔,告诉他们说我碰见了莱雷。他们听到后和我一样又惊又喜。

"能见到他太好了!"伊莎贝尔说,"我们马上给他打电话。"

这时我才想起,我当时忘了问他住在什么地方。伊莎贝尔把我狠狠地埋怨了一通。

"即使我问他,也很难说他就会告诉我,"我笑着为自己辩解,"也可能是我下意识地想到了这一点。你不记得他从来不喜欢把住址告诉别人吗?这是他的习惯之一。说不定他在什么时候会突如其来地走进来。"

"他倒是这样的人,"格雷说,"即使在过去你都猜不准他在什么地方。他今天在这里,明天又在别处。你看见他在一间房子里,想过一会儿来和他打招呼,等你来时他已经不见了。"

"他这个人总是要把人气死,"伊莎贝尔说,"这一点不承认也不行。我想我们只好等着吧,他什么时候想来才会来。"

那天他没有来,第二天也没来,第三天还没来。伊莎贝尔说我是编瞎话拿他们开心。我向她担保没有骗她,并想法解释他为什么还不露面。但是我说的那些原因听起来都站不住脚。我心想,也许他经过一番考虑,又不想同格雷和伊莎贝尔见面,说不定离开了巴黎,到什么地方漫游去了。我已经感到,他在哪里都不会扎根,常常只要他认为必要,或是一时心血来潮,说走就又走了。

可是他终于来了。那天正在下雨,格雷没有去莫特丰泰因,我们三人都在，伊莎贝尔和我在喝茶，格雷在喝威士忌和梨酒，这时随着总管家把门打开，莱雷走了进来。伊莎贝尔喊叫着跳起身来投入他的怀抱，亲完他的左脸又亲右脸。格雷的又胖又红的脸变得更红了，十指交叉着绞来绞去，表示热烈的欢迎。

"喂，莱雷，我见到你很高兴。"他说，由于激动他几乎说不出话来。

伊莎贝尔咬着嘴唇，我看出来她是在抑制自己以免哭出来。

"喝一杯，老朋友。"格雷语不成声地说。

他们看到这位游子所显出的那股高兴劲，使我颇为感动。看到他们这般钟爱他，他也一定很快活。他笑得很高兴。然而，我看得出来，他十分沉着冷静。他看到了茶具。

"我喝茶。"他说。

"嗨，你不要喝茶，"格雷大声说，"我们喝瓶香槟酒吧。"

"我愿喝茶。"莱雷笑着说。

他的镇静态度在其余人身上产生了可能是他所期望的效果。他们都平静下来，但仍然以疼爱的眼光望着他。我不是说他以不亲热的、冷漠的态度来回应他们自然流露的无限热情，相反，他非常亲切，非常惹人喜欢，但我意识到，在他的言谈举止中有一种东西，这种东西我只能把它叫做清淡，我在想这意味着什么。

"你为什么不马上来看我们，真讨厌啊你。"伊莎贝尔假装生气地大声说，"五天来我老是把身子探出窗外盼你来，每次铃一响，我的心就跳了出来，结果我还得失望地再把它咽下去。"

莱雷嘿嘿笑了。

"毛姆对我说，我的模样吓人，你家的佣人不会放我进门。我坐飞机到伦敦买了几件衣服。"

"你没有必要去伦敦，"我笑着说，"你可以到普兰当商店或贝尔·雅尔丹尼埃商店去买成衣。"

"我想，既然要办一件事情，就要办得像个样子。我整整十年没有买过欧洲服装。我找到了给你做衣服的那家裁缝，要他三天内给我做一套衣服，他说要两个星期才能做好。后来我们双方都让了步，定为四天。我从伦敦回来才一个小时。"

他穿了一套蓝色毛哔叽衣服，一件软领白衬衫，打了一条蓝色绸领带，脚穿一双棕色皮鞋。这套蓝哔叽衣服非常适合他那细长的身材。他的头发剪短了，胡子也刮了。他不仅整洁，并且还打扮得很好，完全换了个样。他非常瘦，他的颧骨更突出了，他的两鬓更下陷了，他那眼窝深深的眼睛比我记忆中的还要大，尽管如此，他看起来身体很好；他的脸晒得很黑，一条皱纹都没有，看起来的确年轻得惊人。他比格雷小一岁，两个人都是三十刚出头，但是格雷看起来比自己的年龄要大十岁，而莱雷看起来比自己年龄要小十岁。格雷由于身躯庞大，动作慢吞吞的，甚至有点滞重；但莱雷一举一动却轻快、从容。他的态度有点孩子气，欢欣、快乐，但同时有一种宁静，这种宁静，根据我的记忆，十年以前我在他身上从没有见过，而现在我感到特别明显。老朋友间有那么多的共同回忆可谈，格雷和伊莎贝尔还时而加进一些芝加哥的消息，大家再谈些无关痛痒的闲话，从这件事情谈到那件事情，自然是话语不绝，笑声不断。在谈话过程中，我得到了一个不可更改的印象，即尽管莱雷笑得爽朗，尽管伊莎贝尔嘻嘻哈哈讲话时他听得津津有味，但是他的态度中有一种非常奇怪的超然成分。我并非觉得他是在敷衍，他态度很自然，不可能是敷衍，并且可以明显看出他态度诚恳；我只是感到他有一种内在的东西，这种东西一直是站得远远的，我不知道把它叫做一种意识好，还是叫做一种感觉、一种力量好。

两个孩子被带了进来，父母叫她们认识莱雷，她们给莱雷文文雅雅地微微行了个屈膝礼。他伸出手来，望着她们，柔和的眼神中含着动人的温情。她们握住了他的手，严肃地望着他。伊莎贝尔愉快地对他说她们的功课学得很好，然后给了她们一人一块甜饼，叫她们出去。

"你们上床后，我来给你们读十分钟书。"

她因看到莱雷而感到无限愉快，因此不愿此时此刻受到干扰。两个孩子走到父亲那里向父亲道晚安。这个大汉把两个孩子拥到怀里亲她们，红光满面的脸上闪耀着对孩子的慈爱，这情景非常动人。谁都能看出他宠爱她们并因她们而得意。她们走了之后，他还一直甜蜜地微笑着。他转过身来对莱雷说：

"孩子们不坏，对吧？"

伊莎贝尔深情地看了他一眼。

"如果我由着格雷，他会把她们惯坏。这个大个子狠心汉会叫她们天天吃鱼子酱和鹅肝饼，而叫我饿死。"

他含笑望着她说："你撒谎，并且你心里清楚你是在撒谎。你的脚踏过哪块地，我就对哪块地爱得发狂。"

伊莎贝尔用眼睛报以微笑。她知道格雷是怎样爱她，并因此而高兴。这是幸福的一对。

她坚持不要我们走,并和他们一起吃正餐。我想他们会愿意清清静静地自己一家人吃,因此说了些理由要走,但是说什么她都不肯听。

"我叫玛丽往汤里再加一根胡萝卜,就够四个人吃了。有一只鸡,你和格雷吃鸡腿,莱雷和我吃翅膀,玛丽可以把蛋奶酥做得大大的,够我们所有的人吃。"

格雷似乎也愿意我留下来。于是我也就听从他们,叫我留下就留下。

在我们等待吃饭期间,伊莎贝尔把我对莱雷讲的情况又给他讲了一遍。不过我讲得简短,她讲得详细。虽然她叙述那番凄惨的经历时表现得快快活活满不在乎,但是格雷还是面色阴沉、郁郁不乐。她在想法使他高兴起来。

"反正事情都已经过去了。我们已经站住了脚,我们会有前途的。情况一旦好转,格雷找个好工作干干,赚他个几百万。"

鸡尾酒上来了。这位可怜的老兄喝过两杯之后,提起了精神。我看到莱雷虽然取了一杯,但几乎碰都没碰。格雷没有注意到这个情况,又让他要一杯,他拒绝了。我们洗过手后,坐下吃饭。格雷叫人上一瓶香槟酒,总管家要给莱雷斟酒,莱雷对他说他滴酒不沾。

"噢,你一定要喝一点儿。"伊莎贝尔叫道,"这是埃略特舅舅最好的酒,对非常特殊的客人,他才用这种酒招待。"

"我对你说实话,我愿喝水。在东方住了那么长时间,现在能喝到不会引起疾病的水是一种享受。"

"今天是个高兴的日子嘛。"

"好，我喝一杯。"

饭菜非常高级，但是伊莎贝尔和我都注意到莱雷吃得非常少。我想，她还觉察到，话都是她说的，莱雷只是听，没机会插嘴。因此，她现在开始问他，自从十年前和她分手之后，他都干了些什么。他的回答亲切、诚恳，但非常笼统，没讲多少内容。

"噢，你知道，我一直在到处闲游，我在德国住过一年，在西班牙和意大利住过一个时期。我在东方到处漂泊过一阵。"

"你刚从什么地方回来？"

"印度。"

"你在那里呆了多久？"

"五年。"

"你好好玩过吗？"格雷问，"打过老虎吗？"

"没有。"莱雷笑着说。

"那么整整五年你一个人究竟在印度干什么？"伊莎贝尔说。

"到处玩。"他友好地开了个玩笑说。

"走钢丝是怎么回事？"格雷问，"你看见过吗？"

"我没有看见过。"

"你看见过什么？"

"很多事情。"

这时我问了他一个问题。

"瑜伽修士们真有我们觉得神奇的法力吗？"

"我不知道。我只能告诉你印度人都相信这一点。不过，大圣大贤者对这种法力并不重视，他们认为这会妨碍他们更好地修炼道行。我记得，有一个修养深的人对我说，有一个瑜伽修士来到了河岸，他交不起船费，摆渡的人不让他坐船，于是他走到水上，从水面上走过河去。给我说这件事情的那位瑜伽修士说后耸耸肩膀，表示对这种事情瞧不起。'像这样的奇事，'他说，'最多就值那一便士船费。'"

"不过，你认为那个瑜伽修士真的从水面上走过河去了吗？"格雷问。

"对我说这件事的那位瑜伽修士，我从他的话里听得出他是相信这件事情的。"

听莱雷讲话使人感到愉快。他的声音非常好听。轻快，浑厚但不低沉，语调变化丰富，不同寻常。我们吃过了饭，回到客厅喝咖啡。我没有去过印度，急于再听一些印度的情况。

"你接触过作家和思想家吗？"我问。

"我注意到你把两者区别开了。"伊莎贝尔和我开玩笑。

"我就是想专门和他们接触的。"莱雷回答。

"你怎么和他们交流思想？用英语？"

"那些最值得接触的人，即使说英语也说得不很好，听的能力就更差。我学了印度斯坦语。我去南方后又学了泰米尔语，学了不少，因此在语言上没有多大困难。"

"你懂多少种语言，莱雷？"

"噢，我不知道。五六种吧。"

"我想再听一点关于瑜伽修士的事情，"伊莎贝尔说，"他们中间有没有你很熟悉的？"

"熟悉到你对那些大部分时间都是在太虚中度过的人们可能熟悉的程度，"他笑着说，"我在一个瑜伽修士的阿什拉玛里住过两年。"

"两年？阿什拉玛是什么？"

"呃，我想你也许会把它叫做隐士庵。有些圣人独自一人生活在庙里、在森林里或者在喜马拉雅山坡上。也有些人收徒弟。想修德的善人盖上一间或大或小的房子让一个他认为虔诚的修行者住进去，他的徒弟就和他住在一起，睡在门廊下，如果树底下盖有厨房，也睡在厨房里。我住在院子里的一间小茅屋里，里边刚好能放下我的行军床，一把椅子，一张桌子，一个书架。"

"那是在什么地方？"

"在特拉凡哥尔，那地方山清水秀，水流潺缓。山上有老虎、豹子、大象和野牛，不过，那座阿什拉玛是在一个礁湖岸边，周围都是椰子树和槟榔树。离那里最近的镇子也有三四英里，但是当瑜伽修士讲道的时候，镇上的人以及更远处的人步行或者坐水牛车赶来听讲，即使不讲道，也有人到这里来，就坐在他的脚边，在晚香玉散发的香气中，彼此分享瑜伽修士身上的宁静与幸福。"

格雷在椅子里急躁得乱动。我猜出他厌烦这种话题。

"喝一杯吧？"他对我说。

"不喝，谢谢。"

"啊，我要喝一杯。你呢，伊莎贝尔？"

他从椅子里抬起他那巨大的身躯，走到放威士忌、梨酒和玻璃杯的桌边。

"那里还有别的白种人吗？"

"没有。只有我一个白种人。"

"整整两年，这种情况你怎么受得了？"伊莎贝尔叫道。

"两年一转眼就过去了，好像还不如我有时过的一天长。"

"那么长的时间，你一个人一直在干什么？"

"我读书。我长途跋涉。我坐小船到湖上去。我静坐默思。静坐非常累人。静坐默思两三个小时以后，你感到非常疲惫，好像驱车行驶了五百英里，极想休息。"

伊莎贝尔微皱眉头。她迷惑不解，我想她可能有点儿害怕。我心想，她开始意识到，几个小时前进来的这个莱雷，尽管外表没有变，尽管看起来还像以往那样心胸坦荡、态度友好，但已经不是她过去所认识的那个莱雷了。过去的那个莱雷那么直率，那么无所用心，那么活泼愉快，虽然她觉得还不够听话，但和他在一起使人感到快活。她过去失去了他，这一次见到他，仍把他当作过去的莱雷，因而觉得，不管情况已发生了多大的变化，他仍然是属于她的，现在呢，好像她是在捕捉阳光，她一抓，阳光便从指缝里漏掉了，她感到有点儿灰心泄气。我一向爱观察她，这天晚上我常观察她。我看到当她的目光落在他那长着两只紧贴头颅的小小耳朵、理得齐齐整整的头上时，眼里充满疼爱；我还看到当她的目光落到他那低陷的两鬓和清瘦的双颊时，她的眼神在怎么变化。她把目光投向他那又瘦又长的双手，这双手尽管很瘦，却刚劲有力。接着她的目光凝视着他那灵巧、好看的嘴巴，这张嘴丰满但并不好色。她又凝视着他那清秀的眉毛和线条清晰的鼻子。他穿着新衣服,不像埃略特那样周周整整,而是毫不在意,洒脱自如,好像一年来他天天穿的就是这身衣服。我感到他在伊莎贝尔身上激起了母爱似的深情,在我看来,她对自己的两个孩子都不曾如此。她是个精通世道的妇女,他的样子还是一个孩子;我似乎从她的神态中看到了一个做母亲的由于自己已经长大成人的儿子谈吐非凡、别人钦佩地将其倾听而感到的那种骄傲。我认为,他谈话中的内容,她并没有去认真思索。

不过,我的问题还没有问完。

"你的那位瑜伽修士是个什么样儿?"

"你是说长相吗?呃,他高高的个子,不瘦也不胖,浅浅的棕黄色皮肤,没留胡子,没留头发。他从来什么都不穿,只围一条缠腰布,但是收拾得看起来像布鲁克斯兄弟广告里的年轻人那样衣着整洁。"

"他特别吸引你的是什么?"

莱雷足足看了我一分钟才回答。他那眼窝深陷的双眼好像要看进我的灵魂深处。

"圣洁。"

他的回答使我有点不安。在这样一间家具富丽、四壁名画的房子里,这两个字像是从楼上浴盆溢出来的水浸透了天花板,"扑嗒"一声滴下来。

"我们都读过一些关于圣人们的故事,如圣弗朗西斯、圣十字约翰,但这都是几百年以前的事情了。我从没想到现在还能见到活圣人。我第一次见到他,就深信不疑他是个圣人。这是段非常美好的经历。"

"你学到了什么?"

"平静。"他轻微地一笑,随便答道。接着他突然站起身来,说:"我得走了。"

"噢,不要现在就走,莱雷,"伊莎贝尔叫道,"还早得很。"

"再见。"他仍然笑着,没有理会她的劝说。他吻她的面颊。"过一两天我再来看你们。"

"你住在什么地方?我要给你打电话。"

"噢,不要找那种麻烦了。你知道在巴黎打通个电话多困难,而且,我们的电话又总是出毛病。"

莱雷如此巧妙利索地挡回伊莎贝尔的要求,不肯讲出地址,使我暗暗发笑。不肯把住址告诉别人,这是他的怪癖。我建议他们第三天晚上都和我一起到布洛涅树林去吃正餐。在这风和日丽的春天,在户外树下聚餐非常惬意,我们可以让格雷开车,大家坐小汽车到那里去。我和莱雷一块儿和他们告别,我原想和他一道走走,但是我们一到街上,他就和我握了握手,匆匆走掉了。我搭了一辆出租汽车。

五

我们原定在伊莎贝尔住的公寓会齐,先喝一杯鸡尾酒,然后出发。我比莱雷先到。我准备带他们去的那家饭店非常阔气,去那里吃饭的太太小姐无不打扮得珠光宝气,华丽异常。因此,我预料,伊莎贝尔为了不致相形之下黯然失色,自会收拾打扮一番。但是她却穿了一件朴素的呢外衣。

"格雷的头痛病又犯了，"她说，"他现在痛得很厉害。我不能够离开他。我已经对厨子说，她给孩子们吃过晚饭之后，可以出去，我必须给格雷做点儿东西劝他吃。最好你和莱雷两个人去吧。"

"格雷在床上躺着吗？"

"不，他犯头痛时从来不躺下。上帝知道，他就应该躺一躺，但是他硬是不肯。他在书房里。"

那间书房不很大，四壁镶有木板，棕色与金黄色相间，是埃略特仿照一座古老宅邸的房间布置起来的。镀金的格子门上着锁，书都被锁在书架里边，谁也无法取出来看。这样也好，因为其中绝大部分都是十八世纪的带有插图的黄色书籍。不过这些书一律用当代的羊皮书面，摆在一起整齐划一，很有气派。伊莎贝尔把我领进去。格雷弓背坐在一个大皮椅子上，身旁的地板上散乱地扔着一些画报。他双目紧闭，平时通红的面孔现在发灰发白。一眼可以看出他十分痛苦。他想站起来，我制止了他。

"你给他吃过阿斯匹林吗？"我问伊莎贝尔。

"过去吃过，但不起任何作用。我有个美国方子，也没有一点儿效果。"

"噢，不要发愁，亲爱的，"格雷说，"我明天就会恢复正常。"他强颜欢笑，"很抱歉，我成了个累赘。"他对我说，"你们都去布洛涅树林吧。"

"我连做梦都不会这样想，"伊莎贝尔说，"我明明知道你在受这么大的折磨，你觉得我能去寻开心吗？"

"可怜的女郎,我想她是爱我的。"格雷闭着眼睛说.

接着,他突然满脸苦状,你似乎可以看见那刺穿他头颅的刀割似的疼痛。门轻轻地开了,莱雷走了进来。伊莎贝尔把发生的事情告诉了他。

"噢,我为你感到难过。"他说,同情地看了格雷一眼,"有什么办法解除他的痛苦吗?"

"毫无办法。"格雷说,眼睛仍然闭着,"唯一的办法是你们所有的人都快快活活地玩去,让我一个人留在这里。

我自己认为这的确是唯一实事求是的办法,但我心想伊莎贝尔良心上过不去。

"让我看看能不能对你有所帮助,好吗?"莱雷问道。

"谁也无法帮助我,"格雷有气无力地说,"这简直是在要我的命,有时我乞求上帝,真的把我痛死也好。"

"我刚才说也许我能帮助你,是说错了。我的意思是,也许我能帮助你作自我帮助。"

格雷慢慢地睁开眼睛,望着莱雷。

"你怎么帮?"

莱雷从口袋里掏出一枚类似银币的东西,放到格雷手里。

"用手指把它牢牢地握住,手心向下。别和我作对,不要使劲,把钱握到你的手里就行了。我数不到二十,你的手就会自己张开,钱会从手里掉下来。"

格雷照他的话做了。莱雷坐在写字台后,开始数数。伊莎贝尔和我仍站着。一,二,三,四……他一直数到十五,格雷的手还是一动未动,接着似乎有点儿颤动。这时我感到他那紧握着的指头在松开。不过这只是印象,还不能说看得出来。大拇指离开了其余握着的四指。这时我清清楚楚地看见各个指头都在颤动。当莱雷数到十九之后,钱从格雷的手里掉了下来,滚到我的脚边。我捡起来察看。这枚钱又重又粗糙,钱的一面是一个轮廓清楚的年轻人的凸面头像,我认出这是亚历山大大帝①的头像。格雷诧异地凝视着他的那只手。

"我没有让它掉出来,"他说,"是它自己掉出来的。"

他在皮椅子上坐着,右臂放在椅子的扶手上。

"你坐在这张椅子上很舒服吗?"莱雷问。

"我头痛厉害的时候,坐在这里算是最舒服的了。"

"好,全身放松。要自然,不要做任何动作,不要有意抵制。我数不到二十,你的右臂就会从椅子的扶手上抬起,一直抬到手比头高。一、二、三、四……"

他那银铃般悦耳的声音慢慢地数着,当他数到九的时候,我们看到格雷的手从扶手的皮面上抬起,速度很慢,只是依稀可见,一直抬到离扶手一英寸左右,然后在那里停了一秒钟。

"十,十一,十二……"

突然他猛地一动,整个臂膀开始缓缓地向上抬起,完全离开了椅子。伊莎贝尔有点儿害怕,抓住了我的手。我们感到奇怪。那不像是有意识的动作。我从来没有见到过人们梦游,不过我可以想象

---

①亚历山大大帝(Alexander the Great,公元前356-公元前323),马其顿国王,公元前336-前323在位。——编者注

他们的一举一动就像格雷的这条臂膀的动作那样奇怪。看起来，动作似乎并非受个人意志所支配。我觉得，要是有意识地去抬那条臂膀，还未必能抬得那么缓慢，那么速度均匀。我似乎觉得，是与思想无关的下意识的作用在抬这条臂膀。这和汽缸里的活塞来来往往的缓慢运动相同。

"十五、十六、十七……"

莱雷慢慢地、慢慢地数着，像不能完全关紧的水龙头慢慢地、一滴一滴地往盆子里滴水。格雷的臂膀举啊，举啊，一直举过头顶。当莱雷数到二十的时候，它自己落到了椅子的扶手上。

"我没有有意举我的臂膀，"格雷说，"它那样抬起，由不得我。是它自己抬起来的。"

莱雷微微一笑。

"这没有多大意义。我只是认为这会使你对我产生信心。那枚希腊钱币呢？"

我交给了他。

"拿到你的手里。"格雷拿了过去。莱雷看了看自己的表，"现在八点十三分。六十秒后你的眼皮会非常困乏，你会不由自主地闭上眼，接着就会入睡。你将睡六分钟。你会在八点二十分醒来，那时你的头就再不疼了。"

伊莎贝尔和我都一言不发。我们的眼睛望着莱雷。他没有再说什么。他凝视着格雷，但又似乎不是在看他；他似乎要看穿他，看到他身后的什么地方去。这一片笼罩着我们的寂静之中有一种怪异可怕的东西，宛如夜幕落下之后笼罩着花园里花卉的那种寂静。

突然我感到伊莎贝尔的手把我的手握得更紧了。我注视着格雷。他的两只眼睛闭上了。他的呼吸从容而均匀，他睡着了。我们站在那里，好像站了很长很长一段时间。我极想抽烟，但又不愿划火柴。莱雷一动也不动。不知道他的眼睛望着多远的地方。若不是他双眼睁着，你还会以为他处于迷睡状态。突然他从这种状态解脱了，恢复了平时的眼神，看了看手表。这时格雷睁开了眼睛。

"真怪，"他说，"我觉得我睡了一阵。"接着他站起身来。我看出他的面色已不再苍白得可怕。"我的头不痛了。"

"太好了，"莱雷说，"抽支烟，然后我们一起去吃饭。"

"这是个奇迹。我觉得精神好极了。你是怎么给我治好的？"

"不是我治好你，而是你治好自己。"

伊莎贝尔去更换衣服，格雷和我趁此机会喝鸡尾酒。可以看出莱雷不希望谈论刚才发生的事情，但格雷仍然要说。他不明白到底是怎么回事。

"你知道，一开始我不相信你会有什么本领，"他说，"我之所以顺从你，只是因为我觉得争起来怪心烦的。"

他不停地说着，描绘往日他犯头痛病时是怎么个样子，犯起来是多么痛苦，头痛过后身体又是多么虚弱。他不理解这次头痛过后他居然觉得像平时一样健康。伊莎贝尔回来了。她穿了一身我没见她穿过的衣服，这套衣服长达地面，上面是白色紧身衣，我想，是用马罗坎平纹绘做的，裙子是丝质的黑色薄纱，我觉得她肯定会给我们一行增添光彩。

马德里堡令人心旷神怡，我们都非常高兴。莱雷东拉西扯，讲话很有意思，以往我还没有见到他这样讲过。他讲得我们哈哈大笑。我心想，他是要我们忘掉他表演的那套我们想都想不到的本事。但是伊莎贝尔是个有主意的人。她毫不着急，莱雷要怎么样，她决心奉陪到底，但是心里却念念不忘要弄清楚这件怪事。当我们吃完了饭，在喝咖啡和甜酒时，她认为，莱雷酒足饭饱、畅谈快饮之后，不会再守口如瓶、那么固执，于是她那一双明亮的眼睛盯住了莱雷。

"现在给我们讲讲你是怎样把格雷的头痛治好的。"

"你自己已经亲眼见到了。"他笑着回答。

"你这是在印度学的吗？"

"是的。"

"他一犯病就痛得要命。你觉得你能给他除根吗？"

"我不知道。也许能。"

"那就会使他的生活大大改观。他一犯病就四十八小时什么都不能做，在这种情况下他不能指望有一份像样的工作。如果他不能重新工作，他就永远不会快活。"

"我创造不出奇迹来，这你知道。"

"今天这件事就是个奇迹。我亲眼见到的。"

"不，那不是奇迹。我只不过往格雷老兄的脑袋里灌输了一个想法，余下的是他自己做的。"他转向格雷，"明天你干什么？"

"打高尔夫球。"

"明天我六点钟到你家，和你谈一谈。"他接着面带甜蜜的微笑对伊莎贝尔说，"我已有十年没有和你跳过舞了，伊莎贝尔。你愿不愿意看看我是否还会跳？"

六

此后，我们常见到莱雷。第二个星期他天天来到他们住的公寓，和格雷一起在书房里关上门待半个小时。看来，照他自己的说法，他是在"说服"格雷不要再犯这种把人痛坏的周期性偏头痛，格雷像个孩子一样信任他。根据格雷给我介绍的一点情况来判断，我猜想，他是在恢复格雷那被硬生生摧毁了的自信心。大约十天以后，格雷又犯了一次头痛，而碰巧那天莱雷要到晚上才会到达。这次头痛不很厉害。格雷现在非常信服莱雷的妙术，他认为如果能把莱雷找来，要不了几分钟莱雷就会给他治好。但是伊莎贝尔不知道他住在什么地方，她打电话问我，我也不知道。后来莱雷终于去了，解除了格雷的痛苦。这时格雷问他的住址，以便需要的时候能马上叫他来。莱雷笑着说：

"打电话给美国运输公司，给他们留个话。我每天上午都给他们打电话。"

后来伊莎贝尔问我莱雷为什么不肯把住址告诉别人。她说他从前就不肯告诉别人，但之后发现他住在拉丁区的一个三等旅社里，并没有什么不可告人的秘密。

"我猜不出来。"我回答说，"我只能猜想这是由于一种想象，也许是完全空幻的想象。可能是一种奇异的本能促使他把自己灵魂上的一些秘密带回他的住所去。"

"你究竟在说些什么啊?"她有点生气地叫道。

"他和我们在一起的时候,虽然很随和、友好、热情,但是他给人一种超然的印象,仿佛他并没有把自己的一切毫无保留地暴露给你,而是在灵魂深处有所隐藏。这一点你没有看出来吗?我不知道使他超然于人群之外的东西是什么,是精神上的紧张,是秘密,是抱负,还是知识?"

"我从小就和莱雷认识。"她不耐烦地说。

"有时候我觉得他像是一个著名演员在一个无聊剧里扮演一个角色,演得很成功。就像埃琳诺拉·杜丝①演出《女店主》一剧一样。"

伊莎贝尔把我的话思索了一阵。

"我想,我明白了你的意思。我们在一起时快快乐乐,我们觉得他和我们一样,和其他的人都一样,但是转眼间你却感到他像你吐出的烟圈,你抓他的时候,他却从你指缝里逃掉了。你觉得是什么东西使他变得这样怪呢?"

"也许是一种极其普通的东西,只是我们未加注意罢了。"

"举个例子吧。"

"呃,例如,善良。"

伊莎贝尔皱起眉头。

"我希望你不要给我讲这些玄虚的东西。我听了这些东西反胃。"

"是内心深处有点儿苦痛吧?"

---

①埃琳诺拉·杜丝(Elenora Duse, 1858-1924),意大利著名女演员,擅演悲剧。——译注

伊莎贝尔长时间望着我，好像要看出我在想些什么。她从身旁的桌上取了一支香烟，点着之后，仰靠在椅子上。她注视着吐出的烟圈冉冉升起。

"你是否要我走？"我问道。

"不。"

我沉默了片刻，望着她，端详她那端端正正的鼻子和那线条清晰的下颚。

"你很爱莱雷吗？"

"废话，我这一生从来没有爱过第二个人。"

"那你为什么嫁给格雷？"

"我不能不嫁人。他没命地追我，而且妈妈要我嫁给他。人人都说我甩掉莱雷是件好事。当时我很喜欢格雷，现在我仍然很喜欢他。你不知道他多么温顺。世界上没有一个人像他那样心地仁厚，对人体贴。他看起来像是一个脾气暴躁的人，对吧？但他对我却一直像天使一样。我们过去有钱的时候，他希望我要东西，他好把我想要的东西给我买来，从中得到快乐。有一次我说，要是我们能有一艘游艇，坐着周游世界，会很有意思。如果我们不破产，他就已经买了。"

"照这样说，他这个人太好了，几乎使人不能相信。"我低声说。

"我们过去过得很愉快。为此我将永远感激他。他使我非常快乐。"

我看了她一眼，但没有说话。

"我想，我并不真正爱他，但是人们没有爱情也可以过得很好。在我的内心深处我渴望得到的是莱雷，不过，我过去见不到他，也就不会真正感到痛苦。有三千英里的大洋相隔，爱情上的痛苦会变得完全可以忍受，这是你说的，还记得吧？那时我觉得这话玩世不恭，过于无情，不过实际情况的确如此。"

"如果看见莱雷就痛苦，你是否认为，还是不见他为好？"

"但是这种痛苦使人神往。况且，你也知道他是怎么个人。不定哪一天，他就像影子一样，阳光一照就消失，我们又要好多年见不到他。"

"你从来没有想过和格雷离婚吗？"

"我没有理由和他离婚。"

"你们国家的女人们只要想和丈夫离婚，没有理由也会离的。"

她笑了。

"你想，她们为什么没有理由也要离婚？"

"你不知道吗？因为，美国女人期望的是她们的丈夫尽善尽美，而英国女人只希望她们的管家尽善尽美。"

伊莎贝尔高傲地把头一仰，她的脖子没有抽筋，使我感到奇怪。

"就因为格雷口齿不够清晰，你就认为他毫无可取之处。"

"你这话说错了。"我急忙打断她的话，"我觉得他身上有些东西颇使人感动。他非常钟情。当他望着你的时候，从他的脸上一眼就可以看出他是多么深、多么赤诚地恋着你。他比你更爱你们的孩子。"

"我想你现在是要说，我这个妈妈当得不好。"

"相反，我认为你这个妈妈好极了。你使孩子们健康、快乐。

你注意她们的饮食,使她们的肠胃有规律地工作。你教她们懂规矩讲礼貌,你读书给她们听,你叫她们祷告。她们病了,你马上给她们请医生,并且细心地照料她们。但是你可不像格雷那样把整个心都用到她们身上。"

"没有必要那样。我是个人,我也把她们当人来对待。做母亲的如果在生活中只为孩子们牵肠挂肚,会对孩子们有害。"

"我认为你完全正确。"

"实际上她们崇拜我。"

"我也看出来了。你是她们理想中的一切文雅、漂亮、奇妙事物的化身。不过,她们和你在一起的时候,没有像在格雷身边那样舒服自在。不错,她们崇拜你,但是她们爱他。"

"他非常可爱。"

她说出这句话来,我很高兴。她性格中最使人感到亲切的特点之一就是,她从来不因为你把话说得赤裸裸的而生气。

"那次经济崩溃之后,格雷彻底垮了。一连几个礼拜他在办公室里工作到半夜。我常坐在家里,忧心忡忡。我担心,他由于没脸见人,会寻短见。你知道,他们父子为他们的公司感到非常自豪,他们向人们夸耀自己的正直无欺,夸耀自己料事如神。我们自己的全部家当丢掉了还不那么要紧,他一直过意不去的是,那些一向信任他的人们,都因为他而丢掉了他们的财产。他自恨当初为什么就不能看得准一些。我告诉他说,这并不是他的过错,但是怎么也劝不动他。"

伊莎贝尔从提包里取出口红,涂抹嘴唇。

"不过，这并不是我想对你说的。我们留下的唯一财产是种植场，我认为，只有叫格雷远走高飞，才有可能挽救他。因此，我们把两个孩子托给了妈妈，我们两个到种植场去了。以往他一向喜欢那个种植场，但是我们两人从来没有单独去过，我们去的时候总是带一大帮人，在那里过得非常有趣。格雷的枪法好，但是这次去那里他无心打猎。他常常一个人划只小船到湖荡里去，一去就是好几个小时，在那里看水鸟。他常常顺着水渠来来回回地漫步，颜色淡雅的菖蒲夹道，头上只有蓝天一片。有些天，水渠里的水也像地中海一样蓝。他回来的时候，话往往不多。他只是说'好极了'。但是我看得出他有什么感受。我明白，那里的美景、辽阔天地和一片幽静打动了他的心。日落前有一段时间，湖荡夕照十分可爱。他常常站在那里观看，无限欣喜。他骑马漫游那些寂静神秘的树林；这些树林像梅特林克①写的一个戏剧里的树林那样，阴森森的，一片寂静，叫人有些害怕。夏天有一段时间——最多半个月左右——山茱萸花开，桉树嫩叶初展，一片鹅黄嫩绿与西班牙苔藓的蒙蒙灰色相映，像一支欢乐的歌曲；大地开遍了大朵大朵的白色百合花和野杜鹃花。格雷不会表达他的感受，但他感到无限欣喜。他为景色的可爱而陶醉。噢，我知道我不会形容，不过我可以告诉你，看到这么大的一个男子汉为如此纯洁、如此美好的感情所振奋，是多么令人感动！我简直想哭。如果天上有上帝的话，那时格雷已离上帝很近了。"

---

①莫里斯·梅特林克（Maurice Maeterlinck，1862-1949），比利时剧作家、诗人、散文家。——译注

伊莎贝尔讲这些话的时候，感情有点儿激动，她掏出一方小小的手帕，小心地擦去两只眼角的晶莹泪水。

"你是在把格雷浪漫化吧？"我笑着说，"我觉得你是把你期望格雷具有的思想感情，加到了格雷身上。"

"要是他身上没有这些思想感情，我怎么会看得出来？你知道我是个什么样的人。如果我不走在水泥铺的人行道上，如果不是沿街都有玻璃橱窗，里边展览着帽子、皮衣、宝石手镯以及镶金的化妆用品盒，我就远远不会真正感到幸福。"

我笑了，我们沉默了一阵。接着她又回到了我们原来的话题。

"我永远不会抛弃格雷。我们苦乐与共，共同经历得太多了。他完全依靠我。你知道，这使我有些得意，并唤起我的一种责任感。此外，还有……"

"还有什么？"

她瞟了我一眼，眼里闪着一种调皮的光芒。我觉得，她并不完全知道我是否猜到她心里想说的是什么。

"他在床上表现得非常好。我们结婚已经十年，他还像当初一样是个热情奔放的情人。你不是在你写的一个剧本里说过，没有一个男人对同一个女人的需求能超过五年吧？啊，你自己在讲些什么，你并不清楚。格雷现在对我的需求一如当年初婚。他这方面的表现使我非常快乐。也许你想不到，我是个非常喜欢性生活的女人。"

"你猜错了。我想得到。"

"好吧。这不是个讨厌的弱点吧？"

"相反。"我在端详她，"你十年前没有嫁给莱雷，现在后悔吗？"

"不后悔。那时要嫁给他的话，那就是发疯了。当然，如果我当时能知道今天所知道的一切，我会和他出去一起住上三个月，那时我就一劳永逸地把他彻底按照我的主意改过来了。"

"我想，你幸亏没有做这样的实验，不然的话，你会发现你为他所束缚，无法摆脱。"

"不见得吧。那只不过是肉体上的吸引。你知道，克服欲望的最好办法常常是去满足它。"

"你是否意识到你是个占有欲很强的女人？你对我说格雷有很强的诗一般的情趣，你还对我说他是个热情奔放的情人。我完全相信，这两者对你都很宝贵，但是，有件事情比这两者加起来对你都重要得多，你却没有对我说，那就是，你感到他是攥在你那美丽但不算小的手心里的。若是莱雷，你永远抓不住他。你还记得济慈[1]的那首颂诗吗？'不能自抑的情郎啊，即使你如愿到手，也万万不可亲吻。'"

"你常常自以为什么都懂，其实差得远。"她的话有些刻薄，"女人要想掌握住男人，只有一个办法，这个办法你是知道的。让我告诉你，重要的不是第一次和他睡觉，而是第二次。如果她在那次制服了他，她就永远制服了他。"

"你可确实得到了最不寻常的传授。"

"我处处留意，到处打听。"

---

[1] 约翰·济慈（John Keats，1795-1821），英国诗人。——编者注

"你的这条经验是从哪里学来的？"

她非常风趣地一笑。

"从一个我在服装展览会上结交的女人那里听来的。售货员对我说，那个女人是巴黎最时髦的包养情妇，于是我就决心和她认识认识。她叫阿德里安娜·德特鲁瓦耶。听说过吗？"

"从来没有听说过。"

"你的知识多么贫乏！她四十五岁，长得甚至不很漂亮，但是她的仪容却比埃略特舅舅的任何一位公爵夫人都要高贵得多。我坐在她身边，做出美国小姑娘不揣冒昧的举动。我对她说，我有生以来没见过一个人像她那样令人羡慕。我告诉她说，她像宝石上刻的希腊美女那样完美。"

"你可真有勇气。"

"起初她态度有点生硬、冷淡，但我继续天真无邪地说了下去，她也就软化了。于是，我们就谈了一阵，谈得十分融洽。展览结束的时候，我请她哪天和我一起到里茨饭店吃饭。我对她说，我一向羡慕她那无比高雅的风度。"

"你过去见过她吗？"

"没有见过。她不肯和我一起吃饭，她说，巴黎人恶嘴毒舌，会把我编排进去。不过，她对我的盛情还是很感激的。她看到我嘴唇发抖、失望得要哭的样子，要我到她家里和她一起吃饭。她看到我受宠若惊的样子，拍了拍我的手。"

"你去了吗？"

"我当然去了。她住在富什街旁一座雅致的小房子里，伺候我们的管家活像乔治·华盛顿[①]。我在那里一直逗留到四点钟。我们披散了头发，脱掉了胸衣，谈了一通完全是女孩子们之间的话。那天下午我学到的东西，足够写一本书。"

"你为什么不写？这正适合《妇女家庭杂志》的需要。"

"你这个傻瓜。"她笑着说。

我沉默了片刻。我在追寻我的思路。

"我怀疑莱雷是否真的爱过你。"我脱口而出。

她坐了起来。她那令人喜爱的表情没有了，两只眼睛显得恶狠狠的。

"你说什么？他当然爱过我！你认为一个女孩子连别人爱不爱她都不知道吗？"

"噢，我敢说，他只是随随便便地爱你。他和别的女孩子都不如和你熟。你们从小就在一起玩。他预料到将和你相爱。他具有正常的性本能。你们结婚看起来是很自然的事。你们两人之间的关系和结婚并没有多大差别，结婚不过是住在同一间房子里，睡到同一张床上而已。"

伊莎贝尔怒气渐消，等着我往下讲。我明白女人们爱听人谈论爱情，因此就继续往下说。

"道学先生们想叫我们相信，性本能与爱情没有多大关系。他们常把性本能说成一种副现象。"

[①] 乔治·华盛顿（George Washington，1732-1799），美利坚联邦共和国的奠基人，第一任总统（1789-1797在位）。——编者注

"副现象究竟是什么?"

"呃,有些心理学家认为,意识伴随大脑的活动过程,由大脑的活动过程所决定,但是它本身却不对大脑的活动过程产生任何影响。这有些像倒映在水中的树影,它不能离开树而存在,但对树却不施加任何影响。我认为,爱情可以不带激情这类说法统统是胡说;人们说激情消逝之后爱情仍可存在,他们所说的其实不是爱情,而是一种别的东西,如友爱、慈爱、志趣相投和习惯,等等。习惯尤其重要。两个人可能出于习惯而继续发生性行为,正如一到吃饭时肚子会饿一样。没有爱情当然也可能有情欲。情欲并不是激情。情欲是性本能的自然结果,并不比人类这种动物的其他机能更加重要。因此,女人们在自己的丈夫碰到合适的机会偶尔沾花惹草的时候,大可不必絮絮叨叨。"

"只有男人如此吗?"

我笑了。

"如果你一定要问,我得承认,男人这样干,女人也会这样干。唯一不同的是,男人干这类苟且的事情不动感情,而女人干这种事情就动感情了。"

"这要看是个什么样的女人。"

我不想让我的话被这样打断。

"如果爱情不是激情,那就不是爱情,而是别的什么东西;激情不是由于得到满足而增长,而是愈不顺利愈强烈。济慈劝他那件希腊瓮上的画中情郎不要悲伤,你认为他是什么意思?'你会永远地爱慕,她会永远地美丽!'为什么?就因为他没法得到她,不管他怎样疯狂地追求,她依然能躲开他,因为他们俩都被固定在那件可能不很精致的艺术品的大理石上。你对莱雷的爱和他对你的爱,像保罗和弗朗塞斯卡①之间的爱情及罗密欧和朱丽叶②之间的爱情一样单纯、自然。你们的幸运在于,你们之间的爱情没有成为不幸的悲剧。你嫁给了富有的人家,莱雷在世界上漂泊,想发现那些女妖塞壬③唱的是什么歌。你们的爱情里没有激情。"

"你怎么知道没有?"

"激情是不顾一切的。帕斯卡④说过,激情有它自己的道理,不过这些道理为理智所不容。如果他的本意和我所理解的一样,他的意思是:一旦激情支配了你的情肠,它就会编造理由来证明为了爱情什么都可以牺牲,这些理由听起来不仅能自圆其说,并且还不可动摇。它会使你相信丧失荣誉完全值得,丢人现眼也算不了什么。激情是能毁灭人的。它毁灭了安东尼和克娄巴特拉⑤,毁灭了特

---

①但丁和其他一些作家在其作品中使用过此二人恋爱故事的题材。弗朗塞斯卡·达·里米尼为拉文纳封建领主吉多·达·坡伦塔之女,嫁给里米尼领主吉奥瓦尼·马拉特斯塔,后者发现了弟弟保罗与她的情事,将他们双双杀死。此事发生于1285年。——编者注
②莎士比亚悲剧《罗密欧与朱丽叶》中的人物,是一对不幸的情侣。——编者注
③希腊神话中半人半鸟的海妖,常以美妙歌声诱惑经过的海员而使航船触礁。——编者注
④布莱斯·帕斯卡(Blaise Pascal,1623-1662),法国数学家、物理学家、哲学家、散文家。——编者注
⑤马可·安东尼(Mark Antony,公元前82-前30),古罗马统帅。克娄巴特拉(Cleopatra,公元前69-前30),埃及女王。二人于公元前37年结婚。——编者注

里斯坦和爱索德①,毁灭了巴涅尔和基蒂·奥茜②。激情如果不再有毁人的能力,那么,它也就死亡了。那时此人可能已万念俱灰,只感到年华虚度,自招羞耻,备尝可怕的嫉妒之苦,忍尽了令人难忍之羞辱;那时,他可能柔情耗尽,心思枯竭,而发现自己梦寐以求的只不过是一个一文不值的邋遢女人。"

我的这番议论还没结束,我就发现伊莎贝尔已不是在听我讲话,而是在回忆自己的往事。但是她接着说的一句话依然使我吃惊。

"你认为莱雷还是个童男吗?"

"亲爱的,他已经三十二岁了。"

"我断定他还是个童男。"

"你怎么断定的?"

"这类事情,女人凭直觉就可以知道。"

"我认识一位年轻人,他骗了一个又一个美貌女郎,他对她们说,他从来没有失去过童贞。他就靠撒这种谎,交了几年桃花运。他说,这办法非常灵。"

"我不管你怎么说,我相信我的直觉判断。"

天色渐晚,格雷和伊莎贝尔要和朋友们去赴宴,她得换衣服。我闲着没事,在惬意的春天黄昏中顺着拉斯柏伊街漫步。我从来不

---

① 欧洲中世纪传奇故事中的一对情人,前者为亚瑟王宫廷的骑士,后者为前者伯母。——编者注
② 查尔斯·斯图尔特·巴涅尔(Charles Stewart Parnell, 1846-1891),爱尔兰民族主义者,爱尔兰自治派的领袖;奥茜夫人为其朋友。二者有私通暧昧之嫌隙。——编者注

怎么相信女人们的直觉,她们的直觉和她们的愿望十分吻合,因此我觉得不可信。我想起在和伊莎贝尔作这番长谈时最后说的那些话,不禁笑了起来。这使我想起了苏珊·鲁维埃。我已经好几天没见她了。不知道她是否有空,如果有,她也许愿和我一块去吃顿晚饭,看场电影。我叫住了一辆出租汽车,叫司机开往她住的公寓。

七

在本书的开始我就提到过苏珊·鲁维埃。我和她相识已有十一二年了。此时她应该已经将近四十。她不算漂亮,实际上还相当难看。她在法国妇女当中算高个子,上身短,胳膊和腿都长得长。她有点儿羞怯,好像不知道怎样处置她那过长的四肢。她的头发随着她兴之所至而改变颜色,不过,最常见的是染成带红的棕色。她长着一张小四方脸,高耸的颧骨搽着鲜艳的胭脂,一张大嘴浓浓地涂着口红。这一切听起来似乎没有一样能吸引人,但她却是能吸引人的。她的皮肤很好,牙齿白而结实,两只蓝色的大眼睛活泼有神。这两只眼睛是她五官中最好的部分,因此,她涂染眼皮和睫毛,着意美化它们。她那滴溜溜转动的眼珠,看起来既精明又友好。她的性格既十分善良,又恰如其分地坚定。她过去所过的生活使她不能不坚定。她的父亲在政府机关当一个下级官员,父亲死后,母亲回到自己在昂儒的故乡靠退休金生活。苏珊十五岁时,母亲叫她到邻近一个市镇上跟一个女裁缝学手艺。那个镇子离家不算很远,星期天可以回来。她两星期有一天休假。她十七岁那年,有一个假日，她被一个在她们村上度夏画风景画的画家诱奸了。她心里明白自己一文不名，结婚一事也没有指望，因此，夏末当那位画家建议带她到巴黎去时，她欣然答应了。他带她住在蒙马特尔一间杂乱无章的画室里，她和他在一起快快活活地过了一年。

一年刚过，他对她说，他的画一张也没有卖掉，他再也养不起一个情妇了。她早已料到会有这一天，所以听到他的话并不惊慌。他问她是否想回老家，她说不愿回去。于是，他对她说，那个街区的另外一个画家会收留她。他说的这个画家过去曾经调戏过她两三次，虽然她叫他碰了钉子，但态度并不严厉，所以他也并没生气。她并不讨厌他，因此心平气和地接受了这个建议。两处相距不远，因此无须破费叫出租汽车来搬运行李。她的第二个情人比第一个要老得多，但仍可以凑合。他把她摆成各种姿势来描画，有穿衣的，有裸体的，她和他过了两年幸福的生活。他的第一幅真正成功的作品就是以她为模特儿画出的，她想到这件事就感到自豪。她把从报纸上剪下来的那幅画的复制品拿给我看过。原画已被美国的一家美术陈列馆买走。是幅真人大小的裸体画，她躺在那里，姿势类似马奈画的《奥林匹亚》。这位画家有些眼力，看出她的身材比例时髦有趣，他把她那瘦瘦的身躯画得更为苗条，把胳膊腿画得更长一些，着重渲染了她那高高的颧骨，把她那两只蓝色的眼睛衬托得非常之大。从剪下来的复制品上我自然看不出原画是怎样着色的，但我可以看出画得非常优美。这幅画使他有了点儿臭名气，一位有钱的寡妇钦佩他，和他结了婚。苏珊明白，男人家总得为前途着想，因此，男的要将他们之间和睦友爱的关系一刀切断，她并没有大吵大闹就让开了路。

那时她已经知道了自己的身价。她喜欢艺术生活。摆个姿势让人家画，使她感到愉快。她觉得，于工作一天之后，到饭店里与画家们及他们的妻子和情妇们坐在一起，听他们谈论艺术，咒骂画贩子，讲些下流故事，非常惬意。这一次，事前她看到即将决裂，便已经打定了主意。她从这些画家中，选定了一个尚未与人定情，并且看起来有才华的年轻人。她趁他一个人在饭店里的时候，把自己的情况向他作了些解释，接着就直截了当地提出要和他住在一起。

"我今年二十岁，很会管家。你再不用花钱雇人管家，并且还可以省去雇模特儿的开支。瞧你那衬衫，简直丢人，你那画室也乱得一塌糊涂。你需要一个女人来照顾你。"

他知道她是好样儿的。他听到她自我推荐，感到很有意思，她看出他想接受她的建议。

"反正，住在一起试一试不会有什么坏处，"她说，"如果试验结果不行，我们仍各过各的，谁的情况也不比现在更坏。"

他是个抽象派画家，用方块和长方块画她的肖像。他把她画成一只眼，并且没有嘴巴。他用黑、棕、灰蓝色把她画成几何图形。他把她画成十字线图案，从图案中只能隐隐约约看出一张人脸。她在他那里住了一年半，后来自动离开了。

"为什么离开他？"我问她，"你不喜欢他吗？"

"我喜欢他，他是个好小伙子。我觉得他不会有什么前途。他一直在原地踏步。"

她毫不费劲地找到了新情人。她仍然恋着艺术家们。

"过去我一直在从事绘画工作,"她说,"后来我和一个雕塑家在一起住了六个月,但我不知道为什么,觉得一点儿意思都没有。"

她和无论哪个情人分手都不曾有伤和气,想到这一点,她心里很高兴。她不仅是位好模特儿,并且是一位好主妇。她很喜欢在姘居期间住的画家家里忙来忙去地工作,使画室保持井然有序。她很会做饭,花钱极少,做出的饭菜却味美合口。她给情人们补袜子,给他们的衬衫钉扣子。

"为什么艺术家就得不整洁,这一点儿我永远不明白。"

她只失败过一次。那次与她同居的是个年轻的英国人,他比以往她结识的人都更有钱,并且还有一辆小汽车。

"'但是没有维持多久,'她说,'他常常喝醉,非常讨厌。如果他是个好画家,倒也罢了。但是,天哪!他画得怪里怪气的。我对他说我要离开他,他哭了起来。他说他爱我。'"

"'我可怜的朋友,'我对他说,'你爱不爱我,无足轻重。重要的是你没有天才。回国去开个杂货铺吧。你只能干那一行。'"

"他听了之后怎么说?"我问。

"他发了火,叫我滚出去。不过,你知道,我给他提的是个好建议。我希望他能接受我的意见。他人并不坏,只不过是一个蹩脚的画家。"

风尘中的女性只要有一定的头脑,再加上性格好,谋生并不困难。不过,苏珊所干的这一行,像其他各行一样也有起有落。例如,她碰到过一个斯堪的纳维亚人。她不够慎重,竟然对他动了感情。

"亲爱的，他简直是个天神，"她对我说，"他非常高大，像巴黎铁塔一样高，宽厚的肩膀，宽阔的胸膛，而腰细得两只手可以合扣，肚子扁平，平得像我的手心，身上的肌肉像职业运动员一般结实。他的头发是金黄色的，像波纹一样卷曲，皮肤细腻白皙。他的画也画得不坏。我喜欢他的毛笔画，他画得挺拔刚劲，色彩也用得富丽活泼。"

她打定主意要和他生个孩子。他不愿生，但是她对他说，生下之后，由她负责抚养。

"孩子生下之后，他非常喜欢。啊，多么可爱的孩子，玫瑰色的皮肤，金黄的头发，蓝蓝的眼睛，长得像她爸爸。是个女孩子。"

苏珊和他在一起住了三年。

"他有点儿笨，有时令人讨厌，但是他待我很好，并且长得又那么漂亮，所以我也就对他的缺点不很在乎。"

后来，他收到一封从瑞典来的电报，说是他父亲病危，要他马上回家。他许诺还要回来，但是她预感到他会一去不返。他把自己身边的钱都留给了她。他走后整整一个月音信全无，一个月后，她才收到他一封信，说是他的父亲已经去世，生前经营的事情一片混乱，因此他感到留在母亲身边转行经营木材买卖，是自己的为子之道。他随信寄来了一张一万法郎的支票。苏珊不是个易于灰心绝望的人。她很快便断定，孩子是个拖累，因而把孩子送到她母亲那里，把一万法郎交给母亲，让她照管孩子。

"我非常爱这个孩子，把孩子撂下不管的确使我心碎，但是一个人必须实事求是才能应付生活。"

"后来怎么样了?"我问。

"噢,后来我继续我的生涯。我找到了一个朋友。"

但是她得了一场伤寒。她提起那场伤寒总是说"我的伤寒",就像是一个百万富翁爱说"我的棕榈滩庄园"或"我的松鸡原"那样。那场病几乎要了她的命,她在医院里整整躺了三个月。她出院的时候像个瘦猴,只剩下皮包骨,神经非常脆弱,一味地哭。那时她对谁都没有多大用处,她身体很弱,做模特儿支持不住,而手中的钱已寥寥无几。

"唉!"她说,"我度过了一段艰难的生活。幸亏我有一些好朋友。不过,你是知道艺术家们的状态的,他们的收入很难维持自己的生活。我从来都不漂亮,当然我也有可取之处,不过,我再也不是二十岁的人了。后来我又遇到了那位和我一起生活过的立体派艺术家。从我们分手以后,他结过婚,又离婚了。他已经放弃了立体主义,变成了一个超现实主义画家。他认为他用得上我,并且说他感到寂寞。他说他愿意供我食宿。我可以坦白告诉你,我高高兴兴地接受了他的建议。"

苏珊在他那里一直住到她与她那位制造商相遇。那位制造商是由一位朋友领到画室来买这位前立体主义画家的画的。苏珊为了促成这桩生意,施展手段尽量使他欢心。他当时还下不了要买的决心,不过,他说他还要来,把那些画再看一看。两星期后他真的来了,这次给她的印象是,他来的目的主要是看她,而不是看画。他这次仍没有买画。在告别时,他以不必要的热情紧握她的手。第二天,她往市场上去买当天的食品,起初领那位制造商来画室的那位朋友半路拦住了她,对她说那位制造商看上了她,想问问她愿不愿意当他下次来巴黎时和他一起吃顿饭,因为他有个想法要对她说。

"你想,他看上了我的哪一点?"她问道。

"他是个当代艺术的业余爱好者。他看到过你的画像。你引起了他的兴趣。他是个外省人,并且是个商人。对他来说,你代表着巴黎,你代表着艺术、浪漫文学,代表着一切他在里尔想见而见不到的东西。"

"他有钱吗?"她头脑清醒地问。

"有的是。"

"好,我陪他吃饭。听听他有什么话说,不会有什么害处。"

他把她领到马克西姆饭店,这个饭店给她留下了很深的印象。她去的时候穿得淡雅朴素,她环顾了一下周围的妇女,感到自己完全像一个正正经经的已婚女子。他要了一瓶香槟酒,她因此而相信他是位讲究体面的人。当他们该喝咖啡的时候,他把他的想法向她提了出来。她觉得他这个想法过于慷慨。他对她说,他每两个星期定期来巴黎参加一次董事会议,晚上一个人吃饭非常无聊,他想要女人作伴时就去妓院。他认为自己结了婚,并且有两个孩子,处于他这样的地位还要往妓院跑,未免不合适。与他们两人都认识的那位朋友把她的情况都告诉了他,他知道她为人稳重。他已经上了岁数,无心和轻佻的少女鬼混。他好歹也是个现代派画的收藏家,她和这一派的关系会使她同情他。接着他谈到了实质问题。他打算给她租一所公寓,加以布置,每月供给她二千法郎,而他所求于她的是每十四天陪他过一夜。苏姗一辈子没花过这么多钱,她很快盘算出，有了这笔钱，她不仅吃的穿的能赶上社会的潮流，并且还可以养活她的女儿，还可以积蓄一点儿，以备他日意外的需要。但是她犹豫了一阵。用她的话说，她一直是"在从事绘画工作"，她心中无疑认为，给一个商人当情妇，是降低了身份。

"你同意不同意都没关系。"他说。

她感到他并不讨厌，他别在扣眼上的荣誉军团的玫瑰形徽章表明他还是个有名望的人。她笑了。

"我同意。"她答道。

八

虽然苏珊过去一直住在蒙马特尔街，但她认为必须和过去的生活决裂，因此在蒙帕纳斯街的一幢楼里租了一套公寓，这座楼房离大街不远。这套公寓有两间房子，一间小厨房和一间浴室，虽然在七层楼上，但有电梯。她觉得，有浴室并且有电梯，这不仅是享受，并且是一种排场，尽管这个电梯只能容两个人，速度像蜗牛一样慢，并且下楼的时候你还得走下去。

他们结合的头几个月，阿希尔·戈万先生——这就是那位商人的名字——每两个星期到巴黎来的时候，落脚在一家旅馆里，当他在苏珊那里为柔情所驱使度过夜晚一段时刻之后，便回到自己的旅馆里独自睡觉，一直睡到再睡就要误事的时候，才爬起来去赶火车，回去做他的生意，享受他的天伦之乐。但是后来苏珊向他指出，他是在白糟踏钱，如果他就住在她的公寓里，在那里一直住到天明，既省钱，又舒服。他觉得她讲得有理。苏珊体贴他，为他的舒适着想，使他心里美滋滋的。在寒冷的冬夜，走到大街上去找出租汽车，的确不是个滋味。她不想让他白糟踏钱，这片心意他也很赞赏。她不仅为她自己省钱，还替她的情人省钱，真是个好女人。

阿希尔先生在各方面都感到称心如意。在一般情况下，他们到蒙帕纳斯街找一家较好的饭馆去吃饭，但苏珊也有时就在公寓里给他做饭吃。她给他做的饭很有味道，他吃起来很可口。在天气暖和的晚上，他穿着衬衣吃饭，感到春心荡漾，无限风流。他总爱买画，但是如果苏珊不赞成，就不让他买，他很快发现，他应该相信她的鉴赏能力。她不愿意和画商们打交道，而是直接把他领到画家们的画室，这样就帮他在买画时省掉一半钱。他知道她在积蓄钱，当她对他说她每年都在故乡买一小片土地的时候，他还感到一阵得意的喜悦。法国人都希望有自己的土地，他懂得这种愿望，并因为她有此愿望而更加看得起她。

苏珊这方面也心满意足。她对他是既不忠实又不背叛。这就是说，她自我检点，不和任何别的男人建立任何持久的联系，但是如果她遇到称心如意的人，她也不拒绝和他风流一番。不过她为了保持身份，不让他在她那里过夜。她觉得那位有钱有势的人替她安排了生活，使她这样无忧无虑，受人尊敬，她不应该收留别人在那里过夜。

我认识苏珊是在她和一位画家住在一起的时候，因为我恰巧也认识那位画家，并且常坐在他的画室里看她摆姿势让他画。后来，隔上一段较长的时间，有时仍然能见到她，但是直到她搬到蒙帕纳斯之后我们才熟悉起来。事情是这样的,阿希尔先生——她提到他的时候总是这样称呼他,她当面也是这样叫他——读过一两本我的书的法译本,一天晚上他请我和他们一起在一家饭店里吃饭。他是个小个子,比苏珊矮半个脑袋,头发是铁灰色的,留着整齐的花白胡子。他有些圆胖。他是个大肚子,不过只大到使他更加神气的程度。他走起路来,像一般又矮又胖的人那样高视阔步,很明显,他并无自我菲薄之感。他招待我吃了一顿丰盛的正餐。他非常讲礼貌。他告诉我说,我是苏珊的朋友他很高兴,他能够一眼看出我是个正派人,我喜欢苏珊他很高兴。唉!他事务缠身,离不开里尔,这可怜的女孩子常常孤独一人。知道她和一个受过教育的人来往,他感到宽慰。他是个企业家,但是他一向钦佩艺术家们。

"啊,亲爱的先生!艺术和文学一向是法兰西的一对光荣的孪生子。当然,她在军事上也是英勇强大的。我这种毛织品制造商可以毫不犹豫地说,我把画家和作家看得和将军、政治家同等重要。"

没有一个人能把话说得比这更漂亮。

他劝苏珊雇一个使女干家务活,苏珊不肯。一方面是为了节约,另一方面是因为——因为什么,她自己最清楚——她不愿意别人过问纯属她自己而与别人无关的事情。她那套小小的公寓是按时下最新的风格布置的。她使它保持干净、整齐,她的一切内衣都由她自己做。即使这样,由于她不再去当模特儿,由于她喜欢操劳,她感到时间很不容易打发。不久她产生了一个想法,她过去给那么多画家当过模特儿,现在她完全可以自己画。她买来了油画布、油画笔、颜料,着手画了起来。有时候,我去请她出来吃正餐,如果我去得早，就会看到她穿着罩衫在忙于作画。正像胎儿在子宫里简单地重复着人类在发展史上所经历的各种动物形态那样，苏珊也在重复她的各个情人的风格。她像那位风景画画家那样画风景画，像那位立体派画家那样画抽象画，像那位斯堪的纳维亚人那样，对着明信片上的图画画抛锚的帆船。她不会画，但调色调得不错，虽然她的画不算很好，但她从画的过程当中得到很大的乐趣。

阿希尔先生鼓励她。他的情妇是个画家，这使他有一种得意之感。在他坚持之下，她把一幅油画送交秋季沙龙画展。他们看到这幅画挂出来了，两个人都感到自豪。

"亲爱的，不要像男人那样画画，"他说，"要像个女人画的。不要求刚劲有力，画得迷人就行了。要老老实实地画。在商业上，有时候能出奇制胜，但在艺术上，老老实实不仅是最好的方针，并且是唯一的方针。"

在我所提到的那个时期，他们两人已情投意合地在一起过了五年。

"显然他并不能激动我的心弦，"苏珊说，"但是他有见识，并且有地位。我的年龄已经不小，也必须为我的境遇着想。"

她通情达理，能体谅人，阿希尔先生也很赞赏她的判断能力。当他和她商量生意或家事的时候，她高高兴兴地听他讲。听说他的女儿考试不及格，她安慰他；听说他的儿子和一个有钱的姑娘订了婚，她和他一样高兴。他本人娶的就是一个同行家的独生女儿，两家公司本来是对立的，合并之后给双方都带来了好处。他的儿子是个聪明人，懂得双方互利是幸福婚姻最可靠的基础，这当然使他感到满意。他私下告诉苏珊说，他想让他的女儿嫁个贵族。

"她有那么多财产,为什么不可以?"苏珊说。

阿希尔先生帮助苏珊把她的女儿送到一个修女会办的学校去受良好的教育。他还答应,等她长到适当年龄,他出钱使她学到适当的谋生本领,当个打字员或者速记员。

"她长大之后会是个美人,"苏珊告诉我,"不过,受教育,学会打字,看不出会对她有什么害处。也许她没有那种气质。当然她还小,现在来判断还为时过早。"

苏珊是个精细人。她是让我来推测她话中的意思。我推测得完全准确。

九

我与莱雷不期而遇之后又过了一个星期左右,一天夜里我和苏珊一起吃过晚饭,看过电影,坐在蒙帕纳斯大街上的高朋饭店里喝啤酒,这时莱雷走了进来。她倒噎了一口气,叫出了他的名字。这是我万万没有料到的。他走到桌前,吻了吻她,和我握了握手。我看得出来,她几乎不相信自己的眼睛。

"我可以坐在这里吗?"他说,"我没有吃晚饭,我要吃点东西。"

"噢,看到你,太好了,亲爱的。"她的眼睛闪耀着光芒,"你是从哪里蹦出来的?你为什么这么多年连个面儿都不露?我的天哪,看你瘦成了什么样?我还以为你已经死了。"

"哦,我没有死。"他回答说,他的眼睛闪闪发光,"奥代特好吗？"

苏珊的女儿名叫奥代特。

"噢，她已经长成个大姑娘了，并且还漂亮。她仍然记得你。"

"你从来没对我说过你和莱雷认识。"我对她说。

"我怎么会对你说呢？我绝没想到你认识他。我们是老朋友。"

莱雷为自己要了鸡蛋和熏肉。苏珊把她女儿的情况，接着又把她自己的情况都讲给他听。她一边讲，他一边微笑着，带着他那迷人的表情听。她告诉他说，她已经安居下来，并且在画画。她转脸对我说：

"我有了进步，你说对吧？我不冒充天才，但是我的天赋并不比我所认识的许多画家差。"

"你的画卖出去过吗？"莱雷问道。

"我不需要卖，"她轻飘飘地回答，"我自己有钱。"

"走运的姑娘。"

"不，不是走运，而是聪明能干。你一定来看看我的画。，

她拿了一张纸写下自己的地址，要他答应去看她。苏珊很兴奋，话说起来没完没了。这时，莱雷要侍者来算账。

"你不会就走吧？"她嚷道。

"我就走。"他笑道。

他付了饭钱，挥了挥手，离开我们走了。他的这种做法一直使我感到有趣；刚刚还和你在一起，接着不加解释说走就走了。走得那么突然，几乎像消失在空中一样。

"为什么他要走得这么快？"苏珊不安地说。

"也许有个姑娘在等他。"我开玩笑说。

"你等于没有回答。"她从挎包里取出粉盒搽了搽脸,"无论哪个女人爱上他,我都要可怜她,唉!"

"你凭什么这样说?"

她望着我有一分钟之久,我很少见到她这样严肃。

"我曾经差一点儿爱上他。你恋他还不如恋水中的倒影、一丝阳光或天空的一片浮云。我差一点儿陷了进去。甚至现在回想起来,我还为那时冒的风险不寒而栗。"

管它冒昧不冒昧!谁遇到这种情况谁都想打听打听到底是怎么回事儿。我庆幸的是,苏珊并不是一个沉默寡言的人。

"你到底是怎么认识他的?"我问道。

"啊,那是多年以前的事情了。六年、七年,我记不清是几年了。那时奥代特才只有五岁。当我和马塞尔住在一起时,他和马塞尔认识。当我摆姿势的时候,他常来画室坐在一旁。他有时候领我们出去吃晚饭。你永远料不到他会什么时候来,有时候一连几个星期不来,有时候一连两三天天天来。马塞尔喜欢他来,他说,有他在一旁,他就画得好些。后来我得了我的那场伤寒。我出院之后,过了一段艰苦的日子。"她耸耸肩膀,"不过,这一切我都给你说过了。啊,有一天,我转遍了各个画室,想找个工作,但是谁也不要我。我一整天只喝了杯牛奶,吃了一小块面包。我晚上的房钱还没有着落。我在克利希街无意中碰到了他。他停住脚步,问我怎么样,我把我的那场伤寒的情况告诉了他。他听了之后说:'你看起来怕是饿坏了。'他的声音和他眼神里的一种东西使我心碎,我哭了起来。

"我们的旁边就是玛丽埃特大娘餐馆,他搀着我,把我扶到桌边坐下。我本来饿得像头饿狼,但是当煎蛋卷端上来时,我又觉得什么都吃不下。他逼着我吃了一点儿,让我喝了一杯勃艮第葡萄酒。这时我感到好了一些,便吃了点芦笋。我把我的困难一五一十告诉了他。我身体太弱,摆姿势支持不住。我只剩下皮包骨,样子可怕,我不能指望找到个要我的男人。我问他可不可以借点儿钱给我,让我回老家。至少我的小姑娘还在那里。他问我是否想回去,我说当然不想回家。妈妈不需要我,物价这样贵,她那点儿退休金还不够她维持生活,我给奥代特送去的那笔钱也都花光了。不过,要是我在她的门口出现,她也不大可能把我拒之门外,她会看出我病成了什么样子。他望了我很久,我以为他打算说没钱借给我。接着,他说:

"'我知道乡下有个小地方,我把你领到那里去,你,还有你的孩子,你愿意不愿意?我想度个假期。'

"我几乎不相信我的耳朵。我和他认识已经好久了,他从来没对我有过任何轻薄举动。

"'就我现在这样的身体?'我说。我禁不住笑了。'可怜的朋友,'我说,'眼前我对任何男人都没用。'

"他对我笑了。你可曾注意到他笑起来多么美妙?他笑得像蜜一样甜。

"'不要傻,'他说,'我可没有那个念头。'

"那时我哭得说不出话来。他给我钱把孩子接了来,我们三人一起到乡下去了。啊!他带我们去的那个地方真是风景宜人。"

苏珊把那个地方给我描绘了一番。那地方离一个小城镇有三英里,城名我已经忘掉了。他们开着一辆小汽车来到那里的旅馆。旅馆就在河岸上,前边有片草地,直伸到水边。旅馆的房子摇摇欲坠。草地上有梧桐树,他们就在树荫下吃饭。夏季,画家们到那里画画,但那时还不到时候,因此整个旅馆就住着他们三人。那里的饭菜非常有名,每逢星期天人们从各处驱车来到那地方,大吃大喝一顿,但在平常的日子里,很少有人打扰他们的平静生活。苏珊经过一番休息,再加上好饭好酒,逐渐强壮起来,能和孩子在一起,也使她高兴。

"他对奥代特非常好,她也很喜欢他。她妨碍他,我常常不得不管住她,但是,不管她怎样给他捣乱,他似乎从来都不在意。他们在一起嘻嘻哈哈地像两个孩子,我看了常常发笑。"

"你们三个人干些什么?"我问。

"噢,总有事情干。我们常去划船、钓鱼,有时候我们借老板的西特洛昂牌汽车进城。莱雷喜欢那个城市。他喜欢那些古老的房子和那座广场。城里非常安静,你走在石子路上的脚步声是你唯一能听到的声音。市政府的那座楼房是路易十四世式样的建筑。城里有一座古老的教堂。城边上的城堡是勒诺特尔①建立的,四周是一个花园。当你坐在广场上的饭店里的时候,你感到你回到了三百年以前的时代,而道边的西特洛昂牌汽车好像不属于这个世界似的。"

就是在这样的一次出游之后,莱雷把我在本书开始时所叙述的

---

① 安德烈·勒诺特尔(André Le Nôtre,1613-1700),法国造园家。——编者注

那位年轻飞行员的故事讲给她听了。

"我不知道他为什么告诉你。"我说。

"我也不知道。在战争期间，他们在那座城里有一所医院。公墓里插着一排排小十字架。我们去看公墓。我们在那里待的时间不长，我感到有点儿瘆人——那些可怜的孩子都在那里躺着。在返回的路上，莱雷默默不语。他平时就吃得不多，那天晚上吃饭时，他几乎什么也没动。我记得非常清楚，那是一个美丽的星夜，我们坐在河岸上，白杨衬着黑暗的夜空，非常幽美，他抽着烟斗。突然，àpropos de bottes①，他把他那位朋友的一切以及他舍身救他的故事告诉了我。"苏珊痛饮了一口啤酒，"他这个人很怪，我永远也不能了解他。他常常喜欢读书给我听。有时候是在白天，趁我给孩子缝衣服的时候，有时候是在晚上，当我把孩子安置上床以后。"

"他读些什么？"

"噢，什么都有。赛维尼夫人②的《书简集》以及圣西蒙③著作的片段。你想想，我这个人除了看看报纸，偶尔看本小说以外，什么东西都没读过。我读小说，也只是因为我听到他们在画室里谈论这本小说，而不想让他们把我看作什么都不知道的傻瓜。我从来没想到过读

---

①法语，无缘无故地。——译注

②赛维尼夫人（Madame de Sévigné，1626-1696），法国作家。原名玛丽·德·拉比丁·桑戴尔。所写《书简集》反映当时宫廷和上层贵族的生活，为十七世纪法国古典主义散文的代表作。——编者注

③克洛德·亨利·德·圣西蒙（Claude Henri de Saint-Simon，1760-1825），法国空想社会主义者。——编者注

书会这么有趣。以往那些作家,他们可不像人们想象的那样笨。"

"谁想象?"我"噗哧"笑了。

"后来他要我和他一起读书。我们读《费德尔》和《贝朗尼斯》。男角色的话由他读,女角色的由我读。你想象不到那是多么有趣!"她天真地补充说,"当读到动人的章节我哭起来的时候,他常常非常奇怪地望着我。当然那只是因为我还没有恢复力量。要知道,那些书我仍保存着。直到现在,他给我读过的赛维尼夫人的某些书信,我读的时候,总是依然听到他那可爱的声音,依然看到河水在静静流动,并看到挺立在对岸的白杨。有时候我读不下去,因为读的时候我的心感到如此疼痛。我现在已经明白,那是我一生中度过的最幸福的几个礼拜。这个人是个可爱的天使。"

苏珊感到自己动了感情,怕我笑她(可她弄错了)。她耸了耸肩膀,笑了。

"你知道,我早已下定决心,当我到了念经拜主的年龄,到了谁也不愿意再和我睡觉的时候,我将虔诚信教,忏悔我的罪恶。但是,我和莱雷一起所犯的罪恶,世界上任何东西都不能诱我忏悔。不能,不能,永远不能!"

"不过,根据你刚才所说,我看不出你们有什么要忏悔的。"

"我告诉你的还不到事情的一半。你知道,我的体质天生就好,加上整天呆在户外,吃得好,睡得好,无忧无虑,三四个星期后,我已经像往常一样健壮。我的气色转过来了,我的双颊有了红润,我的头发恢复了光泽。我觉得自己像个二十岁的人。每天上午莱雷在河里游泳,我常常看他游。他的身躯很美,不是像我的斯堪的纳维亚人那种运动员似的躯体，而是既强壮又无比文雅。

"我原来身体弱，他一直耐心等着我，现在既然我完全好了，我没有理由让他再等下去。我向他暗示过一两次，我什么事情都可以干了。但是他好像不懂似的。当然你们盎格鲁撒克逊人与众不同，你们冷酷，同时又多情。不可否认，你们不是好情人。我内心说：'也许他是由于腼腆。他给我帮了这么大忙，他让我和孩子在一起过活，也许他不好意思要我报答他的恩情。'于是，一天夜里，当我们将要睡觉的时候，我对他说，'今夜你要我到你房间里去吗？'"

我笑了起来。

"你问得倒干脆，对吧？"

"呃，我不能要他到我的房间里来，因为奥代特睡在那里，"她直率地说，"他那双忠厚的眼睛望着我，过了一会他笑着说：'你想来吗？'

"'你认为怎么样？你的身体那么好看。'

"'好吧，那么你就来吧。'

"我走到楼上，脱掉衣服，然后顺着走廊溜进他的房间。他躺在床上抽着烟斗，在看书。他放下了烟斗和书，挪动身体，给我让出位置。"

苏珊沉默了一阵，我也不便向她提问题。不过，过了一会儿，她又继续往下说。

"他是个奇怪的情人，非常甜蜜、友爱，甚至温柔，雄壮而不狂热——也许你能理解我说的是什么意思——并且一点儿也不下流。他的爱像一个中学娃娃的激情，颇好玩，并且还令人感动。当我离开他时，我觉得，不是他应该感谢我，而是我应该感谢他。我关门的时候，看到他又拿起书来，从停下来的那个地方继续往下读。"

我笑了起来。

"我很高兴你听到后感到开心。"她冷冷地说。但是她并非没有幽默感。她咯咯笑了。"我很快发现，如果我等他请我，我会永远白等，所以，我有意的时候，就径直走进他的房间，钻进他的被子。他总是对我很好。一句话，他也有人类的天然本能。不过，他像是一个心有所思的人在出神；他忘记了吃饭，但是，你若把好饭好菜端到他面前，他会吃得非常香。

"我知道一个人是不是在爱我。如果我认为莱雷在爱我，那我就是个傻瓜。不过，我以为他会对我久而成习。人们在生活中总得现实一些。我心想：回到巴黎之后，如果他收留我和他共同生活，我会非常称心，我知道他会让我把孩子带在身旁，我也很想这样。我的本能告诉我，如果我爱上了他，我就是做了蠢事。你知道，女人家非常不幸，常常当她们爱上人家的时候，人家就不再觉得她们可爱。我下决心自我警惕。"

苏珊吸进了一口香烟，从鼻孔喷了出来。夜色已深，这时许多桌子已经空了。不过，还有一些人徘徊在柜台周围。

"一天早晨，吃过早饭，我坐在河岸边做针线活，奥代特在玩莱雷给她买的积木，这时莱雷走到我身边。

"'我向你告别来了。'他说。

"'你要到什么地方去吗？'我吃惊地问。

"'是的。'

"'不会再也不回来了吧?'我说。

"'现在你已经完全好了。这点儿钱够你度完夏天,并且够你在回到巴黎后找到工作之前维持生活。'

"有一阵子我非常心慌意乱,我不知道该说些什么。他站在我面前,像他往常那样天真无邪地笑着。

"'是否我惹你生气了?'我问他。

"'没有。完全不用这样想。我有工作要做。我们在这里已经过了一段有趣的生活。奥代特,来对叔叔说再见。'

"她还小,不懂事。他把她抱起来,吻她;然后他吻了吻我,便走回旅馆。一分钟后,我听到汽车开走了。我看了看手中的钞票:一万二千法郎。事情发生得如此匆匆,我来不及反应。'好吧,去他的。'我自言自语地说。至少有一点值得我庆幸,那就是我没有为他陷入情网。不过,我被弄得糊里糊涂,摸不着头脑。"

我不禁笑了起来。

"你知道,一度因为我说话赤裸裸地不加修饰,大家都认为我幽默。后来讲起这段故事,大多数人听了觉得过分突然,还认为我在说笑话呢。"

"我看不出两者之间有什么联系。"

"瞧,我觉得,莱雷是我所遇到的唯一毫无私心的人。这就使他的所作所为听起来似乎离奇。我们不常见到这种人,他们不信上帝,做的事情却完全是为了爱上帝。"

苏珊瞪眼望着我。

"可怜的朋友,你喝得太多了。"

第五章

一

我在巴黎从容消闲地进行着我的工作。春季爱丽舍宫周围的栗花盛开,街上的风光明媚,这一切使人感到欢快。空气中有一种喜悦,一种轻盈的偶现的喜悦,一种荡漾春心而又不卑俗的喜悦,这种喜悦使你步履轻快,使你神志清爽。我高高兴兴,今日和这些朋友们交游,明日和那些朋友们为伴,我的心里充满着以往友好往来的回忆,我至少在精神上焕发了青春。我认为,好景不长,错过后,我也许永远没有机会这样尽情享乐,因此,让工作耽误我及时行乐,我就成了个傻瓜。

伊莎贝尔、格雷、莱雷和我遍游不太远的名胜。我们游了尚蒂伊和凡尔赛,游了圣日尔曼和枫丹白露。我们每到一处,都要大吃大喝一顿。格雷吃饭主要是满足他那巨大躯体的需要,他常常喝得过多。不知道是由于莱雷的医治,还是由于时间的作用,他的健康已明显地好转。他那剧烈的头痛已经不再犯了,他那在他到巴黎后我初见他时令人为之担忧的惶惑眼神,也已经消失了。他除了偶尔讲个啰啰嗦嗦的故事外,很少讲话,但是伊莎贝尔和我讲的一些废话却使他哈哈大笑不止。他很开心。他虽然不很有趣，但脾气很好，别人容易取悦于他，所以谁也不会不喜欢他。他是这样一种人，你不想和他在一起度过一个寂寞的夜晚，你却欢天喜地地盼着和他共处六个月。

格雷对伊莎贝尔的爱使你看了感到有趣：他崇拜她的美丽，认为她是世界上最神气、最令人陶醉的女人，而他对莱雷狗一般的忠心也非常感人。莱雷好像也非常开心。我心里觉得，他在这段时间里是暂时放下心头的计划，来度一个假期，因此，他在静静地充分享受它。他的话也不多，但是这并不重要，有他在，他不用说话就能起到说话的作用。他从容安详，那股高兴劲儿使人感到愉快，因此你就不会对他更有所求。我心里非常明白，这些日子我们之所以过得这么痛快，就是因为有他和我们在一起。尽管他没有说过一句卖弄聪明的俏皮话，但如果没有他在场，我们会变得呆板。在一次这样的短途旅行返回的路上，我看到了使我吃惊的一幕。我们游了夏尔特尔，正要回巴黎。格雷开车，莱雷坐在他的一旁，伊莎贝尔和我坐在后排。经过整整一天的漫游，我们都累了。莱雷坐在那里，一条臂膀搭在前座的靠背上。这种姿势使他的衬衫袖口被拉了上去，露出了他那细细的但是强劲的手腕以及他那晒成棕色的小胳膊，胳膊上稀稀地长着一层绒绒的汗毛，在阳光照射之下，金光闪闪。伊莎贝尔坐在那里纹丝不动，引起了我的注意，我瞥了她一眼。她一动不动，好像受了催眠术。她的呼吸短促。她的眼睛傻愣愣地看着他那长着金色汗毛的坚韧的手腕和他那细长却有力的手。我还从来没有在人们的脸上看到过这样如饥似渴的情欲。这简直是一副表演好色的面具。如果不是我亲眼所见,我决不会相信她那美丽的面庞会表现出如此不可抑制的情欲。这像是动物而不是人。面庞上的美丽完全剥去,脸上的样子既令人厌恶,又叫人害怕。这使人可怕地想起母狗发情,我心里相当反感。她忘掉了我的存在,除了那只不经意地搭在椅背上引起她疯狂情欲的手外,她忘掉了一切。接着,好像一阵痉挛在她脸上抽搐而过,她浑身一颤,闭起眼睛向后倒进汽车的角落里。

"给我一支烟。"她说话的声音沙哑,好像不是她的声音。

我从我的烟盒里取出一支,帮她点着。她贪婪地抽着。剩下的路上她一直望着窗外,一句话也没有说。

我们到达他们的住处之后,格雷叫莱雷驱车把我送回,然后把车开进车库。莱雷坐到了司机座上,我坐在他的旁边。当他们跨过人行道时,伊莎贝尔攀住了格雷的臂膀,紧靠着他,看了他一眼。那眼神我看不见,但我能推测到它的含义。我猜,那天晚上与他同床共枕的人会热情奔放,不过,他永远不知道她这番热情含有多少内疚。

六月就要完了。我该回里维埃拉去了。埃略特的朋友要去美国,把他们迪纳尔的别墅借给马丘林一家。所以,一等孩子们放假,他们就带着孩子们到那里去。莱雷住在巴黎,做他的工作,但他打算买一辆旧的西特洛昂汽车,他答应他们八月份到他们那里住几天。我在巴黎的最后一夜请他们三人和我一起吃晚饭。

就在那天夜里,我们遇到了索菲·麦克唐纳。

二

伊莎贝尔想逛一逛下流场所,因为我和这些地方的人多少有些认识,所以她要我给他们当向导。我不大赞成他们去。巴黎这类地方的人们,见到另一个世界的旅游者到他们那里去,会公开地表示不欢迎。但是伊莎贝尔非要去不可。我对她说,去了会非常无聊,并劝她穿得朴素些。

我们晚饭吃得很晚,到女神游乐厅转了一个小时,然后出来。我先领他们到巴黎圣母院附近的一个地下室。那里是盗贼们和他们的姘头常去的地方。我认识那里的主人,他给我们腾出地方,叫我们坐在一张长桌边。桌边还坐着几个声名狼藉的人,但我给所有的人都要了酒,并且共同干杯,互祝健康。那里又热又脏,烟雾弥漫。接着我领他们到斯芬克斯,那里的女人穿着时髦花哨的夜礼服,夜礼服里边什么都没穿,胸脯、乳头及所有的一切都暴露无遗。她们并排面对面地坐在两条凳子上。乐队的乐器一响,她们就一起无精打采地跳起舞来,同时眼睛望着舞场四周大理石面桌子周围坐着的男人们。我们要了一瓶香槟酒。有些女人从我们身边经过的时候,对伊莎贝尔抛眼,我想她未必知道这是什么意思。

接着我们继续向前,走到拉普街。这是一条又脏又窄的街道,你刚走进去,就得到淫荡的印象。我们走进一家饮食店。那里像其他这类地方一样,有一个面色苍白、生活放荡的年轻人在弹钢琴,另一个人则又老又没精神,在奇声怪调地拉小提琴,还有一个人在不协调地吹着黑管。这地方很拥挤,看起来没有一张桌子是空的,但是老板看出我们是有钱的顾客，便不礼貌地将一男一女赶开，要他们坐到一张已经有人坐的桌子边，让我们坐他们刚才坐的座位。那两个被赶开的人，并不心甘情愿，说了一些不好听的话讽刺我们。有许多人在跳舞，水手们帽子上飘着红色绒球，其他人大部分都头戴帽子，身穿短裙和五颜六色的上衣。男人们和眼睛经过化妆的矮胖的孩子们在跳舞，憔悴的、面貌难看的女人们和染过头发的肥胖女人们在跳舞，男人们和女人们在跳舞。室内有一股烟味儿、酒味儿和汗臭味儿。音乐没完没了地奏着，发出嘈杂声的人群在室内转着，他们的脸上汗水闪闪发光，阴沉而又热切的表情使人有点儿害怕。有几个彪形大汉面目凶狠，但大多数人都身材弱小，营养不良。我观察那三个奏乐的人。他们的演奏非常机械，活像机器人一样。我在想是否当初他们曾认为，他们会成为远近闻名、万众喝彩的音乐家。小提琴拉得再不好，也都经过拜师学艺，常拉常练，这位小提琴手当初含辛茹苦，勤学苦练，难道就是为了今天在这样又臭又脏的地方拉四步舞曲直到后半夜吗？音乐停下来了，钢琴师用肮脏的手帕擦了擦脸上的汗水。舞伴们有的懒洋洋地、有的躲躲闪闪地、有的趔趔趄趄地各自回到了桌边。突然我们听到一个美国人的声音：

"看在基督的面上！"

一个女人从对面一张桌子边站起，走了过来。和她一起的那个男人想制止她，但是她把他推到一边，摇摇晃晃地从对面走了过来。她醉得很厉害。她走到我们桌边，站在我们面前，身子微微摇着，咧着嘴傻乎乎地直笑。似乎她觉得我们的样子非常可笑。我环顾了一下我的同伴们。伊莎贝尔茫然凝视着她，格雷板着脸皱着眉头，莱雷呆呆地盯着，好像不相信自己的眼睛。

"你们好！"她说。

"索菲。"伊莎贝尔说。

"你们刚才把我当作谁了？"她咯咯地笑着。她抓住从身边经过的侍者。"樊尚，给我拿把椅子来。"

"你自己拿去。"他说着，从她手中挣脱。

"Salaud.①"她高声骂道，同时向他吐了一口唾沫。

"T'en fais pas, Sophie,②"我们旁边坐的一个身穿长袖衬衫、满头油光发亮的大胖子说，"这里有把椅子。"

"真没想到会在这里碰到你们，"她说，身子仍然直摇晃，"喂，莱雷。喂，格雷。"她一屁股坐到刚才说话的那个人给她摆在身后的椅子上，"我们大家都喝一杯。老板。"她尖声叫道。

我已经注意到老板在盯着我们。这时他走了过来。

"索菲，你认识这些人？"他用"你"亲密地称呼她。

"Ta gueule,③"她醉醺醺地笑道，"他们是我小时候的同学。我要给他们买一瓶香槟。我可不要你们的马尿。要拿些咽下去不至于呕吐的东西来。"

"你喝醉了，可怜的索菲。"他说。

---

①法语：混蛋。——译注。

②法语：不要这样，索菲。——译注

③法语：闭嘴。——译注

"滚你妈的。"

他走开了,为卖出了一瓶香槟而高兴——原来,我们为保险起见,喝的是白兰地和汽水——索菲呆呆地看了我一阵。

"你们的这位朋友是谁,伊莎贝尔?"

伊莎贝尔把我的名字告诉了她。

"噢,我记起来了,你曾经去过芝加哥。有点自命不凡,对吧?"

"也许。"我笑了。

我记不得她,这不足为奇。从我上次去芝加哥到现在已有十几年了,那时我已经见到过许许多多人,十几年来我又见到过许许多多人。

她个子很高,站起来的时候,就显得更高,因为她长得非常单薄瘦削。她上身穿一件鲜艳的绿绸上衣,下穿一条黑色短裙,但上衣皱巴巴的,并且污迹斑斑。她留着短发,头发染成了闪闪发光的棕红颜色,松松地卷曲着,乱蓬蓬的。她浓妆艳抹到使人反感的地步,两颊的胭脂直搽到眼睛下边,上下眼皮都深深地涂成了蓝色,眉毛和睫毛浓浓地染过,一张嘴巴用口红抹得猩红猩红。两只手脏腻腻的,指甲都染红了。她比在场的所有女人都更邋遢,我猜想,她不仅酒喝多了,还吸多了毒品。但是你不能否认她有一种邪恶的吸引力;她把头高傲地偏着,满脸的脂粉把她那两只眼睛惹人注目的绿色衬托得更显眼。尽管她由于醉酒而呆若木鸡,但我可以想象到,她那种毫不在乎、不顾廉耻的神气会催动男人们身上的一切淫思邪念。她环顾我们,冷冷地一笑。

"我想，你们见到我好像不很高兴。"她说。

"我曾经听说你在巴黎。"伊莎贝尔答非所问，也冷笑着说。

"你们本可以给我打电话嘛。从电话簿里可以查到我。"

"我们才到巴黎不久。"

格雷来解围了。

"你在这里过得好吗，索菲？"

"很好。你破产了，格雷，对吧？"

他的脸变得更红了。

"对。"

"算你倒霉。我猜芝加哥眼前非常可怕。幸亏我当时出来了。看在基督的面上，这狗杂种为什么不拿酒来？"

"他就来。"我说我看见侍者用托盘端着一瓶酒从桌子之间绕着往这里走。

我的话把她的注意力引向了我。

"我那些心痛我的婆家人把我踢出了芝加哥。他们说我败坏了他们家的名声。"她狂笑起来，"我是个靠国内汇款生活的人。"

香槟来了，倒进了杯子里。她的手颤抖着把杯子举到唇边。

"祝自命不凡的人们下地狱。"她说。她喝干了杯中的酒，瞥视莱雷。"莱雷，你好像没有说话。"

他一直面无表情地望着她。自从看见她之后，他的眼睛从不曾离开她。他和颜悦色地笑了。

"我这个人不怎么爱说话。"

音乐又响起来了，一个人走了过来。他个子高大，身躯健壮，鼻子大而钩，一头黑发密密实实、亮光闪闪，嘴巴大而贪色。他那副模样像一个邪恶的萨冯内罗拉①。他和场子里的大多数人一样，没戴硬领，他那紧绷的上衣严严实实地扣着，显出他的腰身。

"来，索菲。我们跳舞去。"

"滚开。我有事。你没看见我在陪朋友？"

"J'm'en fous de tes amis.②叫你那些朋友见鬼去吧。你是来跳舞的。"

他抓住了她的臂膀，但她把臂膀挣脱了。

"Fous-moi la paix, espèce de con!③她突然暴跳如雷地叫道。

"Merde.④"

"Mange.⑤"

格雷不懂他俩在说什么，但是我看到伊莎贝尔厌恶地板起面孔，皱起眉头。她和那些最贞洁的妇女一样，似乎对下流的脏事有一些奇怪的知识，因此完全听得懂这些话。那个人举起了臂膀，伸开了巴掌，满掌都是做工磨起的老茧。眼看他就要打到她，这时格雷从椅子上欠起身来。

"Allaiz vous ong!⑥"他大叫道。他的法语语音非常糟糕。

---

① 萨冯内罗拉（Savonarola，1452-1498），意大利僧侣，宗教改革者。——译注
② 法语：我才不在乎你那些朋友呢！——译注
③ 法语：别打搅我。瞧你那鸟样！——译注
④ 法语：尿。——译注
⑤ 法语：吃去。——译注
⑥ 法语：滚开。——译注

那人住了手，恶狠狠地瞪了格雷一眼。

"当心，可可。"索菲冷笑着说，"他会把你揍扁的。"

那人看出格雷块头高大，强壮有力。他满脸怒容地耸了耸肩膀，骂了我们一句脏话，溜走了。索菲酒醉失常，咯咯笑着。我们其余的人一言不发。我又给她斟了一杯酒。

"你在巴黎住吗，莱雷？"她把酒喝干之后问道。

"眼下住在巴黎。"

和喝醉了酒的人很难谈起话来。不可否认，没喝醉的人在谈话时处于不利地位。我们没精打采、惶惑不安地谈了几分钟。这时，索菲向后推开了椅子。

"如果我不回我男朋友那里去，他会气坏的。他样子可怕，性子又凶，但是，我的基督，他是个硬邦邦的小伙子。"她摇摇晃晃站起身来，"再见，伙计们。以后再来。我每天夜里都在这儿。"

她从舞伴中间挤了过去，消失在人群中。伊莎贝尔俊俏的脸上那副冰冷的瞧不起人的神气，使我几乎发笑。我们谁都没有吭声。

"这地方实在肮脏，"伊莎贝尔突然说，"我们走吧。"

我付了我们的酒钱、汽水钱，也付了索菲要的香槟酒钱，然后我们走了出去。人们都在跳舞。我们一句话也没说就走了出来。已经两点多了，我想该睡觉了，但是格雷说他肚子饿，于是我建议到蒙马特尔街格拉夫饭店去吃点东西。我们坐在汽车里都默默不语。我坐在格雷旁边给他指路。我们到达了这个五光十色的饭店。露台上仍然有人坐着。我们走了进去，要了熏肉、鸡蛋和啤酒。伊莎贝尔恢复了平静,至少表面上如此。她祝贺我与巴黎更不名誉的地方有来往,大概她的祝贺多少带有挖苦的意思。

"是你要求去的。"我说。

"我完全称心如意。我过了一个非常有趣的夜晚。"

"可怕!"格雷说,"令人恶心。还有索菲。"

伊莎贝尔冷漠地耸了耸肩膀。

"你还记得她吗?"她问我,"你第一次到我家吃晚饭的那天夜里她就挨着你坐的。那时她没有这一头可怕的红头发。她的头发原是米色的。"

我的心飞向往事。我记起了一位非常小的姑娘,蓝色的眼睛几乎是绿色的,头微微地偏向一边,逗人喜爱。她不算好看,但是鲜嫩、纯洁,并且既羞怯又直率,使我感到兴趣。

"我当然记得。我喜欢她的名字。我有一个姑妈就叫索菲。"

"她嫁给了一个名叫鲍勃·麦克唐纳的小伙子。"

"好小伙子。"格雷说。

"他是我见到过的最漂亮的男孩子之一。我一直不明白他看上了她的哪一点。我结婚之后不久她就结婚了。她的父母离了婚,她母亲嫁给了一个在中国做生意的标准石油公司职员。她跟着她父亲这一支住在马文,那时我们常看到她。但在她结婚之后,她就不常和我们在一起了。鲍勃·麦克唐纳是个律师,但是挣钱不多,他们住在城北一座没有电梯的公寓里。不过这并不是见不到她的原因。他们不愿见人。我从来没见过两个人能这样狂热。甚至结婚已有两三年并且有了孩子之后,在电影院里他还搂着她的腰,她的头靠在他的肩膀上,完全像一对情人在谈恋爱。他们的事成了芝加哥的一大奇谈。"

莱雷倾听伊莎贝尔的这番叙述,但是未加任何品评。从他的脸上你看不出他在想些什么。

"后来怎么样了?"我问道。

"一天夜里他们开着自己的一辆小敞篷车回芝加哥,他们还带着孩子。他们没有人帮忙,家里的一切事情都是索菲自己干的,再加上他们宠爱这个孩子,所以,他们无论到哪里去都带着孩子。一群酒鬼乘一辆大轿车以每小时八十英里的速度与他们的车迎头相撞。鲍勃和孩子当场毙命,而索菲只撞成个脑震荡,撞断了一两条肋骨。关于鲍勃和婴儿毙命的消息,大家一直拖延着不让她知道,但最后还是得告诉她。据说,她听到后的情景非常吓人。她差一点儿发疯。她不停地大哭大喊。昼夜都得有人看着她,有一次,她差一点儿从窗子跳下楼去了。我们当然也尽了我们的心,但她好像因此而恨我们。她出院之后,他们把她送到一所疗养院,她在那里住了几个月。"

"真可怜。"

"他们放她自由以后,她开始喝酒,酒醉后,谁和她睡觉她都干。婆家的人可受不了了。他们是安分守己的好人家,他们恨这种丑事。一开始,我们都尽力帮助她,但是无能为力,如果你请她吃晚饭,她来到的时候就有几分醉意,很可能黄昏刚尽便已酩酊大醉。于是她招来一些不三不四的人,我们也只好丢开她不管。有一次她酒醉开车被拘留。她和一个在一家非法酒店里搭上的浅黑皮肤的意大利人在一起混,而这个人原来是警察正在到处追捕的犯人。"

"她有钱吗?"我问。

"有鲍勃的保险金,撞他们的那辆车的主人也保了险,他们也给了她一些钱。但这些钱维持的时间不长,她花钱就像水手们喝醉酒之后一样,不到两年她就把钱花光用尽了。她的祖母不让她回马文去。后来,她婆家的人提出,如果她愿意住到国外,他们愿给她一笔津贴。我想,她现在就是靠这笔津贴过活的。"

"事情又倒转过来了,"我说,"以往我国把败家子往美洲送,现在看起来你们国家又把败家子送到欧洲。"

"我禁不住为她难过。"格雷说。

"你禁不住?"伊莎贝尔冷冷地说,"我可禁得住。那当然是一个重大打击,我比谁都更同情索菲。我们一直互相了解。但是,一个正常人遇到这种事情以后,会慢慢想开的。如果她变得不可救药,就说明她的本质有坏的因素。从天性上来讲她就不平衡,甚至她对鲍勃的爱就过分夸张。如果她品格好,她会把生活过得像个样子。"

"如果坛坛罐罐①……你不是太不体谅人了吗,伊莎贝尔?"我喃喃地说。

"我不这样想。我有一般人应有的见识,我看不出有什么理由为索菲动婆婆妈妈的感情。上帝知道,谁也不比我对格雷和两个孩

---

①这是一首小诗的第一行。全诗的意思是:人的性格不那么容易改变。——译注

子心诚，如果他们遇到车祸，我会疯的，但是迟早我会想开。你是否希望我这样呢，格雷？你希望我每天夜里瞪着眼睛和巴黎的一个强盗去睡觉吗？"

格雷这时做了几句多少有点儿幽默的表白。我从来不曾听到他说幽默话。

"我当然希望你身穿莫林诺服装店做的新服装，陪我一起火葬。但是现在不兴陪葬了，我想你最好还是定下心去打桥牌。我希望你记住，不能稳拿三墩半到四墩，你开牌时就不要叫无主。"

在这种场合下，我不便向伊莎贝尔指出：她对丈夫和孩子们的爱尽管非常真挚，但是并非激情。也许她看出我心里在想些什么，因为她有点像挑战似地对我说：

"你想说什么？"

"我和格雷一样，为这位姑娘难过。"

"她不是个姑娘，她三十岁了！"

"我想，她丈夫和孩子的遇难对她来说等于整个世界都完了。我想她是想报复如此残酷虐待她的命运，因此她毫不在乎自己会成个什么样子，于是她饮酒、胡搞，投身于可怕的堕落生活。她原来生活在天堂里，天堂失去之后，叫她坠到地上像普通人一样生活她受不了，于是在绝望之中，她一头栽进地狱。我想象得出，如果她不能喝众神喝的琼浆玉液，她认为无论喝什么都和喝洗澡水一样。"

"这是你在小说里写的那类话，都是些无稽之谈。你自己也明白，都是些无稽之谈。索菲之所以在泥沟里打滚，是因为她喜欢泥沟。失掉丈夫和孩子的女人有的是。她不是因为失去丈夫和孩子才变坏的。坏不能从好里产生。她一直有坏根。车祸只不过撞毁了她的防线,使她自由自在地按照她的本性生活。你不必可怜她,她在内心里一直就是今天这个样子。"

这么长时间莱雷一句话都没说。他似乎在沉思默想,我们在讲些什么,我想他很可能没听。他开始说话了,但声调奇怪而低沉,好像不是对我们说的,而是对他自己说的,他的眼睛好像望到遥远的已逝岁月里去了。

"我记得她十四岁时的样子,长头发从前额梳向背后,在背后打了个蝴蝶结,一板正经的面孔上长了些雀斑。她是个庄重、品格高尚、有理想的孩子。她什么书都读,我们常在一起读书。"

"什么时候?"伊莎贝尔眉头微皱地问。

"噢,当你和你母亲出去串门的时候。我常到她祖父家里,我们坐在他们家的大榆树下,她读给我听,我读给她听。她喜欢诗,自己还写了很多首。"

"许多女娃娃那么大的时候都干那类事情。写的都是些不像样子的东西。"

"当然,时间已过去很久了,我想我那时也不懂诗的好坏。"

"你也不会超过十六岁。"

"那些诗当然是模仿别人的。里边有很多模仿罗伯特·弗罗斯特[①]的地方。但我认为,那么小的姑娘能做到那一步,已很不寻常。她的听觉很灵敏,她有节奏感。她对乡间的鸟语花香、对初暖

[①] 罗伯特·弗罗斯特(Robert Frost,1874—1963),美国诗人。——编者注

的春风、对久旱落雨后的泥土气息都有感情。"

"我从来不知道她写过诗。"伊莎贝尔说。

"她不让人知道。她怕你们笑话她。她非常害羞。"

"她现在可不是那样。"

"我打完仗回去的时候,她差不多已长大成人。她读了许多描写工人阶级状况的书,她自己在芝加哥也看到了工人阶级的一些状况。她仿效卡尔·桑德伯格①,在拼命地写无韵诗,描写穷人们的悲惨和工人阶级所受的剥削。我可以说,诗写得平平常常,但感情很真挚,诗里有同情,有抱负。那时候她想参加社会福利救济工作。她想自我牺牲的愿望令人感动。我想,她能够做出许多事情。她既不笨,也不脆弱,不过她使人感到她单纯得可爱,并且灵魂异常高尚。那年我们常见面。"

我看得出来,他讲的时候,伊莎贝尔越听心中越恼怒。莱雷没有想到,他是在用刀子往她心上戳,他每说一句公正的话,这把刀子就在伤口里搅一下。但是她说话时,唇上却微微含笑。

"她为什么有话只对你说?"

莱雷以信任的眼光望着她。

"我不知道。你们都很有钱,她在你们当中是个穷姑娘,我和你们不一样。我只是因为鲍勃叔叔在马文开业才住在那里。我猜想,她觉得我们因此而有共同之处。"

---

① 卡尔·桑德伯格(Carl Sandburg, 1878-1967),美国诗人、传记作家。——编者注

莱雷没有亲戚。我们大多数人至少都有些远房亲族，虽然我们可能见都没有见过他们，但他们至少使我们觉得我们是这个人类家族的一部分。莱雷的父亲是独生子，母亲又是独生女；他的祖父是个教友派教徒，年纪轻轻就在海上淹死了，他的外祖父既无兄弟，又无姐妹。世界上谁也不会比莱雷更孤单。

"你是否感到索菲在爱你？"伊莎贝尔问。

"从来没有。"他笑着说。

"啊，她是在爱你。"

"当他以一个受过伤的英雄的身份从战场回来时，芝加哥的姑娘有一半压到了莱雷身上。"格雷粗率地说。

"还不止如此。她崇拜你，我可怜的莱雷。你真的不知道？"

"我的确不知道，我现在也不信。"

"我想，你认为她的人格无比高尚。"

"那位瘦弱姑娘的形象至今仍然历历在目，她头发上扎着蝴蝶结，面孔严肃，她读济慈的诗句时声音为诗的美而颤动，双眼为之流泪。我多想把她重新找回来！"

伊莎贝尔微微一惊，以怀疑讯问的眼神瞥了他一眼。

"天太晚了，我太疲倦了，什么也不想做。我们走吧。"

三

第二天晚上我坐那趟蓝色列车到达里维埃拉，两三天后去昂蒂布看望了埃略特，把巴黎的情况告诉了他。他看起来身体很不好。他到蒙特卡坦尼去治疗并没有收到预期的效果，后来的东奔西跑又使他精疲力尽。他在威尼斯找到了一个洗礼盆，接着他又去佛罗伦萨买他一直在为之谈判的那张三联画。由于急欲看到这些东西安排妥当，他又去庞廷荒原，就住在一个条件很差的旅馆里，热得受不了。他买这些宝贵的东西，路上已花了很长时间，但他决心达到目的以后才走，因此他继续呆在那里。一切安排好之后，他看了看，很高兴。他把他照的照片得意地拿给我看。这座教堂虽小，但很神气，内部华丽有度，这证明埃略特很有鉴赏能力。

"我在罗马看到了一口早期基督教的石棺材，很合我的心意，我考虑很久要买，但最后我想到了一个更好的主意。"

"你要个早期基督教的石棺材干什么，埃略特？"

"装我自己，老弟。棺材的样子设计得很好，我想，门口一边放洗礼盆，一边放石棺材，看起来平衡。不过那些早期基督教徒个子都是矮墩墩的，他们的棺材若是装我就放不进去。躺到那里边膝盖顶住下巴，像娘肚里的胎儿一样，再难受不过了。不到世界末日，我决不往里边躺。"

我笑了。但埃略特却是在认真说呢。

"我有个更好的打算。我已经做好了安排，死后埋在圣坛边，阶梯脚下，以便庞廷荒原的穷农民来拜领圣餐时，他们穿着沉重的靴子，从我的骨头上踏过。别出心裁，对吧？只要一块普普通通的石板，刻上我的名字和生死年月。Si monumentum quoeris, circumspice[①]. 你要找他的墓碑，请看四周——这句拉丁语就是这个意思。"

[①]拉丁语：你要找他的墓碑，请看四周吧。——译注。

"埃略特，我的拉丁语程度足以听懂这么一句陈词滥调。"我刻薄地说。

"对不起，老弟。我和愚不可及的上层阶级人物处惯了，我忘了现在是和一个作家说话。"

他占了上风。

"不过，我想对你说的是这样一件事，"他接着说，"我在遗嘱中嘱咐的事情都很正当，但我想请你监督那些事情照我的主意办理。我决不和那许许多多退休上校以及法国的中产阶级一起埋在里维埃拉。"

"当然，我会照你的愿望办理。不过，我认为，多年以后的事情，用不着现在就安排。"

"你知道，我已经上岁数了。对你说实话，我并不怕离开人世。兰多①的那几句诗是怎么说的？'我已烤热了两只手'……"

虽然我不善于一字不差地背诵，但这首诗很短，我能背下来。

我与世无争，谁也不值得
我与之争吵。
我爱的是大自然，除此以外，
还爱那画中的山水花鸟。
我靠生命之火

---

① 沃尔特·萨维奇·兰多（Walter Savage Landor, 1775-1864），英国文学家。——译注

将双手烤暖，

现在火熄了，我也准备

离开人间。

"就是这样的。"他说。

我在想，埃略特把这首诗扯到自己身上，可真是挖空了心思，用尽了想象力。

"这首诗确切地表达了我的心情，"然而他说，"我唯一要补充的是，我一直是活动在欧洲最高雅的社交界。"

"把这句话也塞进去，就很难保持四行诗的形式了。"

"社交已经死亡。我一度希望美国会取代欧洲，产生一个为民众尊敬的贵族阶层，但是经过一场经济萧条，这再也不可能了。我那可怜的国家正在变成一个彻头彻尾的中产阶级国家。老弟，说起来你也许不信，上次我在美国，一个出租汽车司机居然和我称兄道弟。"

由于1929年的冲击影响犹在，里维埃拉的情况今非昔比，但是埃略特仍然宴请宾朋，并作客赴宴。过去，除了罗斯柴尔德家外，他从来不去犹太人家里。但是，最盛大的宴会就是这个当选种族①的一些人摆设的，而且，只要有人举行宴会，埃略特就忍不住要去。他在这些聚会的人们当中走动，客客气气地握握这个人的手，亲亲热热地吻吻那个人的手，但他感到一种孤独的离群之感，就像一个被放逐的王室人员落到这样的人群之中，有点儿不是滋味。不过，

---

① 犹太人自称为上帝的选民。——译注

那些被放逐的王室人员年岁尚不高,能有机会认识一个电影明星似乎就是他们最大的愿望。过去埃略特见人把演戏这一行的人和其他人一样客客气气地对待,他看不惯,但是现在,一个退休的女演员就在离他的别墅不远的地方盖了一座豪华的住宅,每天客人不断。部长们、公爵们、显贵的夫人们在她家里一住就是几个星期。埃略特也成了她的座上常客。

"当然那里什么样的人都有。"他对我说,"但是如果你不想和谁说话,你就可以不说。她是我的同国人,我觉得该给她帮忙。她家的客人看到有人会讲他们的话,必然感到高兴。"

有时候可以明显看出他的身体很不好,我问他为什么不生活得轻松一些。

"老弟,像我这样的年纪,可不敢掉队。你一定明白,我在最显贵的社交界活动了差不多五十年,深知你如果不到处抛头露面,你就会被遗忘。"

我怀疑他是否了解他承认的这个现状是多么可悲。我再不忍心取笑他了。我觉得他成了一个非常可怜的人。他活在世上就是为了社交,一次宴会就是他的一次呼吸,有一个宴会参加不上就使他感到难堪,没有人来往等于耻辱,而现在,他已经是一个老人了,他感到极端恐惧。

夏天是这样过去的。埃略特整个夏天从里维埃拉这一端跑到那一端,又从那一端跑到这一端,费尽心机到这里参加个茶会,到那里参加个鸡尾酒会,尽管已感到疲惫无力,还要打起精神和和气气地应酬,娓娓动听地交谈,讨得在座人们的欢心。他知道的闲话多得很,只要有什么丑事发生，除了当事各方以外，保证是他最先知道事情的始末。要是你话里有音，让他听出来你认为他活着已没多大用处的话，他会瞪着眼望你，毫不掩饰他的惊奇。他认为你俗不可耐。

四

秋季来了，埃略特决定去巴黎住一段时间，一方面是为了看看伊莎贝尔、格雷和孩子们过得怎么样，同时也是为了他所说的在首都"露露面"。然后，他要去伦敦定做几件新衣服，顺便还看看几位老朋友。我自己的打算是直接去伦敦，但他要我和他一起驱车去巴黎。这倒也有趣，因此我同意了。既然要去巴黎，我自己也完全可以在巴黎住几天。我们在旅途上不贪程赶路，而是从容前进，遇到哪里饭好就在哪里停下来，埃略特的肾脏有点儿毛病，不能喝酒，只喝维希矿泉水，但他总是为我选半瓶酒喝。他天性敦厚，愿让我享受他自己无福消受的快乐，并且看到好酒使我喝得开心，他也由衷地感到满意。他很大方，我很难说服他让我付我自己的那份饭钱酒钱。一路上他不断地讲他过去认识的大人物的故事，我都有点儿听腻了，但我还是喜欢这趟旅行的。我们驱车经过的大部分乡野，秋景初现，非常可爱。我们在枫丹白露吃午餐，下午才到巴黎。埃略特把我送到我常住的那家普通的老式旅馆下车，然后转过街角驶往里茨饭店。

我们动身前曾事先告诉伊莎贝尔我们要来，因此，我看到她在饭店给我留了个条子，并不感到奇怪。奇怪的是条子的内容。

"到后即来我家,发生了可怕的事情。不要带埃略特舅舅来。看在上帝的面上,请马上来。"

我也急欲知道到底发生了什么事情,但我还是得洗个澡,换件干净的衬衫。然后,我叫了辆出租汽车,叫司机开往圣纪尧姆街的那座公寓。我被领进客厅。伊莎贝尔看见我便站了起来。

"这么长时间你到哪里去了?我已经等了你几个钟头!"

已经五点了。我还没来得及回答,管家已经把茶具拿来了。伊莎贝尔紧握着拳头,不耐烦地看着他,我猜不出到底发生了什么事。

"我刚到。我们在枫丹白露吃午餐耽误了一些时间。"

"天哪,他那么慢吞吞的。要叫人急死!"伊莎贝尔说。

那位管家把放着茶壶、糖盒和杯子的托盘摆到了桌上,的确有意惹人生气似地把面包、奶油、蛋糕和点心一盘一盘摆在托盘的周围。然后他走了出去,随手关上了门。

"莱雷要娶索菲·麦克唐纳了。"

"她是谁?"

"别装糊涂了!"伊莎贝尔叫道,两只眼睛冒着怒火,"就是在你领我们去的那个下流饮食店里碰到的那个醉醺醺的邋遢女人。天知道你为什么把我们带到那样的地方。格雷非常厌恶。"

"噢,你是说你的那位芝加哥朋友?"我说,没有理会她对我的不公平的责难,"你怎么知道的?"

"我怎么知道?他自己昨天下午来对我说的。我一听就气疯了。"

"你坐下来,给我倒杯茶,原原本本地给我讲一讲,好吗?"

"你自己倒吧。"

她坐在茶桌后面,满腔怒火地看着我给自己倒茶。我舒舒服服地坐到壁炉边的小沙发上。

"最近,我的意思是说自从我们从迪纳尔回来以后,我们不常见到他。他到迪纳尔去过几天,但是不肯住在我们那里,而是住旅馆。他常到海滩上来,和我们的孩子们一起玩。她们非常爱和他玩。我们和他一起在圣布里亚克打高尔夫球。有一天格雷问他是否又见过索菲。

"'见过。我去看过她几次。'他说。

"'为什么?'我问。

"'她是个老朋友嘛。'他说。

"'如果我是你,我才不在她身上浪费时间呢!'我说。

"这时他笑了。你知道他笑时是副什么样子,好像他觉得你的话可笑,其实你说的话一点儿也不可笑。

"'不过,你并不是我。'他说。

"我耸了耸肩膀,转变了话题。我对这件事再没有去想过。你会想象得到,当他来对我说他们就要结婚的时候我吃惊到什么程度。

"'你不能这样做,莱雷,'我说,'你不能。'

"'我就要娶她,'他说得非常平静,就好像他说他要再吃口土豆一样,'伊莎贝尔,我要你很好地对待她。'

"'我办不到,'我说,'你发疯了。她坏、坏、坏。'"

"你为什么要这样想?"我插进来问。

伊莎贝尔眼光闪闪地望着我。

"她从早晨醉到晚上。哪个强盗要和她睡觉她都干。"

"这并不能说明她坏。许许多多非常受尊重的公民也都喝醉酒,并且也喜欢过过荒唐生活。这些是坏习惯,就像有的人咬指甲一样,但是我可不认为这些坏习惯比咬指甲更坏。我认为撒谎、欺骗、对人冷酷的人才是坏人。"

"要是你替她说话我就干掉你。"

"莱雷怎样又遇到她的?"

"他从电话簿里查到了她的号码。他去看她。她在生病,过她那种生活没有不病的!他请了个医生,并且找了个人看护她。就是这样开始的。他说,她已经戒酒了。这该死的傻瓜以为她已经被治好了。"

"你忘记莱雷给格雷治了病吗?他把他治好了,对吧?"

"情况不一样。格雷是自己想治好。她不想。"

"你怎么知道?"

"因为我了解女人们。如果一个女人沦落到了那种地步,她就完蛋了。她再也恢复不过来了。索菲之所以成为今天这个样子,是因为她过去一直就是这个样子。你认为她会死心塌地跟莱雷过?当然不会。她迟早会不受约束。这是她的本性。她需要的是野兽一般的人,她遇到那样的人才会兴奋,她所追求的就是那种人。她给莱雷带来的生活将是乌七八糟的。"

"你说的这些我想倒也可能发生,但我不知道你有什么办法。他是大睁两眼往火坑里跳的。"

"我是什么办法也没有,但是你有办法。"

"我?"

"莱雷喜欢你,你的话他听。只有你能对他施加些影响。你懂得人情世故。去告诉他,他不能做这种蠢事。告诉他,这样干会毁掉他。"

"他只会对我说用不着我管,他不会做什么了不起的事情。"

"但是你喜欢他,至少你对他感兴趣。眼看着他要把生活彻底弄糟,你不能袖手旁观。"

"格雷是他最老最亲密的朋友。我认为格雷去说也不会有多大用处,但是,如果要去和他谈,我认为还是格雷最合适。"

"噢,格雷!"她不耐烦地说。

"你知道,事情的结果也许没有你想象的那么坏。我认识三个人,一个在西班牙,两个在东方,他们娶的都是娼妓,而那几个娼妓嫁给他们之后都成了非常好的妻子。她们感激自己的丈夫,我的意思是说,她们感激自己的丈夫使她们的生活得到了保障,当然她们也懂得怎样使男人欢心。"

"我听够了。你认为,我牺牲了自己,就是为了今天让莱雷落到一个色情狂的坏女人手里吗?"

"你怎么牺牲了自己?"

"我过去之所以要放弃莱雷,唯一的原因就是我不想妨碍他。"

"算了吧,伊莎贝尔。你放弃他是为了一粒方方正正的钻石和一件黑貂皮上衣。"

我的话刚一出口,一盘子涂有奶油的面包便劈头盖脑地向我飞来。我算万幸,用手抓住了盘子,但面包片却散落满地。我站起身来，把盘子又放到桌上。

"要是你把你埃略特舅舅的德比王冠牌盘子打碎一个,他不会感谢你的。这些盘子是专门为多塞特公爵三世制造的,可以说是无价之宝。"

"把面包都给我捡起来。"她咬牙切齿地说。

"你自己捡。"我一边说,一边又坐到沙发上。

她站了起来,气哼哼地把散落四处的面包片都捡了起来.

"亏你还自称为有教养的英国人!"她恶狠狠地大声说。

"我从来没有这样说过。"

"滚出去。我再也不要见你。我看见你就生气。"

"这使我非常遗憾,因为我总是看见你就高兴。你听人说过没有,你的鼻子长得和那不勒斯博物馆的赛克①的鼻子一模一样,并且,这是处女最可爱的美的象征。你的两条腿非常优美,长得那么长那么秀气。我一看见你的两条腿就免不了感到奇怪。你做姑娘的时候,我记得这两条腿又粗又壮。我猜不出你怎么把它们变成了现在的样子。"

"铁的意志和上帝的照顾。"她仍然生气地说。

"然而事实上你的两只手是你最动人的地方。这两只手那么细腻,那么雅致。"

"我感到你似乎嫌我的手大了一些。"

"与你的身材配起来不算大。你的两只手一举一动,说不尽的

---

① 罗马神话中爱神丘比特所爱之美女。——译注

优美,我一直在赞叹。也不知道是天生来的,还是你学来的,你随便做什么手势,都使人产生美感。你这两只手有时候像花朵,有时候像鸟儿在飞翔。它们比什么语言都更有表达力。它们像埃尔·格列柯[①]所画肖像中的手;说实话,我看到你的两只手,就几乎要相信埃略特的一个非常不可靠的说法,他说你有一位祖先是西班牙的贵族。"

她怒容未消地抬头望着我。

"你在讲什么?我还是第一次听说。"

我对她讲了讲洛里亚伯爵和玛丽女王的宫女的故事,据埃略特说他的母系亲属就是他们的后代。伊莎贝尔一边听,一边沾沾自喜地端详她那细长的指头和她那经过修染的指甲。

"一个人总得是个什么人的后代。"她说。接着,她低声地嘿嘿一笑,恶作剧地看了我一眼,一点儿怨意都没有了,嘴里说:"你这坏蛋!"

只要你讲些实话,叫一个女人明理是何等容易啊!

"有时候,我并不是一点儿也不喜欢你。"伊莎贝尔说。

她走了过来,坐在我坐的沙发边上,把胳膊插到我的胳膊下,倾下身来要吻我。我的脸蛋向后躲开。

"我不想脸上染上口红,"我说,"如果你想吻我,就吻我的嘴唇吧。根据慈悲上苍的安排,那是让人吻的地方。"

[①]埃尔·格列柯(El Grece,约1541—1614),西班牙画家,原籍希腊,本名多明尼可·狄奥托可普利。——译注

她咯咯笑了,她的一只手把我的头勾向她,用她的双唇在我的双唇上淡淡地染上了一层口红。那滋味可绝不是令人不惬意的。

"现在你亲过了,大概你要对我说你需要的是什么了吧?"

"给我出个主意。"

"我非常愿意给你出主意,但是我肯定你不会听。只有一件事情你可以做,那就是促成这件坏事尽量地往好处办。"

她一下子又火起来了,她抽回了她的胳膊,站了起来,忽地坐到火炉另一边的椅子上。

"我决不会袖手旁观,让莱雷毁掉自己。我要不惜一切,不让他娶这个邋遢女人。"

"你不会成功的。你知道,他已为一种最强烈的激荡人类心潮的感情所左右。"

"你的意思是说,你认为他对她产生了爱情?"

"不,比较起来——与这种感情比较起来,爱情还算不了什么。"

"噢?"

"你读过《新约》吗?"

"算读过吧。"

"你还记得耶稣被领到荒野里,四十天没有吃饭吗?当他饿得撑不住的时候,魔鬼走来对他说:'如果你是上帝的儿子,请你命令这些石头变成面包。'但是耶稣不受这种诱惑。后来魔鬼把耶稣放在神殿的尖顶上,对他说:'如果你是上帝的儿子,请你跳下去。'因为天使们在保护他,会托住他。但是耶稣又一次不受诱惑。后来魔鬼又把他带到一座大山上,把世上的各个王国指给他看，对他说，如果他肯跪下来，拜倒在他面前，他就把这些王国送给他。但是耶稣说：'滚开吧，恶魔。'善良而单纯的马太讲的故事到此就结束了。但是并没有结束。魔鬼诡计多端，他又一次来到耶稣跟前，对他说：'如果你肯蒙耻受辱，让鞭子抽，头上戴上荆棘编的帽子，并且死到十字架上，你就会使人类得救。一个人为拯救他的朋友们而献出自己的生命，这是最大的爱。'耶稣跪下了。魔鬼把肚子都笑痛了，因为他知道，坏人将仗着他们有人拯救而做坏事。"

伊莎贝尔愤怒地看着我。

"这些话你是从哪里听说的？"

"没从任何地方听说过。这是我当场编的。"

"我认为这是些蠢话，并且是亵渎基督。"

"我只是想向你暗示，自我牺牲是一种不可抗拒的热情，与它相比，甚至色欲与食欲都算不了什么。它使它的牺牲者把自己的人格看得比什么都高，从而把他卷向死亡。他为之牺牲的是什么样的人、什么样的事，倒并不重要，也可能值得他为之牺牲，也可能不值得。它比任何酒都更能使人陶醉，比任何爱情都更能毁人，比任何恶习都难以抗拒。当他自我牺牲的时候，在那一瞬间，人比上帝更伟大。全能的上帝怎么能牺牲自己呢？他最多只能牺牲他的独生儿子。"

"啊，基督，我听得够多了！"伊莎贝尔说。

我未予理会。

"现在莱雷已经为这样的激情所控制，在这种情况下，你怎么会认为见识呀慎重呀这类话会对莱雷起作用呢？你并不知道这么多年来他一直在寻求什么。我也不知道,我只是在猜想。他多年孜孜不倦地攻读,他积累起来的一切经验与收获,与他现在的这个愿望比较起来,都已经微不足道。这不只是一种愿望,而且成了他急不可待、再也按捺不住的欲求,他一定要拯救一个他从小就认识的女人的灵魂,这个女人在他的记忆中一直是一个很纯洁的少女,而现在却不幸成了堕落的女人。我想你的看法是对的,我认为他是在干一件毫无希望的事情。他那么钟情,他会因此而遭受痛苦与折磨。他毕生所从事的工作——不管他所从事的是什么——将再也不能完成。这支卑鄙无耻的巴黎暗箭射中了阿喀琉斯[①]之踵,杀死了他。连圣者也得有几分硬心肠,不然就无法炼就头顶的光辉,但莱雷连那点硬心肠都没有。"

"我爱他,"伊莎贝尔说,"上帝知道,我无求于他。我不指望他对我怎么样。谁对谁的爱都没有我对他的爱这样无私。他就要变得很不幸了!"

她开始哭了,我想哭一会儿对她有好处,就由她哭去吧。我漫不经心地玩味着心头突然出现的一个想法。我舍不得它离去。我不由得猜想:如果魔鬼看到基督教所招来的战争,看到基督徒对基督徒所进行的迫害、折磨,看到他们的冷酷伪善与不容异己,他一定会对他的收支状况感到满意。当他想起,人类因此已背上黑天暗地的犯罪意识的痛苦担子,尘世上转瞬即逝的人间快乐都蒙上了不祥的阴

[①] 希腊神话中的无敌英雄,除脚踵外,浑身刀枪不入,后被阿波罗的暗箭射中脚跟而死。——译注

影，他必然会嘿嘿一笑，喃喃地说："让魔鬼也得到公平吧。"

伊莎贝尔很快从挎包里取出手帕和镜子，对着镜子小心地擦去眼角的泪水。

"你还同情他们，对吧？"她咬牙切齿地说。

我心有所思地望着她，没有回答。她在往脸上搽粉、往唇上抹口红。

"你刚才说，你猜出了这么多年来他在追求些什么。你是想说什么？"

"你知道，我只是猜测，可能猜得完全不对。我认为他是在寻求一种哲学——也许是一种宗教，一种生活规则，以满足他的头脑和心灵。"

伊莎贝尔听后思索了一阵。她叹道：

"伊利诺伊州马文乡下的一个孩子居然头脑里装进了这样一些东西，你不认为非常奇怪吗？"

"路德·布尔班克[①]出生在马萨诸塞州的一个农家，却培育出了一种无籽橘，亨利·福特[②]出生在密执安州的一个农家，居然发明出一种小汽车。与他们相比，莱雷的情况也算不得特别奇怪。"

"但那些都是实实在在的东西，合乎美国的传统。"

我笑了。

"世界上还有什么东西比学会怎么最好地生活更实在呢？"

[①]路德·布尔班克（Luther Burbank，1849-1926），美国植物育种家。——编者注
[②]亨利·福特（Henry Ford，1863-1947），美国技术家。——编者注

伊莎贝尔做了个表示厌恶的手势。

"你想叫我干什么？"

"你不想彻底失去莱雷吧？"

她摇了摇头。

"你知道他这个人是多么忠心，要是你不理他的妻子，他也不会理你。如果你不糊涂，你就会和索菲交朋友。你要忘掉过去，当你高兴的时候，要尽量地待她好。她就要结婚了，我想她正要买些衣服。你为什么不主动提出帮她去选购衣服呢？我想，她会高高兴兴地和你一块儿去。"

伊莎贝尔眯着眼睛听我讲。她好像在专心致意地考虑我的意见。她思索了一阵，但是我猜不透她心里盘算些什么。接着她使我吃了一惊。

"你请她吃午饭好吗？我昨天对莱雷讲了那么些话，由我请她有些不便。"

"我请了以后，你会对她以礼相待吗？"

"我会乖乖的。"她极其迷人地笑着回答。

"我现在就把这件事定下来。"

房子里有一架电话。我很快找到了索菲的电话号码。经过了一段法国电话用户已经习惯了的耽搁之后，线路接通了。我报了我的名字。

"我刚到巴黎，"我说，"刚听说你和莱雷就要结婚。我祝贺你们。我希望你们非常幸福。"伊莎贝尔就在我身旁站着，这时她在我胳膊的软肉上狠狠地一掐，我强憋着没有叫出声来。"我在这里停留的时间很短。我想请你和莱雷后天和我一起在里茨饭店吃午饭，不知道你们肯不肯来。我还要请格雷、伊莎贝尔和埃略特·坦普尔顿。"

"我问一问莱雷。他现在在这里。"停了一会儿，"好，我们很高兴去。"

我指定了时间，说了几句客气话，把耳机挂到机架上。我看到伊莎贝尔的眼里有一种东西使我有些惶惑不安。

"你在想什么？"我问她，"我不怎么喜欢你那种眼神。"

"对不起。我一直以为你喜欢我的这种眼神呢。"

"你是不是想出了什么坏主意，伊莎贝尔？"

她睁大了眼睛。

"我向你保证：我没有。事实上，我急于看看索菲经莱雷改造之后是个什么样子。我唯一希望的是她来里茨饭店吃饭时，不要把脸涂抹得像假面具一样。"

五

我这个小宴会办得不怎么坏。格雷和伊莎贝尔最先到，莱雷和索菲·麦克唐纳比他们晚到五分钟。伊莎贝尔和索菲互相热情地亲吻，伊莎贝尔和格雷祝贺她订婚。我注意到伊莎贝尔对索菲的模样打量了一眼。索菲的样子使我大吃一惊。我记得在拉普街那家下流酒吧间看见她的时候，她脸上脂粉多得令人讨厌，头发染成棕红色，身穿一件艳绿的上衣，虽然看起来皮厚脸壮，并且醉醺醺的，但她还能引起人们几分兴趣，甚至诱起人们低级的情欲，但现在她则形容枯槁，尽管她确确实实比伊莎贝尔小一两岁，但样子却比伊莎贝尔老得多。她仍然傲气地把头向一边偏着，但现在，我不知道为什么，显出的是一副可怜相。她在使自己的头发恢复原来的颜色。头发染过之后听其生长而不再染，就显得邋遢。除了唇上口红淡抹外，脸上未曾施一点脂粉。她的皮肤粗糙，并且病态、苍白。我记得那两只眼睛曾经绿得那么活泼，可现在却苍白、发灰。她穿了一身红衣服，崭新崭新的。帽子、鞋子和提包的颜色都与衣服相配。我不敢冒充懂得妇女的服装，但我觉得今天这种场合用不着这样过分打扮。她的胸前戴着可以在里沃里街买到的过分鲜艳的假珠宝。伊莎贝尔穿一身黑绸衣服，戴一副精美的珍珠项链，头上是一顶非常神气的帽子。索菲与伊莎贝尔站在一起，显得衣着不整，模样寒酸。

我要来了鸡尾酒，但是莱雷与索菲都不肯喝。这时，埃略特来到了。但是，他经过那宽敞的休息室时，不得不耽误一些时间，他看到了这个熟人握握手，看到了那个认识的太太去亲亲手。他这一番礼貌使人觉得里茨饭店好像是他的家，他在向客人们表示：他们应邀而来使他非常高兴。我们只对他说过，索菲的丈夫和孩子都死于车祸，现在她就要和莱雷结婚。索菲的其他情况，我们未对他讲。当他终于到达我们跟前的时候，他以他极其优雅的风度向他们俩表示祝贺。我们走进餐厅。因为我们是四男二女，我安排伊莎贝尔和索菲面对面地坐在圆桌两边，索菲坐在我和格雷之间；不过桌子很小，谁和谁都可以谈话。饭菜我已经订好了，管酒的侍者拿着酒单子走了过来。

"你根本不懂酒的好坏，老弟。"埃略特说。"把酒单子给我，阿尔勃特。"他一页一页翻着，"我自己是别的什么都不喝，只喝维希矿泉水，但是我可不愿意看到别人喝坏酒。"

他和这位送酒的侍者阿尔勃特是老朋友，经过一阵热烈的讨论，他们决定了我该用什么酒招待我的客人。接着他转向索菲。

"你们准备到哪里去度蜜月，亲爱的？"

他瞥了一眼她穿的服装，眉毛几乎不可见地微微一扬，我看得出，他对她的打扮不怎么赞赏。

"我们去希腊。"

"十年来我一直想去那里，"莱雷说，"但不知为什么一直没有去成。"

"这个季节，那地方必定可爱。"伊莎贝尔故作热心地说。

她记得，同时我也记得，莱雷想和她结婚时提出来要带她去的地点正是那里。似乎莱雷要度蜜月就非去希腊不可。

谈话不很活跃，如果不是伊莎贝尔，我很难搞好这个局面。她表现得比什么时候都好。每当要冷场，而我在绞尽脑汁找个新话题时，她就滔滔不绝地讲起话来。我感激她。索菲是除非有人对她说话便很少张嘴的。她回答别人时，也好像很费力。她已经失去了精神。你也可以说，她身上的什么东西已经死亡。我心里诧异：莱雷是否把她的弓弦上得太紧，使她难以支持？如果像我猜的那样，她既酗酒又服毒品的话，那么，这样突然戒掉，必然会磨断她的神经。有时候我看他们两人一眼。我在他的眼睛里看到的是温柔和鼓励，但在她的眼睛里看到的却是一种可怜的求助的眼神。格雷天生地待人敦厚，也许他也本能地看出了我认为我所看出的一切。他开始对她讲莱雷怎样治好了使他什么也干不成的头疼，还讲他多么离不开他以及他欠下他多少恩情。

"现在我身体好得可以活蹦乱跳，"他继续说，"我一找到职业，就马上回去工作。我已经在摩拳擦掌，希望不久就能一试身手。嗨，能重返家园，该是多好！"

格雷本是好意，然而，如果莱雷医治索菲的严重酒精中毒，用的还是在格雷身上行之有效的启发疗法——我猜测他治病的方法就是这种疗法——的话，那么，格雷的这番话就不够策略。

"你现在再不头痛了吗，格雷？"埃略特问。

"我一连三个月没有头痛过，每逢我觉得头痛将犯的时候，我就抓住我的护身符，于是就什么事都没有了。"他从口袋里摸出莱雷给他的那枚古老的银币。"谁给我一百万我都不卖。"

我们吃过饭之后，咖啡送来了。送酒的侍者来问我们要不要喝度数高的甜酒。我们都不喝，只有格雷要喝，他说他要一瓶白兰地。白兰地拿来的时候，埃略特非要看看不可。

"不错，好酒。喝了没有害处。"

"先生喝一小杯吧？"侍者问。

"唉，我不能喝酒。"

埃略特絮絮叨叨地对侍者说，他的肾脏不好，医生不让他喝酒。

"喝上一点儿朱布洛夫卡酒对先生没有坏处，谁都知道这种酒能补肾。我们刚从波兰进了一批货。"

"真的吗？现在这种酒可不容易买到。拿一瓶给我看看。"

这位脖子上戴长银项链、身材魁梧、仪容尊严的侍者取酒去了，埃略特说那种酒是波兰的伏特加，但是在各方面都比伏特加好得多。

"我们住在拉兹威尔家里打猎时喝过这种酒。要是你们能看到波兰的王公们怎样喝这种酒，那才有意思呢。我可以毫不夸张地告诉你们，他们一大杯一大杯地喝着，一点儿不动声色。的确是血统好，百分之百的贵族。索菲，你应该尝一尝，伊莎贝尔，你也要喝一点儿。都要知道是什么滋味，谁也不应该错过。"

送酒侍者把一瓶朱布洛夫卡送来了。莱雷、索菲还有我，都没有听他的，但伊莎贝尔说她要尝尝。我感到惊奇，因为，她平常酒喝得很少，何况她刚才已喝了两杯鸡尾酒和两三玻璃杯葡萄酒。侍者给她倒了一杯淡绿色的液体，伊莎贝尔闻了闻。

"啊，多么香！"

"香吧？"埃略特大声问，"他们在里边放了香草，就是由于有这种香草，酒才这么好喝。我也喝一点陪陪你。就喝这一次不会把我喝坏的。"

"味道真好，"伊莎贝尔说，"像母亲的奶汁。我从来没有喝过这么好的酒。"

埃略特把酒杯举到嘴边。

"啊，这酒使我想起了以往的岁月。你们这些人没在拉兹威尔府上住过，不懂什么叫生活。那气派真大！封建时代的气派。你会觉得处身在中世纪。你一到站，一辆六匹马拉的马车来接你，马背上坐着骑手。吃饭的时候,每个人背后都站着一个身穿号服的仆人。"

他继续形容那家府第的堂皇富丽,以及他们家的宴席排场是何等盛大。我心里产生了一种怀疑——当然是毫无根据的怀疑——这场面是否是埃略特和那位侍者事先安排好的,给他个机会让他大讲特讲他在其城堡里与之饮酒作乐的那些王亲贵族们的豪华富贵。真没办法制止他。

"再喝一杯吧,伊莎贝尔?"

"噢,我不敢再喝了。不过,这酒可真好。我很高兴今天能领略这种酒,格雷,我们一定要买一些。"

"我叫他们送一些到公寓里。"

"啊,埃略特舅舅,真的吗?"伊莎贝尔兴高采烈地喊道,"你对我们真好。格雷,你一定要尝尝。这酒的香味像新割下来的青草,像春天的香花,像百里香,又像欧薄荷,喝进嘴里是那么柔润适口,是那么舒心惬意,像在月光下听音乐一样。"

伊莎贝尔平时从未像这样情不自禁地说过这么多废话,我在想她是否喝多了些。宴会散了,我握了握索菲的手。

"你们准备什么时候结婚?"我问她。

"下下个礼拜。我希望你来参加婚礼。"

"恐怕那时候我不在巴黎了。我明天就要去伦敦。"

当我和其余的客人们一一告别时,伊莎贝尔把索菲拉到一边,和她谈了一分钟,然后转向格雷说:

"喂,格雷,我现在还不回家。莫林诺服装店在展销服装,我领索菲去看看。她应该去看看新的式样。"

"我想去看看。"索菲说。

我们分手了。那天晚上我带苏珊·鲁维埃出来吃了顿晚饭,第二天早晨我动身去英国了。

六

两个星期后埃略特来到了克拉里治饭店,不久我便前去看他。他定做了几套服装,他对我详细叙述了他做的是什么料子、什么式样的服装,以及他选择这种料子和式样的原因,我感到他的话过于啰嗦。最后我总算捞到了一个说话的机会,我问他婚礼办得怎么样。

"没有办成。"他冷着脸说。

"你说什么?"

"婚礼前的第三天索菲失踪了。莱雷在到处找她。"

"这事情太离奇了!他们吵架了吗?"

"没有。一句也没吵过。什么事情都安排好了。我已经准备着去当女方的主婚人了。他们准备举行过婚礼就上东方快车。叫我说,我认为婚事没办成对莱雷倒是件好事。"

我料定,事情的原原本本,伊莎贝尔已经都告诉了他。

"到底发生了什么事情?"我问。

"你听着,你还记得那天你在里茨饭店请我们吃午饭吧?伊莎贝尔带她到莫林诺服装店去了。你还记得索菲穿的那身衣服吧?真可怜!你注意她那两只肩膀了吧?俗话说,衣服做得巧不巧,只看两肩做得好不好。莫林诺服装店要的价钱,这个可怜的姑娘当然出不起。于是，伊莎贝尔——你知道她多大方，而且她们还是从小就认识的——提出要给她一套衣服，让她至少在结婚的时候穿得像样一点儿。她当然乐于接受。长话短说，伊莎贝尔要她在某一天的下午三点钟到公寓里来，她们好一起去试服装。索菲按时到了，不幸的是，伊莎贝尔要带她的一个孩子去找牙科医生看牙，四点以后才回来。那时，索菲已经走了。伊莎贝尔以为她等得不耐烦，自己到莫林诺服装店去了，于是她马上赶去，然而索菲并没去。最后，她不等索菲了，回到了家里。她们约好在一起吃晚饭的，到了该吃饭的时候，莱雷来了，她问他的第一句话便是'索菲到哪里去了'。

"莱雷感到莫名其妙，他往她的公寓挂电话，没有人接，于是他说他要去看看。他们拖延开饭，但是两个人谁都没有再来，他们只好自己吃了。你当然知道你们在拉普街碰到索菲之前她过的是什么生活。领他们到那里去，是你出的馊主意。莱雷一夜没睡，找遍了她过去常去的地方，但是到处都找不到她。他到她住的公寓去了一趟又一趟，但是看门人对他说，她根本没有回过家。他一连找了她三天。她简直是消影匿迹。第四天他又去那所公寓的时候，看门人对他说，她回去过一趟，往包里装了些东西，坐一辆出租汽车走了。"

"莱雷很伤心吧？"

"我没有见到他。伊莎贝尔说他很伤心。"

"她没有留下信或者类似的东西？"

"什么都没留。"

我仔细琢磨这件事。

"你对这件事是怎样想的？"我说。

"老弟，和你的想法完全一样。她坚持不住了，她又好好地过她沉迷酒瘾的日子去了。"

这自不用说，但这件事还是有点蹊跷。我不明白，她为什么偏偏在那个时候不辞而别。

"伊莎贝尔怎样看待这件事情？"

"她当然很难过，但是她是个有头脑的女孩子，她对我说，她总认为莱雷娶这样的女人是一场灾难。"

"莱雷呢？"

"伊莎贝尔一直对他很好。她说，难办的是，他不谈这件事。你知道，他会想得通的。伊莎贝尔说，他从来就没爱过索菲。他之所以要娶她，是因为一种侠胆义气迷了心窍。"

我想象得出，遇到这样一件肯定会使她称心如意的事情，伊莎贝尔是怎样故作镇静的。

但是差不多一年之后我才重见她。那时我本可以对她讲一些索菲的事引她深思，但环境不合适，我不想讲。我在伦敦住到圣诞节快到的时候，这时我急欲回家，因此直达里维埃拉，没有在巴黎下车。我着手写一部小说，随后的几个月过着隐居生活。我不时地见到埃略特。可以看出，他的健康一日不如一日，但是他仍然固执地参加社交活动，我为他难过。他生我的气，因为我不肯乘车到三十英里外去参加他照例举行的一次又一次宴会。他认为我坐在家里写作，不肯到他那里去，是自高自大。

"老弟，这是个不同寻常的大好季节，"他对我说，"把自己关在房子里，外边的一切活动都错过，这简直是犯罪。你在里维埃拉为什么偏偏挑了一个不随时尚的角落住下，我就是活到一百岁，也不能理解。"

可怜的、好心的、糊涂的埃略特！显然他是活不到那么大年纪的。

时至六月我已经完成了我的小说初稿。我想，我应该过个假期。于是，我打了个提包，登上了帆船。夏天我们常乘这艘独桅帆船去福塞湾洗澡，并且沿着海岸驶往马赛。只有断断续续的微风，因此，大部分航程都"突突突"地开动船上备用的马达。我们在戛纳的港湾里住了一夜，在圣马克西姆住了一夜，在萨纳里住了一夜。然后，我们到了土伦。土伦是我一直心爱的海港。一看到法国舰队的船只，我就马上感到一种浪漫而又亲切的气氛。那些古老的街道我从来不曾逛够。我能在码头上流连几个钟头，看那上岸度假的水手们一对对地或者各自和女友一起游逛，看那平民们来回漫步，好像他们除了享受那令人愉快的阳光外，在世界上没有任何事情可做。由于所有这些远航的轮船以及那些把匆匆忙忙的人群运往这个辽阔海港各个地点的渡船，土伦使你感到它好像是世界上一切道路汇集的终点。你坐在饮食店里，海光天色耀眼欲眩，你的想象力会展开金色的双翼飞向地球上遥远的各地。你乘着小艇，登上太平洋的一个椰树环绕的珊瑚岸，你下了船舷，走上仰光码头，坐上一辆黄包车；当你的船在太子港抛锚之后，你站在上层甲板上看到成群的黑人吵吵嚷嚷乱打手势。

我们进港的时候已近中午了，下午过半的时候我上了岸，沿着码头散步，观看路边的店铺，观看迎面而过的人们，观看坐在饮食店遮阳篷下的人们。突然我看到了索菲,同时她也看到了我。她笑了,并和我打招呼。我停住脚步,和她握手。她独自一人占了一张小桌,面前摆着一个空杯子。

"坐下喝一杯吧。"她说。

"你陪我喝一杯。"我回答,同时拉过一把椅子。

她上穿一件法国海军穿的蓝白花条纹衫,下穿一条鲜红的女裤,脚上穿了一双凉鞋,两个染红了的大拇指指甲露在外边。她没戴帽子,头发留得很短,烫成了卷发,染成淡淡的金色,淡得几乎成了银色。她像我们在拉普街碰到她时那样,脂粉涂得很厚。根据桌上的碟子来判断,她已经喝了一两杯酒,但是她没醉。她好像见到我还挺高兴。

"巴黎那些人好吗?"她问道。

"我想他们都还好。从我们在里茨饭店吃饭那天到现在,我还没见到他们中间的任何人。"

她从鼻子里喷出一团浓烟,并且笑了起来。

"我到底还是没有和莱雷结婚。"

"我知道了。为什么没有结婚?"

"亲爱的,事到临头之时,我不愿他做耶稣基督,我做抹大拉的马利亚[①]。"

"你为什么到最后时刻变心呢?"

[①] 见《圣经·路加福音》第八章第二节,耶稣从抹大拉的马利亚身上驱除了七个恶鬼。——译注

她眼带讥笑地望着我。她的头傲慢地偏向一边，胸脯平平，两肋扁扁，加上她那身打扮，她看起来像个行为不端的男孩子，但我必须承认，她比我上次见到她时吸引力要大得多。那时她穿了一身红衣，过分鲜艳，土里土气，给人以别扭之感。她的脸和脖子都被太阳晒得黑黑的，虽然她那棕色的皮肤使脸上的胭脂和眉毛上抹的黑色显得更加刺眼，但以低级趣味的观点看，并非起不到诱人的效果。

"你希望我告诉你吗？"

我点了点头。侍者送来了我为自己要的啤酒、为她要的白兰地和德国矿泉水。她用刚抽完的烟头又点燃了一支卡波拉尔牌香烟。

"我整整三个月没喝一滴酒，没抽一口烟。"她看到我脸上有些诧异，笑了起来，"我说的不是纸烟，是鸦片烟！我难受到可怕的程度。你知道，有时候我一个人在家，我便乱喊乱叫。我喊道：'我受不了啦！我受不了啦！'莱雷在我身边的时候，情况还好一些，他一不在，我就一点儿也忍受不住。"

我一直望着她，当她提到鸦片时，我就更仔细地端详她。我看到她的瞳孔缩得像针尖那么小，这表明她现在又抽鸦片烟了。她的眼睛绿得吓人。

"伊莎贝尔要送给我一套结婚礼服。我不知道她把那套礼服怎么办了。那衣服好极了。我们安排好我去她家里找她，一块儿到莫林诺服装店去。我可以替伊莎贝尔吹一下，有关服装的事情，她没有不知道的。我到了她的公寓，他们的佣人说，她带乔安去找牙科医生给乔安看牙去了，她留下了话，说是很快就回来。我走进他们的客厅。喝咖啡的用具还都在桌子上摆着,我问佣人我可不可以喝一杯。咖啡是唯一支持我精神的东西。他说,他给我取一些来。他把空杯子和咖啡壶拿走了。托盘上留下了一瓶酒。我一看,是你们在里茨饭店大谈特谈的那种波兰玩意儿。"

"朱布洛夫卡。我记得埃略特说他要给伊莎贝尔送一些。"

"你们都叫喊说那酒闻起来多香多香,我想闻一闻。我拔掉瓶塞闻了一下。你们说得完全对,闻起来香死人。我点了一支烟,过了几分钟,佣人把咖啡送来了。咖啡的味道也很好。人人都说法国的咖啡好,让他们喝去,我情愿喝美国咖啡。我在这里唯一想喝而又喝不到的就是美国咖啡。不过,伊莎贝尔的咖啡很不错,那时候我正感到身上难受,喝过一杯之后,感到好了一些。我望着桌上的酒瓶。那是可怕的诱惑!不过,我说:'去它的,我不去想它!'我又点了一支烟。我心想伊莎贝尔该回来了,但是她没有回来,我非常急躁不安,我等得很不耐烦,而室内又没有一本书可以读读。我开始在室内来回走动,看四壁的图画,但我总看见那瓶该死的酒。后来我想,我只倒出一杯看一看。那颜色是那么好看。"

"浅绿色。"

"是的。很有意思,它的颜色正像它的香味。那绿色像你有时在白玫瑰花蕊上看到的那种嫩绿。我一定要看看它的味道是否也是这样,我想,尝一点点不会毁掉我;我本来只想用嘴巴抿一抿,而这时我听到了一阵响声,我以为是伊莎贝尔回来了,我不想让她当场看到我喝酒,就赶紧把一杯酒都喝了下去。但是,那根本不是伊莎贝尔。嗬,喝下那杯酒后,我感到非常舒服,自从我戒酒之后从来没有过那样的感觉。我的确是感到又活过来了。那时如果伊莎贝尔走了进来，我想，现在我已是莱雷的妻子了。我真不知道那样一来结果会是什么样。"

"她始终没来吗？"

"没有。她始终没来。我非常生她的气，她自以为多了不起，叫我等她那么久？这时，我看到酒杯里又倒满了酒；我想，那必定是我倒满的，不过说来也许你不信，我想不起来自己倒过。再倒回瓶子里去似乎有点儿蠢，于是我把它喝掉了。不可否认，味道很美。我感到自己成了另外一个人，我想笑，三个月来我从来不曾有那样的感觉。你还记得那个油头粉面的老先生说，他看到波兰的土财主们拿大平底杯子一杯一杯地喝而不动声色吗？好，我想，那些波兰崽子们能那样，我也能那样，况且喝多喝少罪名都是一个，于是我把咖啡杯里剩下的渣滓都倒掉，满满地斟了一杯酒。说什么像母亲的奶汁——奶汁算个屁！后来我已不很清楚是怎么个具体情况，不过，我相信，当我喝够了的时候，瓶子里不会剩下多少酒了。这时，我想，我得趁伊莎贝尔回来之前溜掉。我差一点儿给她碰上。我刚走出前门就听到乔安的声音。我跑上楼梯，等她们肯定无疑地进了公寓之后，才跑下来，坐进一辆出租汽车。我叫司机拼命加快，他问我开到哪里去，我禁不住朝着他哈哈大笑。我的感觉和大难遇救时一样。"

"你回你的公寓了吗？"我明知故问。

"你就把我看得那么傻？我知道莱雷会回来找我。我过去常去的地方我都不敢去，于是我跑到哈吉姆商店。我知道莱雷绝不会找到那里去。此外，我想过一过烟瘾。"

"哈吉姆商店是什么地方？"

"哈吉姆商店吗？哈吉姆是个阿尔及利亚人。只要你有钱，他总能给你弄到鸦片。他对我很够朋友。你要什么他就给你弄到什么，要小男孩、大男人、女人、黑人，什么都行。他身边经常有五六个阿尔及利亚人供他差遣。我在他那里住了三天。我不知道还有谁没和我睡过。"她咯咯地笑了，"胖的、瘦的、高的、矮的、黑的、白的，各色各样的都有。我是要好好补一补失去的时间。但是你知道，我提心吊胆。我觉得在巴黎不安全。我怕莱雷找到我，此外我的钱也用完了，这些狗杂种，你要他们和你睡觉你还得给他们钱。因此，我离开了那地方。我回到了公寓，给看门的一百法郎，要他遇到谁来找我就说我已经不在那里了。我收拾了我的东西，连夜搭上了来土伦的火车。到这里以后才真正放了心。"

"你过去来过这里吗？"

"当然来过。我打算住在这里。你要多少鸦片都能买到，是水手们从东方带来的，货很好，不是巴黎卖的那种破烂货。我在旅馆里租了个房间。你知道，这家旅馆的名字是'贸易与航海'。夜里你一进去，在走廊里就闻到大烟味。"她贪婪地吸了吸鼻子，"又香，又提精神，你知道各人都在自己房间里过烟瘾，给你一种居家似的无忧无虑的感觉。你领谁来过夜他们都不管。第二天早晨五点钟他们来敲门，叫醒水手们回船，因此你也无须担心睡过头。"接着她话锋一转："就在码头上的一家书店里，我看到了你写的一本书，要是早知道会碰到你，我会买一本叫你签个名。"

当我从书店经过的时候,我曾经停步看了看窗子里的书,我看到在其他新书之间,有我新近问世的一部小说的译本。

"我想你不会对那本书感兴趣。"我说。

"我不知道为什么我就不会感兴趣?告诉你,我会读。"

"我相信你还会写。"

她很快瞥了我一眼,笑了起来。

"不错,当我小的时候,我写过诗。我现在猜想,那些诗一定非常可怕,但当时我还觉得挺不错呢。我想,莱雷对你说过这些事。"她迟疑了一阵,"生活反正是一场苦难。如果你能从中得到点儿快乐,而你却不去得到它,那你就是一个天诛地灭的大傻瓜。"她无所顾忌地把头往后一甩,"要是我把那本书买来,你肯给我签名吗?"

"我明天就要离开这里。如果你真想要,我给你买一本,给你留在旅馆里。"

"那就好极了!"

就在这时候,一艘海军汽艇来到了码头,一群水手跳了出来。索菲扫了他们一眼。

"那是我的男朋友。"她向什么人挥动臂膀,"你可以请他喝一杯,然后你最好就走开。他是个科西嘉人,和我们的老朋友耶和华一样爱吃醋。"

一个年轻人走了过来,看见我便迟疑了一下,见我们招手,便走到我们的桌前。他是个高个子,皮肤黝黑,胡子刮得光光的,眼球黑得发亮,鹰钩鼻子,乌黑的波状头发。他看起来不会超过二十岁。索菲向他介绍说我是她小时候的朋友。

"不爱说话,但长得漂亮。"她对我说。

"你喜欢他们长得野气,对吧?"

"越野越好。"

"你的喉咙有一天会被割断。"

"我不会感到奇怪。"她笑着说,"死了倒也好。"。

"讲法语好不好?"那位水手没好气地说。

索菲转过身去对他一笑,笑中有几分嘲弄。她的法语讲得流利,满口俚语,带有浓重的美国口音,不过,她爱用的那些低级下流的口语词汇就因为她的美国口音而有点滑稽意味,你听了禁不住要笑。

"我刚才对他说你长得漂亮,怕你不好意思,我才用英语说的。"她又对我说;"他很有力气。他的肌肉和拳击师一样。你摸摸看。"

那位水手的满脸阴云,经她这么甜言蜜语地一哄,便云消雾散了,他曲起胳膊,让二头肌耸起,得意地笑着。

"摸摸看,"他说,"再摸,摸吧。"

我摸了摸,并且适当地表示了钦佩。我们聊了几分钟。我付了酒钱,站起身来。

"我得走了。"

"见到你太好了。不要把书忘了。"

"我不会忘的。"

我和他们两人一一握了握手,走开了。路经书店的时候,我停了下来,买了那本小说,写上了索菲的名字和我的名字。这时我无话可写，突然想起了各种文选无不收录的龙沙①那首可爱的小诗，提笔把诗的第一行写了上去。

Mignonne, allons voir si la rose…②

我把书留在旅馆。那家旅馆就在码头上，当黎明时刻，呼唤上岸过夜的人们回岗位的号声把你惊醒的时刻，海港里平静如镜的水面上一轮红日朦胧升起，给那些幽灵似的船舶蒙上一层可爱的晨光。因此，我以往来此，就常住在这家旅馆。第二天，我们驶往加西，我想在那里买些酒，然后我们驶向马赛去挂上我们定做的新帆。一星期后我回到了家里。

七

我看到埃略特的男佣人约瑟夫留的条子，说埃略特卧病在床，想见见我，于是第二天我驱车到了昂蒂布。约瑟夫在领我去见他的主人之前，对我说埃略特的尿毒症犯了，医生认为他的病情很重。他已经熬过来了，情况在逐日好转，但是他得了肾病，不可能彻底治好。约瑟夫跟埃略特已经四十年了，对他忠心耿耿，不过，尽管

---

①毕尔·德·龙沙（Pierre de Ronsard, 1524-1585），法国抒情诗人，七星诗社主要代表。——编者注
②法语：心爱的人哪，让我们瞧瞧玫瑰是否……——译注

他表面上难过，但是像他这个阶层的许许多多人一样，主人家里有了大灾大难，他内心里却幸灾乐祸。这种心理状态是不难看出的。

"Ce pauvre monsieur,[①]"他感叹道，"显然他对有些事情着了迷。不过，归根到底，他是个好人。人早晚是要死的。"

他那口气好像埃略特正在咽最后一口气似的。

"我相信他已为你在他身后的生活做了安排，约瑟夫。"我愁容满面地说。

"谁都这样想。"他悲伤地说。

他把我领进卧室。出乎我的意料，埃略特非常矫健。他脸色苍白，一副老相，但精神很好。他的脸刚刮过，他的头发刷得整整齐齐。他身穿浅蓝色的绸布睡衣睡裤，口袋上绣着他的名字的第一个字母，字母上边是他的那顶伯爵冠。翻过来的被单上也绣有这几个字母和伯爵冠，绣得比衣服上的粗大。

我问他感觉怎么样。

"十分好，"他高高兴兴地说，"只是一时不舒服。再过几天，我就要起床到处走走。我已经请准季米特里大公星期六和我一起吃午饭。我对医生说过了，他无论如何要在那一天以前把我调理好。"

我在他那里坐了半个钟头。出门时我要约瑟夫告诉我是否埃略特又故态复萌。一星期后，我到一个邻居家吃午饭，看到埃略特也在那里，大吃一惊。他身穿参加宴会的服装，脸却像死人一样苍白。

"你不应该出门，埃略特。"我对他说。

---

①法语：这位不幸的老爷。——译注

"嗨，老弟，你说的什么话！弗里达在等候马法尔达公主。自从不幸的路易莎在罗马驻节以来，我和意大利的王室已经认识多年了，我不能不给可怜的弗里达撑面子。"

我不知道是该钦佩他的顽强精神呢，还是可怜他偌大年纪、疾病缠身，还这么热衷于社交活动。你绝不会猜到他是个病人。埃略特的情况就和一个快死的演员一样。一个快死的演员用油脂和颜料把脸一涂，走上舞台，彼时彼刻，他就忘掉了疼痛。埃略特也是以他惯有的信心扮演他这个文雅的臣下的角色。他对那些显赫人士无限亲热，毕恭毕敬，殷勤讨好，并用他擅长的背后恶毒讽刺挖苦来取悦他们。我想，我还从来没见过他的社交才能发挥得这么好。对公主殿下，他把对她的高贵身份的尊敬与一个老人对一个漂亮的年轻妇女的爱慕用尽心思结合在一起，他鞠躬时的那种文雅风度使人大开眼界。公主离去之后，我们的女主人对他说，他是这次宴会的生命与灵魂，我听到之后毫不感到奇怪。

几天后他又卧床了，医生禁止他离开房间。埃略特很生气。

"正在这个时候得病，太糟糕了。这是个特别好的季节。"

他背出了一长串在里维埃拉过夏天的要人姓名。

我每隔三四天去看他一次。有时候他在床上躺着，但有时候他穿着华丽的晨衣躺在睡椅上。他似乎有穿不完的晨衣，我记得我从来没有见过他把一件晨衣穿过两次。有一次，在八月初，我去的时候，发现埃略特讲话特别少。约瑟夫在领我进去的路上对我说，他的病好了一些，因此，我没有想到他这样无精打采。我想使他高兴起来，把沿岸听到的一些闲谈杂议讲给他听，但他直截了当地表示不感兴趣。他双眉微蹙，表情忧郁，这在他身上是不常见的。

"你去参加埃德娜·诺维马里的宴会吗？"他突如其来地问我。

"不，当然不去。"

"她邀请你了没有？"

"里维埃拉的每一个人她都请了。"

诺维马里公爵夫人是一个非常有钱的美国人，她嫁了罗马的一位公爵，但是，这位公爵可不是意大利那种车载斗量的普通公爵，而是一个伟大家族之首，是16世纪一位为自己创立了一个公国的佣兵队长的后代。这位公爵夫人已有六十岁，是个寡妇，由于法西斯当局敲诈勒索她在美国的财产，她受不了，因此离开了意大利，在戛纳后边买了大片土地，为自己盖了一座佛罗伦萨式的别墅。她从意大利带来了大理石，以装衬她那些宽敞客厅的四壁，从外国请来油漆匠油漆那些天花板。她的画、青铜器皿都非常雅致，甚至连埃略特这个不喜欢意大利家具的人也不得不承认，家具非常了不起。花园座座都很漂亮，那座游泳池修建的时候一定花了很多钱。她请客的排场很大，一次从来不下于二十人。她准备在八月月儿圆的时候举行一次化妆舞会，虽然离现在还有三个星期，但是已成了里维埃拉的人们谈论的主要话题。除了要放烟火，她还要从巴黎请一个有色人种的乐队来。那些被放逐的龙子王孙又嫉妒又羡慕地在一起议论说，她花这笔钱，够他们吃穿一年还用不完。

"真大方。"他们说。

"是发疯了！"他们说。

"乡里乡气！"他们说。

"你准备穿什么衣服?"埃略特问我。

"我刚才对你说过了,埃略特,我不打算去。我这把年纪了,你不要以为我还会穿那些怪里怪气的衣服。"

"她没有请我。"他声音嘶哑地说。

他目光忧郁地望着我。

"噢,她会请你的,"我冷静地说,"我敢说,请帖还没有全发出来。"

"她不会请我的。"他的声音有点哽咽,"这是有意侮辱我。"

"噢,埃略特,我不信。我断定,只不过是她疏忽了。"

"我这样的人,人们是不会疏忽的。"

"你身体不好,即使请你,你也不能去。"

"我当然能去。那将是这个季节里最精彩的一次集会。即使我马上要死,我也要挣扎起来去参加。我可以穿我的先人洛里亚伯爵的服装。"

我不知道说什么好,只好保持沉默。

"刚才你还没来的时候,保罗·巴顿来看过我。"埃略特突然说。

我想,读者可能已经忘掉了此人是谁。我自己都得回过头来想一想我原先给他起的名字是什么。保罗·巴顿就是埃略特引进伦敦社交界,后来见埃略特不再有用就把他甩掉,因而是埃略特恨之入骨的那个年轻的美国人。此人近来颇引起公众注意,第一是因为他加入了英国籍,第二是因为他娶了一位得到爵位的报纸大亨的女儿为妻。背后有势力,本人又乖巧,定然前程远大。埃略特心里很不是滋味。

"每当我夜里醒来,听到护墙板里有老鼠在抓扒的时候,我就骂:'这是保罗·巴顿在钻营。'请相信我,老弟,他这个人最终会混到上议院里去。多谢上帝,到那时我就已经不在了,眼不见,心不烦。"

"他来这里是想干什么?"我问道。这个年轻人一举一动都有他的打算,这一点,我和埃略特一样清楚。

"我告诉你他想干什么,"埃略特怒不可遏地吼道,"他想借我的那套洛里亚伯爵的服装。"

"真够呛!"

"你不明白这是什么意思?这说明,他知道埃德娜没有请我,并且也不打算请我。她故意叫他来气我的。这条老母狗!过去她到哪里去都离不开我。我为她举行宴会。她现在认识的人都是经我介绍的。她和她的汽车司机睡觉,这件事你是知道的。真叫人深恶痛绝!他就坐在那里对我说,她要使整个花园灯火辉煌,并且还要放烟火。我喜欢看烟火。他还对我说,埃德娜被那些想得到邀请的人缠得心烦,她把他们统统拒绝了,她要把这次宴会办成真正的群英荟萃。他那讲话的口气,好像我根本就沾不上边儿。"

"你把衣服借给他了吗?"

"我得先看见他死去,被打进地狱。我死的时候就穿着那身衣服进坟墓。"埃略特坐了起来,像伤透了心的女人们那样前俯后仰。"啊,这么冷酷无情!"他说,"我恨他们,我恨他们每一个人。当我能招待他们的时候,他们喜笑颜开地巴结我,但现在我老了,得了病,他们用不着我了。自我躺倒以来,来看望我的还不上十人,整整这一星期我只收到可怜巴巴的一束花。我对他们是无微不至。他们吃我的饭,喝我的酒,我替他们跑腿办事。我帮他们组织宴会。我为了他们是一切在所不惜。而我得到的是什么呢?什么也没得到,什么也没得到啊!我是死是活,他们这些人没有一个关心。啊,竟是这样地冷酷!"他哭起来了。一颗大泪珠顺着他那枯萎的双颊簌簌而下。"天哪,当初我为什么要离开美国啊!"

这么大岁数的人,坟墓已经在前边张着大口等他,他却因为接不到一次舞会的邀请像孩子一样号啕大哭,这情景令人感到悲哀;既使人震惊,又叫人十分难过。

"不要在意,埃略特,"我说,"举行舞会的那天夜里说不定会下一场大雨,把舞会浇得一塌糊涂。"

他抓住了我这句话,就像我们都听说过的一个快要淹死的人抓住一根稻草一样。他两眼泪汪汪的,却咯咯地笑了起来。

"我还没有想到这一点。我要祷告上帝下雨。过去我还没有做过这样的祷告。你说得完全对,一场雨会把舞会浇得一塌糊涂。"

我总算把他那浮躁的思想诱导到另外一个方向,我走后,即使他仍不快活,他至少也平静下来了。但我并不满足于此,因此,我一回到家里,便打电话给埃德娜·诺维马里,说第二天我要去戛纳,我可不可以到她那里吃午饭。她说,她很高兴,不过没有人作陪。然而我到了那里一看,除她以外,还有十人在座。她并不是个坏人,她慷慨、好客,她唯一的严重缺点是嘴太厉害。甚至对她自己的亲密朋友,她也管不住自己的嘴巴,说他们的脏话。不过,她这样做,只是因为她头脑不灵,不会用别的办法自寻乐趣。她背后说人家的坏话，那些话被传来传去，于是被她议论的人常常不和她说话，但是她用好酒好菜招待客人，因此那些人过上一阵之后觉得还是原谅她为好。我考虑到埃略特的面子，不愿直接对她说埃略特想得到邀请来参加她那壮观的舞会，因此我在等待着，伺机行事。一谈到化妆舞会她就眉飞色舞，整个吃饭的过程当中，她都在谈论这件事情。

"要是埃略特有机会穿上他那身菲力普二世式的服装，他会很高兴。"我尽量把话说得漫不经心。

"我没有请他。"她说。

"为什么没请？"我佯装不知。

"为什么要请他？他在社交界再也无关紧要了。他惹人厌，是个势利眼，是爱在背后破坏别人名誉的人。"

我觉得她的话有点儿过分，这几条罪名同样可以加到她身上。她是个傻瓜。

"而且，"她补充说，"我想叫保罗穿埃略特的衣服。他穿上那套衣服会非常神气。"

我没有再多说话，打定主意千方百计把可怜的埃略特朝思暮想的请帖给他弄一张。午饭后，埃德娜领着她的朋友们到花园去了。这使我得到了寻找的机会。有一次我在这座别墅住过几天，知道房里的布局。我猜想，仍会有一些没用完的请帖，在秘书的房间里放着。我急忙向那间房间走去，想悄悄地拿一张装进口袋里，然后写上埃略特的名字寄出去。我知道他病得很厉害，来不了，但他接到这张请帖，会当作宝贝。我一开门吃了一惊，埃德娜的秘书在桌后坐着。她是个中年苏格兰妇女，名叫凯斯小姐，沙黄色的头发，雀斑脸，夹鼻眼镜，一副坚定的处女相。我镇定了一下。

"公爵夫人领着人们到花园去了，我想到你这里来抽支烟。"

"欢迎。"

凯斯小姐说起话来，带有苏格兰的喉头颤音，当她板着脸向她喜欢的人们说笑话时，她故意加重这种音，使她的话听起来极其有趣，但是当你笑得不能自已的时候，她又以似乎不耐烦的惊奇神情望着你，好像她觉得你很笨，把她说的每句话都看得可笑。

"我想，这次舞会给你添了不少麻烦，凯斯小姐。"我说。

"我忙得晕头转向。"

料想对她但说无妨，我便单刀直入。

"女东家为什么不请坦普尔顿先生？"

凯斯小姐严肃的面孔上闪现一丝笑意。

"你知道她的为人。她对他有意见。她亲自从名单上把他的名字划掉的。"

"他活不久了，你知道。他再也起不了床了。没有请他使他非常伤心。"

"他要想和公爵夫人保持友好，就该放聪明些，不要逢人就说她和她的司机睡觉。她的司机有老婆，还有三个孩子。"

"她和他睡了觉吗？"

"亲爱的先生，我当秘书已有二十一年了，我有一条规矩，相信我的每一个雇主都像雪花一样洁白。我承认，曾有一个家庭，在雇用我的期间，老爷去非洲猎狮已有六个月，而太太发现自己有了三个月的身孕，我的信仰受到了痛苦的考验。但是她到巴黎做了一次小小的旅行，那次小小的旅行却大大地花了一笔钱，于是，一切平安了。她和我都如释重负松了口气。"

"凯斯小姐，我不是到这里陪你抽烟来的，我来是想偷一张请帖亲自寄给坦普尔顿先生。"

"那样做可太不慎重了。"

"你给一张吧。主持公道，凯斯小姐。给我一张请帖。他不会来，而这张请帖却会使那可怜的老人高兴。你对他没有意见，对吧？"

"我对他没有意见，他一直对我很客气。他是个有教养的君子，我认为他是个有教养的君子。那些到这里来用公爵夫人的钱填塞自己的大肚皮的人当中，大多数都够不上。"

每个重要人物身边都有个他们信任的手下人。这些手下人对于小恩小怨非常敏感，如果对他们的态度引起他们的不满，他们就会专门作对，反复地对他们的靠山说那些得罪了他们的人的坏话。最好和他们把关系搞好。这一点埃略特比谁都清楚，因此，他对那些要人们的穷亲戚、老女仆或者心腹秘书，总是要说几句好听的话，和和气气地笑一笑。我断定，他常和凯斯小姐互相开几句有趣的玩笑，圣诞节记着给她送盒巧克力、一只梳妆盒或一只手提包。

"快，凯斯小姐，发发慈悲吧。"

凯斯小姐把她那夹鼻眼镜更牢靠地夹到她那高高的鼻梁上。

"我相信，他不希望我做出任何对我雇主不忠的事情，毛姆先生，况且，如果老母牛发现我没有听她的话，她会开除我。那些请帖就在桌子上，在信封里装着。我要到窗口往窗外看看，一方面是因为坐在这里半天没活动，脚弯得难受，要去伸伸腿，另一方面是看看窗外美丽的景色。我转过身去之后，如果我背后出了什么事情，无论是上帝还是人，都没法叫我负责。"

当凯斯小姐又坐回原处时，我的口袋里已经装了一张请帖。

"见到你太愉快了，凯斯小姐。"我说，同时伸出了手，"你穿什么衣服去参加化妆舞会？"

"我是个牧师的女儿，亲爱的先生，"她答道，"让上层阶级干那些蠢事去吧。当我看到《先驱报》和《邮报》的记者们吃足晚饭、喝足我们的最佳二等香槟酒之后，我的任务就算完了，我就回到我的卧室，关起门来读侦探小说。"

八

两三天后，我去看埃略特，见他笑容满面。

"瞧，"他说，"我收到了给我的请帖。是今天上午收到的。"

他从枕头下边取出请帖，拿给我看。

"我不是对你说过吗？"我说，"你看，你的姓头一个字母是'T'，显然秘书是按次序写，刚刚写到你的名字。"

"我还没有回信呢。我明天回信。"

我一听吃了一惊。

"我替你写吧。我走时把它发出去。"

"不，为什么让你写？我完全可以亲自答复请帖。"

我想，幸亏信封要由凯斯小姐来拆，她会想到把信压下来。埃略特按电铃。

"我想叫你看看我的服装。"

"你还是想去吗,埃略特?"

"我当然想去。自从博蒙家的那次舞会以后,我还没有穿过它。"

约瑟夫闻铃而来,埃略特叫他去取衣服。这套服装在一口大板箱里装着,外边包着一层薄纸。其中有白色的绸布长贴身裤,有金布做成的宽大的棉短裤,开叉地方是白缎子,配有紧身上衣、斗篷、一个围脖子用的宽绉领、一顶天鹅绒的浅平帽和一条用来挂金羊毛勋章的长金链。我认得出来,这是仿照普拉多博物馆里提香画的菲力普二世穿的华丽服装做的。埃略特对我说,这确确实实是洛里亚伯爵参加西班牙国王和英国女王的婚礼时穿的那套服装。我认为他是在随意想象。

第二天早晨我正在吃早饭时,有电话找我。是约瑟夫的电话。他说,埃略特的病昨天夜里又发作了,医生被匆匆忙忙地请了来,诊断说,他未必能活过今天。我叫来了汽车,开往昂蒂布。我看到埃略特已经不省人事。他本来是坚决不要护士的,但我当时看到有一个护士在场,是尼斯和博留之间的那所英国医院来的医生叫来的,我看到很高兴。我出去给伊莎贝尔发了个电报。她和格雷以及孩子们在费用不高的拉包尔海滨疗养所消夏。路途遥远,我担心他们不能及时赶到昂蒂布。除了她的两位哥哥以外,她是埃略特的唯一尚存的亲人了。而她那两位哥哥,他多年没有见过。

但是,不是他活下去的意志还很强烈,就是医生的治疗有效,白天他又慢慢地苏醒过来。尽管已经彻底垮了,但他还故作镇定,对护士的性生活问一些不三不四的问题来寻开心。下午的大部分时间和第二天，我都陪着他。我再次去看他时，发现他尽管身体很弱，但相当快活。护士只让我在他身边待很短的时间。我在为收不到回电而发愁。我不知道伊莎贝尔在拉包尔的地址，把电报打到了巴黎，我担心看门人没有及时转给她。两天以后我才收到回电，说他们马上动身。不巧的是格雷和伊莎贝尔在布列塔尼乘汽车旅行，他们刚刚收到我的电报。我查了查列车时刻表，得知他们至少要在三十六个小时以后才能赶到。

第二天约瑟夫一早便来电话，告诉我埃略特夜里的情况很不好，现在要见我。我匆匆赶去。我到后，约瑟夫把我拉到一边。

"请先生原谅，有一个难办的问题我打算和您谈谈。"他对我说，"当然，我是个什么教都不信的人，我认为一切宗教只不过是僧侣们用来统治人民的阴谋。但是，先生，您知道女人们的心思。我妻子和使女非要这位可怜的老人接受最后的圣礼不可，而剩下的时间显然已经不多了。"他难为情地望着我，"事实上，说不定，一个人要死的时候，改进一下自己和教会的关系，兴许会有好处。"

我完全理解他。大部分法国人，不管他们怎样放肆地拿宗教开玩笑，但是当一生快要结束时，他们都愿意皈依宗教。他们骨子里生来就有宗教成分。

"你是想要我向他建议吗？"

"如果先生你愿意帮这个忙的话。"

这不是一件我很愿意干的差事，不过，多年来埃略特总还是一个虔诚的天主教徒，他履行他的信仰对他的要求倒也应该。我来到了他的房间。他仰卧在床上，枯萎，苍白，但神志却很清醒。我叫护士走开，室内只剩下我们两个人。

"我担心你的病很重，埃略特，"我说，"我想知道，我想知道你要不要请个神父来？"

他眼睛望着我，足有一分钟才回答。

"你是说我要死了？"

"噢，我想不会的。但是，不妨把事情做得周到些。"

"我明白。"

他沉默了。当你必须把我刚才对埃略特说的这类话说给某个人听时，这样的时刻是可怕的。我不敢看他。我咬着牙，生怕哭出来。我坐在床沿上，面对着他，用胳膊撑着身体。

他拍了拍我的手。

"老弟，别难过。Noblesse oblige①，这你知道。"

我歇斯底里般地笑了。

"你真可笑，埃略特。"

"这样就好了。现在请你给主教打个电话，告诉他说我要忏悔，受临终涂油礼。如果他能派查理神父来，我将很感激。查理神父是我的朋友。"

查理神父是主教的司教总代理，我在前面已经说过。我走到楼下打电话。主教本人接了电话。

"很急吗？"他问。

---

①法语：是贵族就得行为高尚。此处可译为：要注意体面。——译注

"非常急。"

"我马上办。"

医生来了,我把自己刚做的事情告诉了他。他和护士一块儿上楼去看埃略特,我在一楼饭厅里等着。从尼斯到昂蒂布乘车只需二十分钟。半小时后,一辆黑色轿车开到了门外。约瑟夫走到我跟前。

"C'est Monseigneur en personne, Monsieur,①"他慌慌张张地说,"主教亲自来了。"

我出门迎接他。他不是像平常那样由他的司教总代理陪同,而是——我不知道原因何在——由一个年轻的神父陪着来的。这位年轻的神父提了个篮子,我想,篮内装着施行圣礼所必需的用具。汽车司机提着个寒伧的黑色小提包跟在后面。主教和我握了握手,把他的同伴给我介绍了一下。

"我们可怜的朋友怎么样了?"

"我怕他病得很重,阁下。"

"请给我们找一个换衣服的房间。"

"餐厅在这里,阁下,客厅在二楼。"

"餐厅就完全可以了。"

我把他领了进去。约瑟夫和我在过厅里等着。门不久就开了,主教走了出来,神父手捧着圣餐杯跟在后面,圣餐杯上放着一个小盘子,盘子里放着圣饼。我过去只是在参加晚宴和午宴时见过主教,他胃口很好,能吃能喝,讲起笑话来眉飞色舞,有时还兴致勃

---

①法语:这是主教本人,先生。——译注

勃地讲些下流故事。那时他给我的印象也不过是个又粗又壮、中等身高的汉子。现在，他穿上白色法衣，披上圣带，显得又高又威严。他那红红的、由于平时爱开一些嘴坏心好的玩笑而笑得发皱的面孔，今天非常严肃庄重。他的外表没有留下任何显示他过去当过骑兵军官的痕迹，他看起来的确符合他的身份，像一个教会里的大人物。我毫不以为奇地看到约瑟夫在自己胸前划十字。主教微微向他点了点头。

"带我去见病人。"他说。

我让他先上楼梯，但是他要我走在前边。我们庄严肃穆地上了楼。我进了埃略特的卧室。

"主教亲自来了，埃略特。"

埃略特挣扎着要坐起来。

"主教阁下，这对我来说，是不敢奢望的荣誉。"

"不要动，我的朋友。"主教转身对护士和我说："你们出去吧。"然后他对神父说："到时候我叫你。"

神父环顾左右，我猜到他是想找个地方放圣餐杯。我把梳妆台上的龟壳刷子向旁边挪了挪。护士下楼去了，我把神父领到埃略特用作书房的隔壁房间。窗户开着，外边是一片蓝天，他靠近一个窗子站着。我坐了下来。星牌帆船划船比赛正在进行，雪白的船帆映着蔚蓝的天空，耀眼欲眩。一艘黑壳大帆船，张着红帆，迎着微风向海港驶来。我认得出这是一只捕龙虾船，满载从撒丁捕来的鱼虾，给各个欢乐的场所举行的欢乐晚宴供应一道海味。从关着的门缝里我可以听到压低了的喃喃声。埃略特在忏悔。我非常想抽烟，但担心一划火柴会吓神父一跳。他一动不动地站在那里,望着窗外。他身材瘦小,一看他那厚墩墩的波浪形黑发、秀美的黑色眼珠和黄褐色的皮肤,就知道他祖上是意大利人。他的相貌上有着南方人奔放的热情,我心里在想,是什么按捺不住的热烈信仰,使他放弃了凡人的欢笑,放弃了他这种年纪应有的快乐和感官的满足,而献身为上帝服务呢?

隔壁的声音突然消失,我眼望着房门。门开了,主教出来了。

"Venez.①"他对神父说。

只剩下我一个人了。我又听到了主教的声音,我知道他是在背诵教会规定的为临终的人说的祷词。在这之后,又是一阵沉寂,我知道埃略特在吃基督的肉、喝基督的血。不知道是否由于一种大概是从远祖继承下来的什么感觉,尽管我不是天主教徒,但当我参加弥撒的时候,一听到辅祭的男童轻声摇铃通知我神父将举起圣饼时,我便毛骨悚然,现在也是这样,好像一阵冷风吹透了我的骨髓,使我颤动,我因害怕和惊奇而发抖。门又开了。

"你可以进来了。"主教说。

我走了进去。神父用纱布罩上杯子和放过圣饼的镀金小盘子。埃略特两眼炯炯发光。

"送主教阁下上车吧。"他说。

我们走下楼梯。约瑟夫和女仆们在过厅里等着。女仆们在哭。她们一共三人,一个跟一个走上前来,跪下吻主教的戒指。他伸出

---

①法语:来。——译注

两个指头为她们祝福。约瑟夫的妻子用手肘捣丈夫,他走上前来,也跪下吻主教的戒指。主教微微地笑一笑。

"你是个自由思想者吧,我的孩子?"

我可以看出约瑟夫在抑制自己。

"是的,阁下。"

"不要为此不安。你是忠于主人的好仆人。你看法上的错误上帝不会在意的。"

我陪他走到街上,替他打开车门。他弯腰施礼,宽容地笑着坐了进去。

"我们可怜的朋友已经病入膏肓。他的缺点都是表面上的;他心地善良,为人忠厚。"

九

我想,经过这番仪式之后,埃略特可能想独自休息休息,因此,我上楼到客厅里去看书。但我刚坐下来,护士便进来对我说,他要见我。我又上了一层楼梯来到他的卧室。不知道是由于医生为了使他经受住他将面临的考验而给他打了一针,还是由于考验本身使他兴奋,他恬静而愉快,两只眼睛亮晶晶的。

"极大的光荣啊,老弟,"他说,"我将拿着教会的要人给我写的介绍信进入天国。我想,所有的门都将对我开放。"

"我担心你会看到那里什么样的人都有。"我笑道。

"老弟,不会那样。基督教圣经上说,天上和地下一样有阶级之分。有六翼天使，有双翼小天使，有天使长，有一般的天使。我过去一直在欧洲最高雅的社交界活动，今后毫无疑问我将在天上最高雅的社交界活动。我们的基督说过：'我父亲的宫廷有许多宅第，决不能让众人住在他们不习惯的房子里。'"

我猜，在埃略特的心目中，天上的住宅就是某位罗特柴尔德男爵的城堡那个样子，四壁是十八世纪的镶嵌木板，比尔做的桌子，嵌木细工做的橱柜，以及原来的十字花纹仍然完好如故的路易十五时代的整套家具。

"老弟，请相信我的话，"他停了一会儿继续说，"天上决不会有他妈的什么平等。"

他突然打起盹来。我拿了本书坐下来读。他睡睡醒醒，醒醒睡睡。一点钟的时候，护士进来对我说，约瑟夫已经把午饭给我摆好了。约瑟夫被征服了。

"先生，真想不到主教会亲自来。他给我们可怜的主人很大面子。你看见我吻他的戒指了吗？"

"我看见了。"

"我不是自己要那样做。我是为了满足我那可怜的妻子的心愿。"

那天下午我就在埃略特的卧室内度过，其间，收到了一封伊莎贝尔拍来的电报，说她和格雷将乘"蓝色快车"于第二天上午到达。我担心，她未必能赶上。医生来了。他摇了摇头。太阳西坠时埃略特醒过来了，还能吃一点点营养品。吃后好像暂时有了点力量。他招呼我，我走到床前。他的声音非常微弱。

"我还没有答复埃德娜的邀请。"

"噢，现在别管这件事了，埃略特。"

"为什么不管？我一直是一个通达人情世故的人。现在我要离开人世了，我也不应该忘掉做事要符合世故人情。那张请帖在哪里？"

请帖在壁炉架上，我取过来交到他手里，但我怀疑他是否看得见。

"我书房里有一本信纸。你把它取来，我念你写。"

我到隔壁房间取来了纸，坐在他床边。

"你准备好了吗？"

"好了。"

他闭上了眼睛，但嘴上带一丝恶作剧的笑意，使我怀疑要出什么事情。他轻微地、疹人地嘿嘿一笑。他的脸青得出奇，看着叫人害怕，他呼出的气臭得叫人恶心，这是他患的这种病的特征。可怜的埃略特过去专爱把夏内尔服装店和莫林诺服装店卖的香水往自己身上洒。他仍然手持那张偷来的请帖，我觉得这对他是个妨碍，想从他手里取出来，但他五指收拢，紧抓不放，我吃惊地听到他高声说：

"老母狗！"

这是他说的最后一句话。他坠入昏迷状态。护士头天晚上守了他一夜，满脸倦容，因此我叫她睡觉去了，答应她我坐在那里守夜，有事才叫她。的确是无事可干。我点上了一盏有罩的灯，读书一直读到眼痛，于是我将灯捻灭，在黑暗里坐着。夜很暖，窗户都敞开着。每隔一定的时间，灯塔的灯光在室内掠过一次。月亮已经西沉——再度月圆时,埃德娜·诺维马里即将举行她那无聊欢闹的舞会。在那深蓝的天空里,数不尽的星星在令人生怖地闪光。我想,我可能稍微迷糊了一阵,但是我的感官还有知觉。突然我被一阵急促而愤怒的、人人都可听到的吓人声音彻底惊醒了。这是死亡来临的呼噜声。我走到床前,借着灯塔的灯光摸埃略特的脉搏。他死了,我点着了他床边的灯,望着他。他的下巴掉下来了。他的眼睛睁着,我向他的眼睛里凝视了一分钟才用手把他的眼睛合上。我为之伤感,我想,当时我还落了几滴眼泪,一位好心的老朋友啊!一想到他这一生是多么愚蠢,多么无益,多么琐屑,我就感到难过。他曾经参加过那么多宴会,和那么多亲王、公爵、伯爵在一起吃喝玩乐,现在看起来又有什么意义!他们已经把他忘掉了。

我认为没有必要叫醒困顿不堪的护士,因此我回到了窗前我原来坐的椅子上。七点钟她进来时我还在睡梦中。我让她随意料理,自己吃早饭去了。然后我到火车站去接格雷和伊莎贝尔。我对他们说,埃略特已经死了,他那所房子里没有他们住的地方,我要他们住在我那里,但是他们要住旅馆。我回到自己的房子里洗了个澡,刮了刮胡子,换了身衣服。

第二天上午,格雷打电话告诉我,约瑟夫给了他们一封信,上面写着我的名字,是委托约瑟夫转交的。信里边也许有些话只让我一个人看,因此我对他说我马上就坐车去。于是,离开还不到一个小时,我又一次进到了他的房子。信封上写着"于我死后立即转交",信内写着他对葬礼的要求。我早就知道他一心想埋在他自己建的教堂里边,并且我已经将他的这一愿望告诉过伊莎贝尔。他希望香油涂尸,并指定把这件事交给哪家殡仪馆来办。"我已经打听过了,"他在信上接着说,"我听说,这一家办得非常好。我委托你注意他们,不要让他们马虎了事。我要穿我的祖上洛里亚伯爵的服装,一侧佩着他的剑,胸前戴着金羊毛勋章。我的棺材由你挑选。应该朴素无华,但也要适合我的身份。为了不给任何人带来不必要的麻烦,我希望托马斯·库克父子殡仪馆安排运送我尸体的全部事宜,他们还要派一个人把我的棺材护送到最终安葬的地方。"

我记得埃略特曾经说过,他要穿上他那套奇装异服葬身墓地,但我当时只以为是一时的怪念头,未曾想到他当真。约瑟夫坚持照他的遗愿办理,似乎也没有理由不照办。尸体如法涂上了香油,接着是我和约瑟夫给尸体穿紧身衣裤。这差事干起来有点吓人。我们把他那两条长腿塞进白绸布紧身裤,把金布宽短裤套在上边。把他的两条胳膊穿进紧身上衣的袖子里,很费了一番工夫。我们把那又大又硬的轮状皱领给他戴到了脖子上,把缎子斗篷给他披到了肩上。最后我们把平顶天鹅绒帽戴到他头上,用金羊毛衣领给他围住脖子。涂尸的匠人已给他的双颊搽了点胭脂,给嘴唇上抹了点口红。埃略特的躯体已经消瘦,穿上这身宽大的衣服,活像威尔地[①]早期歌剧里的合唱员。无谓奔波的可悲的堂吉诃德[②]啊!殡仪馆的人把

[①]吉乌塞甫·威尔地(Guiuseppe Verdi, 1813-1901),意大利作曲家。——译注
[②]西班牙作家塞万提斯(Cervantes, 1547-1616)长篇小说《堂吉诃德》中的主人公。——编者注

他装进棺材之后,我把那道具似的宝剑顺着他的身躯放在他两腿之间,让他的双手按着剑柄的柄端。我曾见过一个十字军战士的墓碑上雕刻的宝剑就是这样安排的。

格雷和伊莎贝尔到意大利去参加葬礼。

第六章

一

我应该告诉读者,本章的主要内容是我和莱雷的一次谈话,因此,读者跳过不读,也不会觉得故事前后脱节。不过,我想补充一句,若不是这次谈话,大概我还不会认为本书有写的价值。

二

那年秋天,埃略特死后有两个月了,我在去英国的途中,在巴黎住了一个星期。伊莎贝尔和格雷几经周折,把灵柩送到意大利安葬之后,回到了布列塔尼。不过,现在他们又回到圣纪尧姆街的公寓了。她把埃略特遗嘱的内容详详细细地告诉了我。他留下了一笔钱,供在他建造的那座教堂里为他的灵魂做弥撒之用,还留下一笔钱用于维修那座教堂。他赠给尼斯的那位主教一大笔钱,让他用于慈善事业。他留给我的是一笔价目难估的遗产,那就是他收藏的十八世纪的黄色图书和出自弗拉戈纳尔之手的一幅美丽的图画,上面画的是一个喜欢淫乐的森林之神和一个美丽的仙子在表演那种通常见不得天日的行为。这张画太不堪入目，不宜挂到我的墙上，况且我这人并不爱私下贪看春画。他对他的仆人都有慷慨的馈赠。他留给他的两个外甥一人一万美元，其余财产留给伊莎贝尔。这笔财产到底有多少，她没有告诉我，我也不去打听；不过，从她乐呵呵的表情可以看出，那是相当多的一笔钱。

格雷恢复健康以后，早就急着回美国重新工作。虽然伊莎贝尔住在巴黎十分舒服，但他的急切心情也影响了她。他已和他的朋友们进行过多次联系，不过，必须有大笔投资才能得到最好的职位。他没有那么多的钱去投资。埃略特死后，伊莎贝尔手中的钱比投资所需要的多得多，经她同意，他开始与朋友们谈判，如果一切如愿，他就离开巴黎，亲自回去料理。不过，在回去之前，有很多事情要做。他们必须就遗产税问题和法国财政部交涉。他们必须处理掉昂蒂布的房产和圣纪尧姆街的公寓。他们必须在德鲁奥旅馆安排拍卖埃略特的家具和图画。这些东西都很值钱，最好是等到春季，那时可能会有一些富有的收藏家来到巴黎。再在巴黎过一个冬季，伊莎贝尔并不遗憾，两个孩子的法语现在已和英语说得一样流利，她很高兴叫她们在法国学校里再念几个月书。三年来她们已经长高了，现在都成了腿儿长长、骨骼瘦瘦、活活泼泼的丫头，目前在她们的身上还看不出有她们母亲的美的特征，但她们风度很好，好奇心很强。

就交代这么多吧。

三

我是偶然遇到莱雷的。我向伊莎贝尔打听过他,她对我说,自从他们从拉包尔回来之后,他们很少看到他。她和格雷现在又自行结交了一些和他们年龄相仿的朋友,与我们四人常常愉快聚首的那四个星期相比,他们请客赴宴的次数更多了。一天晚上我到法兰西剧院去看《贝伦乃》。该剧的剧本我当然读过,但从来没有看过演出。而该剧又很少演出,因此,我不愿错过机会。这个剧本还算不上拉辛①最好的著作之一。主题狭窄,只能写五幕。不过,剧情却很动人,而且有些段落很有名,并且名副其实。故事是根据塔西佗②著作里短短的一段文字写就的,这段文字是:底杜斯③充满激情地爱上了巴勒斯坦女王贝伦乃,甚至已答应和她结婚,但是他登基不到几天,便为了国家的利益,不顾个人的愿望,也不顾她的愿望,把她从罗马遣走了。原因是罗马的元老院和人民强烈反对他们的皇帝娶一个外国女王。该剧所描写的是爱情与责任感在他内心的斗争。贝伦乃虽然深信他很爱她,但是为了坚定他的意志,最后她还是主动与他永远分手了。

我想只有法国人才能充分欣赏拉辛作品的优美与伟大,欣赏他的诗歌的音乐性,但是,即使是个外国人,只要他看惯了那种头戴

---

① 让·巴蒂斯特·拉辛(Jean Baptiste Racine, 1639–1699),法国剧作家。——译注
② 普伯留斯·柯尔留·塔西佗(Publius Cornlius Tacitus,约56–约120),古罗马历史学家。——编者注
③ 底杜斯(Titus, 39–81,在位79–81),罗马皇帝,十二总督之一。——编者注

假发拘于礼仪的风格,也必然会为他那无限的柔情和高尚的情操所感动。拉辛懂得人类的声音能有多大的戏剧效果,而这一点很少有别的戏剧作家懂得。我总觉得,那些婉转动听、淙淙如流的亚历山大式的诗歌,完全可以表达行为,我还觉得,那些长篇的对白、独白,都写得异常巧妙,达到了预期的高潮,每一部分都像电影里的惊人冒险那样紧扣观众心弦。

第三幕演过之后,剧场休息,我到门厅里去抽烟,门厅里有一尊乌东①所作的伏尔泰②的巨大雕像,他在咧着他那没牙的嘴巴嘲笑着人间。有人用手碰了碰我的肩膀。这时,那些诗句余音缭绕,给我带来的欣喜尚在心里冲涌。我不希望有人打扰我的心境,因此,我多少有点不耐烦地转过身。原来是莱雷。像往常一样,我一见到他就高兴。自从上次见面,我已经有一年没见到他了。我建议散场之后,一起去喝啤酒。莱雷说,他没吃晚饭,肚子饿了,建议去蒙马特尔。我们散场后经过一阵相互寻找,碰头了,走出了剧院。法兰西剧院独有一种发霉的令人心烦的气味,里面夹杂着那些板着面孔领人入座、等候赏钱的女人们身上因洗澡不勤而发出的汗臭,她们各种年龄的都有,被叫作ouvreuses③。走进露天的新鲜空气之中,我感到松了口气。夜空晴朗,我们步行走去。剧院街的弧光灯示威似地放射着强光,天空的星星好似不屑于与它们争明斗亮,收起了

---

①让·安托万·乌东(Jean-Antoine Houdon, 1741-1828),法国雕塑家。——译注
②原名弗朗梭阿·马利·阿普埃(François-Marie Arouet, 1694-1778),法国启蒙思想、作家、哲学家。——译注
③法语:引座员。——译注

它们的光辉，退避到无尽的黑暗中去了。我们一边走，一边议论着刚才看过的演出。莱雷感到失望。他认为应该演得更自然一些，那些诗应该像平常说话那样来背诵，手势不要那样戏剧化。我认为他的观点不对。词藻华美，非常华美，我认为背诵的时候，也应该语调华美。我喜欢那朗诵中的严格的韵律；那些长期流传下来的独具一格的手势，我似乎觉得还适合这种正规艺术的特性。我觉得，这个剧，拉辛可能就是希望这样演出的。演员们在演出形式的限制下，尽力演得符合人情，感情充沛而真实，我很欣赏。艺术若能运用传统的形式作为达到自己目的的工具，那它就胜利了。

我们到了克利希街，走进了布拉塞里埃·格拉夫饭店。午夜刚过不久，饭店里人还很多。但我们找到了一张空桌，点了鸡蛋和熏肉。我对莱雷说我见了伊莎贝尔。

"格雷能回美国，会很高兴，"他说，"他在这里好像鱼儿离水那样不自在。他开始工作才会快乐。我敢说，他会赚大钱。"

"如果他能赚大钱，那也应归功于你。你不仅治好了他身体上的病，也治好了他精神上的病。你使他恢复了对自己的信心。"

"我做得很少。我只是告诉他怎样自我治疗。"

"你这个'很少'是怎样学来的？"

"由于偶然的机会学来的。那是当我在印度的时候。我一直患失眠症，偶尔告诉了我认识的一位瑜珈老修士，他说他会很快给我治好。他对我的做法正是你所看到的我对格雷的做法，那天夜里我便睡得死死的，好像几个月没有睡觉一样。后来，肯定是在一年以后，我有位印度朋友住在喜马拉雅山里，他崴了脚脖子，找不到医生，而他又痛得要命。我想，我照着那位瑜珈老修士的做法做一做看，结果生效了。信不信由你，他完全不痛了。"莱雷笑了，"我对你说实话，我比谁都感到惊奇。这件事情的确没有任何奥妙，只不过是把这个想法灌输进患者的心里。"

"说起来容易，做起来难。"

"如果你的胳膊，在你不施加任何意志的情况下，自动从桌子上抬起，你会感到惊奇吗？"

"非常惊奇。"

"它会抬起来的。我们回到人们居住的地区以后，我的那位印度朋友把我给他治伤的事情告诉了人们，并且领着别的人来找我治病。我不愿意干，因为弄不明白是个什么道理。但是他们坚持要我干。我糊里糊涂给他们治好了。我发现，我不仅能够解除人们的痛苦，并且还能解除人们的恐惧。说也奇怪，那么多人都患恐惧症。我说的不光是对被关闭起来的恐惧和身在悬崖时的恐惧，并且还有对死亡的恐惧，以及更糟糕的是对生的恐惧。患这种恐惧症的人常常是一些样子健康、诸事顺心、无须忧虑的人，然而他们却受着恐惧的折磨。有时候我认为，恐惧是人们最不易摆脱的心情。我一度问自己，这是不是人类从某种令人初感生命激动的原始之物继承下来的一种根深蒂固的动物本能？"

我怀着期望的心情在听莱雷的议论。以往，他常常把话说得很短。我似乎感到，这一次他是一反常态，愿意多讲些话了。也许是我们刚看过的戏剧多少打破了他的自我抑制，响亮的韵律节奏起到了音乐的效果，克服了他沉默寡言的天性。突然我感到我的手发生了变化。刚才莱雷含笑问我的话，我听后根本没有再去想它。现在我意识到我的手已离开了桌面，尽管我无意动它，它却抬高了一英寸。我大吃一惊。我望着它，看见它在微微发抖。我感到我胳膊上的神经麻酥酥，有点颤动，我的手和小臂自动抬了起来，我十分清楚我既没有故意去抬也没有故意抵制。它们一直抬到离桌面几英寸高。接着，我感到我的整个臂膀举过肩了。

"太奇怪了！"我说。

莱雷笑了。我稍微运用了我的意志，我的手落回到桌面上。

"这没有什么，"他说，"不要把它看得很了不起。"

"这是不是你刚从印度回来时你对我们讲的那位瑜珈修士教给你的？"

"哦，不是的。他不能容忍这类事情，我不知道他是否也具有某些瑜珈修士炫耀的那些本事，但是，他认为使用这些本事是幼稚、愚蠢的。"

我们要的鸡蛋熏肉送来了，我们吃得很香。我们喝着各人面前的啤酒。两人都不说话。他在想些什么，我不知道。我心里在想着他。我们吃饱喝足了。我点了一支香烟，他抽起了他的烟斗。

"先说说你为什么去印度？"我唐突地问道。

"是偶然决定的。至少当时我是这样想。现在我倾向于认为那是我在欧洲住了几年的必然结果。几乎所有对我有很大影响的人，我好像都是偶然与他们相遇的，但是，现在回顾起来，好像我又必然会和他们相遇。好像他们在那里等待着我在需要时去拜访他们。我去印度是因为我想休息休息。我一直在非常勤奋地读书，我想理一理自己的思想。我在一艘环游世界的船上找到了个工作,给他们当舱面水手。这艘船是开往东方的,通过巴拿马运河开往纽约。我已有五年没去美国了,有点想家。我感到灰心。你知道,多年以前,当我们在芝加哥初次相逢时我是多么无知。我在欧洲读了许许多多多书,也看到了许许多多事情,但是我离我所要寻求的东西,还和开始一样遥远。"

我想问一问他要寻求的是什么,但又感到,他只会笑一笑,耸耸肩,对你说:"无关紧要。"

"你为什么要当水手?"我改问道,"你又不是没钱。"

"我想经历经历。每当我精神上吸收过多,每当我一时吸收得达到饱和的时候,我就发现干干这类事情很有好处。伊莎贝尔和我解除婚约之后的那年冬天,我在朗斯附近一家煤矿里干了六个月。"

前边有一章里我叙述的那些事情,就是在这个时候听他说的。

"伊莎贝尔抛弃你的时候,你感到痛苦吗?"

他在回答我的问题之前,先望了我一阵,他那双黑得异常的眼睛似乎在向里看而不是向外。

"是的。我当时很年轻。我已经打定主意和她结婚。我已经设想好我们将要共同过的生活。我料定这种生活会很有趣。"他微微一笑,"但是,正像吵架需要两个人一样,要结婚也得有两个人。我从来没有想到过,我给伊莎贝尔提供的生活会使她听了害怕。要是我头脑稍微清醒一点,就决不会向她提出来。她年纪太轻,她过于热情。我不能埋怨她。我也不能顺从她。"

读者可能记得，他和那位农民的守寡的儿媳妇干了荒唐事之后，逃出了农场，去往波恩。我很想让他接着说下去，但我明白我必须小心谨慎，不要情不自禁地直接去问。

"我从来没有去过波恩，"我说，"我小时候，在海德尔堡念过一段书。我认为那是我一生最快乐的时期。"

"我喜欢波恩。我在那里住了一年。一位大学教授的遗孀要招收两名房客，我在她家里租了一间房子。她有两个女儿，都已经是中年妇女了。她们三人做饭并料理家务。我发现在这家吃饭、寄宿的另外那一位是个法国人，一开始我感到失望，因为我一心想讲德语，但是，他是个阿尔萨斯人，他的德语讲得即使不比法语流利，也比他的法语音正。从他的打扮来看，他像个德国的基督教牧师。我没想到，几天以后我发现他是个本尼迪克特教团的修道士。他请假离开修道院来大学图书馆进行研究。他是个很有学问的人，但是，就其外表看来，只不过是个普普通通的修道士，你看不出他很有学问。他又高又胖，淡茶色的头发，鼓凸的蓝色眼睛，面孔又红又圆。他腼腆、寡言，好像不愿和我有过多的来往。但是，他又处处非常注意礼貌，在一起吃饭时，谈起话来总是客客气气。我也只是在吃饭时能见到他。一吃过正餐，他就回到图书馆去看书。吃过晚饭，我坐在客厅里跟这家的两个姑娘——谁不在洗碗便找谁——学习德语，而他则回到自己的房间里。

"我万万没想到，当我在那里住了至少一个月的时候，一天下午，他问我愿不愿意和他散步。他说，附近有些地方他估计我不可能发现，他可以领我去看看。我走路还是很行的，但是我每天都走不过他。第一次我们走的路估计足足有十五英里。他问我在波恩干什么,我说我来学德语,并学点德国文学。他言谈之间,才智横溢。他说他将尽他的可能帮助我。后来我们每星期出去走两三次。我听他说,他教过几年哲学。我在巴黎的时候,读过一些哲学著作,斯宾诺莎的、柏拉图的以及笛卡尔的,但是那些德国大哲学家的著作我都没有读过。他谈论他们的时候,我当然非常高兴听。一天,我们跨过莱茵河,坐在一家露天啤酒店里喝啤酒的时候,他问我是不是新教徒。

"'我想,我是的。'我说。

"他匆匆地看了我一眼,我觉得,他的眼睛里闪现着笑意。他开始谈起埃斯库罗斯①。你知道,我在学希腊语,他知道的那些伟大悲剧作家的著作,我却永远别想读懂。他讲的一切使人振奋。我在猜,他为什么突然问我这个问题。我的监护人鲍勃·奈尔逊叔叔是一个不可知论者,但是为了不引起他的病人们议论,他按时到教堂去做礼拜,并且由于同样的原因,送我到主日学校去学习。我们的女仆马萨是一个坚定的浸礼会教徒,我小的时候,她吓唬我说,有罪的人死后被打入地狱,永远让火烧。村子里各种各样的人,她认为都将到地狱里让火烧,有的是为这个原因,有的是为那个原因。她给我描绘这些人将要遭受的痛苦时,真个是打心眼里高兴。

"冬季到来的时候,我对恩舍姆神父已经十分了解了。我认为他这个人很不平凡。我从来没见他苦恼过。他性情好,心肠热,

---

①埃斯库罗斯(Aeschylus,公元前525-公元前456),希腊悲剧诗人。——译注

比我猜想的要心胸开阔得多，度量之大令人惊奇。他的学问非常渊博，他必然知道我是多么无知，但他和我说起话来，好像把我看得和他一样博学多闻。他对我非常耐心。他好像只想对我有所帮助。有一天，不知道是什么原因，我腰痛起来，我的女房东格拉保太太硬把我安置在床上，在被窝里给我放了几个热水瓶子。恩舍姆神父听说我已生病卧床，吃过晚饭后到我的房间里来看我。我只是感到十分疼痛，其他一切都非常好。你知道读书人的毛病，他们一见到书，总爱问个究竟。我正在看书，他一进来，我把书放下，他把书拿了起来，看了看书的名字。这本书是我在城里一家书店里见到的，写的是迈斯特·爱克哈特[①]的事迹。他问我为什么要读这本书，我对他说，我已经读过一些神秘主义的著作，我给他介绍了科斯蒂的一些情况，以及他怎样唤起了我对神秘主义的兴趣。他那鼓起的蓝色眼睛在打量我，那眼神我没有别的词来形容，只能说是一种开心的疼爱。我有这样的感觉，他觉得我相当可笑，但是，他对我非常友爱，所以并不因为我可笑就不再那样喜欢我。反正，我也从来不在乎人们把我看成傻瓜。

"'你在这些书里寻求的是什么？'他问道。

"'要是我知道我在寻求的是什么，'我答道，'我至少就已经踏上了找到它的途径。'

"'你还记得我问过你是否是新教徒吗？你说，你想你是的。

[①]迈斯特·约翰尼斯·爱克哈特（Meister Johannes Eckhart，约1260–1327），中世纪德意志神学家和神秘主义哲学家。——译注

你那句话是什么意思?'

"'我是被当作新教徒养育成人的。'我说。

"'你信仰上帝吗?'他问道。

"我不喜欢被问及有关我个人的问题,我最初的冲动是想告诉他我信不信与他无关。但是他满脸善意,我感到不能顶撞他。我不知道说什么好;我不想说信,也不想说不信。可能是我感到的痛苦,也可能是他身上的什么东西,使我开了口。反正,我把我的情况告诉了他。"

莱雷迟疑了片刻,继续讲了下去。我知道,他不是讲给我听,而是在讲给那位本尼迪克特教团的修道士听。他已忘记了我在眼前。我不知道在时间与地点上有什么东西,使他未经我敦促,便开口讲他由于天生寡言而一直藏在内心的事情。

"鲍勃·奈尔逊叔叔非常民主。他送我上中学,完全是由于路易莎·布莱德雷无止无休的催促。我十四岁时,他才让我去圣保罗教堂。我学习不十分好,运动也不十分好,但是我完全能随大流。现在回顾起来,我完全是一个平平常常的孩子。我渴望着学会飞行。那时飞机才出现不久,鲍勃叔叔和我一样着迷;他认识一些飞行员,我对他说我想学飞行,他说他将替我安排。我年龄不大,个子却长得高,当我十六岁的时候,可以很容易冒充十八岁。鲍勃叔叔要我答应他永远不要告诉别人说是他放我走的,因为,他知道,一旦为人知晓,人人都会骂他个狗血淋头。但是,事实上就是他帮我越过边境到加拿大,并且交给我一封给他一个熟人的介绍信。结果是,我还没到十七岁,便已在法兰西的上空飞行了。

"我们那时驾驶的飞机非常华而不实,每次起飞,差不多就等于把自己的命攥在自己手心里。我们飞行的高度,用现在的标准来看,低得可笑,但是那已是当时最高的了,所以我们觉得奇妙异常。我爱飞行。我不会形容飞行给我的感受,我只知道,我感到自豪,感到幸福。置身于高高的空中,我觉得我成了某种非常伟大非常美丽的东西的一部分。我不知道四面八方是什么,我只知道,尽管我一个人在两千公尺的高空飞行,我再不是只身孤影,而是有所归属。这话听起来有些傻,但我总有这样的感觉。当我在白云的上方飞行时,俯视脚下的白云,像一大群白羊,我感到我在那无垠的太空中十分安适。"

莱雷停顿了一下。他那双令人无法看透的黑黝黝的眼睛凝视着我,但是我不知道他是否看得见我。

"我知道已有成千上万的人被打死,但是我还没有见到过人们怎样被打死。因此,我并没有把它当回事。后来我亲眼看到了一个死人。那景象使我感到了无限羞耻。"

"羞耻?"我不禁叫道。

"是羞耻。因为这个小伙子比我才大三四岁,他生龙活虎、无所畏惧,一瞬前还充满着活力,他那么好的一个人,转眼间却成了一团好像从不曾有过生命的模糊血肉。"

我没有说话。我学医的时候看到过死人,在战争期间,又见过许多死人。我感到吃惊的是,人死后看起来那样无足轻重。他们不再有丝毫尊严。他们像演木偶戏的人扔却的木偶。

"那天晚上我没有合眼。我号啕大哭。我不是为我自己而害怕；我感到愤恨，我为事情的邪恶而心碎。战争结束了，我回到了家里。我一向喜欢机械，如果航空不再需要，我原打算去汽车制造厂工作。我受过伤，须休息一个时期。后来，他们要我工作。我不能去做他们要我干的那种工作。我觉得那种工作无聊。我考虑了很长时间。我不断问自己：活着是为什么？我毕竟是由于幸运才活着，我想活得像个样子，但又不知道要像个什么样子。过去我从来没有认真想到过上帝。这时我开始去想上帝。我不明白为什么世界上有罪恶。我知道我自己非常无知，我又不知道有谁可问，我想学习，于是我开始漫无目标地读起书来。

"当我把这一切告诉恩舍姆神父之后，他问我：'这么说，你已经读了四年书？你已经到了什么地步？'

"'什么地步都没有达到。'我说。

"他容光焕发地望着我，使我感到不安。我不知道自己做了什么么事情，以致在他身上唤起这么重的感情。他用指头轻轻地敲着桌子，好像心里在转什么念头。

"'我们历史悠久、充满智慧的教会已经发现，'他说，'如果你一举一动好像有信仰，你就会得到信仰；如果你祷告时心存怀疑，但你却是在诚心祷告，你的怀疑会被驱散；如果你赞赏礼拜仪式而遵从它，安宁就会降临到你身上。礼拜仪式对人类精神的作用，已为长期以来的历史屡屡证明。我过不久就要回我们的修道院。你为什么不去和我们一起住几个星期？你可以和我们的庶务修士们一起在田里劳动；你可以到我们的图书馆里看书。这种生活的乐趣不会比在煤矿里或德国的一家农场上干活差。'

"'你为什么提出这个建议?'我问道。

"'我已经对你观察了三个月,'他说,'也许我对你的了解比你自己还清楚。你与信仰之间的距离还不到卷烟纸的厚度那么大。'

"我听后没有说话。我产生了一种奇怪的感觉,好像有人抓住了我的心弦,在拉它。最后我说我考虑考虑。他丢开了这个话题。在他离开波恩之前的其余时间里,我们再也没有谈宗教。因为他就要走了,他把他们修道院的地址留给了我,对我说,一旦我决定要去,我只须给他写个简短的通知,他自会做出安排。我没有料到会那么想念他。岁月在逐渐流逝,已到了仲夏。我非常喜欢波恩的这个季节。我读歌德①的诗、席勒②的诗、海涅③的诗。我读荷尔德林④的诗和里尔克⑤的诗。我仍然是什么地步都没有达到。我对恩舍姆神父的话想来想去,最后我决定接受他的建议。

"他到车站接我。修道院在阿尔萨斯,那里的乡野景色很美。恩舍姆神父领我去见了院长,然后领我去看拨给我的那间小屋。小

---

① 约翰·沃尔夫冈·冯·歌德(Johann Wolfgang von Goethe, 1749—1832),德国诗人、剧作家、思想家。——编者注
② 约翰·克里斯托夫·席勒(Johann Christoph Schiller, 1759—1805)德国剧作家、诗人。——编者注
③ 海因里希·海涅(Heinrich Heine, 1797—1856),德国诗人和政论家。——编者注
④ 约翰·克里斯琴·弗里德利希·荷尔德林(Johann Christian Friedrich Holderhin, 1770—1843),德国诗人。——编者注
⑤ 雷尼尔·马利亚·里尔克(Rainer Maria Rilke, 1875—1926),奥地利象征主义诗人。——编者注

屋内有一张窄窄的铁床，墙上有一幅耶稣受难像，至于家具，则只有几样最必需的东西。开饭铃响了，我向餐厅走去。餐厅是一个拱形的大厅。院长和两个修道士站在门口，一个修道士端着一个脸盆，另一个修道士拿着一条毛巾。院长在客人的手上洒几滴水，表示给他们洗手，然后用修道士递给他的毛巾把他们的手擦干。除我之外，还有三个客人、两个过路的神父到这里来吃饭，一个心怀不满的上岁数的法国人到这里隐居。

"院长和两个副院长，第一副院长和第二副院长，坐在大厅的首位，各占一张桌子，神父们顺着两边的墙坐着，而见习修士们、庶务修士们和客人们则坐在中间的桌子周围。饭前的祷告做过之后，我们开始吃饭。一个见习修士坐在饭厅门口，声音单调地读劝善书。吃完饭后，我们又做一次谢恩祷告。院长、恩舍姆神父、客人们以及招待客人的那位修道士来到一个小房间，在里边喝咖啡，随便聊天。然后我回到自己的小屋。

"我在那里住了三个月。我非常高兴。那里的生活完全合我的心意。图书馆很好，我读了大量的书。没有一个神父想影响我，但是他们喜欢和我闲谈。他们的博学、他们的虔诚、他们的超脱尘世给我留下深刻的印象。千万不要以为他们过的是无所事事的生活。他们无时不在忙碌着。他们的地都是自己耕种的，自种自收，他们很高兴我给他们帮忙。我喜欢那些威严壮观的礼拜仪式，其中我最喜欢的是晨祷。晨祷是在早晨四点钟举行的。周围是一片夜色，素爱神秘的修道士们严罩头巾，以雄壮的男音唱着礼拜时唱的音调平直的歌子，你坐在教堂里边会十分感动。这种按时举行的日常活动里却有一种东西驱散你的忧虑，恢复你的信心。尽管表现得精力充沛，尽管思想活泼，然而你却有一种永恒的宁静之感。"

莱雷稍带忧郁地一笑。

"我也像罗拉一样，我所来到的这个世界太老了，并且我来得也太晚了。我应该生在中世纪，那时信仰宗教是件自然而然的事情，如果那样，我应该走的道路就会在我面前明摆着，我会去参加修道会。我信仰不起来。我想信上帝，但是我信不起来，因为这么个上帝还不比一个正正派派的普通人好。修道士们对我说，上帝为自己的荣耀创造了世界。我觉得这动机并不很高尚。贝多芬创造他的交响乐是为了他自己的荣耀吗？我不相信。我相信他创造自己的交响乐是因为他心灵中的音乐要被表达出来，因此，他要做的是尽他的可能使它们完美。

"我常听修士们重复主祷文；我奇怪他们怎么能不断地乞求他们的天父赐给他们每天吃的面包，而不产生怀疑。孩子们乞求他们尘世上的父亲给他们饭吃吗？他们料定他会给他们饭吃。他给他们饭吃，他们既不感激，也不必要感激，相反，一个人把孩子生到世界上，如果他不能养活他们或者不肯养活他们，我们只会责备他。我觉得，如果一个全能的造物主不打算向他创造的生命提供生存所需的东西，包括物质上的和精神上的，那他还不如不创造他们。"

"亲爱的莱雷，"我说，"我认为你没有生在中世纪倒也好。不然的话，你无疑会被绑在柱子上活活烧死。"

他笑了。

"你已经有了很大成就,"他接着说,"你想叫人当面夸奖你吗?"

"那只会使我不好意思。"

"我也会这样想的。我也不相信上帝想叫人当面夸奖他。在空军的时候,谁要是靠对上级阿谀奉承编排个轻松差事,我们就瞧不起他。我很难相信上帝会看重那些对他不厌其烦地奉承以哄他超度他们的人们。我认为上帝最喜欢的对他礼拜的仪式,应该是尽你的可能去正直做人。

"但这还不是我最厌烦的事情。我想不通的是,就我所知,那些修道士们无时不在心里念叨着人生来是有罪的。空军里我认识很多小伙子。他们当然是一有机会就醉酒,搞到姑娘就搞姑娘,说起话来嘴里不干不净;我们里边还有一两个坏家伙。有一个家伙使用假支票,被送到牢里关了六个月,这并不完全是他的过错,他以往从来都没有钱,现在得到梦想不到的这么多钱,他才产生了这个念头。我在巴黎认识一些坏人,我回到芝加哥后,又认识了一些坏人。他们人之所以坏,不是由于遗传,就是由于环境。遗传由不得他们,环境也不是他们选择的。我不知道,对他们的罪行,社会是否应该比他们本人负更多的责任。如果我是上帝,我不会下狠心把他们中的任何一个人,包括最坏的在内,永远打入地狱。恩舍姆神父心地宽厚,他认为地狱之所以那样惨是因为上帝到不了那里。但是,如果这种惩罚残酷到可以称之为下地狱的程度,我们能够设想一个好的上帝会用它来罚人吗?反正,人是他创造的,如果他把他们造得会犯罪,那就是他有意识叫他们犯罪。如果我把我的狗训练得一见生人进我的后院就扑上去咬脖子,当它这样干的时候,如果我打它,就不公平。

"如果创造世界的是一个全善全能的上帝,那么他为什么创造罪恶?修道士们说,那是为了让人们战胜自己身上的坏东西,抵制住诱惑,忍受痛苦、悲哀与不幸,这些都是上帝对他们的考验;上帝考验他们是为了洗清他们身上的罪过,使他们于多年之后终于配得上接受他的恩典。我觉得这好像通知一个人到某个地方去,而又要给他制造困难,路上给他摆了个迷魂阵叫他通过,接着挖一条河逼他游泳,最后还要筑一道墙叫他爬。我不打算去信一个连一般的见识都没有的全能上帝。我不明白,我们为什么不去信仰这样一个上帝:世界虽不是他创造的,但他见到坏事情就尽量缩小它的影响,他比世界上的人好得多,聪明得多,并且伟大得多;他没有创造罪恶,并且还要和罪恶进行斗争,最终还有可能克服罪恶。但是另一方面,我不明白我们为什么要去信仰这样一个上帝。

"那些好心肠的神父们对这些使我迷惑不解的问题的回答,都是既不能使我的头脑得到满足,也不能使我的心灵得到满足。我和他们不能类聚。我去向恩舍姆神父告别的时候,他没有问我这一段生活是否像他预料的那样使我得到了好处。他用难以形容的友爱眼神望着我。

"'神父,我想,我使你失望了。'我说。

"'不,'他回答说,'你是一个不信上帝但宗教根基很深的人。上帝会把你挑选出来的。你会回来的。究竟是来这里还是去别的什么地方,只有上帝知道。'"

四

"我在巴黎定居下来,过完了那年的冬季。我对科学一窍不通,我想,现在是时候了,至少得和它有个点头之交。我读了不少书。我记得我读懂的并不多,只懂了一点,那就是我的确完全无知。不过,这一点我早就知道。春天到来的时候,我到乡下去了,住在一家离集镇不远的河边旅馆里。这个集镇是那些美丽而古老的法国集镇之一,那里的生活似乎二百年来没有任何变化。"

我猜这就是莱雷和苏珊·鲁维埃在一起度过的那个夏天,但我没有打断他。

"后来我到西班牙去了。我想去看委拉斯凯兹①和埃尔·格列柯的画。我在想,宗教没有给我指出道路,是否艺术可以给我指明。我漫游了一段时间,后来到了塞维利亚。我喜欢这个地方,心想就在这里过个冬吧。"

我自己在二十三岁时也去过塞维利亚,我也喜欢这个城市。我喜欢它的一条条曲曲折折的白色街道、它的大教堂以及广阔的瓜达尔基维尔平原。我还喜欢那些安达卢西亚的姑娘们,她们文雅而快活,长着明媚的黑眼睛,头发是黑中带一点暗黄,显得更加乌黑,更加光彩夺目。我喜欢她们红润的皮肤,以及她们诱人的嘴唇。

---

① 迪各·罗得利盖兹·德·酉尔瓦·伊·委拉斯凯兹(Diego Rodriguez de Silva y Velázquez, 1599-1660),西班牙画家。——编者注

那时的确是，年轻就有享受不尽的快乐。莱雷到那里去的时候，才比我当年去那里时大一点点，我不禁问自己：他是否可能面对这些令人销魂的引诱而依然无动于衷？他回答了我没有说出口的问题。

"我碰到了我在巴黎认识的一个法国画家，这个人名叫奥古斯特·科太，他曾经收留过苏珊·鲁维埃。他是来塞维利亚画画的，在这里搭上了一个姑娘，两人住在一起。一天晚上，他们要我和他们一起去埃雷坦尼亚听一个吉普赛歌星唱歌，和他们一起的还有她的一个女朋友。你从来没有见过这么漂亮的小东西。她才十八岁，她和一个小伙子惹下了麻烦，要生娃娃了，不得不离开故乡。那个小伙子在服兵役。娃娃生下之后，她把娃娃送出去托人照管，自己在烟草工厂里找了个工作。我把她领回家里。她又快活又温柔可爱，几天后，我问她愿不愿意来和我住在一起。她说她愿意。于是，我们在一家公寓租了两个房间，一间作卧室，一间作起居室。我对她说，她不必再去工作，但她还是要去，这对我倒方便，因为白天的时间我一个人可以随意支配。我们可以用那里的厨房，早晨在她去上班之前她为我做好早饭，中午她回来做午饭，晚上我们到饭店里去吃晚饭，到电影院看电影，或者到什么地方去跳舞。她把我当成疯子，因为我有一个橡皮喷头，我坚持每天早晨用海绵冷水擦身。孩子寄养在离塞维利亚几英里远的一个村庄里，我们常在星期天去看他。她和我住在一起是为了赚些钱，等她的男朋友服完兵役后，他们将在一家廉价的公寓里租套住室，用赚的钱买些家当，布置他们的家。对此，她并不隐讳。她是个可爱的小东西，我相信,她会成为她的帕科的好妻子。她性情愉快,脾气好,而且热情,你羞羞答答地称之为性交的那种行为,她却看作是肌体的一种自然功能,和肌体的其他功能一样。她从中得到快乐,她也很高兴使你快乐。她当然是个小动物,但却是一个可爱的、诱人的、驯服的动物。

"后来,一天晚上,她对我说,帕科从他服兵役的地方西属摩洛哥给她来了封信,对她说,他要退伍了,两三天内即可到达加的斯。第二天早晨她收拾好自己的东西,把她的钱放进她的长袜子里,我把她送到火车站。我把她送进车厢里,她实实在在地吻了我一下,但是与情人重逢的心思使她过于兴奋,我已经不在她的心上,我完全可以断定,火车还没有出站,她就已经忘掉世界上还有我这个人了。

"我继续在塞维利亚住了下去,秋季我登上了旅途,其结果是到了印度。"

五

夜深了。人已经稀少,只有几张桌子旁坐着人。那些无事可做到这里闲坐的人们都已经回家去了。那些看过戏、看过电影之后来这里稍事吃喝的人们已经离去。时而也有些零零星星的晚来客人走进店来。我看到一个高个子男人和一个粗鲁的年轻人走了进来。那个高个子男人一看就知道是个英国人。他长着一副长脸,精神不振,波浪形的头发已变得稀薄,英国知识分子的头发大都是这个样子。一眼可以看出，他有着一种许多人共有的幻觉：当你在国外的时候，你原来在国内认识的人见面时会认不出你来。那个粗鲁的年轻人叫了一大盘子夹肉面包狼吞虎咽，他的同伴以愉快的仁慈的眼光看着他吃。多么好的胃口！我看见了一个虽不知其名却识其面的人，因为我们在尼斯时曾经同在一个理发馆里理过发。他身材粗壮，上了点年纪，头发花白，一张膨胀起来的红脸，眼睛下边是两个大眼泡。他是美国中西部的一家银行老板，经济危机发生之后为了逃避调查离开了故乡。我不知道他是否犯了法，即使犯了法，大概牵扯不大，当局犯不着费那个周折去引渡。他作风浮夸，那股假殷勤劲儿像个末流政客，但两只眼睛却惊魂未定，闷闷不乐。他永远不十分醉，也不十分清醒。他总有娼妓和他混在一起，而这些娼妓显然是想尽办法把他的钱哄到手。他现在是由两个涂脂抹粉的中年妇女陪着，这两个女人在毫不掩饰地愚弄他，而他呢，憨笑着，对她们的话是半懂不懂。放荡的生活！我心里在想，他要是不逃出来，就在家里吃点苦头，是否比现在还好些。一旦女人们把他的油水挤干，那他只有一条路走，那就是跳河，或者服安眠药。

在两点到三点之间，顾客稍有增加，我想，各家夜总会都在关门了。一群年轻的美国人溜达进来，酩酊大醉，大喊大叫，但很快就走了。离我们不远的地方有两个面色忧郁的胖女人，身穿紧绷绷的不男不女的衣服，并排坐着，板着脸一声不响地喝威士忌和汽水。一群身穿夜礼服的人进来晃了一下，这些就是法语所说的gens du monde①，他们显然是在作夜间漫游，现在已经结束，想找个地方吃点晚饭。他们来了又走了。一个小个子男人激起了我的好奇心，他衣着素雅，面前摆着一杯啤酒，坐在那里看报，已经足足有一个小时了。他留着整洁的黑胡子，戴一副夹鼻眼镜。终于来了一个女人，和他坐在一起。他板着脸对她点了点头，我猜，她让他等这么长时间，他心里窝火。她很年轻，穿戴不够体面，但却是浓妆艳抹。她样子非常疲倦。过了不久，我看到她从手提包里取出一件东西交给了他。他看了一眼，脸色变得阴沉起来。我听不见他在对她讲些什么，但从她的样子判断，他一定是在骂她，她好像在做解释。突然他探过身来，给她一个响亮的耳光。她叫了一声，呜呜咽咽地哭了起来。这场纷乱惊动了经理，他走过来看出了什么事情。他好像在对他们说，要是不懂规矩，就滚出去。那个姑娘反而与他吵了起来，叫他别管闲事。她嘴里不干不净，并且尖声大嚷，每个字人人都能听见。

"他打我耳光是因为我该打！"她叫道。

女人们，嗨！我一直认为，你要想靠女人卖身来养活自己，你必须身材魁梧，衣着时髦，有些床上的本事，并且动不动就掏出枪、亮出刀来。没有料到，这样一个又瘦又小的人物，样子像个律师的文书，居然在这样大有人满之患的行业里站得住脚。

---

①法语：行踪不定的闲人。——译注

六

给我们端饭、送菜的那位侍者就要下班了，为了要小费，他把帐单送了过来。我们付了饭钱，要了咖啡。

"以后呢？"我说。

我觉得莱雷此时的心情是想说话，我的心情是想听。

"你听烦了吧？"

"不。"

"我们到了孟买。轮船在那里停三天，让游客们有个机会上岸看看风景，就近做些短途旅行。第三天我打算休息一个下午，便上了岸。我到处溜达了一阵，观看过往行人：人口可真稠密！中国人，回教徒，印度人，泰米尔人，皮肤都像你的帽子一样黑；驼背的长角大黄牛拉着车。然后我到象岛去看石窟。我们的船到亚历山大港的时候，曾有一个印度人从那里上船和我们一起到孟买来，同船的旅游人有点瞧不起他。他又矮又胖，褐色的圆脸，穿一套黑绿相间的厚格子呢服，衣领是神父服装式的。一天夜里我到甲板上透透空气，他走过来和我说话。那时我只想一个人清静，不想说话，他问了我许多问题，我想，我对他的回答都很简短。总之，我对他说我是个学生，在回国途中。

"'你应该在印度下船，'他说，'东方值得西方学习的东西比西方想象的多。'

"'是吗？'我说。

"'无论如何,'他接着说,'你一定去看一看象岛的石窟。你永远不会后悔。'"莱雷自己打断了自己的话,问我:"你去过印度吗?"

"一次也没去过。"

"我正在看那尊巨大的三头神像,那是象岛的奇景。我在想,为什么要修这么大一尊像呢?就在这个时候,我听到有人在我的背后说:'我看到你已接受我的建议了。'我转过身,看了一分钟之久才认出来和我说话的是谁。就是那位身穿神父领厚格子呢服的小个子,他现在穿的是一件深黄色的长袍,我后来才知道这种长袍是罗摩克里希纳①传教会的师父们穿的。在船上的时候,他是个可笑的爱抢着说话的矮墩子,现在换了衣服,变得庄严起来,并且还相当阔气。我们两人都在看那尊巨像。

"'婆罗摩,司生之神,'他说,'韦什拿,司护持之神,湿婆,司毁灭之神。这是天帝的三种显圣。'

"'我怕我不很理解。'我说。

"'不奇怪。'他回答道,嘴上挂着微笑,眼睛闪着光芒,好像在含蓄地嘲笑我。'如果一个神为人所能了解,那就不是神了。谁能用语言解释无极?'

"他双手合掌,微微一躬,往前走了。我依然站在那里观看那三个神秘的头。也许由于我这时乐于虚怀受教,我感到奇怪地激

---

① 罗摩克里希纳(Ramkrishna,1836—1886),原名伽达尔·查特吉(Gadadhar Chatterji),印度教的改革者。——编者注

动。你知道,有时候你追忆一个人的名字,仿佛那名字就在你舌尖上,但是你就是想不起来;我当时的感觉就是这样。我从洞里出来之后,在台阶上坐了良久,眼望着海。关于婆罗门教,我仅知道的一点便是爱默生①的那首诗,我在竭力回忆那首诗。我想不起来,这使我非常生气,我回到孟买后,走进一家书店,看一看能否找到一本选有这首诗的诗集。那首诗选在《牛津英诗集》里。你记得它吗?

忘却我者,实乃不智;
值彼翱翔,我乃双翅;
我原持疑,我原不信;
现唱赞歌,依婆罗门。

"我在当地人开的一家饭铺里吃晚饭。因为我可以直到十点钟才上船,我便去广场散步,观看大海。我觉得,天空的星星此夜格外繁多。一天炎热过后,凉爽的夜晚使人十分受用。我发现了一个小公园,便在里面的一张凳子上坐下。那里是一片漆黑,只看到白色的身影来来往往。我为这奇妙的一天感到着迷:灿烂的阳光,熙熙攘攘、热热闹闹的有色人群,辛辣芳香的东方气息。好像画家把一样景物或一抹色彩加进画面,使所画的事事物物构成统一画面

---

① 拉尔夫·沃尔多·爱默生(Ralph Waldo Emerson, 1803–1882),英国散文作家、诗人,先验主义作家的代表。——编者注

那样,那三颗婆罗摩、韦什拿、湿婆的巨头,给上述一切增加了一层神秘的色彩。我的心开始疯狂似的跳动,我突然产生了一种强烈的信心:印度会给我些我需要的东西。我觉得,一个机会摆到了我的面前,我必须立即抓住它,不然的话,我会永远失去它。我很快下定了决心。我决定不再回到船上去。我只有一个手提包及里边的几件东西留在船上,别的没有什么。我慢步走回本地居民区寻找旅馆。走了一阵,我找到了一家旅馆,租了一个房间。我只有上身穿的那套衣服,一些散放的钱,我的护照和信用证明;我感到如此百无牵挂,不禁大笑起来。

"船是十一点开,为了不被同船人发现,我在房间里一直呆到十一点。我下岸走上码头,看船驶离港口。嗣后,我到罗摩克里希纳传教会去,找到了在象岛和我说话的那位师父。我不知道他的名字,不过我解释说我要见刚从亚历山大来的那位师父。我对他说我已经决定留在印度,并问他我应该看什么。我们谈了很长时间,最后,他说当夜他要去贝拿勒斯,问我愿不愿意和他一起去。我立即表示同意。我们坐三等车去的。车里挤满了人,有的在吃,有的在喝,有的在聊天,闷热难忍。我没有闭一下眼,第二天早晨我非常困倦,但是那位师父依然满身朝气。我问他是什么原因,他说:'靠对无形者沉思,我在绝对中得到休息。'我不知道这是什么意思,但我亲眼看到他精神奕奕,好像在舒服的床上踏踏实实地睡了一夜。

"我们终于到了贝拿勒斯,一个和我岁数不相上下的年轻人来接我的同伴,那位师父叫他给我找间房子。他名叫马亨德拉,在大学里教书。他是个又和气又聪明的好人,我喜欢他,他好像也喜欢我。那天晚上他领我出去坐船游恒河,非常激动人心,拥挤的城市建筑一直伸到水边,看起来非常美丽,同时也使人担惊受怕。但是第二天早晨他领我去看的奇景比这还要好。我看见的事情,若不是亲眼看见我是绝对不会相信的。我看到成千上万的人到河里洗澡除邪并祈祷。我看到一个又高又瘦的人,乱蓬蓬的头发,又长又乱的胡子,只穿了个下体护身,张着臂膀,仰着头站在那里,大声向东升的太阳祈祷。我无法形容这给我的印象。我在贝拿勒斯住了六个月,我一次又一次于黎明时刻去看这种奇景。我一直感到新鲜。这些人的信仰不是半心半意的,没有保留,也没有犹豫不定的怀疑,他们是全身心地信仰。

"大家都待我很好。当他们发现我到这里来并不是为了打老虎,也不是为了买什么或者卖什么,而完全是为了学习,他们就从各方面帮助我。他们听说我想学兴都斯坦语,便很高兴地为我找来教师。他们借给我书读。我问他们问题,他们从不厌倦。你知道印度教的情况吗?"

"知道得很少。"我答道。

"我想你会感兴趣的。宇宙是无始无终的,从生长到均衡,从均衡到衰退,从衰退到解体,从解体到生长,如此周而复始,万世不竭。还有什么东西比这种概念更了不起?"

"那些信仰印度教的人认为这种永无止境的轮回的目的是什么呢?"

"我想,他们会说,天道就是如此。你知道,他们认为,生万物是为了对他们的灵魂在上辈子的所作所为进行报复,恶有恶报,善有善报。"

"这就需要相信灵魂轮回。"

"有三分之二的人类相信这种说法。"

"一件事情不会因信的人多就必然是真的。"

"当然,但是至少这件事情因此而值得考虑。基督教吸收了那么多的新柏拉图主义的东西,它本来也会很容易地吸收灵魂轮回学说,事实上,早期基督教中有一派就相信这种说法,但是这种信仰被宣布为异端。不然,基督徒们会像相信基督复活那样坚定地相信灵魂的轮回。"

"这是不是说,灵魂是由于前世行善或作孽而由一个躯体投入另一个躯体,永无止境地继续下去?"

"我认为就是这个意思。"

"但是你知道,我不仅是我的灵魂,而且还是我的躯体。谁能够说明白,我之所以是我,在多大程度上取决于我这个躯体的具体模样?拜伦①如果脚不畸形还是拜伦吗?陀思妥耶夫斯基②如没有癫痫,还是陀思妥耶夫斯基吗?"

"印度人不讲偶然情况。他们会这样回答,那是你上辈子行为决定你的灵魂要附到一个残废的躯体上。"莱雷漫不经心地敲着

---

① 乔治·戈登·拜伦(George Gordon Byron, 1788-1824),英国浪漫主义诗人。——编者注

② 费道尔·米哈依洛维奇·陀思妥耶夫斯基(Fyodor Mikhailovich Dostoevsky, 1821—1881),俄国作家。——编者注

桌子，茫然出神，凝视着太空。接着，嘴唇微微一笑，眼神若有所思，他继续说了下去。"你是否想到，轮回既说明了世界上的灾难，又证明这些灾难是应该的？如果我们所受的磨难都是由于上几辈子作孽的结果，我们可以顺从地忍受它，心想，如果这辈子我们尽量积德，下几辈子就少受些折磨。但是忍受自己的磨难是容易的，只需要拿出点儿丈夫气概就行了，令你难以忍受的是别人遭受的磨难，这些人常常看起来是无辜受折磨。如果你能使你自己相信这是前世的必然结果，那么，你可以怜悯他们，尽你的可能减轻他们的痛苦，并且你也应该如此，但是你没有必要为之感到义愤。"

"但是，为什么上帝一开始不创造一个没有痛苦与不幸的世界呢？那时人不是还没有善和恶来决定他的行为吗？"

"印度人会说根本就没有什么开始。一个一个灵魂与天地同存，他们的存在与宇宙同始，他们的性质又来自他们的某种前身。"

"相信灵魂轮回对于信徒的生活有没有实际影响？这毕竟是一种考验。"

"我认为有。我可以给你举一个人作例子，这个人我认识。他的生活就受到了非常实际的影响。在印度的头两三年里，我主要住在当地的旅馆里，但时而也有人叫我住到他们家里，有一两次我住到一个土邦主家里过着豪华的生活。通过我在贝拿勒斯的一个朋友的介绍，我被请到北方的一个小邦里去住。首府非常可爱：'一座非常古老的玫瑰色的城市。'我被推荐给财政部长。他受过欧洲教育，上过牛津大学。你和他谈话的时候，他给你的印象是一个进步的、富有见解的开明人士。人们都说他是一个极其称职的部长，一个精明练达的政治家。他穿西装，外表非常整洁。他的仪表很不错，稍微胖了点儿，印度人到了中年都有这个倾向。他留着整整齐齐的小胡子。他常请我到他家去。他有一个很大的花园，我们常坐在大树底下聊天。他有妻子，还有两个长大成人了的孩子。你若见到他会以为他只不过是一个一般的、相当平凡的英国化的印度人。我绝没有料到，一年后，当他五十岁的时候，我发现，他要丢掉他的高官厚禄，把财产交给老婆孩子，当托钵僧出家云游四方。最令人奇怪的是，他的朋友们以及那位土邦主，都同意他这样做，并且把这件事情看得非常自然，不足为奇。

"有一天我对他说：'你这样开明，你通情达理，你读过这么多书——科学、哲学、文学，你内心深处真心相信轮回吗？'

"他的表情变了。脸上出现了梦幻似的表情。

"'亲爱的朋友，'他说，'如果我不相信死后还有来生，生活对我就没有意义了。'"

"你也相信吗，莱雷？"我问道。

"这个问题很难回答。我认为我们西方人不可能像那些东方人一样无保留地相信轮回。他们生来就相信它。对我们来说，这只能是一种想法。我是既不相信，也不否定。"

他停顿了一会儿，手托着脸向下看着桌子，接着身子往后一仰。

"我告诉你，有一次我遇到一件奇事。一天夜里我在我的小室内静思——是我的印度朋友们教给我的静坐。我点了一只蜡烛，注视着它的火焰，过了一段时间，我通过火焰，十分清楚地看见一串人物，一个跟着一个。最前边的是一位上了年纪的夫人，戴一顶透孔帽子，花白的卷发垂盖着耳朵。她身穿一件黑色的紧身胸衣，下穿一条荷叶边的黑绸裙子——我想，这样的衣服是七十多岁的人穿的。她面向着我，客客气气地、信心不足地站在那里，两条胳膊直直地垂在两侧，两只手的手心向着我。她那皱纹满面的脸上，表情慈善、亲切、温柔。紧挨着她的后边，侧立着一个又瘦又高的犹太人，我只能看到他的侧影。他长着一个大鹰钩鼻子，厚嘴唇，穿一件黄色的华达呢衣服，厚而密的黑发上戴了一顶黄色的瓜皮帽。他样子像一个好学的学者，表情冷酷，同时又严厉、暴躁。他的后边是一个年轻人，他面向着我，我看得非常清楚，好像我们中间没有隔着任何人。他面色红润，表情快活，你一定会把他看作一个16世纪的英国人。他稳稳当当地站在那里，两腿微微分开，从样子看来，他胆大、冒失、放荡。他周身穿着红颜色的衣服，很有气派，像朝服一样，脚上穿着宽头天鹅绒鞋子，头上戴一顶平顶天鹅绒帽子。在他们三人后边是一串望不到头的人，像电影院门前排的长队一样，但是他们模糊不清，我看不清他们的模样。我只看得见他们的模糊形状，看得见他们像夏天微风中的麦浪一样波动。过了一会儿，我不知道是过了一分钟、五分钟还是十分钟，他们慢慢地消失在黑暗的夜色中，只剩下烛光在稳定地照耀着。"

莱雷微微一笑。

"当然，我可能是打了个盹，做了个梦。也可能是，我集中注意力看那微弱烛火，在我身上起了催眠作用，我像看你这样清楚地看到的那三个人只是我对下意识地保留的图画的回忆。但是也可能那是上几辈子的我。可能，不很久以前我是新英格兰的一位老太太，在她之前我是地中海东部的一个犹太人，再往后退一些时间，在塞巴斯蒂恩·卡勃特①从布里斯托尔起航之后不久，我可能是威尔士亨利亲王宫廷里的一个时髦人物。"

"你那玫瑰色城市的那位朋友最后怎么样了？"

"两年后我在南方一个地方住，那地方叫马都拉。一天夜里，在庙里有人碰了碰我的臂膀。我回过头，看见一个披着一头黑发、留着胡子的人，身上只缠着一条腰布，手拿圣僧用的棍子和要饭碗。他开口说话我才认出他来。原来是我的那位朋友。我感到无限惊讶，不知道说什么好。他问我近来在干什么，我告诉了他；他问我打算到哪里去，我告诉他说去特拉凡哥尔，他要我去见见什里·甘尼沙。'你寻求的东西，他会给你。'他说。我要他给我讲一讲什里·甘尼沙的情况，但是，他笑了笑说，我见到他时，我自己会看到我需要知道的一切。这时我惊讶已过，问他在马都拉干什么。他说，他在去印度的各个圣地朝圣。我问他的食宿怎么办。他对我说，如果有人让他留宿，他就睡到人家走廊下，如果找不到借宿的人家，他就睡在树下，或者睡到庙堂里；至于吃饭，有人给饭他就吃，没人给饭，他就饿着。我望着他。'你瘦了。'我说。他笑着回答道，瘦了反而感到更好。接着他向我告别——听到这样一个只缠腰布的汉子用英语说'再见吧，老朋友'，有点好笑——然后走进庙的深处，那里是不许我进的。

"我在马都拉住了一些时日。这个庙宇，除了里边最神圣的部

---

①塞巴斯蒂恩·卡勃特（Sebastian Cabot, 1476-1557），英国航海家。——译注

分外,允许白人在里边到处自由走动。我想,这在印度是绝无仅有的。夜一来临,庙里挤满了人。男的、女的、老的、少的。男人们光着脊背,只缠条腰布,他们的额上抹着厚厚的白色牛粪灰,胸脯上和臂膀上也常抹。你看见他们给这个或那个神龛里的神像叩头礼拜,有时候脸朝下整个身子趴在地上行礼。他们祈祷、作连祷。他们互相招呼,互相问候,彼此争吵,彼此脸红脖子粗地辩论。吵吵嚷嚷,有悖神道,然而有种神秘气氛,似乎上帝就在附近,似乎上帝确实存在。

"你从大厅里走过,大厅的屋顶用雕花柱子支撑着,每一根柱子跟前坐着一个托钵僧。每个托钵僧的面前放着一个碗接受人们的布施,或者放一小片席子,善男信女们时而往席子上扔一个铜币。有的穿着衣服,有的几乎是什么都没穿。有的当你从身旁走过时茫然望着你,有的在读经,默读或朗读,对来往如流的人群好像没有看到似的。我在他们当中寻找我的朋友,我再也没有见到他。我想,他在朝着他的目标前进。"

"他的目标是什么?"

"超脱轮回。按照吠陀派的说法,'自我'——我们叫作灵魂,他们叫作阿特曼——不同于肉体及其感官,有别于头脑及其智慧。它不是宇宙之灵的一部分,因为宇宙之灵无际,不可能有什么部分。它就是宇宙之灵的本身。宇宙之灵不是创造出来的,它来自无极,当它最后抛却那七重无知的面罩之后,又要回到它来的地方——无极。这就像一滴水一样,它从大海升起,随着一阵大雨落到一个水坑里,接着流进一条小溪,几经曲折流进一条小河里,然后又流入大河,穿过山峡和辽阔的平原,经过七回八转,受到石拦树挡,最后到达它从之而来的汪洋无际的大海。"

"但是当它和大海融为一体时,这一小滴可怜的水肯定已失去了它的个体特征。"

莱雷笑了。

"你要的是尝糖的味道,你并不是要变成糖。个体特征只不过是我们的自我主义的表现罢了,它难道还有别的意义吗?如果灵魂不彻底摆脱个体特征,它就不能与宇宙之灵合为一体。"

"莱雷,你动不动就说宇宙之灵。这个字眼很大。你认为它的确切意义是什么?"

"是万物的本原。你说不出来它是什么;你只能说出它不是什么。它是表达不出来的。印度人把它叫做婆罗门。它是处处不在而又处处存在。一切事物都含有它,都依赖于它。它不是一个人,不是一件东西,也不是一个原因。它没有什么性质。它超越永恒,超越变化,它既是整体,又是部分,既是有限又是无限。它是永恒的,因为它的完整和完美与时间无关。它是真理和自由。"

"天哪!"我心里说。但我对莱雷说:"但是,一个纯粹的理性概念怎么能成为受苦人类的安慰?人们一向是需要一个人样的上帝,他们痛苦的时候可以找他去,求安慰,求鼓励。"

"也许在遥远的将来有一天,他们有了进一步的醒悟,懂得他们必须在自己的灵魂里寻找安慰和鼓励。我自己认为,之所以需要礼拜,只不过是因为人们还没有忘掉,过去有一些恶神拜一拜才肯息怒。如果事情是这样,那么我要去敬谁、敬什么——敬我自己?

人类精神发展所达到的水平不一样，印度的想象力发展出宇宙之灵的三个显圣形式，叫做婆罗摩、韦什拿、湿婆，还起了上百个别的名字。宇宙之灵在世界的创造者和统治者依斯瓦拉身上，在干旱地区农民为之献花的那些粗制滥造的神像身上。印度的许许多多的神祇不过是用来帮你理解自我与最高的自我一体。"

我眼睛看着莱雷，心里思索着。

"我想知道是什么东西把你吸引到这一森严的信仰中去的。"我说。

"我可以告诉你。我一直觉得，那些宗教创始人有些可怜，你要想得救，他们就要你接受他们的条件，那就是你得相信他们。好像只有你相信了他们，他们才相信他们自己。他们和那些古老的异教信仰的神一样，如果那些神没有信神的人们烧香礼拜来支持他们，他们就变得没有多大生气。阿罗宾多教派并不要求你无根无据地相信任何东西，它只是要求你要渴望知道本原；它说，你肯定会体验到上帝的存在，正如你能体验快乐和痛苦那样。印度现在就有人——就我所知，有成百的人——确信他们已体验到了上帝的存在。使我特别满意的是，按照这种说法，你可以依靠知识达到本原。近代的印度圣人们看出了人类的虚弱，他们承认，可以通过爱、通过行善使人类得救，但是他们从来没有否认过，最崇高的途径——不过也是最困难的途径，是通过知识，因为求得知识所依靠的工具是人类最宝贵的天赋——他的理智。"

七

我必须向读者解释明白,我可决不是有意在这里描绘被人叫做"吠陀哲学"的哲学体系。我没有这方面的知识,即使我有这方面的知识,这也不是谈论它的地方。我们谈了很长时间,莱雷告诉我的事情要比这多得多,因为这本书毕竟是一本小说,所以不能尽收进去。我主要关心的是莱雷。我觉得至少得稍微叙述一下他的思想状况以及这种思想状况所导致的古怪行为。不然的话,他以后的行为就不好理解,而我很快就要向读者介绍这些行为。如果不是由于这个原因,我是不会涉及上边这个复杂问题的。我气恼的是,我没有适当的词汇来充分表达他的声音多么悦耳,他的表情多么丰富多变。他的声音非常动听,即使他最不经心说出的话,你听了也会信服。他的表情在不断地变化,从严肃的表情到文雅的愉快表情,从沉思的表情到幽默的表情,这些表情与他所表达的思想相配,就好像钢琴的叮咚声与一气拉完一支协奏曲的几个主旋律的小提琴相伴奏一样。他虽然在讲严肃的事情,但是他讲得十分自然,语调像是对话,也许有点羞怯,但是他并不很拘束,就好像在谈论天气和庄稼一样。如果我给读者造成的印象是他的态度中有任何说教的成分,那就是我的错误。他的腼腆程度不亚于他的诚恳程度。

饮食店里只剩下稀稀落落一点儿人。那些大喝大闹的人早已离去了。那些拿爱情当生意的不幸的人们已经回到他们悲惨的住所去了。时而进来一个倦容满面的人来喝杯啤酒,吃块三明治,或者一个好像半醒半睡的人,来喝一杯咖啡。其中有白领工人[1],一个是值过了夜班,正回家去睡觉,另一个是为闹钟所闹醒,不情愿地去上班。莱雷好像既忘掉了周围的一切,又忘掉了时间。我自己在我的一生当中经历过许多新奇的事情。我不止一次死里逃生,不止一次地遇到风流韵事,饱尝艳福。我曾经骑着一匹小马,穿过中亚,沿着马可·波罗[2]的道路到达神话般的国土中国;我曾经在彼得堡的一间整洁的大厅里一边喝着俄国茶,一边听着一个穿黑上衣和花条子裤子、说话温柔动听的小个子男人给我讲他是怎样刺杀一位大公的;我曾经坐在威斯敏斯特的一间客厅里听海顿[3]恬静幽雅的钢琴三部合奏曲,任凭炸弹在窗外爆炸;但是我认为,最奇特的还要算是我坐在这家花花绿绿的饭店里的红绒座上,听莱雷一个小时又一个小时地谈上帝和永恒,谈无极和永无止尽地变来变去的令人厌倦的轮回。

八

莱雷沉默了几分钟,我不忍催促他,静静地等着。过了不久,他对我友好地微微一笑,好像他突然发现我在场似的。

"到了特拉凡哥尔后,我发现我无须打听什里·甘尼沙。人

---

[1]指坐办公室的工作人员。——译注

[2]马可·波罗(Marco Polo,1254-1324),一译马可·孛罗,意大利旅行家。——编者注

[3]弗兰茨·约瑟夫·海顿(Franz Joseph Haydn,1732-1809),奥地利作曲家。——译注

人都知道他。他曾在山洞里住过多年,后来听从人们的劝告搬到了平原上,一些行善的人给了他一片土地,给他用土坯盖了一所房子。从首府特里凡得琅到他的阿什拉摩①,路很远,整整花去我一天时间,先是坐火车,后来又坐汽车。我在院子的门口看到一个年轻人,问他我可不可以见见这位瑜珈修士。我带来了一篮水果当礼物,这是这里的习惯。几分钟后,那个年轻人出来把我领进一间四周都是窗子的长厅。什里·甘尼沙坐在一个角落里铺着虎皮的台子上,在静坐。'我在等着你呢。'他说。我吃了一惊,心想,我那位马都拉的朋友给他讲过了我的情况。但是,当我说出那位朋友的名字时,他摇了摇头。我把水果送给了他,他叫那个年轻人收起来。只剩下我们两人时,他默默不语地望着我。我记不得沉默的时间持续了多久。也许有半个小时。我对你说过他的外表如何。我没有对你说过,他身上散射出宁静、善良、安详和无私的光辉。我本来已走得又热又累,但是我渐渐地感到精神奇妙地得到了恢复。没等他再说话我就已明白这就是我一直在寻找的人。"

"他会讲英语吗?"我插问。

"不会。但是,你知道,我学语言相当快,我已经学会了不少泰米尔语,在印度的南方能听懂别人讲话,也能使对方听懂我的意思。他终于说话了。

"'你为什么到这里来?'他问道。

"我告诉他我是怎样来到印度的,怎样在印度度过了三年;怎

---

①瑜珈修士静坐的小屋。——译注

样根据传说,由于仰慕他们的智慧和圣洁,我去找过一个又一个圣人,但是没有一个人能传授给我我所寻找的东西。他打断了我。

"'这些我都知道。你不用告诉我。你到这里来为的是什么?'

"'为的是拜你为师。'我答道。

"'只有婆罗门能当师父。'他说。

"他以紧张的眼神继续望着我,接着,突然他的身体变硬,他的眼睛好像向内看去,我看出他进入了昏迷状态,印度人把这种状态叫作'三摩地',他们认为在这种状态中主观意识和客观事物的二元性消失,你变成了绝对知识。我盘着腿坐在他面前的地板上,我的心在激烈地跳动。不知又过了多久,他叹了口气,我知道他恢复了正常知觉。他慈祥地瞥了我一眼。

"'留下吧,'他说,'他们领你去看你住的地方。'

"他们叫我住在什里·甘尼沙初到平原时住的那间小屋里。他现在昼夜在里边打坐的这间大厅,是在他弟子满门、越来越多的人慕名来看他之后盖起来的。为了不惹人注意,我改穿舒适的印度服装,我晒得很黑,如果你不细看,你会把我当作当地人。我大量阅读。我静坐。当什里·甘尼沙愿意说话的时候,我就听他讲道;他并不多讲话,但他总是乐于回答问题,听他回答问题非常令人鼓舞,犹若音乐抚耳。虽然他自己年轻时候苦修苦行,但他并不要求他的弟子们也效法他。他要他们戒掉私心杂念、七情六欲,他对他们说,他们要想超脱,便须恬淡寡欲,乐天由命,心不受扰,并且力求无牵无挂。人们常从附近的一座市镇上这里来,那座市镇有三四英里远,那里有一座有名的寺院,寺院每年有一次盛会,人山人海,还有人从特里凡得琅以及更远的地方赶来向他诉说自己的灾难,求他指点,听他教导,走的时候,人人都增强了精神力量,心情平静下来。他教的东西很简单。他教我们说,我们都比自以为的更伟大,智慧是求得自由的手段。他教我们说,要想得救无须从尘世隐退,只要摒弃自我即可。他教我们说,做事情不为自己的利益能使心灵净化,尽义务能使人的孤立的自我沉没,而与普通的自我成为一体。不过,不同凡响的还不是他的教导,而是他这个人本身——他的仁慈、他灵魂的伟大、他的圣洁。能在他的身边就是一种福分。我和他在一起感到非常幸福。我感到我终于找到了我所需要的东西。一周一周、一月一月地,时间过得想象不到地快。我提出要在那里住到他死的时候——他对我们说,他不打算再在他那凡胎里停留很久;或者住到我得道为止。得道的意思就是,你终于突破愚昧的框框,确切知道自己与宇宙之灵实为一体。"

"再往后呢?"

"再往后嘛,如果真像他们所讲的那样,那就是再没有什么可做的了。灵魂在地上的轮回已经结束,它再也不回到地上来了。"

"什里·甘尼沙死了吗?"

"就我所知,还没有死。"

他在回答我的问题时,看出了我问话的含义,轻快地一笑。他犹豫了一会儿,说了下去,不过他那说话的神态,一开始使我感到,他非常清楚我已到嘴边的第二个问题是什么,他想回避。第二个问题当然是:他是否已经得道。

"我并不是一年到头地呆在坐静的小屋里。我幸运地认识了一位当地的护林官,他的住宅是在山脚下一个村庄的郊区。他是什里·甘尼沙的一位虔诚信徒,每当工作离得开的时候,就来和我们在一起呆三两天。他这个人很好,我们一谈就谈很长时间。他喜欢跟我练英语。我们相识之后又过了一些时候,他对我说,护林队在山里边有一座平房,我什么时候想到那里一个人静坐,他就把钥匙给我。我不时到那里去。路上需要两天。你得先乘公共汽车到护林官的村子里,然后你得步行走去。但是当你到达时,你会看到那里的风光壮丽非凡,并且极其幽静。我用背囊背上一些能带的东西,雇一个脚夫给我背些食物,我呆在那里,食物吃完才下山。那所房子只不过是一间小木屋,屋后带一间厨房。至于家具,只有一张桌子、两把椅子和一张木架子支的床供你铺席子。山上气候凉爽,有时,夜里点上一堆火非常惬意。想到方圆二十英里以内除我之外没有一人,我感到异常心颤。夜里我常听见老虎叫,听见大象哗哗啦啦地穿过丛林。我常在森林里长距离散步。有一个地方我爱坐在那里,因为从那里可以看到眼前脚下群山起伏,还可以看到鹿、野猪、野牛、大象、豹子等野兽黄昏时到湖边饮水。

"我在静坐的小屋里住了刚刚两年的时候,又上山到我那森林里的隐居处去了一次,这次去的原因说出来你会觉得好笑。我想在那里过生日。我头一天到达那里。第二天黎明前我就醒来了,我想到我刚才对你说的那个地方去看日出。我对那条路很熟,闭上眼睛也不会走错。我坐在一棵树下等着日出。仍是一片黑夜,不过天空的星光已经惨淡,天就要亮了。我感到一种奇怪的期待心情。晨光渐渐地不知不觉地渗透了黑暗,非常缓慢,像一个神秘的身影悄悄地行走在林木之间。我感到我的心跳动得好像有什么危险即将来临似的。太阳出来了。"

莱雷停顿了一下，遗憾地一笑。

"我没有描述景色的天赋，我也不知道绘画方面的术语，我说不出来，我没办法使你知道在灿烂的晨光中我面前展现的那片景色是多么壮丽——那些郁郁葱葱的山峦、缭绕树梢的薄雾、无底的山下湖水。太阳从峰隙间照到了湖面上，光芒像耀眼的宝剑。我为世界的美丽所陶醉。我从来不曾有过这样的喜悦、这样大的快乐。我有一种奇怪的感觉，一种兴奋感从我脚底升起，到达我的头顶，我感到自己好像突然从肉体中释放出来，像是纯粹的精神在分享我从不曾想到过的愉快。我感到有了一种非人类所有的知识；一切弄不清楚的事情，现在都清楚了，一切疑团都得到了解释。我太快活了，反而产生痛苦，我挣扎着要摆脱这种状态，因为我感到，如果这种状态再延长片刻，我就会死去；然而，我又是那么地快活，我又情愿死去，而不愿放弃它。我怎么能够把我的感受告诉你？任何语言都描绘不出我那醉心的喜悦。当我清醒过来时，我感到筋疲力尽，身上发抖。我睡着了。

"我醒过来时，日已正午。我走回那所平房，心里非常轻快，觉得我的两只脚似乎不沾地一样。我给自己做了一些吃的，我可真饿了。我点上了烟斗。"

莱雷此时在点烟斗。

"我不敢设想这就是得了道。别的人苦修苦行多少年尚不能得，而我，伊利诺斯州马文的莱雷·达勒尔却得到了。"

"你有什么理由不认为这只不过是你的心情,加上那幽静的环境、黎明的神秘以及你那片湖上的宝剑似的光芒所导致的催眠状态?"

"我唯一的理由就是我感到那一切非常真实。反正,全世界各个世纪的神秘主义者都经历过这类事情。印度的婆罗门教徒、波斯的泛神论神秘主义者、西班牙的天主教徒、新英格兰的新教徒,每当他们描述难以描述的现象时,他们都是用类似的语汇来描述的。不能否认确有这种现象,唯一的困难是如何解释这种现象。我不知道,是否在那一瞬间我和宇宙之灵成为一体了,也不知道是否那只是下意识的一种冲动,与我们人人身上都潜伏着的宇宙之灵类似罢了。"

莱雷停顿了一下,以嘲弄的眼神瞥了我一眼。

"我问你,你的大拇指能碰上你的小拇指吗?"他问道。

"当然能。"我笑着说,同时让两个指头碰了一下,予以证明。

"你可知道,这只有人和灵长类动物才会?手之所以成为非常理想的工具,就是因为大拇指可以与其他几个指头相对抗。是不是有这样一种可能,可以与其他指头对抗的大拇指,在远古的人类祖先当中以及在大猩猩当中,只在某些个体上得到了发展,而经过无数代之后,才成了共同的特征?这么多的各种各样的人都曾经与本原成为一体,这就意味着在人类的知觉中发展着一种第六感觉,在遥远的将来人人都将有这种感觉,那时,他们将像我们现在观察各种感官的对象一样,直接观察宇宙之灵。这难道就毫无可能吗?"

"你估计这会对他们有什么影响?"我问。

"第一个发现自己的大拇指可以碰到小拇指的生物,当时并不知道那么一个无意义的动作会引起什么样的无穷无尽的后果;同样,我现在也无法知道,这会对他们有多大的影响。就我个人而言,我只能告诉你,我在那个狂喜的时刻身心所深深感受到的宁静、快乐与自信至今余味犹在,而那幅美丽的世界景象也历历在目,宛若我眼花缭乱地初次见到时一样清晰。"

"不过莱雷,由于你相信宇宙之灵,你必然相信世界及世界之美只不过是一种幻觉——摩耶[①]所造成的幻像。"

"如果认为印度人把世界看成一种幻觉,那就错了;他们并不认为世界是一种幻觉;他们唯一坚持的是:世界的真实与宇宙之灵的真实,这两种真实的实际意义有所不同。摩耶只不过是那些热心的思想家为了解释无限如何产生有限而设想出来的。这些思想家当中最聪明的是萨摩卡拉,他认为那是一个无可解释的秘密。你知道,困难在于如何去解释为什么婆罗摩要创造世界。婆罗摩是神,是幸福,是智慧;它永远不变,永远存在,永远静止;它什么也不缺,什么也不需要;因此,它不知道什么叫做变革,也不知道什么叫做奋斗,它尽善尽美,然而,它为什么要创造世界?要是你问这个问题,一般的答复是:宇宙之灵创造世界是寻开心,而并无任何其他目的。但是当你想起洪水和饥荒、地震和飓风以及肉体所生的各种各样病痛时,当你想到这么多耸人听闻的东西被创造出来居然都是为了寻开心,你会感到这是在践踏你的道德感。什里·甘尼沙

---

①主宰虚幻境界的女神。——译注

心肠非常好,他不相信这一点;他把世界看作宇宙之灵的表现,看作是宇宙之灵完美无缺的流露。他教导说,上帝是非创造不可,由不得他自己,世界是他的天性的表现。我曾经问过,如果世界是一个完美无缺的神灵的天性表现,那么,它为什么如此可恶,以至于人类可以为自己树立的唯一合乎理性的目标便是从它的束缚中解放出来?什里·甘尼沙回答说,世上各种各样的心满意足都是暂时的,只有上苍给人以永恒的快乐。但是,永远持续不变不会使好东西变得更好,使白变得更白。如果玫瑰在中午时分失去了它黎明时的美丽,那就是说,它在黎明时分所具有的美丽是真实的。世界上没有持久不变的东西,如果我们要求什么东西持久不变,我们就是傻瓜,如果我们在失去它们之前不乘机享受,我们就必然是更大的傻瓜。如果变化是存在的本质,我们就会认为,唯一明智的办法就是把它当作我们处世态度的前提。我们谁也不能两次走进同一段河流,但是,原来的河水向前流去,我们第二次走进的河流也同样凉爽,同样提神。

"雅利安人初到印度时就认识到,我们所知道的这个世界只不过是我们所不知道的那个世界的一种外表,但是,他们依然因为它的美丽幽雅而欢迎它;只是在几百年之后,由于疲于征伐,由于体质因气候而退化,他们失去了精力,他们自己成了入侵部落的羔羊,在这种情况下,他们才只看到生活中的罪恶,渴望永远跳出生活。但是,我们西方人,特别是我们美国人,为什么要为没落、死亡、饥渴、疾病、老迈、悲哀和幻觉吓倒了我们所拥有的旺盛的生命力?当我坐在我的那座木头房子里抽烟斗时,我感到比以往任何时候都更富有活力。我感到身上有一股精力在要求我把它使出来。我应该骄傲的不是离开这个世界去过隐居修道的生活,而是生活在这个世界当中,去热爱世上的事事物物。我之所以要爱世上的事事物物,不是因为它们本身可爱,而是因为无数的上苍就存在于它们身上。如果我在那些心醉神迷的时刻真的和宇宙之灵化成一体,如果他们所说的都是真话,也就没有什么值得我动心。我今世修得了正果,就再也不能回到人世上来。这使我感到心情沉重。我想一辈子又一辈子地活下去。各种各样的生活我都愿意接受,悲哀的一生也好,痛苦的一生也好;我感到,只有一趟又一趟地生到世上来才能满足我的渴望、我的精力和我的好奇心。

"第二天早晨我动身下山,第三天我回到了那座阿什拉摩。什里·甘尼沙看见我身穿西装感到惊奇。我是在上山时在护林官的那座平房里觉得那里比山下冷而把西装穿上的,后来没有想再换下来。

"'师父,我是来向你告别的,'我说,'我要回到我自己的人民当中去。'

"他没有立即回答。他像往常一样,盘腿坐在讲坛的虎皮上。讲坛前面的香炉内点着一柱香,周围的空气中弥漫着一股微香。他和我初见他那天一样,一个人坐在那里。他聚精会神地望着我,目光犀利,我觉得他望进了我生命最隐秘的深处。我知道他已经明白发生了什么事情。

"'很好,'他说,'你已经前进得相当远了。'

"我跪了下来,他为我祝福。我站起身来的时候,眼里充满着泪水。他是一位品格高尚的圣人。我将永远以能认识他为荣。我向师兄、师弟们一一告别。他们当中有的已在那里住了几年，有的是在我来了之后来的。我把仅有的几件东西和我的书留在那里，心想，会有人用得着它们。我背上背包，头戴一顶破遮阳帽，身穿我初来时就穿的那条旧宽腿裤和褐色外衣，一步步走回那座市镇上。一个星期之后，我在孟买搭上了一条轮船，到马赛上岸。"

我们各人回忆着各人的往事，一时沉默下来；不过，尽管我已经疲倦，但我还有一个问题非常想问他，最后还是我打破了沉默。

"莱雷老弟，"我说，"你这次天涯海角访求真理是从罪恶问题开始的。是罪恶这个问题催你上路的。刚才这么长时间，你只字都没有提到，你是否解决了这个问题，即使是一种没有把握的解决也好。"

"也许根本就没有办法解决，也许我笨，找不到答案。罗摩克里希纳把世界看作上帝的游戏。'这像是一场游戏，'他说，'在这场游戏中，有快乐也有悲哀，有德行也有邪恶，有知识也有无知，有善也有恶。如果在创造的时候，把罪恶与痛苦彻底消灭，这场游戏就不能继续下去。'我倒是想尽力驳斥这种说法。我最多只能这样解释：当宇宙之灵在世上表现自己的时候，恶与善是一种天然的联系。如果地壳没有想象不到的可怕的震动，我们就绝不可能有喜马拉雅山的惊人美丽；做细瓷花瓶的中国匠人，能做出可爱的外形，画上美丽的图画，涂上富丽的色彩，抹上细致讲究的釉水，但就瓶子的本质来说，却把它弄得脆薄易碎。如果你不小心把它掉在地上，它就会破成十几个碎片。也许在世上我们心目中的德行同样只能和罪恶携手并存！"

"这是个巧妙的解释,莱雷。我认为不怎么令人信服。"

"我也认为不能令人信服,"他笑着说,"唯一可说的是,当你已经断定一件事情是必不可免的时候,你唯一可做的是尽量迁就着去接受它。"

"你现在作何打算?"

"我有一件工作要在这里完成,然后,我回美国去。"

"回去干什么?"

"生活。"

"怎样生活?"

他回答时非常冷静,但眼睛里却闪着顽皮的光芒,因为他非常清楚我不会料到他竟会如此回答。

"平静地生活,有耐心地生活,有同情心地生活,无私地生活,节欲地生活。"

"过分的自我要求。"我说,"为什么要节欲?你是个年轻人,情欲和饥饿都是人类这种动物最强烈的本能,你想去自我抑制,这样明智吗?"

"我幸运的是,性生活对我来说只是一种娱乐,而不是一种必需。印度的圣贤们说,贞洁能大大增强精神力量。根据我的亲身体会,他们的这句话比他们所说的任何话都更为正确。"

"我则认为,智慧在于在肉体的需要和精神的需要之间求得平衡。"

"这正是印度人认为我们西方人没有做到的一点。他们认为,我们发明了数不清的东西,我们有工厂,有机器,有工厂和机器制造的一切，我们在从物质性的事物中寻求幸福，但是他们认为幸福不是隐藏在物质性的事物中，而是隐藏在精神性的事物里。因而他们认为我们所选择的道路将导致毁灭。"

"你认为美国这个地方适合你履行你所提到的那些具体美德吗？"

"我看不出为什么不适合。你们欧洲人对美国毫不了解。因为我们聚积了大量财富，你们就认为我们只关心钱。我们并不在乎钱；我们把钱一挣到手就把它花掉，有时花得正当，有时花得不正当，但反正我们花掉了它。我们不把钱当回事；金钱只不过是成功的象征。我们是世界上最伟大的理想主义者；我想，我们的理想选错了目标；我想，人类能为自己树立的最伟大的理想是自我完善。"

"这是个高尚的理想，莱雷。"

"尽量生活得符合这样的理想，难道不值得吗？"

"但是，你能够设想，你，就你一个人，能对美国这样一个熙熙攘攘、忙忙碌碌、无法无天、个人主义强烈的民族，产生什么影响吗？你还不如就用你的两只手去挡住密西西比河水让它往回流。"

"我可以试一试。发明轮子的当初是一个人。发现万有引力的是一个人。凡是发生的事情，都必然产生影响。如果你将一块石头抛进一个池塘，整个宇宙就不完全是它原来的样子了。认为印度的圣人们过着无用的生活，这种看法是错误的。他们是闪耀在黑暗中的灯光。他们代表着一种理想，这种理想对他们的同胞们是一种精神力量；普通的人也许永远达不到这一步，但是他们尊重这种理想，这种理想对他们的一生产生好的影响。当一个人变得纯洁、完美的时候,他的品格就会扩大影响,寻找真理的人们自然会被吸引到他那里去。也可能,如果我过起我为自己所规划的生活,我的生活会对别人产生影响。这种影响可能并不比抛进池塘的一块石头所引起的水泡大,但是一个水泡引起另一个水泡,而另一个水泡又会引起第三个水泡。有人会看到我的生活方式能够提供幸福和宁静,他们又将从我这里学到的东西传授给别人,这是完全可能的。"

"我不知道你是否想到你在反对的是什么,莱雷。你知道,腓力斯人①早已不用拷问台和火刑柱来镇压他们害怕的见解;他们发明了一种更加要命的毁灭性武器——取笑。"

"我这个人相当倔强。"莱雷笑着说。

"好,我唯一可说的是,你有一笔私人收入,这对你来说是极大的幸运。"

"那笔收入曾经对我起过很大作用。如果不是那笔收入,我就不能够做我已经做的事情。但是,我的学徒生活已经结束。今后这笔收入只会成为我的包袱。我将要甩掉它。"

"那就太不理智了。唯一可以使你过你说的那种生活的东西就是经济上的独立。"

"相反,经济上的独立会使我说的那种生活没有意义。"

我禁不住做了一个不耐烦的手势。

"印度的云游四方的托钵僧也许完全不需要经济独立,他可以在树底下睡觉,善男信女愿意行善积德往他那要饭碗里装饭。但

---

①地中海东岸的古代居民。——编者注

是，美国的气候可非常不宜于在露天睡觉；尽管我不敢吹牛说我很了解美国，但我的确知道，如果你们美国人在什么事情上还能有一致的看法的话，这件事情就是：你要吃饭，你就必须工作。我可怜的莱雷，你刚一迈步，就会被当作游民送到收容所。"

他笑了。

"我知道，一个人总得使自己适应环境，我当然要去工作。我回到美国之后，将想办法在汽车修理厂找个工作。我是个很不错的机械师，我想这不会有多大困难。"

"那样是否在浪费你的精力？如果你干别的工作，你的精力也许会起更大的作用。"

"我喜欢体力劳动。每当我学习过度时，我就从事一段时间的体力劳动，我感到体力劳动能振奋精神。我记得在读一本斯宾诺莎传记时，我觉得它的作者很蠢，他居然认为斯宾诺莎为了谋生而去磨玻璃是一种可怕的苦差事。我相信这有益于他的脑力活动，因为这能够把他的注意力从艰苦的思考中转移开一段时间。当我冲洗汽车或者修理汽化器的时候，我心里无忧无虑，当我洗过、修好之后，我因为完成了一件事情而感到愉快。当然我并不想永远呆在一家汽车修理厂里。我离开美国已经有许多年了，我必须重新了解它。我将想办法当一个卡车司机。这样，过上一段时间我就能游遍全国。"

"你大概忘掉了金钱最重要的用处。它能够节省时间。生命如此短暂，又有那么多的事情要做，一个人连一分钟的时间都浪费不起；想一想，拿你作例子，你不是坐公共汽车而是徒步从一个地方走到另一个地方,或者不是坐出租汽车而是坐公共汽车,你要浪费多少时间?"

莱雷笑了。

"说得很对,我过去没有想到这一点。不过,我自己买一辆出租汽车便可以克服这一困难。"

"你这话是什么意思?"

"我最后将在纽约定居,我爱它的图书馆,另外还有别的原因;我用很少的钱就可以维持生活,我睡到哪里都不在乎,我一天吃一顿饭就十分满足;等我把我要看的美国的所有地方都看过的时候,我应该已存下很多钱,足够买一辆出租汽车。我会当一名出租汽车司机。"

"你应该被关起来。你简直像个疯子。"

"我一点也不疯。我头脑非常清楚,非常讲求实际。作为一个有车的司机,我一天工作的时数只须够我的膳宿费用和汽车的折旧费就行了。剩余的时间我可以用到别的工作上,如果我需要赶紧到什么地方去,我每次都可以开着自己的出租汽车去。"

"不过,莱雷,出租汽车和政府的公债一样都是私有财产,"我故意逗他说,"如果你是个有车的司机,你就成了一个资本家。"

他笑了。

"不。我的出租汽车只是我的劳动工具。它相当于云游四方的托钵僧的棍子和要饭碗。"

我们的谈话以莱雷的这句玩笑而结束。我早已注意到,来饮食店的人越来越多。一个穿着晚礼服的人在离我们不远的地方坐下,给自己点了一份丰盛的早餐。从他的表情看来,他过了一个风流的夜晚,疲倦而心满意足,现在回顾起来尚春风得意。几位年老觉少因而起得早的老先生,一边戴着老花镜在读晨报,一边从容地喝着牛奶咖啡。年轻一点儿的人们在去商店或去机关上班的路上匆匆忙忙地走了进来,狼吞虎咽地吃上一个面包卷,喝上一杯咖啡;他们当中,有的穿得讲究,有的穿着已经露线的外衣。一个衰老枯瘦的老太婆夹着一叠报纸,到各个桌前劝卖,我看到她一张也没有卖掉。我从那巨大的玻璃窗望出去,看到天已大亮。一两分钟后,除了这座大饭店的后部,电灯都关掉了。我看了看我的表,已经七点多了。

"吃点儿早点吧?"我说。

我们吃了几块刚从面包房要来的又热又脆的月牙面包,喝了些牛奶咖啡。我非常疲倦,无精打采,心想,自己一定老态龙钟,但是莱雷却像平时一样容光焕发。他的两只眼睛炯炯有神,光溜溜的脸上没有一条皱纹,看上去顶多只有二十五岁。咖啡恢复了我的精神。

"请允许我给你提个意见,莱雷。这种意见我可不是随随便便提出的。"

"这种意见我也不是随随便便接受的。"他笑着回答。

"在你处理你那笔小小的财产之前,你一定要非常慎重地考虑。一旦抛弃了,就永远不会再有了。也许有一天,你或者是为了自己,或者是为了别人,非常需要钱,那时你会痛恨自己当初竟那么傻。"

他回答时眼里闪着嘲笑的眼神,但没有恶意。

"你比我把钱看得重。"

"我完全相信这一点,"我尖刻地回答,"你知道,你一直有钱,而我却没有。钱给了我,几乎是我在生活中最宝贵的东西——独立。你想象不出,当我想到,在世界上我愿意叫谁滚蛋就可以叫他滚蛋的时候,我是多么称心。"

"但是我并不想叫世界上的任何人滚蛋。如果我想的话,即使银行里没有存款,我照样可以叫他滚蛋。你知道,对你来说,金钱意味着自由;对我来说,意味着束缚。"

"莱雷,你是个死顽固。"

"我知道。但我由不得我自己。反正,我要想改变主意的话还完全来得及。明年春天我才回美国。我的朋友奥古斯特·科太,就是那位画家,把他在萨纳里的一座别墅借给了我,我要到那里去过冬。"

萨纳里是里维埃拉的一个质朴的海滨疗养地,位于班道尔与土伦之间,不喜欢圣特罗佩那种铺张、愚昧而无必要的仪式的画家和作家们常到那里去。

"那里非常单调乏味,你如果不在乎这一点,你才会喜欢它。"

"我有工作要做。我收集了许多材料,我要写一本书。"

"什么内容?"

"出版的时候你就知道了。"他笑着说。

"你写完的时候如果愿意交给我,我想,我能替你出版。"

"不麻烦你了。我有几个美国朋友在巴黎开了个小小的印刷厂,我已经和他们安排好,由他们替我印刷。

"不过，这样出的书，你不可能指望行销，也不会有人评论你的书。"

"有没有人评论，我不在乎，我也不指望书能卖出去。我只是印上一点儿，够送我的印度朋友们以及我所认识的可能对此书感兴趣的几个法国人就行了。这本书并没有什么特殊意义。我之所以要写这本书，只是为了把这一切资料都处理掉，我之所以要予以出版，是因为我认为一件东西只有在印成铅字之后你才看得出它到底怎么样。"

"这两条理由我能理解。"

这时我们已吃过早饭，我叫侍者来算帐。帐单送来后，我交给了莱雷。

"既然你的钱要往阴沟里扔，你完全可以代我付饭钱。"

他大笑，代我付了饭钱。一直坐了这么长时间，我身子都坐僵了。我们从饭店往外走时，我两肋发痛。我们走进秋天早晨清新的空气中，非常振奋精神。天空一片蔚蓝，克里希街夜里看起来污秽，此时有点意气洋洋，活像一个已经失却颜色的女人，涂脂抹粉，迈起姑娘们富有弹性的步子。这倒也不令人反感。我叫住了一辆过路的出租汽车。

"我送你一段吧？"我问莱雷。

"不用了。我要步行走到塞纳河去，找个池塘游游泳。然后我得去图书馆，我要在那里做些研究工作。"

我们握手告别，我看着他长长的两腿迈着轻松自如的步子穿过大路。我天生不那么喜欢艰苦，我坐进了出租汽车，回到了我的旅馆。当我回到我的起居室的时候，我看到时钟已经过八点了。

"一个上了年纪的绅士这个时候才回到家里。"我以自我责备的口气向玻璃匣内的那位裸体女人说。这个裸体女人自从1813年以来一直躺在那座时钟顶上,她那个姿势,我想,再没有比它不舒服的了。

她一直端详着她在一面镀金铜镜里的镀了金的青铜面容,而时钟一味地在"滴答、滴答"。我打开了浴盆的热水。我在里边一直泡到热水变温,然后擦干身体,吃了片安眠药。床头几上正好有一本瓦勒里①著的《海上的墓地》,我拿了上床,一直看到入睡。

---

①保罗·瓦勒里(Paul Valéry,1871-1945),一译梵乐希,法国象征派诗人和理论家。——编者注

第七章

一

六个月后，四月份的一个早晨，我正在费拉角我的阁楼书斋里忙着写作，这时，一个仆人上楼来说，圣让（邻近的一个村子的名字）的警察在楼下等着，希望见我。我受到打扰心里很不高兴，我想象不出他们来干什么。我良心上没有什么不安，我已经给慈善基金会捐过钱。他们收到钱后还给了我一张证明卡。这张证明卡我就保存在汽车上。当我行车超过规定速度而被拦住的时候，或者当我把车停在禁止停车的地方而被发现的时候，我就利用取出驾驶执照的机会，好像无意地让警察看见我的捐款证明卡。于是，他们虽声色俱厉地说我几句，实际上却免我一罚。现在，我想最大的可能是我的那个佣人受到了匿名检举。这是法国生活中的趣事之一，因为他们的案卷很乱。但是，我和当地警察的关系还不错。他们每次到我家里来我总要让他们喝杯葡萄酒才放他们走，因此，我料想不会有多大的刁难。但是他们（警察出来工作总是两个人一起）这次来的任务，与往日大不相同。

我们彼此握手寒暄之后，两人中留着非常神气的胡子、被称作队长的那位职位高的警察从口袋里掏出一个笔记本来。他用他那肮脏的拇指一页一页地掀着本子。

"一个名叫索菲·麦克唐纳的人对你说过什么话吗？"他问道。

"我认识一个叫这个名字的人。"我小心谨慎地回答。

"我们刚接到土伦警察署的电话，署长要求你立即到那里去，不得迟延。"

"为什么？"我问道，"我和麦克唐纳太太只不过稍微认识。"

我立即猜到她惹下了麻烦，大概与鸦片有关，但我不明白为什么把我牵扯进去。

"这我不管。无疑你和这个女人有过来往。事情是这样的：她有五天没回她的住所，港口捞起了一具尸体，警察根据特征认为是她。他们想要你去认一认。"

我浑身打了个冷战。不过，我并不过分感到意外。她过的那种生活，完全有可能让她在情绪低落的时候结束自己的生命。

"不过，根据她的衣服和证件就完全可以认出是不是她。"

"她被发现的时候，身上一丝不挂，喉咙被割断了。"

"老天爷！"我害怕了。就我所知，警察可以强迫我去。我想，我还是乖乖地顺从他们的好。"很好。我能赶上哪趟火车就坐哪趟火车去。"

我查了查列车时刻表，我可以赶上五点到六点之间到土伦的那趟火车。那位队长说，他将把我坐的车次打电话告诉署长，并要我一到土伦就直接去警察署。那天上午我再没有做任何工作。我往小提箱里装了几件必要的东西，吃过午饭，驱车到火车站。

二

我一到土伦警察署,便立即被带进署长的办公室。他坐在桌后,面目严肃,皮肤黝黑,我看是个科西嘉人。他大概是由于习惯的作用,以怀疑的眼光瞥了我一眼,但是他一看到我来时特意戴在胸前的荣誉军团①的勋章,便油腔滑调地请我就座,并且说了一大堆抱歉的话,说麻烦我这样有身份的人实在是出于万不得已。我也用类似的腔调来应答,对他说,能对他有用是我最快活不过的事情。然后我们开始谈实际问题,他又拿出了他那粗鲁的,甚至盛气凌人的态度。他望着面前的一些文件,说道:

"这件事情很肮脏。业已查明,这位姓麦克唐纳的女人名声非常糟糕。她是个酒鬼、鸦片烟鬼,还是个色情狂。她不仅天天和上岸来的水手们睡觉,并且天天和城里的流氓盗贼们睡觉。你这么大的年纪,并且这样体面,怎么会和这样的人认识?"

我本想告诉他这与他无关,但是,我常读侦探小说,懂得对警察最好要说话和气。

"我对她的情况知道得很少。我和她初次认识是在芝加哥。那时她还是个小姑娘。后来,她在芝加哥和一个有地位的人结了婚。我第二次和她相遇是在巴黎,那是大约一年前的事情,是通过她和我的几位共同朋友认识的。"

---

①拿破仑一世于一八〇二年创立的一个荣誉社团,对法国有特殊功勋的人士得以列名为会员。——译注

我一直奇怪，究竟是什么东西使他把我和索菲扯在一起了。这时，他把一本书向前推了一下。

"这本书是在她的房间里发现的。如果你看一看上边的题词，你就会看出，题词表明，你和她之间的关系不会像你说的那样微不足道。"

这就是那本她在书店里看到并要我在里边题了词的我的译成了法语的小说。在我的名字下边，我写着Mignonne, allons voir si la rose①，因为这是我当时想到的第一句可写的话。这句话肯定会使人感到我们两人之间有点亲密。

"要是你想说我是她的情人，那你就错了。"

"这与我无关。"他答道。接着，他目光灼灼地说："我不希望在言语之间对你有任何冒犯，我还必须说明，根据我所听到的她的癖性，我认为你和她不是一路人。不过，如果素不相识，显然你不会称她为'mignonne'②。"

"署长先生，这是龙沙的一首名诗的第一行，我敢断定，凡受过你所受的教育、具有你所有的文化的人，都会熟悉龙沙的诗。我之所以要把这行诗写给她，是因为我深信她读过这首诗，能够记起下边的几行。那几行诗会使她明白，她所过的生活至少是不够检点。"

"我上学的时候当然读过龙沙的诗。但是我有那么多的工作要做，我承认，你所说的那几行诗我已经忘掉了。"

---

①法语：心爱的人哪，让我们瞧瞧玫瑰是否……——译注
②法语：心爱的人。——译注

我背了该诗的第一段。我心里明白,在我提到这位诗人以前,他压根就没有听说过这位诗人的名字。因此,我也就不去担心他会想起这首诗的最后一段。那一段诗很难说是在鼓励贞操。

"她看起来受过些教育。我们在她的房间里发现了一些侦探小说,两三本诗集。一部波德莱尔①的诗集、一部兰波②的诗集,还有一部英文诗,是一个叫做艾略特③的什么人写的。这个人有名吗?"

"非常有名。"

"我没有时间读诗。反正,英文诗我看不懂。如果他的诗写得好,那他不会用法语写,让法国受过教育的人也能看一看,就成了一件憾事。"

我一想到警察署长读《荒原》,便觉得好笑。突然,他把一张相片推给我看。

"你知道不知道这是谁?"

我一眼便认出这是莱雷。他身穿游泳裤。这张照片很新,我猜是夏季他在迪纳尔和伊莎贝尔、格雷在一起时照的。我极不希望莱雷被牵进这桩令人痛恨的案件中去,因此,我的第一个冲动是想说我不认识。但是我又想到,如果警察查出是他,那么我这样说就会使人觉得好像我心里有鬼,想隐瞒些什么。

"他是美国公民,名叫劳伦斯·达勒尔。"

---

① 夏尔·波德莱尔(Charles Baudelaire, 1821–1867),法国诗人。——编者注
② 阿尔蒂尔·兰波(Arthur Rimbaud, 1854–1891),法国诗人。——编者注
③ 托马斯·斯特恩斯·艾略特(Thomas Stearns Eliot, 1888–1965),美国诗人、文学评论家、剧作家。——编者注

"这是在这个女人的东西当中发现的唯一的一张照片。他们俩之间是什么关系？"

"他们两人都是芝加哥附近一个村庄上的人。他们小时候是朋友。"

"但是，这张照片是不久前照的，我猜是在法国北部或者西部的哪个海滨疗养地照的。确切地点很容易查明。这个人的职业是什么？"

"作家。"我硬着头皮说。署长的两条浓眉微微一扬，我猜出他认为像我这样称号的人品行都不怎么端正。"有足够维持生活的财产。"我加以补充，使这个称号听起来受人尊敬些。

"现在他在什么地方？"

我又想说不知道，但也又一次感到，如果那样说只会把事情弄得更尴尬。法国警察可能有各种各样的缺点，但是他们的体系能使他们不费周折地找到任何一个他们想找的人。

"他住在萨纳里。"

署长抬起眼来，可以看出他很感兴趣。

"什么地点？"

我记得莱雷对我说过，奥古斯特·科太把他的别墅借给了他。我于圣诞节回到家里之后，曾写信请他到我那里住一段时间，但是，正如我完全料到的那样，他拒绝了。我把他的地址告诉了署长。

"我打电话给萨纳里，叫把他带来。也许他值得审问一下。"

我完全可以看出，署长认为也许已找到了个嫌疑犯，但是我只是想笑；我相信莱雷费不了多少口舌就可以证明他与这件事情毫不相干。我很想听他们给我多讲一些有关索菲的悲惨结局的情况，但署长只是把我已经知道的事情又说了一遍,只不过更详细一点罢了。是两个渔民把她的尸体捞上来的。我那个地区的警察说尸体捞上来时一丝不挂,是带有浪漫色彩的夸张。凶手还让她戴着奶罩,穿着内裤。如果索菲生前穿的服装和我见她时一样,凶手只是扒掉了她的裤子和棉毛衫。尸体无法辨认,警察在当地报纸上登了一段启事描述死者的状况。于是,有一个女人来到了警察署。这个女人在一条背街有一所房子,她出租房间,法国人把这种房子叫作maison de passe①。人们可以把女人或者男孩子领到这里来。她是警察局的耳目,警察局向她了解谁常到她这里来,来干什么。索菲已经被赶出我碰到她时她在码头上住的那家旅馆。她的行为过于糟糕,旅馆的老板虽然度量很大,也无法继续容忍。她到我刚才说的那个女人家里,要求租一间带一个小小起居室的房子。把房间短时间地往外租,一夜租出两三次,更能赚钱,但是索菲出的价钱很高,那个女人答应按月租给她。现在,这个女人来到警察署声明说,她的房客已经好几天没有回来了;她原来没有放在心上,以为她到马赛或者维尔弗朗什去了。英国舰队的船只最近来到那里。每次遇到这类事情,整个沿海地区的妇女,老的少的,都会受到吸引。但是,她在报纸上看到了死者的状况,觉得可能与她的房客的特征相吻合。她被领去看尸体,只是稍微犹豫了一下,便宣布那就是索菲·麦克唐纳。

"不过,既然尸体已经认出,你们还要我来干什么?"

---

①法语:快乐楼。——译注

"贝莱太太是非常值得尊重的人，行为极其端正，"署长说，"但是，她认尸时说的那些根据，我们并不知道；总得让和麦克唐纳太太更亲近的什么人来看看尸体，使事情得到确证。"

"你认为你们有可能抓到凶手吗？"

署长耸了耸他那宽大肥厚的肩膀。

"这是不说自明的，我们正在侦察。我们已经传讯了她常去的酒吧间的一些人。她可能是由于争风吃醋被哪个水手杀害的，而这个水手所在的轮船已经离开了港口，也可能是哪个强盗为了抢她身上的钱把她杀死的。据了解，她身上总是带一笔钱，这笔钱在这类人的眼里似乎数目可观。可能已有人在深深地怀疑谁是犯罪分子，但是在她活动的那个阶层中，除非对自己有利，谁也不会说出来。根据她的恶劣品行，她落得这样的下场是完全可能的。"

我无言可对。署长要我第二天上午九点钟到警察署，那时，他可能已经见过"这张照片里的这位先生"，一个警察将带我们去陈尸所看那具尸体。

"怎样埋葬她？"

"如果在确认之后，你们作为死者的朋友要求领走尸体，并打算自己承担埋葬的费用，你们将会得到必要的权利。"

"我相信达勒尔先生和我一样愿意尽快得到这种权利。"

"我十分理解。这件事使人伤心。最好把这可怜的女人立即埋葬，让她安息。这使我想起，我这里有一位殡仪馆经理的名片，由他替你们安排这件事情，价钱会公道，效率也高。我在上边写上一句话，让他对你们多加关照。"

我深信他会从殡葬费中捞到一点油水,但我还是热烈地向他致谢。当他毕恭毕敬地把我送出来后,我照着名片上的地址找去。殡仪馆经理精明干练。我挑了一口棺材,既不是最便宜的,也不是最贵的。我接受了他的自荐,让他到他认识的一位花商那里替我买两三个花圈——他说是"为了使阁下少受一些辛苦",同时也是"为了向死者表示敬意"。我要他第二天两点钟把灵车开到陈尸所。他办事的老练程度,令我赞叹不已。他告诉我说,坟墓的安排无须我亲自去看,他说:"我想太太是个新教徒。"此外,如果我认为必要,他将请一个牧师在墓地等着为死者祷告。不过,由于我和他素不相识,而且我还是个外国人,因此他深信,如果他求我预先付给他一张支票的话,我不会见怪。他要的价钱超过我的预料。他显然认为我会讨价还价。然而,我却掏出支票本,不假思索地如数给他开了一张支票。我从他的脸上看出,他感到意外,甚至感到失望。

我在一家旅馆租了一个房间,第二天早晨回到警察署。他们让我在外边等了一段时间,然后才叫我进署长的办公室。我看见莱雷坐在我前一天坐的椅子上,表情严肃,面露苦痛。

署长兴高采烈地和我打招呼,好像我是他的一个失踪已久乍然找到的兄弟。

"啊,mon cher monsieur[①],你的朋友已经极其坦率地回答了我本着我的职责向他提出的每一个问题。他说,他已经有十八个月之久没有见到过这个女人,我没有理由不相信他的话。他非常令人满

[①] 法语:亲爱的阁下。——译注

意地——交代了他上星期的活动，并且说明了为什么他的照片会出现在她的房间里。这张照片是在迪纳尔照的，有一天他和她一起吃午饭时，他碰巧把这张照片带在衣袋里。我从萨纳里得到的关于这位年轻人的报告非常好，此外，我可不是夸口，我自己就善于判断一个人的品格；我相信，他不可能犯这种性质的罪。他小时候的一个朋友，在一个好端端的家庭的良好教育下长大的，居然落了个这样悲惨的结局！我已经冒昧地向他表示了慰问。不过，人生就是这样的。现在，亲爱的先生们，我派一个人陪你们去陈尸所，你们认领了尸体之后，尸体就由你们随意安置。去好好吃顿午饭吧。我这里有一张土伦一家最佳饭店的经理的名片，我在上边写句话，你们就会受到老板最殷勤的招待。经历了这件令人伤心的事情，喝上一瓶好酒会对你们两人都有好处。"

此时他已是一片好心，因而容光焕发。我们由一个警察领路走到了陈尸所。这里的生意不大好。只有一块板子上躺有尸体。我们走到跟前，太平间的看守把尸体头上的布揭开。那样子可不怎么好看。她那染成银色的卷发已为海水泡直，紧贴在头颅上。脸胀得不像个样子，看起来可怕，但是毫无疑问这是索菲。看守人把布单又往下揭，让我们看到了悔不该看的景象——那断喉的可怕的伤口，从这只耳朵一直延伸到那只耳朵。

我们回到了警察署。署长在忙别的事情，我们把要说的话说给了他的一个助手，这位助手立即进去把必要的文件给我们拿了出来。我们把文件送给了殡仪馆经理。

"现在让我们去喝一杯吧。"我说。

自从我们离开警察署去陈尸所，莱雷除了在回到警察署时宣布他认出那具尸体就是索菲·麦克唐纳外，一句话也没有说过。我把他领到码头上，我们就坐在我曾经和索菲去过的那家饮食店里。这天正刮着强烈的西北风，平时平静如镜的海港，激起了点点白沫。渔船在飘摇。阳光灿烂。像历次刮西北风时那样，你看到的事事物物都特别闪烁刺眼，好像你是通过聚光镜，看得比平常更为精确。这使你感到你所看到的一切都有了一种令人紧张的、蓬勃的活力。我喝了一份白兰地和汽水，但是我为莱雷要的那一份，他尝都没尝。他忧郁地一声不响地坐在那里，我也不去打搅他。

　　过了不久，我看了看表。

　　"我们最好去吃点东西，"我说，"我们得在两点钟赶到陈尸所。"

　　"我肚子饿了。早饭我什么都没有吃。"

　　从警察署长的模样看得出，他知道哪里的饭菜做得好，因此我就领莱雷到他向我们推荐的那家饭店里。我知道莱雷很少吃肉，因此要了一盘煎蛋卷和一盘烤龙虾，然后要来了酒单，还是遵照署长的建议，选了一瓶上等葡萄酒。酒送来后，我给莱雷倒了一杯。

　　"你最好喝一杯，"我说，"一杯酒下肚，你就会有话可说。"

　　他听我的劝告，顺从地把酒喝了。

　　"什里·甘尼沙常说，沉默也是谈话。"他喃喃地说。

　　这话使我想起了剑桥大学高年级生的联欢会。

　　"我怕这次的殡葬费用要由你一个人负担了，"他说，"我是一个钱也没有了。"

"我完全愿意负担。"我答道。这时我想到了他话里的含义。"你难道真的那样干了吗?"

他没有立即回答。我注意到他的眼里闪着古怪的、逗乐似的光芒。

"你已经把钱处理掉了吗?"

"除了等船期间必需的生活费用外,每一分钱都处理掉了。"

"什么船?"

"我在萨纳里的邻居是一家轮船公司在马赛的代理人。这家公司的货船来往于近东和纽约之间。他们从亚历山大港给他拍来一份电报,说是有两个人因病要在那里下船,那只船正往马赛开来,要他补上两个人。他和我很熟,答应把我送到船上。我打算把我那辆旧的西特洛昂牌汽车送给他作临别留念。我上船之后,除了身上穿的衣服和手提包里的几件东西外,便一无所有了。"

"呃,那是你自己的财产。你现在已无牵无挂,一尘不染,而且是做到登峰造极了。"

"只能说是已经无牵无挂。我这辈子从来没有这么快乐过,从来没有这样感到不仰仗于人。我到纽约时就可以领到在船上干活的工资,这笔工资足以把我的生活维持到找到工作。"

"你的书怎么样了?"

"哦,我已经写完并且印出来了。我开了个名单,要送给谁都开在名单上,一两天内你就会收到一本。"

"谢谢你。"

再没有多少话可说了,我们在友好的气氛中默默地吃完了饭。

我要来了咖啡。莱雷抽起烟斗，我点了一支雪茄。我体贴地望着他。他感到我在望着他，瞥了我一眼，眼睛里闪着顽皮的光芒。

"如果你想对我说我是个大傻瓜，你就直接了当地说吧。我毫不在意。"

"不，我并没有这样想。我只是在想，如果你像别人一样结了婚，并且生了孩子，你现在的生活会不会更美满些。"

他笑了。他的笑那样使人愉快，那样信赖人，那样甜蜜；他的笑反映着他那可爱的性格的坦率与对人的信任。我说他笑得好看必定有二十次之多了。但是，现在我还必须再说一次，因为，除了上述种种特征外，他这次的笑还带有懊悔与伤感。

"现在谈这个问题已经太迟了。在我认识的女人当中，我唯一可以与之结婚的女人是可怜的索菲。"

我惊奇地望着他。

"在发生了这一切之后，你还这样说吗？"

"她有一个可爱的灵魂，热情，有抱负，慷慨。她有高尚的理想。甚至在结局的时候，她所寻求的那种自我毁灭，也带有一种悲壮的高尚精神。"

我没有应声。我不知道怎样对待这种奇怪的论断。

"那你当初为什么不娶她？"

"她当时还是个孩子。说实话，当我常常到她祖父家里和她一起在那棵榆树下读诗的时候，我从没有想到，在这个骨瘦如柴的毛丫头身上孕育着这样美的精神种子。"

在料理索菲丧事的过程当中，莱雷只字没有提到过伊莎贝尔，这使我感到惊奇。他不会忘掉他曾经和她订过婚。我料定，他认为他们当初的那段婚约，只不过是两个年轻人由于对自己的思想尚不了解而做出的一件无聊的蠢事。我仿佛感到，自从她为他而感到痛苦以来，他对这件事情根本就不曾想过。

我们该走了。我们徒步走到莱雷停放他那辆现在已经十分破旧的汽车的广场上，从那里驱车来到停尸场。殡仪馆的老板很守信用。在那阳光耀眼的天空下，在那把墓地的柏树都吹得低头的劲风的声音中，事事都办得这么老练，这给葬仪最后又增加了一抹恐怖色彩。一切都已办完之后，殡仪馆的老板和和气气地和我们握手。

"先生们，我想你们感到满意吧。事情办得很顺当。"

"很顺当。"我说。

"如果阁下需要，我随时准备为阁下效劳，望阁下不要忘掉。距离远近都不成问题。"

我向他表示感谢。当我们走到墓地大门的时候，莱雷问我还有什么事情需要他。

"什么事情都不需要。"

"我想尽快赶回萨纳里。"

"你用车把我送到我住的旅馆好吗？"

一路上我们一句话都没说。到达之后，我下了车。我们握了握手，他把车开走了。我结了账，取出了我的提包，乘出租汽车去火车站。我也想远离这个地方。

三

几天后,我动身去英国。我原一直想去的,但是在发生了这件事情之后,我特别想见到伊莎贝尔,于是,决定中途在巴黎停二十四小时。我给她打了个电报,问她我可不可以在傍晚之前到她那里去,在他们那里吃晚饭;当我来到我常常落脚的旅馆时,我看到她留下的条子,上边说,她和格雷晚上要到外边赴宴会,不过,她很高兴见我,希望我五点半以后到她那里,五点半以前她在服装店里试衣服。

天气很冷,大雨一阵一阵地下着,因此我想格雷不会去莫特丰泰因打高尔夫球。这对我很不方便,因为我想和伊莎贝尔单独见面。不过,当我来到他们公寓的时候,她告诉我的第一件事情便是格雷在游客俱乐部打桥牌。

"我对他说,如果他想见到你,不要回来得太迟。我们要赴的晚宴九点钟才开始,我们九点半赶到那里也不算晚,因此我们有充分的时间,可以好好谈一谈。我有许多事情告诉你。"

他们已经把公寓转租了出去,再过两个星期就要拍卖埃略特收藏的古玩名画。他们打算搬到里茨饭店去,拍卖的时候到场。拍卖完后,就坐船回美国。伊莎贝尔只打算把埃略特在昂蒂布住宅里挂的那些现代画带走,其他所有的名画统统卖掉。虽然她对那些现代画并不十分爱好,但她想得很对,这些画挂在他们未来的家里,是值得矜夸的东西。

"遗憾的是埃略特舅舅不能更好地跟上时代。你知道,他应该收藏一些毕加索、马蒂斯①、卢奥②的画。我想,他的这些画有它们的妙处,但我觉得,它们似乎有点过时。"

"我要是你的话,才不去操这份心。过不了几年,又有新画家出现,毕加索、马蒂斯的画就不再比你的那些印象主义画家的画时髦了。"

格雷的谈判就要结束,由伊莎贝尔给他提供资本,他就要进一家生意兴隆的企业当副经理。这家企业与石油有关。他们将住在达拉斯。

"我们将要做的第一件事情是找一座合适的住宅。我需要一个漂亮的花园,以便格雷下班回来以后修修花、弄弄草,有事可做;我必须有一个宽敞亮堂的客厅,好招待客人。"

"我不明白你为什么不把埃略特的家具带回来。"

"我认为那些家具不很合适。我要全部采用现代家具,为了使它们别具一格,也许多少让它们带上一点墨西哥特色。我一到纽约,就要打听最受欢迎的装潢师是谁。"

男仆安托万用托盘端来了调鸡尾酒用的各种饮料。伊莎贝尔一向善于应酬,知道十个男人当中就有九个自信比女人们会调鸡尾酒——他们的这种自信是正确的——因此要我来调配两瓶。我先倒出

---

①亨利·马蒂斯(Henri Matisse, 1869-1954),法国画家,野兽派的代表人物。——编者注

②乔治·卢奥(Georges Rouault, 1871-1958),法国画家。——编者注

杜松子酒和诺利普拉酒，然后加了些苦艾酒。这点苦艾酒能把没甜味的鸡尾酒从一种平淡无味的饮料变成一种美酒。奥林匹斯山上的众神当初若能得到我调的这种美酒，肯定不会去喝他们自己酿的琼浆玉液。我常想，他们喝的琼浆玉液必定是一种有点像可口可乐那样的饮料。当我把酒杯递给伊莎贝尔的时候，我注意到桌上有一本书。

"啊！"我说，"这是莱雷著的书。"

"是的，这本书是今天上午寄到的，不过我一直很忙，午饭前我有许多事情要做，而午饭又是在外边吃的，下午我又去莫林诺服装店试了衣服。我不知道什么时候能抽出点儿工夫静下心来读读这本书。"

我听了感到寒心。一个作家写一本书要花成年累月的时间，可能把心血都注了进去，而写好印出到了读者手里后却被搁在一边，直到他无事可做时才去读它。莱雷的这部书共三百页，订成一卷，印得很好，装订得很漂亮。

"我想，你知道莱雷整个冬季住在萨纳里。你见到过他吗？"

"见过，就在前几天我们还一起在土伦。"

"是吗？你们在那里干什么？"

"埋索菲。"

"她死了吗？"伊莎贝尔叫道。

"如果她没死，我们就没有任何说得过去的理由去埋她。"

"这不奇怪。"她停顿了一秒钟，"我不想假装难过。我想她是酗酒加吸毒致死的。"

"不是的，她被人割断了喉咙，一丝不挂地抛到了海里。"

我发现自己也和圣让的那位队长一样,对她赤身露体的情况夸大了一些。

"多么可怕!可怜的索菲!过她那种生活,当然注定不会有好下场。"

"土伦警察署长就是这样说的。"

"他们知道这是谁干的吗?"

"他们不知道。不过,我可知道。我想,是你把她杀死的。"

她吃惊地瞪了我一眼。

"你说什么?"接着她轻声一笑,"往别人身上猜吧。我有铁一般的证据证明我不在场。"

"去年夏天我在土伦碰见了她,和她谈了很久。"

"她没有喝醉吗?"

"完全没有喝醉。她对我讲了就在她和莱雷还有几天就要结婚的时候,她是怎样突然失踪的。"

我注意到伊莎贝尔的脸上表情呆滞。我继续往下讲,把索菲对我讲的一切都如实地告诉了她。她听我讲时全神贯注。

"自从那个时候以来,我常常想起她讲的那番话。我越想越觉得这件事情有些可疑。我在你这里吃过二十来次午饭,你在吃午饭时从来没有喝过酒。你那天是一个人吃午饭的。为什么托盘上有一瓶朱布洛夫卡酒和一只咖啡杯子?"

"埃略特舅舅刚把这种酒给我送来。我想尝尝是否和我在里茨饭店喝的一样好喝。"

"不错,我记得当时你对它大赞不已。我当时感到奇怪。你从来不喝烈性酒;你非常注意保持你的身材,不肯喝。当时我感到你是在引逗索菲。我当时以为,那只不过是一般的恶意。"

"谢谢你。"

"一般说来,你是非常守约的。你明知索菲来找你去试结婚的礼服,这件事情对她非常重要,而你又深感兴趣,在这种情况下你怎么会外出呢?"

"她自己已经告诉你了。乔安的牙齿使我放心不下。我们的牙科医生很忙,我只能利用他给我规定的时间。"

"当我们去牙科医生那里看病的时候,我们在离开之前要与医生约定下次看牙的时间。"

"我知道。但他在上午给我打来电话说,原来预约的时间不行了,不过那天下午三点钟他可以接待我。我自然毫不犹豫地答应下午三点钟去。"

"你不能让家庭教师把乔安带去吗?"

"乔安害怕医生,亲爱的。我觉得,我跟她去她会高兴些。"

"你回来的时候,看到一瓶子朱布洛夫卡酒只剩下四分之一,而索菲已经走了,你当时感到意外吗?"

"我以为她等得不耐烦,自己往莫林诺服装店去了。我到莫林诺服装店也没有弄出个究竟,他们对我说她根本没有到那里去。"

"那么,那朱布洛夫卡酒呢?"

"哦,我是注意到酒被喝掉了很多。我以为是安托万喝的。我差一点儿要说他几句,不过,他的工资是埃略特舅舅出的,而且他还是约瑟夫的朋友,因此,我想还是不理睬为好。他是个好佣人,他时而喝上一点儿,我何苦要责备他?"

"你多么会撒谎啊,伊莎贝尔!"

"我的话你不信吗?"

"根本不信。"

伊莎贝尔站起身来,走到壁炉架边。炉里生有劈柴火。天气阴冷,炉火宜人。她一只手肘放在炉架上,姿态优美地站在那里,那优美的姿态似乎毫无造作的痕迹。这也是她最惹人喜爱的天赋之一。她像大多数法国的名门闺秀那样,白天穿黑色衣服,特别显出她肤色的鲜净。这天她穿着一身昂贵然而素雅的黑衣,使她的身材显得分外苗条。她一口一口地抽着香烟,有一分钟之久。

"我没有必要不对你完全坦白。最不幸的是我必须出去,当然安托万也不该把酒和喝咖啡的用具留在客厅里。我出去之后,这些东西应该撤去。我回来时看到酒瓶差不多空了,我当然知道发生了什么事情。索非失踪后,我猜到她是逃走寻欢作乐去了。但我没有说,我想,如果说了,只会使莱雷痛苦。他已经够牵心的了。"

"你敢说,那瓶酒不是根据你的明确指示放在那里的吗?"

"完全敢说。"

"我不信你的话。"

"那么,不信就不信吧。"她把纸烟恶狠狠地扔到火里。她的两只眼睛由于恼怒而发黑。

"好,如果你要知道真实情况,我可以告诉你,你这个杀千刀的!是我干的,我还会再干。我对你说过,我要不顾一切地阻止她和莱雷结婚。你们都不管,不论是你还是格雷。你们只是耸耸肩膀,说他们结婚是个可怕的错误。你们一点儿也不在乎。可我在乎。"

"如果你不去管她,她如今仍在人世。"

"如果是嫁给莱雷,莱雷就倒霉透顶了。他以为他能把她彻底改过来。男人们蠢到了什么地步!我当时就料定她迟早会支持不住。她强撑不了多久。你自己看到了,当我们一起在里茨饭店吃午饭时她是多么坐立不安。当她喝咖啡时,我注意到你望着她。她的手抖得厉害,她不敢用一只手端杯子,得用两只手把杯子端起来喝。当侍者往我们的杯子里斟酒时,我注意到她眼望着酒。她那两只疲惫无神的眼睛盯着酒瓶,活像一条蛇盯着一只在扇动翅膀的刚学会飞的小鸟。我料定她只要能喝酒,连性命都情愿不要。"

伊莎贝尔此时面向着我,她的两只眼睛闪耀着热情,她的声音变得粗犷。她的话说得不怎么流畅。

"我是在埃略特舅舅乱夸那种乌七八糟的波兰酒时想出这个主意的。我认为这种酒很糟糕,但是我却假装着说这是我喝过的最好的酒。我断定,如果她遇到机会,她决不会有力量抵制。这就是我提出领她去服装展销会的原因。这就是我提出送给她一身结婚礼服的原因。在她要去最后一次试衣服的那一天,我对安托万说午饭后我要喝朱布洛夫卡酒,吃过饭后我又对他说,一位太太要来,叫她等着我,给她送点儿咖啡喝,并且不要把酒拿走,也许她会想喝一杯。我的确带乔安到牙医那里去了。不过,我们当然并没有事前预约,因此他也不能接待我们,于是我带她去看了一场新闻影片。我已经下定决心,如果我发现索菲没有动那酒瓶,我就尽量接受现状,和她交朋友。这可是真话,我敢发誓。但是我回来一看酒瓶,就知道我猜对了。她走了,我但愿她一去不复返。"

伊莎贝尔说完之后,的确是气喘吁吁的。

"这或多或少就是我所想象的经过,"我说,"你看,我猜对了吧,你使得她断了脖子,这是肯定的,就像你亲手举刀砍断她的脖子一样逃脱不了责任。"

"她坏、坏、坏!她死了,我很高兴。"她一屁股坐到椅子上,"给我一杯鸡尾酒,死鬼。"

我走了过去,又给她调了一杯鸡尾酒。

"你这个下流鬼。"她从我手里接过酒杯的时候说。接着,她忍不住笑了。她笑得像个孩子,有意做出俏皮的样子,认为天真妩媚的一笑会哄得你心平气和。"你不会告诉莱雷,对吧?"

"我做梦都没有想到要告诉他。"

"你敢对天发誓吗?男人们都那么不可信。"

"我向你保证不告诉他。不过,即使我想告诉他,我也没有机会。我想,这辈子我再也见不到他了。"

她挺直了身子。

"你这话是什么意思?"

"此时此刻他已在一艘货轮上,不是当水手,就是当锅炉工。他正在去纽约的旅途中。"

"真的吗?他这个人可真怪。几个星期前他到这里来过,在国立图书馆为他那本书查什么资料,但他只字没有提过要回美国。我很高兴。这意味着我们将会见到他。"

"我怀疑你们能否见到他。他的美国距离你们的美国像戈壁大沙漠一样遥远。"

接着我把他的所作所为及他的打算告诉了她。她张着嘴听我讲。她不时地在我讲话的过程中插上一句："他疯了。他疯了。"我讲完的时候，她耷拉下了脑袋，我看到两行泪水流下了她的双颊。

"现在我是真的失去他了。"

她转过身去，脸靠在椅背上哭了起来。她无意于掩盖她的伤心，她那可爱的面庞哭得七扭八歪。我无能为力。我不知道她原来抱有一种什么样的互相矛盾的奢望，现在它被我告诉她的消息彻底毁灭了。我模模糊糊地觉得，能偶尔见见他，至少知道他是她的世界的一部分，这是他们之间的一种联系，尽管这种联系非常单薄。然而，他的行为彻底割断了这种联系，她知道她已永远失去了他。我想知道她那徒然的悔恨有多深。我认为让她哭一哭对她有好处。我拿起莱雷的著作，翻看里边的目录。给我的那本书在我离开里维埃拉时还没寄到，现在我不能指望在几天内收到。这部书的内容完全与我想象的不同。这是一本评论一些著名人物的论集，文章的长度与利顿·斯特雷奇①著的《维多利亚王朝群英传》里的文章差不多。书中对人物的选择使我迷惑不解。有一篇写的是罗马帝国的独裁者苏拉②，他获得了绝对的权力之后，放弃了权力，又回去当老百

---

① 贾尔斯·利顿·斯特雷奇（Giles Lytton Strachey, 1880-1932），英国传记作家、批评家。——译注
② 卢西斯·柯涅吕斯·苏拉（Lucius Cornelius Sulla, 公元前138-公元前78），古罗马统帅、独裁者。——编者注

姓；有一篇写的是蒙古的征服者亚格伯①，他建立了一个帝国；有一篇写的是鲁本斯②，有一篇写的是歌德，有一篇写的是作为作家的柴斯特菲尔德爵士③。可以看出，写每篇文章都得看大量的资料，现在我才明白莱雷为什么写这本书用了这么长的时间，但我仍然不能理解为什么他认为值得花这么多的时间去写这本书，也不能理解为什么他挑出这些具体的人来研究。后来，我想出，他们中的每一个人都以自己的方式，一生取得了极大的成就，我猜，莱雷感兴趣的就是这一点。他想知道，他们的成就最终能达到什么程度。

我约略地看了一页，看看他的文章怎样。他的文章有学者气息，但也明畅、平易。里边没有一点儿业余作家常常难免的矫饰和迂腐。你一看就知道，他常常勤勉不懈地读最优秀作家的著作，正如同埃略特·坦普尔顿常常不知厌倦地去巴结高雅名贵人士一样。我听到伊莎贝尔叹息一声，抬起头来。

"要是我再哭下去，我的两只眼睛就会不成个样子，而今天夜里我们还要去赴宴会。"她从手提包里取出镜子，急切地望着自己。"是的，现在我需要的是，用冰袋把我的眼冰半个小时。"她搽了搽粉，涂了涂口红。接着，她沉思地望着我。

"你会不会因为我干的这件事而对我的印象变坏？"

---

① 亚格伯（Akbar, 1542-1605），一译阿克拔，莫卧儿帝国的统治者（1556-1605在位）。——编者注

② 彼得·保罗·鲁本斯（Peter Paul Rubens, 1577-1640），佛兰德斯画家。——译注

③ 柴斯特菲尔德勋爵四世（4th Earl of Chesterfield, 1694-1773），原名菲力甫·道默·斯坦候普（Philip Stan hope），英国政治家及作家。——译注

"我对你印象好坏,你在乎吗?"

"也许你觉得奇怪,我很在乎。我想叫你觉得我好。"

我笑了。

"亲爱的,我这个人非常不正经,"我答到,"我一旦真的喜爱一个人,尽管他做了错事我也痛心,但我喜爱他的程度并不因此而减弱。你有你自己的为人之道,根据你的为人之道来看,你不是个坏人,而且你一举一动都文雅迷人。你的美在很大程度上是由于你既有完美的教养与情趣,又有斩钉截铁的决心。我不会因为知道了这一点就不那么喜爱你的美丽。你只缺一样东西,不然的话你就完全使人拜倒了。"

她含笑等我往下说。

"温柔。"

她唇上的微笑消失了,她瞥了我一眼,眼光中完全缺乏善意。但她还没有考虑好怎样回答,格雷庞大的身躯便走进了客厅。格雷在巴黎住了三年,体重又增加了许多磅,脸色变得更红了,头发在很快变稀,但是他非常健康,精神旺盛。他看到我,着实高兴。格雷讲起话来,不新鲜的俏皮话很多。尽管这些话都已经你说我道,老掉了牙,但他说的时候,却洋洋自得,以为这些话是他第一个想出来的。他要睡觉的时候不说"去睡觉",而说"去压草垫";他说睡觉睡得好时,不说"好好睡了一觉",而说"真正睡了一觉";只要他说到下雨,他总说"雨点又快又猛",而不说"下雨了";他自始至终不把巴黎叫作"巴黎",而把它叫作"快活的帕莉"。不过他十分厚道,毫不自私,正直可靠,不摆架子,因此,你不可能不喜欢他。我的确喜爱他。现在他因他们即将登程而兴奋。

"嗨,能重新驾辕多好啊!"他说,"我已经闻到燕麦的香味了。"

"这么说,一切都已安排定了吗?"

"我还没有在虚线上签名。不过,事情很有把握。我将要与上大学时和我住一个房间的人共事。他是个好人,我断定他不会怠慢我的。但是,我们一到纽约,我就要乘飞机到得克萨斯对公司进行一番了解。你可以相信,我要彻底掌握情况之后,才会去动用伊莎贝尔的钱。"

"你知道,格雷是个非常能干的生意人。"她说。

"我不是一个毫无头脑的人。"他笑着说。

他继续啰啰嗦嗦地给我介绍他要进入的企业,但是这类事情我懂得很少,我只听出来他有了发大财的好机会。他谈起这件事情,兴致大发,因此,过了一会儿他转身对伊莎贝尔说:

"听我说,我们不去参加这个破宴会,我们三人到银塔饭店去自己好好吃一顿晚餐,这有何不可?"

"噢,亲爱的,我们不能这样做。他们是为我们才举行这次宴会的。"

"反正我现在不能跟你们一块儿,"我插进来说,"我听到你们今天晚上已有安排,便打了电话给苏珊·鲁维埃,约好带她出去吃晚饭。"

"苏珊·鲁维埃是谁?"伊莎贝尔问。

"啊,莱雷的一个情人。"我故意逗她说。

"我一直怀疑莱雷有个小情人藏在什么地方。"格雷抖动着肥胖的身躯笑着说。

"胡扯,"伊莎贝尔恶声恶气地说,"莱雷的性生活我完全清楚。一个情人都没有。"

"喂,在分手之前让我们再喝一杯。"格雷说。

我们喝过之后,我向他们告别。他们和我一道走进过厅。当我穿外衣的时候,伊莎贝尔把胳膊挎住格雷的胳膊,依偎着他,望着他的眼睛,那神情非常成功地模仿出我说她缺少的那种温柔。

"告诉我,格雷——说实话——你觉得我不温柔吗?"

"不,亲爱的,非常温柔。呃,谁说你不温柔了吗?"

"没人说。"

她转过头来,背着他向我伸了伸舌头。若是埃略特看到这种表现,肯定会认为不符合淑女的身份。

"这与我说的不是一回事。"我走出门,将门关上时喃喃地说。

四

我又一次经过巴黎的时候,马丘林一家人已经走了,别人住进了埃略特的公寓。我想念伊莎贝尔。她模样好看,善于交谈。她反应灵敏,对人不记仇。我一直没有再见过她。我懒得与人通信,伊莎贝尔也不是个爱写信的人。如果她不能与你用电话或电报联系,她就根本不和你联系。那年圣诞节我收到她一张圣诞卡片,上边印有一幅美丽的图画,是一座房子,门廊是美国建国初期的式样,房子周围是一片榆树,我想,这是他们那座种植场上的房子。当年他们需要钱时想卖这座种植场而没能卖掉,现在他们大概不想卖了。邮戳表明这张贺节卡片是从达拉斯邮出的,因此我断定谈判已经圆满结束,他们已在那里定居下来。

我从来没有去过达拉斯,不过,我想象得出,它也像我所去过的其他美国城市一样,有一个住宅区,从住宅区到商业区和乡间俱乐部坐汽车都不需要多少时间。乡间俱乐部住着有钱人,他们有漂亮的房屋,有大花园,从客厅的窗子望出去,不是美丽的山景,就是幽静的峡谷。伊莎贝尔肯定就住在这样一个区域的这样一座从地下室到阁楼都是由纽约最有名望的装潢师以最新的式样装饰布置起来的房子里。我但愿,与此对比,她的雷诺阿的画,马奈画的花卉,莫奈画的风景,以及高更的画,不会显得过时太久。餐厅的大小肯定适合于她经常设宴用美酒佳肴招待妇女亲朋。伊莎贝尔在巴黎大大增长了见识。等她的女儿们再大一点儿,她应该为她们组织进入社交界前的舞会,因此,她挑选房子的时候,除非她一眼看出这所房子的客厅非常适合于举行这种舞会,否则她是不会选中的。乔安和普莉西拉这时必然已经到了可以出嫁的年龄。我相信她们必然受过很好的教育,她们上的是最好的学校,伊莎贝尔花了一番心血把她们培养得多才多艺,使理想的小伙子们都爱慕她们。我想,现在格雷脸色更红了一些,下巴增加了更多的肉,头变得更秃了,体重又增加了很多,但我相信伊莎贝尔不会有什么变化。她仍然比她的女儿们漂亮。马丘林一家人必然对亲朋同行广施恩惠,我相信他们受到人们理所当然的爱戴。伊莎贝尔惹人欢心,和蔼、殷勤,善于应酬,格雷呢,当然是个典范的好人。

五

我仍然不时地见到苏珊·鲁维埃,直到她由于情况的意外变化而离开巴黎。嗣后,她也从我的生活中消失了。大约在我刚刚叙述的这些事情发生后过了两年的一天下午,我浏览音乐厅走廊里的书籍,愉快地度过一个小时之后,一时无事可做,我想去看看苏珊。我已经有六个月没有见到她了。她打开了门,拇指上套着调色板,嘴里衔着画笔,穿着一件油漆斑斑的外衣。

"Ah, c'est vous, cher ami! Entrez, je vous en prie.①"

听她说话这样一板一眼,我有些惊奇。通常我们两人说话都用第二人称单数称呼对方为"你"。不过我还是走进了这个既是客厅又是画室的小小的房间。画架上有一块帆布。

"我非常忙,我简直忙得蒙头转向。不过您请坐,我继续干我的工作。我连一分钟都不能浪费。说来您也许不相信,我要在梅耶艾姆商店里举行个人画展,我必须画出三十幅画来。"

"在梅耶艾姆商店里?太好了。这件事情你是怎样办成的?"

梅耶艾姆不是塞纳街的那类开一个小铺子但经常因为交不起房租而有可能关门的靠不住的画商。梅耶艾姆在塞纳河住着富人的那岸有座漂亮的画廊,他在国际上都有名望。一个画家如果受到他的

---

①法语:啊!是您呀,亲爱的朋友!请您进来。——译注

青睐,很快就会发财。

"阿希尔先生带他来看我的画,他认为我很有天才。"

"A d'autres, ma vieille.①"我听了她的话说。这句话的最精确的翻译可能是"谁也不会相信,老朋友"。

她瞥了我一眼,咯咯笑了。

"我就要结婚了。"

"和梅耶艾姆吗?"

"别装傻了。"她放下了画笔和调色板,"我已经工作一整天,该休息一下了。让我们喝一小杯葡萄酒,我把事情讲给你听。"

法国生活中有一个不那么令人愉快的习惯,那就是你往往会被逼着不分早晚地喝上一杯葡萄酒。你还必须附和。苏珊取出了一个瓶子和两只杯子,斟满酒后,如释重负地叹了口气,坐了下来。

"我一直站了四个小时,我那曲张的静脉都痛了。哦,事情是这样的。阿希尔先生的妻子今年年初去世了。她是个好人,是个好天主教徒。不过,他和她结婚不是由于爱慕她,而是因为大有好处。虽然他尊敬她、敬重她,但是,如果说她的死使他悲痛欲绝,那就有点儿夸张了。他的儿子结了一门合适的亲事,在公司里干得很好,他的女儿准备嫁给一个伯爵。不错,是比利时的伯爵,但这个伯爵却是真的。他在那慕尔附近有一座非常漂亮的别墅。阿希尔先生认为他可怜的妻子不会希望两个年轻人的喜事因为她而受到耽搁,因此,尽管他们还在服丧期间,结婚费用一旦安排就绪,婚礼

---

①法语:这话说给别人听吧,我的老朋友。——译注

就要举行。可以想象得到,阿希尔先生在里尔的那座深宅大院里会感到寂寞。他需要一个女人,不仅照顾他的生活,并且帮他料理他这种地位必然会有的重要家务。长话短说,他要我填补他可怜的妻子的位置。'我第一次结婚是为了消灭两家对立的公司之间的竞争,我并不后悔。但是,没有理由不让我在第二次结婚的时候为我自己的快乐考虑。'他说。"

"我向你表示祝贺。"我说。

"显然我会怀念我现在的自由生活。我一直喜欢我的自由生活。但是你得为自己的将来作考虑。你不要对别人说,我可以告诉你,我已经年过四十了。阿希尔先生这样的岁数还不保险;如果他突然心血来潮去追一个二十岁的姑娘,我又投靠谁?而且我还得替我的女儿想一想。她今年已经十六岁,会长得和她父亲一样漂亮。我让她受了良好的教育。但是明摆着的事实你也不应该否认,她既没有才华当演员,又没有她可怜的妈妈的这种当娼妓的气质;那么,我问你,她能干什么?给人当个秘书,或者在邮局找个差事?阿希尔先生非常慷慨地答应叫她和我们一起生活,并且答应给她一笔丰厚的陪嫁,以便她能嫁一个像样的人家。亲爱的朋友,请你相信我的话,人们爱怎么说由他们说去,但是我认为嫁人仍然是一个女人能够从事的最令人满意的职业。显然,为我的女儿着想,即使牺牲某些快乐,我也得毫不犹豫地答应嫁人,反正,年纪越来越大,我将会发现寻求这些快乐越来越难。我之所以说牺牲某些快乐,是因为,我必须告诉你,我打算结婚以后严守贞操(d'une vertu farouche[①])。长期的经验告诉我,幸福婚姻的唯一基础是男女双方都绝对忠贞。"

"这可是一种非常高尚的情操,我的美人。"我说,"那么,阿希尔先生是否仍然每隔两个星期到巴黎办一次事呢?"

"哎呀,你把我看得那么蠢吗,我的小宝贝?当阿希尔先生向我求婚的时候,我对他说的第一句话便是:'那么听我说,亲爱的,当你来巴黎开董事会议的时候,用不着说,我也来。你一个人来这里,我信不过。''你不可想象,我这么大的年纪还会做荒唐事。'他回答说。'阿希尔先生,'我对他说,'你正年富力强,我比谁都清楚你是个气质热烈的人。你长得好看,又有气派。使女人欢心的东西你样样具备;总之,我认为最好还是不让你受到诱惑。'最后他同意把他在董事会的席位让给儿子,让儿子替他来巴黎。阿希尔先生假装认为我不讲理,但事实上他受宠若惊。"苏珊满意地叹道:"要不是男人们有使人难以置信的虚荣心,我们这些可怜的女人的日子甚至更不好过。"

"这一切都很好。不过,这与你在梅耶艾姆的商店里举行个人画展有什么关系?"

"你今天有点糊涂,我可怜的朋友。我不是早对你说过阿希尔先生是个非常有头脑的人吗?他得为他的地位着想,里尔人又爱挑剔别人。阿希尔先生希望我得到他这个要人的妻子在社交界应有的地位。我有权占据这个地位。你知道那些外省人的毛病,他们喜欢

---

①法文:严守贞操。——编者注

伸长耳朵去打听别人的事情。他们要问的头一件事便是：苏珊·鲁维埃是谁？好吧，他们会得到答复。她是个有名的画家，她最近在梅耶艾姆画廊里举行的个人画展非常成功，她的成功是理所当然的。'苏珊·鲁维埃女士是殖民部队里的一位军官的遗孀，几年来以法兰西妇女特有的勇气，用自己的天才维持自己和过早失去父亲的美丽女儿的生活。我们高兴地听说公众不久就会有机会在一贯慧眼识人的梅耶艾姆先生的画廊里欣赏她细致的笔法和纯熟的技巧。'"

"你莫名其妙地说些什么呀？"我竖起耳朵问她。

"亲爱的，这是阿希尔先生准备在报上登的广告。法国的每一家稍微重要的报纸都要登。他很了不起。梅耶艾姆提的条件很高，但是阿希尔先生都当作区区小事似地一一予以接受。预展时举行香槟酒会招待贵宾。文艺部长欠阿希尔先生人情，将由他发表一篇雄辩的演说来宣布展览开幕。他在演说中将阐述我作为一个妇女的美德及作为一个画家的天才。在演说结束时，他将宣布国家的责任与权利是奖励人们做出的贡献，因此，已经买下了我的一张画由国家收藏。巴黎名流全会去参加。梅耶艾姆将亲自接待到场的评论家。他已经保证，他们的文章不仅对我有利，并且写得长。这些穷鬼，他们挣钱很少，给他们一个机会捞点儿外快倒也是件善事。"

"这一切都是你应得的，亲爱的。你一向是个好人。"

"Et ta soeur.[①]"她用法语回答。这句法语很难翻译。"不过，

[①] 这句法语直译为："那你妹妹呢？"转意是："别往下说了。"是一句带有讽刺意味的民间语言，所以作者在下文中说很难把它译成英语。——编者注

还不止这些。阿希尔先生在圣拉斐尔的海滨买了一座别墅归在我的名下,因此,我将不仅以一个画家的身份,并且以一个有财产妇女的身份取得我在里尔社交界的地位。两三年后他就要退休,我们将像高雅人士(comme des gens bien①)一样住到里维埃拉。我画我的画,他在海边浅水里捞虾。现在我让你看看我的画吧。"

苏珊画画已经画了好几年,她模仿过她的各个情人的画法,现在树立了自己的风格。她仍然不会画,但是她的色彩感很强。她给我看了她和她母亲住在昂儒省时画的风景油画,给我看了她画的凡尔赛的公园和枫丹白露森林的一些景色,还有巴黎郊区引起她兴趣的一些街景。她的画涵义不深,内容贫乏,但像花一样雅致,甚至在一定程度上可以说是洒脱风雅。有一张画引起了我的好感,同时也是为了使她高兴,我提出要把它买下来。我已经记不起这张画是叫作《林中草地》,还是叫作《白色的披肩》,后来虽然屡经端详,但是直到今天还判断不准。我问她这张画要卖多少钱。价钱倒还合理。于是,我说我买下了。

"你真是个好人,"她叫道,"这是卖出的第一张。当然要等展览完毕你才能拿走。不过,我要把你已经买下这张画的消息在报纸上登一登。反正,稍事宣传对你也不会有什么害处。我很高兴你挑上了这幅画,我觉得这是我画得最好的一张。"她取出了一面小镜子,望着映在镜子里的这幅图画。"这张画有魅力,"她眯缝着眼睛说,"这一点谁也不能否认。这些草地——多么茂盛,然而又

---

①法语,意即"高雅人士"。——编者注

多么秀美！草地中间的这一抹白色，的确是独创，它把画中景物联在一起，很醒目。这里边有天才，谁也不应怀疑，这里边有真正的天才。"

我看得出，她已经沿着成为职业画家的道路向前走得很远了。

"喂，小宝贝，我们已经闲聊很长时间了。我必须继续工作了。"

"因此我必须走了。"我说。

"我顺便问问你，可怜的莱雷还和那些'红皮肤'混在一起吗？"

她常常把美国人轻蔑地叫作"红皮肤"。

"据我所知还是那样。"

"像他这样温文尔雅的人处在他们中间必然会不习惯。如果电影上映的都是真事，那里有那么多土匪、放牛娃和墨西哥人，那里的生活一定可怕。并不是说那些放牛娃样子不好看，让你不感兴趣。唉，但是，看起来，在纽约你要是出门口袋里不揣手枪，实在太危险。"

她把我送到门口，吻我的双颊。

"我们曾经在一起玩得很快活。请不要忘掉我。"

六

我的故事就这样结束了。我再没有听到莱雷的消息，的确，我也不曾指望能听到。一般说来，他是说到做到的，因此我想，在他回到美国之后，很可能他在哪家汽车修配厂找了个工作，以后又开卡车，一直到他如愿地重看了一遍他阔别了多年的这个国家。在他游遍美国之后，他很可能实现了他那个荒唐的想法，当了个出租汽车司机；不错，这个想法只是在饮食店的桌边开玩笑随便说的，不过，如果他真照办的话，我也丝毫不会感到意外。后来我在纽约每次坐出租汽车时，总要瞥一眼司机，希望能够侥幸看见莱雷深沉的笑容和深深的眼窝。我从来没有遇到过。战争爆发了。他岁数已经太大，不能再驾驶飞机，不过他可能又在开卡车，在国内或者在国外；也许他在工厂做工。我想，他工作之余正在写书，把生活中学到的东西写进去，把所见所闻告诉本国人。不过，如果他真的在写，可能离写完还早着呢。已逝的岁月在他身上没有留下痕迹，不管他想实现什么愿望，想达到什么目标，他仍然年轻，时间很充裕。

他不想升官发财，他无意功名。任何出头露面的事情他都深恶痛绝，因此，很可能他在心满意足地过着自己所选择的生活，无声无息，一尘不染。他非常腼腆，不会让别人把自己当作榜样来学习，但是也可能他想让几个像飞蛾飞向烛光那样聚拢在他周围的徬徨的灵魂，及时地来共享他自己的闪耀着光芒的思想——极乐只能从精神生活中得到。也许他认为，只要他自己排除私心杂念，过着清淡洁白的生活，自我修炼下去，他起的作用会和著书立说、向人们讲道一样有同样的效果。

不过，这只是猜测。我是个尘世上的人，是俗气的；我只能赞赏这样一个少见的人所放出的光辉，我不能够像有时对待较为普通的人那样，设身处地地完全了解他的内心。莱雷已经像他原来希望的那样被完全卷入到那熙熙攘攘各色各样的人群之中。这些人迷恋着如此纷繁的利害冲突，为人世的混乱弄得如此憷头转向，却如此渴望着向善；表面上如此盲目自信，内心里如此缺乏信心；如此厚道，如此刻薄；如此对人信任，如此对人提防；如此吝啬，如此大方；这就是美国人民。关于莱雷，我再没有什么可以奉告读者了，我知道读者会感到我讲的非常不足。我已无能为力。不过，在我即将写完这本书的时候，由于不安地感到读者必定认为本书有头无尾，同时又想不出办法来避免，因此，我在内心里回顾了我这长篇叙述，看一看有没有办法创造一个更令人满意的结局。使我非常惊奇的是，我发现，我在无意之中竟然写成了一部不折不扣的人人如愿以偿的小说。我所关心的每一个人都得到了他们所需要的东西：埃略特在社交界出了风头；伊莎贝尔以巨大的财产为后盾在活跃的、有文化的阶层中获得了稳固的地位；格雷谋到了一个可靠的、有利可图的工作，有自己的事务所，每天九点到下午六点去上班；苏珊·鲁维埃的生活得到了保障；索菲求得了一死；莱雷得到了快乐。不管那些只爱阳春白雪的人怎样横挑鼻子竖挑眼，我们这些芸芸众生的内心里却都喜欢人人如愿以偿的故事。因此，本书的结局也许并不那么不尽人意。

附录

毛姆年表

1874年，生于法国巴黎，父亲罗伯特·奥蒙德·毛姆（1823-1884）是英国大使馆派驻巴黎的律师，母亲伊迪丝·玛丽·斯奈尔（1840-1882）自幼便罹患肺结核。

1882年，母亲死于肺结核。

1884年，父亲死于癌症。毛姆被送回英国由叔叔亨利·麦克唐纳·毛姆（1828-1897）照顾，入坎特伯雷皇家公学就读。

1890年，赴德国海德堡大学研读文学、哲学及德文，于此邂逅大他十岁的约翰·埃林厄姆·布鲁克斯（1863-1929），两人发展同性恋情。

1892年，于英国伦敦的圣托马斯医学院研读医学。

1897年，获得外科医生资格，但从未执业。发表第一部小说《兰贝斯的莉莎》大获成功，从此弃医从文。

1903年，发表首部剧作《体面的男人》。

1907年,剧作《弗雷德里克夫人》大获成功,此后毛姆创作了包括《杰克·斯特洛》、《忠实的妻子》等近三十出剧作,事业如日中天。

1914年,结识美国青年杰拉德·哈克斯顿(1892-1944),两人成为伴侣,相伴三十余年。哈克斯顿同时担任毛姆的秘书,协助处理工作事务。

1915年,出版四大代表作之一的小说《人性的枷锁》。

1917年,与格温多林·慕德·巴纳多(1879-1955)结为夫妻,婚后育有一女伊丽莎白·玛丽·毛姆(1915-1981)。

1919年,出版四大代表作之一的小说《月亮与六便士》。

1929年,与妻子巴纳多离婚。

1930年,出版四大代表作之一的小说《寻欢作乐》。

1934年,《人性的枷锁》首度改编成电影。

1942年,《月亮与六便士》改编成电影,并获奥斯卡奖提名。

1944年,出版四大代表作之一的小说《刀锋》。同年,杰拉德死于肺结核,艾伦·瑟尔(1905-1985),取而代之成为毛姆的秘书兼情人。

1946年,《人性的枷锁》二度改编成电影。《刀锋》首度改编成电影。

1947年,英国成立毛姆文学奖,鼓励英国三十五岁以下的小说创作者。

1954年,获女王名誉勋位。

1961年,获母校德国海德堡大学授予名誉理事一职。

1964年,《人性的枷锁》三度改编成电影。

1965年12月16日,毛姆死于法国。